Prolog

W0372511

Wien 1871

Die Ränder des schmalen Spiegels waren seit Jahren abgeschlagen. Die milchige Oberfläche zeigte nur schemenhaft und verschwommen das Bild einer jungen Frau. Gut, dass Josefa Sobotka auch so wusste, dass sie auf die Butterseite des Lebens gefallen war – zumindest, was ihr Aussehen betraf. Sobald sie über ihr sonstiges Dasein nachdachte, kam sie zu einem anderen Schluss. Josefa war das jüngste von fünf Kindern einer Wäscherin. Einer jener Frauen, die in ihren freizügigen Kleidern unfreiwillig die Fantasien der Männer anregten. Jedes Jahr im Fasching verkleideten sich die reichen Damen der Wiener Bourgeoisie als »süße Wäschermädel« und tanzten zu den Walzermelodien der Familie Strauss in den hell erleuchteten Ballsälen der Stadt. In Wirklichkeit hatte weder der Alltag einer Wäscherin noch ihre Kleidung viel Glamouröses zu bieten. Sechzehn Stunden am Tag schrubbten die Frauen bei jedem Wetter die Dreckwäsche anderer für einen Hungerlohn, und nicht selten halfen ihre Kinder mit. Sie tauchten die geschundenen Hände in Holzbottiche voll stinkender Seifenlauge oder in den Wienfluss, ganz egal, ob es klirrend kalt war oder die Stadt unter brütender Hitze schwitzte. Die Wäscherinnen standen am untersten Rand der Gesellschaft. Männer betrachteten sie als Freiwild. Einfache Botenburschen und Handwerker vergingen sich an ihnen ebenso ungestraft wie die feinen Herren der gehobenen Gesellschaft. Die Frauen waren mittellos, lebten von der Hand in den Mund und hatten genau wie Dienstmägde und Küchenhilfen keine Rechte. Weder Josefa noch ihre Geschwister kannten ihre Väter. Im unschuldigen Alter von fünf Jahren hatte Josefa das erste Mal zusehen müssen, wie einer der Lieferanten ihre Mutter vergewaltigte. Josefa hatte sich in einer dunklen Ecke der feuchten Waschküche versteckt und in Angst erstarrt mit angesehen, wie ihre Mutter sich zuerst wehrte und die Sache schließlich über sich ergehen ließ. Nie würde sie diese fünf Minuten ihres Lebens vergessen. Damals hatte sie sich geschworen, die Männer für ihre Taten bezahlen zu lassen. Und bisher war sie ihrem Vorsatz treu geblieben. Sogar beim allerersten Mal, da war sie gerade einmal zwölf gewesen, hatte sie im Voraus Münzen kassiert. Eine davon hatte sie in den Saum ihres Unterrocks eingenäht. Damit die Münze stets bei ihr war und sie niemals vergaß, ihrem Grundsatz treu zu bleiben.

»Triffst du wieder den Offizier?« Mizzi riss Josefa unsanft aus ihren Gedanken. Die Freundin hockte auf dem wackeligen Bett, dem einzigen Möbelstück in der winzigen Kammer, die sich die beiden teilten, und blickte besorgt von ihrem Strumpf auf, den sie bereits zum dritten Mal stopfte. Einer ihrer Freier riss regelmäßig Löcher hinein. Doch Mizzis Einkommen reichte nicht für ein neues Paar.

»Ja«, sagte Josefa. Sie versuchte gelassener zu klingen, als sie tatsächlich war. Gekonnt steckte sie den kecken Hut mit zwei langen Hutnadeln in ihrem blonden Haar fest.

»Beim letzten Mal hast du gesagt, dass du den Verrückten nie mehr treffen wirst.« Mizzi legte den Strumpf zur Seite. Im Licht der rußigen Petroleumlampe sah sie ohnehin nichts.

»Er zahlt besser als alle anderen.«

»Er ist ein perverser Wüstling, der dich mit seinen kranken Fantasien noch umbringen wird.«

»Unsinn!« Josefa wandte den Blick von ihrem Spiegelbild ab und sah zu ihrer Freundin. Der besorgte Ausdruck auf Mizzis schmalem Gesicht rührte sie. Mizzi Voda war die erste und einzige Person in ihrem Leben, die sich Gedanken um Josefas Wohl machte. Die beiden teilten sich nicht nur die Kammer in dem heruntergekommenen Mietshaus am Magdalenengrund, sondern auch all ihre Geheimnisse.

»Mit dem, was ich heute Abend verdiene, können wir die Miete für ein ganzes Monat im Voraus bezahlen.«

»Vorausgesetzt, du überlebst den Abend! Erinner dich doch, wie du das letzte Mal …« Mizzis Stimme geriet ins Stocken.

»Pst!« Josefa legte ihren Zeigefinger an die gespitzten Lippen. »Es wird alles gut gehen. In zwei Stunden bin ich wieder da. Vertrau mir.«

Doch Mizzi ließ sich nicht beruhigen. »Der Mann ist um einen ganzen Kopf größer als du und dreimal so schwer. Er ist ein Offizier der k. u. k. Armee. Die Kerle haben immer Waffen dabei.«

»Es wird mir nichts passieren«, unterbrach Josefa ihre Freundin. Diesmal habe ich vorgesorgt.« Sie setzte sich zu Mizzi auf die Bettkante. Das wackelige Holzgestell ächzte.

»Wie?«

»Ich habe kein Zimmer gemietet … sondern einen Fiaker.«

»Eine Porzellanfuhre?«

Josefa nickte. »Sollten die Wünsche des feinen Herrn zu ausgefallen werden, rufe ich den Fahrer zu Hilfe.«

»Und wenn der glaubt, dass das dazugehört?«

»Ich werde ihn vorher bitten, genau hinzuhören. Ich kann mir vorstellen, dass er das nur zu gerne machen wird.« Josefa zwinkerte Mizzi zu. »Wer weiß, vielleicht kriege ich so ja sogar einen Rabatt.«

»Ich weiß nicht«, nervös kaute Mizzi auf ihrer Unterlippe. Im Halbdunkeln erinnerte ihr Gesicht an das einer grauen Maus. »Das Ganze ist mir unheimlich.«

»Hör auf zu grübeln und denk an die guten Sachen, die wir morgen kaufen werden. Saftige Würste, fetten Käse und süße Butter.« Allein beim Gedanken an etwas Essbares knurrte Mizzis Magen. Sie presste ihre flache Hand fest auf ihre Körpermitte. Josefa stand wieder auf, strich die Röcke glatt und griff nach ihrer kleinen Handtasche. Sie klopfte auf den bestickten Stoffbeutel. »Außerdem habe ich zur Sicherheit das kleine Gemüsemesser dabei. Gestern hat der Messerschleifer es wie neu gemacht.«

Mizzi sog lautstark die Luft ein. »Du wirst doch nicht …«

»Nur für den Notfall.«

»Ich will nicht, dass du dich mit diesem Mann triffst«, sagte Mizzi verzweifelt und ein bisschen weinerlich. »Ich hätte dir niemals seinen Namen verraten dürfen.« Der Freier, den Josefa gleich treffen würde, war ursprünglich ihr Kunde gewesen. Doch sie war seinen Wünschen nicht gewachsen. Josefa war aus härterem Holz geschnitzt. Die Kindheit am Wienfluss hatte sie abgehärtet.

»Um zehn bin ich wieder zurück.« Josefa hängte den Stoffbeutel um ihren Unterarm und ließ ihn aufreizend hin und her baumeln.

»Und wenn nicht?« Mizzis Stimme war kaum mehr als ein Hauch. Josefa hörte die Worte trotzdem.

»Dann gehst du zur Polizei und lässt nach mir suchen.« Sie verdrehte mit einem Lachen die Augen und warf Mizzi eine Kusshand zu. Rasch, bevor ihre Freundin ihr weiter ins Gewissen reden konnte, verließ sie die Kammer und lief mit leichten Schritten die enge Wendeltreppe hinab.

Mizzi blieb allein zurück. Noch lange starrte sie auf die niedrige, verzogene Holztür und lauschte den Schritten ihrer Freundin. Als die Haustür krachend ins Schloss fiel, schloss Mizzi die Augen. Sie hörte, wie Josefa den Hof querte und hinaus auf die belebte Straße trat. Mizzi würde keine Ruhe finden, bis die Freundin wieder zurück war. So viel war klar.

Aurelia

Praterstraße

Das Redaktionsbüro der Satirezeitschrift Figaro glich einem unaufgeräumten Wohnzimmer. Auf einem ovalen Tisch stapelten sich Papiere. An den Wänden reihten sich Regale, deren Bretter sich unter der schweren Last von Büchern, Mappen und dicken Ordnern bogen. In einer Ecke verkümmerte eine Topfpflanze, daneben befanden sich ein Sofa und vier niedrige Lehnsessel. Auf dem quadratischen Tischchen davor standen schmutzige Kaffeebecher, eine halb volle Bonbonniere aus der Konditorei Demel und eine Obstschale mit zwei schrumpeligen Äpfeln, die wohl seit Wochen darauf warteten, gegessen zu werden. Die Luft in dem beengten Raum war zum Schneiden dick. Abgestandener, kalter Rauch machte das Atmen zur Qual.

»Darf ich das Fenster öffnen?« Ohne eine Antwort abzuwarten, stand Aurelia auf, trat zum Fenster und öffnete es. Erleichtert atmete sie den süßlichen Duft einer blühenden Linde ein, die im ansonsten schmucklosen Innenhof stand.

»Seit wann stören Sie sich am Geruch von Tabak?« Ferdinand Lorenz, der Chefredakteur, sah Aurelia irritiert an, machte aber keine Anstalten, seine Pfeife wegzulegen.

»Ich habe mir das Rauchen abgewöhnt.«

»Warum das denn?«

Aurelia zuckte entschuldigend mit den Schultern. Als junge,

moderne Frau, die sich für Kunst interessierte, gehörte das Rauchen zum guten Ton.

»Irgendwann habe ich bemerkt, dass das Essen nicht mehr richtig geschmeckt hat. Allem haftete ein Hauch Tabak an. Einem Apfel ebenso wie einem Stück Sachertorte beim Demel.«

Aurelia blieb beim Fenster stehen und stemmte die Hände in die schmalen Hüften. Obwohl sie ihr Korsett heute nicht annähernd so fest zugeschnürt hatte wie von der Schneiderin vorgesehen, war ihre Taille so schlank, dass selbst die Kaiserin vor Neid erblasst wäre. »Was sagen Sie nun zu den Zeichnungen?«, fragte sie.

Lorenz ergriff die Blätter, die vor ihm auf dem niedrigen Beistelltischchen lagen. Er runzelte besorgt die hohe Stirn. Dabei rutschte seine Brille auf die Nasenspitze. »Sehr böse, aber sie treffen ins Schwarze.«

Sein Blick ruhte auf zwei Tuschezeichnungen. Es waren Karikaturen, die sich über die Doppelmoral der Gesellschaft lustig machten. Auf einer war ein Mann zu sehen, der seine Frau mit erhobenem Zeigefinger belehrte, den täglichen Gottesdienst nicht zu versäumen, während vor seiner Tür bereits eine Prostituierte gelangweilt wartete. Die andere zeigte einen Priester, der vor einem Kreuz kniete. Unter seiner hoch ausgewölbten Kutte schauten nicht nur seine Füße, sondern auch die einer Frau hervor.

»Die Zeichnung mit dem Pfaffen können wir nicht bringen, die ist zu heikel. Aber die andere drucken wir.«

»Was denn? Dürfen Sie sich über die Scheinheiligkeit der Kirche nicht lustig machen?«, fragte Aurelia verärgert. »Woher stammen denn all die Kinder der Pfarrerköchinnen? Glauben Sie etwa, der Heilige Geist hat sie geschickt?«

Lorenz schüttelte missbilligend den Kopf.

»Über die Juden ziehen doch auch alle her. Haben Sie gesehen, was der Kikeriki letzte Woche gebracht hat?«, fuhr Aurelia leidenschaftlich fort. Das Konkurrenzblatt machte immer öfter mit antisemitischen Witzen Stimmung gegen die jüdische Bevölkerung.

»Bald glauben die Wiener, der Jude ist ein Millionär mit Hakennase, der sich auf Kosten der Armen bereichert. Dabei gibt es in Wien wohl mehr arme, mittellose Juden, die sich für einen Hungerlohn abrackern, als irgendwo anders auf der Welt.«

Lorenz legte die Zeichnungen wieder zurück, rückte seine Brille zurecht und strich sich über den bauschigen Backenbart, der seine vollen Wangen verbarg.

»Ich kann Ihren Unmut verstehen, aber ich bringe in meiner Zeitschrift keine Karikatur über einen Priester. Ich würde gerne noch eine Weile im Geschäft bleiben.«

»Pff!« Aurelia blies sich eine ihrer Locken, die sich aus ihrer hochgesteckten Frisur gelöst hatte, aus der Stirn.

»Ich veröffentliche Karikaturen einer jungen Frau, damit stehe ich eh mit einem Fuß im Gefängnis«, verteidigte sich Lorenz. »Auf die Gefahr, ins Visier der Kirche zu geraten, kann ich dankend verzichten.«

Aurelia stieß sich vom Fensterbrett ab und trat zurück in den Raum. Unelegant und ganz und gar nicht damenhaft ließ sie sich in einen der niedrigen Lehnstühle plumpsen. »Ich wünschte, ich wäre ein Mann.«

Nun änderte sich der Gesichtsausdruck des Chefredakteurs, er lächelte milde. »Das wäre jammerschade, denn Sie sind eine sehr attraktive junge Frau, wenn auch eine sehr störrische. Ihr

Vater hätte besser daran getan, Sie von strengen Gouvernanten erziehen zu lassen, als Sie in ein modernes Schweizer Internat zu schicken.«

Aurelia ignorierte die boshafte Bemerkung. So einfach wollte sie nicht aufgeben. »Es sind doch bloß Karikaturen. Die Zeichnungen halten den Menschen einen Spiegel vors Gesicht. Sie bieten die Möglichkeit, über die eigenen Fehler zu schmunzeln.«

»Niemand in diesem Land lacht über die Verfehlungen eines Priesters, und schon gar nicht, wenn sie aus der Feder einer Frau stammen«, sagte Lorenz ernst. »Wenn jemand von unserem kleinen Geheimnis erfährt, kann ich meine Zeitschrift einstampfen, meine Koffer packen und den Kontinent rasch verlassen.«

»Sie übertreiben maßlos. In ein paar Jahren werden Frauen über die gleichen Rechte verfügen wie Männer.«

Lorenz' Gesicht nahm einen mitleidigen Zug an, der Aurelias Ärger noch weiter schürte.

»Ich will, dass Sie beide Karikaturen bringen.«

Entschieden schüttelte Lorenz den Kopf. »Nein.« Er stand auf, ging zum Fenster und schloss es wieder. Der übergewichtige Mann litt an Gliederschmerzen. Er war fest davon überzeugt, dass Luftzug ihm schadete. Die Idee, seine Ess- und Trinkgewohnheiten zu ändern, kam ihm nicht in den Sinn.

»Es gibt da etwas, worum ich Sie in Zukunft bitten muss.« Lorenz versuchte beiläufig zu klingen, aber seine angespannte Körperhaltung verriet, dass er etwas Unangenehmes loswerden wollte. Wieder strich er sich über den Backenbart.

»Bitte schicken Sie in Zukunft Ihre Arbeiten mit der Post.«

»Wie bitte?« Mit einem Ruck drehte Aurelia ihren Kopf

zur Seite und fixierte den beleibten Verleger. »Warum?« Aurelia genoss die Besuche in der Chefredaktion. Sie liebte die Diskussionen über Politik und Gesellschaft. Nirgendwo anders konnte sie so ehrlich über die Missstände in der Monarchie sprechen. Für ein paar Stunden in der Woche spielte es keine Rolle, dass sie eine junge Frau war. In Lorenz' Büro brauchte sie kein Blatt vor den Mund zu nehmen.

»Es sind bereits Gerüchte im Umlauf.«

»Was für Gerüchte?«

Lorenz hüstelte verlegen, dann räusperte er sich. »Man munkelt, dass wir beide … also, Sie wissen schon.«

»Nein, ich habe keine Ahnung, wovon Sie reden. Was soll mit uns sein?« Aurelia hatte wirklich keine Idee, wovon Ferdinand Lorenz sprach.

»Man denkt, dass wir eine Affäre hätten.« Lorenz' Gesicht wurde noch röter, als es ohnehin schon war.

»Das ist doch völlig absurd!« Die Vorstellung kam Aurelia dermaßen abstoßend vor, dass sie sich zusammenreißen musste, um nicht laut loszulachen.

»So abwegig ist die Idee auch wieder nicht.« Beleidigt kehrte Lorenz zum Sofa zurück und setzte sich wieder.

»Sie sind ein Freund meines Vaters und ebenso alt wie er.« Aurelia erwähnte nicht, dass ihr verwitweter Vater im Unterschied zu Lorenz nach wie vor ein attraktiver Mann mit einer athletischen Figur war.

»Das Alter hat Frauen noch nie abgehalten, sich zu Männern hingezogen zu fühlen!«, sagte Lorenz gekränkt. »Ich will nicht, dass es noch mehr Gerüchte gibt. Zu schnell könnte man herausfinden, dass Sie mich aus einem ganz anderen Grund regelmäßig besuchen.«

Aurelia öffnete den Mund, um etwas zu erwidern, schloss ihn aber wieder. Auf gar keinen Fall wollte sie riskieren, dass Ferdinand Lorenz sich weigerte, ihre Karikaturen weiterhin zu veröffentlichen. Niemand anders in der Stadt würde ihr als Zeichnerin diese Möglichkeit bieten. Frauen waren in Wien als Künstlerinnen unerwünscht. Nur die allerwenigsten schafften es, sich zu behaupten. Tina Blau war eine davon, doch auch sie musste sich an gewisse Regeln halten. Sie durfte Landschaften oder sittsam bekleidete Menschen malen, aber niemals nackte Modelle. Aktbilder fanden nur von männlicher Hand Akzeptanz. Frauen, die sich über diese Regel hinwegsetzten, liefen Gefahr, an den gesellschaftlichen Rand gedrängt zu werden. Es wurde gemunkelt, dass einige Künstlerinnen, um sich dennoch entfalten zu können, ihre Gemälde oder Skulpturen als die ihrer Lehrer ausgaben.

Unvorstellbarer noch als der männliche Akt einer Frau war jedoch eine Karikaturistin. Offiziell hieß Aurelia »Fritz Lustig«. Ein Pseudonym, über das sie nicht sehr glücklich war. Sie fand es plump und wenig originell. Lorenz hatte es sich ausgedacht und er war davon begeistert, weshalb Aurelia aufgehört hatte, sich darüber zu beschweren. Sie war dankbar, dass sie für den Freund ihres Vaters arbeiten durfte.

»Wollen Sie mich loswerden?« Aurelias Stimme hatte den fordernden Ton verloren. Sie fürchtete sich vor der möglichen Antwort. Einen Moment herrschte Schweigen. Der Chefredakteur musterte sie mit einem sorgenvoll väterlichen Blick.

»Nein«, sagte er schließlich. »Ihre Arbeiten sind gut. Aber ich will keine moralischen Grenzen überschreiten.«

»Keine Zeichnungen von Priestern?«

»Keine Priester, keine Bischöfe und schon gar nicht der Papst.«

»Was ist mit dem Militär?«

»Damit habe ich kein Problem.«

Aurelia gab sich geschlagen. Für den Moment war sie erleichtert. Auch Lorenz war fürs Erste zufrieden. Doch der alte Verleger war lange genug im Geschäft, um aus ihren funkelnden Augen lesen zu können, dass sie es erneut versuchen würde. Aurelia wollte mit ihren Zeichnungen wachrütteln, provozieren und all die Dinge ansprechen, die zu kritisieren ihr als junger Frau verwehrt waren.

»Ich darf also weitermachen?«, zur Sicherheit forderte sie sein Versprechen ein.

»Ja.«

Als sie wenig später auf die Praterstraße hinaustrat, war die Sonne fast untergegangen. Noch vor wenigen Jahren hatte die Straße Jägerzeile geheißen, weil sie die Innenstadt mit den ehemaligen Jagdgebieten der kaiserlichen Familie verband. Heute waren die Praterauen mit ihren weitläufigen Grünanlagen allen Wienern und Wienerinnen zugänglich, und die Praterstraße war eine der meistbesuchten Meilen der Stadt. Mit zahlreichen Kaffeehäusern und Veranstaltungsgebäuden zog die Straße Tag für Tag zahlreiche Besucher an. Im renommierten Carltheater, das vor zehn Jahren von Johann Nestroy geleitet worden war, standen seine populären Stücke immer noch auf dem Spielplan. Wer sich nach opulenterer Unterhaltung sehnte, fand in einer Nebengasse das passende Etablissement. Der Zirkus Renz erfreute sich allabendlich eines ausverkauften Publikumssaals. Vom Hauseingang des Redaktionsgebäudes konnte man für gewöhnlich den Südturm des Stephansdoms erkennen, doch heute Abend war das Wahrzeichen nur zu erahnen. Wolken hatten sich vor den sichelförmigen Mond geschoben. Die ersten Laternenanzünder begannen bereits mit ihrer Arbeit. Neben Aurelia lief ein Mann mit einer kleinen Klappleiter unter dem Arm von Lampe zu Lampe, kletterte hoch und entzündete das Licht in den runden Kandelabern. Auf der gegenüberliegenden Straßenseite wartete bereits eine ganz bestimmte Pferdekutsche auf Aurelia. Es war der elegante dunkle Wagen von Frieda Horvath, der einzigen Fiakerfahrerin Wiens. Die Fenster der Kutsche waren mit samtenen Vorhängen versehen, die im Moment allesamt zugezogen waren. Am Kutschbock hockte Frieda. Sie trug einen dunklen Mantel, der ihr bis zu den Knöcheln reichte. Auf ihrem Kopf saß eine Melone. Der kleine runde, aus England stammende Hut begeisterte seit einigen Jahren auch in Wien seine Träger und war das Markenzeichen der Fiakerzunft. Zum Ärger so mancher männlicher Kollegen ließ Frieda es sich nicht nehmen, ebenfalls eine Melone zu tragen. Mit raschen Schritten überquerte Aurelia die breite Straße. Sobald Frieda sie erblickte, legte sie ihren Zeigefinger an den Mund und bedeutete Aurelia, dass sie zu ihr auf den Kutschbock klettern sollte. »Ich hab Kundschaft im Fiaker.« Überrascht folgte Aurelia ihren Anweisungen, hob ihre Röcke und stieg geschickt zu Frieda.

»Guten Abend!« Frieda tippte mit ihrem Zeigefinger an den Rand der Melone. Sie flüsterte. »Ich hab eine Porzellanfracht.«

Aurelia hob fragend die schmalen Augenbrauen.

»Die Herrschaften wollen nicht gestört werden. Ich soll sie eine Stunde lang durch die Stadt kutschieren.« Frieda fasste in die Brusttasche ihres Mantels und holte eine alte verbeulte

Taschenuhr heraus. »Mittlerweile sind es schon zwei Stunden. Die beiden können wohl nicht genug kriegen.«

»Sie führen ein Liebespaar durch die Stadt?«

Frieda verzog den Mund vielsagend. »Als Liebespaar würde ich die zwei nicht unbedingt bezeichnen.«

»Dann vergnügt sich hinter uns gerade ein Mann mit einer käuflichen …?« Sollte Aurelia wieder vom Kutschbock springen?

»Pst!«, erneut legte Frieda den Finger auf den Mund. »Bleiben Sie hier, Fräulein von Kolowitz. Ich bring Sie nach Hause und dann hol ich die zwei aus der Kutsche.« Sie rieb sich die Hände. »Die angefangene Stunde müssen die natürlich extra zahlen.«

Es war kein Geheimnis, dass Frieda immer Geldprobleme hatte. Es gab eine Menge Kunden, die sich weigerten, von einer Frau durch die Stadt geführt zu werden. Bei Aurelia verhielt es sich umgekehrt. Sie bevorzugte Friedas Fiaker. Die Frau, deren Alter schwer zu bestimmen war, vielleicht war sie dreißig, vielleicht schon vierzig, machte keine anzüglichen Bemerkungen über ein junges Fräulein, das allein unterwegs war, sie warf ihr auch keine unzüchtigen Blicke zu und versuchte sie weder mit dem Fahrpreis übers Ohr zu hauen noch Aurelia in langweilige Gespräche zu verwickeln. Für alle Fahrten, von denen Aurelia schon im Voraus wusste, wann sie sie unternehmen wollte, buchte sie Frieda. Sie war zuverlässig, pünktlich und verschwiegen.

Die Fiakerin ergriff die Zügel der beiden Pferde und schon setzten die Tiere sich langsam in Bewegung.

»Warum Porzellanfahrt, wenn es doch Menschen sind, die Sie herumkutschieren?«

»Bei dem, was die zwei treiben, ist es besser, ich fahr ganz vorsichtig in die Kurven.« Frieda grinste breit. Einer ihrer Schneidezähne war aus Gold. Das Edelmetall blitzte im Schein der Gaslaterne auf. »Eben als hätte ich Porzellan geladen.«

»Oh, verstehe.«

Trotz des lauen Frühlingsabends war der Fahrtwind kühl. Er vertrieb den Pferdegeruch, der Frieda stets anhaftete. Aurelia verschränkte die Arme vor der Brust und zog das feine Schultertuch etwas enger. Es stammte von ihrer Tante Eugenia, die mit dem Engländer Sir Antony Tassell verheiratet war und seit Jahren in Indien lebte. Bei ihren seltenen Wienbesuchen überhäufte die kinderlose Schwester ihres Vaters ihre einzige Nichte mit kostbaren Geschenken. Mit den meisten Dingen konnte Aurelia wenig anfangen. So hatte sie den präparierten Elefantenfuß an ihren Zahnarzt und das ausgestopfte Krokodil an ihren Apotheker weitergegeben. Doch die herrlich weichen Stoffe aus Bombay fand Aurelia ausgesprochen hübsch. Sie verwendete sie als Schultertücher, Sofaüberwürfe oder Kissenüberzüge. Kleider, so wie Tante Eugenia sie trug, hatte sie sich noch nie nähen lassen. Dafür waren ihr die leuchtenden Farben doch eine Spur zu exotisch.

Aurelia hielt das Tuch fest an sich gedrückt und achtete darauf, nur nach vorne zu sehen und ja nicht den Kopf nach hinten zu drehen. Sie wollte auf keinen Fall den Eindruck erwecken, am Geschehen in der Kutsche interessiert zu sein.

»Übernehmen Sie öfter Porzellanfahrten?«

»Leider viel zu selten.« Frieda griff in ein schmales Fach neben ihrem Sitz. Ohne den Blick von der Straße zu nehmen, holte sie eine Pfeife hervor und steckte sie in den Mund, zündete sie jedoch nicht an.

»Die Fahrten bringen das Fünffache. Damit kann ich meine zwei Schnuckerl eine ganze Woche lang durchfüttern.« Sie bedachte ihre Pferde mit einem liebevollen Blick.

»Und der Kundschaft ist es völlig egal, wo Sie in der Stadt herumfahren?«

»Völlig.«

Vor Aurelias innerem Auge entstand eine Zeichnung mit einem Fiaker, in dem sich Porzellantassen unsittlich vergnügten.

»Die zwei wissen, dass Sie auch andere Fahrgäste transportieren?«

Nun wirkte Frieda verlegen. »Eigentlich nicht. Aber es war bloß eine Stunde vereinbart. Was kann ich denn dafür, dass die beiden nicht aufhören wollen.« Frieda wandte sich Aurelia zu. »Hätte ich Sie etwa sitzen lassen sollen?«

»Oh, nein, auf keinen Fall«, beeilte sich Aurelia. »Vielen Dank, dass Sie mich nicht vergessen haben!«

Aurelia war weder eine einfache Dienstmagd noch eine Markt- oder Milchfrau, bei denen es niemanden kümmerte, wenn sie allein auf der Straße unterwegs waren. Als Tochter von Graf Otto von Kolowitz, einem wohlhabenden Großgrundbesitzer, wurde von ihr erwartet, dass sie sich stets in Begleitung einer Anstandsdame befand. Zum großen Leidwesen ihres Vaters hielt Aurelia sich jedoch nur in absoluten Ausnahmefällen an die gesellschaftlichen Spielregeln.

Der Fiaker hatte die Ferdinandsbrücke erreicht, die im Zuge der Stadtmauerschleifung verbreitert worden war. Sie überquerten den Donaukanal und fuhren den neu errichteten Franz-Josefs-Kai entlang. Über die Ringstraße, den geplanten Prachtboulevard der Wiener, der die Innenstadt in ein paar

Jahren wie ein kostbares Band umschlingen sollte, gelangten sie zur Wollzeile. Derzeit war die Ringstraße jedoch eine einzige, nicht enden wollende Baustelle. Überall standen Gerüste herum. Riesige Baugruben klafften im Boden, daneben stapelten sich Ziegel in unschätzbarer Zahl und Holz in riesigen Haufen. Dort wo der Wienfluss in den Donaukanal mündete, stand die Franz-Josefs-Kaserne. Frieda lenkte den Fiaker vorsichtig in die Wollzeile, bog in eine winzig kleine, namenlose Gasse ein und hielt schließlich zwischen dem Palais Nimptsch und dem alten gotischen Stadthaus, das Aurelias Vater vor wenigen Jahren den Erben der Gräfin Nimptsch abgekauft hatte, in der Bäckerstraße an.

Aurelia kramte ihr Portemonnaie aus ihrer Handtasche hervor und zahlte Frieda den Fahrpreis. Sie lauschte nach hinten. In der Kutsche war es mucksmäuschenstill. Nicht der geringste Laut drang nach außen.

»Sind Sie sicher, dass Ihre Kundschaft sich nicht längst aus dem Staub gemacht hat?«

»Wann hätten sie das tun …?« Frieda überlegte. Dann schlug sie sich mit der flachen Hand auf den Mund. Ihre Augen weiteten sich. »Kurz bevor ich zu Ihnen gekommen bin, habe ich mir bei einem Würstelstand bei der Baustelle des großen Museums mein Abendessen geholt.« Mit einem Satz sprang sie vom Kutschbock. Ihre Stiefel schlugen hart auf der gepflasterten Straße auf.

Vorsichtig klopfte sie gegen die Wagentür. Nichts rührte sich. Auch Aurelia kletterte vom Fiaker. Sie trat in gebührenden Abstand zu Frieda.

Die klopfte lauter. »Hallo, hören Sie mich?«

Wieder keine Antwort. Verärgert stemmte Frieda ihre

Hände in die ausladenden Hüften. »Also, wenn die glauben, dass die Spielchen mit mir treiben können, dann haben sie sich gehörig geirrt.« Mit der Faust hieb sie gegen die Tür. Eines ihrer Pferde schnaufte empört.

»Machen Sie die Tür auf!«, forderte Frieda. »Sonst tu ich es.«

Aurelias Neugier war nun größer als ihre Vernunft. Sie trat näher.

Entschlossen ergriff Frieda die Klinke, drückte sie hinunter und öffnete die Tür. Sie spähte ins dunkle Wageninnere. Das flackernde Licht der Gaslaterne neben ihr warf ihren fahlen Schein in den Fiaker. Ein Mann saß darin. Sein Kopf war in unnatürlichem Winkel verdreht.

»Sie, warum antworten Sie mir nicht?« Friedas Ärger wich einer zunehmenden Verunsicherung. Vorsichtig stupste sie den Mann an der Schulter an. Leblos sackte der Körper zur Seite. Frieda stieß einen spitzen Schrei aus. Ihre schrille Stimme hallte wie der Ruf eines Gespenstes in der engen Gasse wider. Zeitgleich wurde das bogenförmige, grün gestrichene Tor des Palais geöffnet. Unter dem schmiedeeisernen Balkon, der von zwei Karyatiden, Frauen aus Stein, getragen wurde, trat ein großer, hagerer Mann aufs Kopfsteinpflaster.

Aurelia blickte zuerst in den Wagen, dann zu dem Mann. Es war Sebastian, der Diener ihres Vaters. Es blieb ihr kaum Zeit, darüber nachzudenken, warum er aus dem Palais der Nimptschs und nicht aus dem Haus ihres Vaters kam. Die Luft, die sie bis dahin angehalten hatte, stieß sie nun mit einem Mal in einem lauten Wortschwall aus.

»Sebastian, kommen Sie schnell. Wir brauchen Ihre Hilfe!« Mit wenigen Schritten war der drahtige Mann bei Ihnen und sah ebenfalls ins Wageninnere.

»Sind Sie mit diesem Fiaker gekommen?« Sein ohnehin blasses Gesicht hatte nun jede Farbe verloren. Seine sonst so emotionslose Stimme klang besorgt. Eindringlich sah er Aurelia an.

»Ja, aber ich bin bei Frieda am Kutschbock gesessen.« Der Diener wirkte erleichtert.

»Ist der Mann …«, Aurelia wollte das Wort nicht aussprechen.

»Er ist tot«, erklärte Sebastian. »Und nicht nur das, er ist auch nicht gerade korrekt gekleidet.«

»Ist das nicht völlig egal?« Aurelia schienen Kleidungsvorschriften im Moment zweitrangig zu sein.

Sebastian räusperte sich dezent. »Für den Herrn ist es wohl in der Tat nicht mehr von Belang. Aber für seine Hinterbliebenen könnte es unangenehm sein, wenn man erfährt, in welchem … Zustand er starb.«

»Warum?« Manchmal fand Aurelia Sebastians verschlüsselte Sätze anstrengend.

»Nun, die Hosen des guten Mannes sitzen nicht so, wie sie sollten, und sein bester Freund ist in einem Zustand, den junge Damen auf keinen Fall zu Gesicht bekommen sollten.«

Erst jetzt sah Aurelia an dem Toten hinab.

Frieda lachte hysterisch auf. »Ist er daran … kann man denn deshalb …?« Sie stotterte nervös herum. »Ach, du meine Güte, ich bin erledigt.«

»Wenn ich das im Halbdunkel richtig erkennen kann, dann steckt in seiner Brust ein Messer.«

Die sonst so selbstsichere Frieda begann zu zittern. »Die Polizei wird mich einsperren. Ich will nicht wieder ins Gefängnis.«

»Sie waren schon mal im Gefängnis?«

Statt zu antworten, begann Frieda zu weinen.

»Die Polizei kann Sie nicht für etwas einsperren, das Sie nicht verbrochen haben.« Aurelia versuchte die Fiakerin zu beruhigen. »Ich kann bezeugen, dass Sie mich nach Hause gebracht haben und von dem Toten in Ihrem Wagen ebenso überrascht waren wie Sebastian oder ich.« Aurelia ergriff Friedas Hände. Sie waren eiskalt.

»Das werden Sie nicht tun«, mischte sich Sebastian ein.

»Aber warum denn nicht? Frieda muss mit dem Toten zur Polizei und ich kann sie doch nicht allein hinfahren lassen.«

Friedas Zähne schlugen laut aufeinander.

»Denken Sie bitte darüber nach, was morgen in den Zeitungen stehen würde, wenn die Presse erfährt, dass Aurelia von Kolowitz mit einem Mann im Fiaker gefahren ist, der nicht nur tot, sondern auch halb nackt war.«

»Aber ich war doch gar nicht *im* Fiaker«, korrigierte Aurelia. »Sondern bloß am Kutschbock.«

»Ich fürchte, dass das den Männern von der Zeitung einerlei sein wird.« Auf Sebastians hoher Stirn bildeten sich Sorgenfalten. Aurelia hatte den loyalen Mann noch nie so aufgeregt erlebt. Seit sie sich zurückerinnern konnte, arbeitete er für ihren Vater. Sebastian beaufsichtigte die anderen Hausangestellten und war für die gesamte Organisation des Hauses von Kolowitz zuständig. Von den Vorratskammern bis zur Wäsche hatte er alles im Blick. Vor allem aber fühlte er sich für das Seelenheil seines Dienstgebers verantwortlich. Und da Otto von Kolowitz nur beruhigt schlafen konnte, wenn er seine geliebte Tochter, sein einziges Kind, in Sicherheit wusste, war es Sebastians oberstes Gebot, dafür zu sorgen, dass Aurelia in keine Schwierigkeiten geriet.

»Ich werde Fräulein Frieda zur Polizeiwache begleiten«, sagte er entschieden.

»Aber Sie sind doch eben erst aus dem Palais gekommen und waren selbst auf dem Weg irgendwohin.« Aurelia wollte fragen, was Sebastian im Nachbarhaus gemacht hatte. Doch sie hob sich die Frage für später auf.

»Mein Vorhaben ist soeben zweitrangig geworden«, sagte der Diener.

»Sebastian. Was wollen Sie der Polizei denn erzählen? Sie können doch nicht lügen!«, wandte Aurelia ein.

»Hm.« Er überlegte kurz. »Ihr Vater macht sich gewiss schon Sorgen und fragt sich, wo Sie so lange bleiben. Bitte lassen Sie ihn nicht länger warten. Und diese unerfreuliche Angelegenheit meine Sorge sein.«

Aurelia fühlte sich in eine Zeit zurückversetzt, in der sie zu spät vom Zeichenunterricht nach Hause gekommen war, heimlich verbotene Liebesromane gelesen oder gegen jeden Anstand Aktmodelle gemalt hatte. Ganz egal, gegen welche Regeln sie in der Vergangenheit auch verstoßen hatte, Sebastian hatte sie stets gedeckt. Nicht, weil ihm daran gelegen hätte, sie vor Strafen zu bewahren, sondern aus Rücksicht auf ihren Vater, den er nicht beunruhigen wollte. Für seinen Dienstherrn würde der stille Mann durchs Feuer gehen. Manchmal hatte Aurelia den Verdacht, dass Sebastian mit seinem heroischen Einsatz irgendeine Schuld beglich. Sie hatte jedoch nicht den blassesten Schimmer, worum es sich dabei handeln könnte.

Aurelia sah in Sebastians blassblaue Augen. Die Entschlossenheit darin machte jeden Protest zwecklos. Aurelia gab sich geschlagen.

»Sind Sie damit einverstanden?« Sie richtete ihre Frage an Frieda. Die Fiakerin schien gar nicht gehört zu haben, was Sebastian vorgeschlagen hatte. In ihren schlimmsten Fantasien sah sie sich wohl schon im Gefängnis sitzen.

»Wenn die Polizei erfährt, dass ich eine Porzellanfahrt hatte, bin ich meine Konzession los. Und dann kann ich nie wieder einen Fiaker fahren. Was wird nur aus meinen armen Schnuckerln?«

»Sie dürfen der Polizei einfach nichts davon erzählen«, meinte Aurelia.

»Das Reden übernehme ich«, entschied Sebastian.

Seine Entschlossenheit hatte eine beruhigende Wirkung auf Frieda. Ihr Zittern ließ ein wenig nach.

»Dann werde ich jetzt zu meinem Vater gehen«, sagte Aurelia.

»Verraten Sie ihm kein Wort!« Sebastians Worte waren keine Bitte, sondern ein Befehl.

Doch Aurelia hätte sich auch so davor gehütet, ihrem Vater von diesem Abend zu berichten.

Janek

Polizeidirektion Petersplatz

In dem winzigen Büro der Polizeidirektion am Petersplatz war die Luft so stickig und heiß, dass Inspektor Janek Pokorny gegen alle Anstandsregeln sein Sakko auszog und die Hemdsärmel hochkrempelte. Seit achtundvierzig Stunden war er durchgängig im Dienst und wünschte sich nur noch eines: in sein Bett zu kommen. Doch daran war im Augenblick nicht zu denken. Er musste noch die Protokolle zu einem rätselhaften Schmuckdiebstahl zusammenfassen. Morgen würde der Polizeidirektor höchstpersönlich Einsicht in die Akte nehmen. Janek war einer von hundertzwanzig kaiserlichen und königlichen Polizeiagenten der Wiener Sicherheitswache. Es war noch nicht lange her, dass der Kaiser auf die Proteste aus der Bevölkerung reagiert und die Militärpolizeiwache aufgelöst hatte. Janeks Abteilung war neu, ihre Gründung eine der wenigen Lehren, die das Kaiserhaus aus dem Revolutionsjahr 1848 gezogen hatte. Die Menschen hatten eine klare Trennung von Militär und Polizei gewollt. Nun gab es die kaiserlichen Polizeiagenten, die zur Sicherheitswache gehörten, dem Innenministerium unterstellt waren und statt Uniformen in Zivilkleidung unterwegs waren. Diese kleine Gruppe von Männern war für die Aufklärung krimineller Handlungen aller Art verantwortlich. Die Abteilung war chronisch unterbesetzt und stand, was die Arbeit darüber hinaus nicht gerade erleichterte, ständig in der Kritik durch das Militär. In der k. u. k. Armee der Habsburgermonarchie ließ man sich nicht gerne seiner Kompetenzen beschneiden. Wann immer die Möglichkeit bestand, wurde vom Ministerium des Militärs mit ausgestrecktem Finger auf die frisch gegründete Abteilung der Polizeiagenten gezeigt. Janek wollte auf keinen Fall, dass seine Arbeit Grund für Kritik bot. Daher las er jedes Protokoll, das seinen Schreibtisch verließ, zweimal durch und korrigierte die Rechtschreibfehler seiner Kollegen. Offiziell musste jeder Polizeiagent der deutschen Sprache mächtig sein und sie auch schriftlich beherrschen. In der Realität hatten die meisten Beamten gerade mal einen Pflichtschulabschluss, viele stammten aus Böhmen, Mähren oder anderen Gebieten der Donaumonarchie. Ein Gymnasium hatte kaum einer von ihnen besucht. Janek war da eine Ausnahme. Ein Privileg, das er nicht seinen Eltern zu verdanken hatte. Die einfachen Ziegelböhm, die am Wienerberg wohnten, hätten nie die Mittel dazu gehabt. Das Gymnasium verdankte Janek seinem Volksschullehrer, der sein Potenzial rasch erkannt und ihm zu einem Begabtenstipendium verholfen hatte. Rechtschreibfehler waren Janek ein Gräuel. Vielleicht weil er sich selbst jahrelang damit hatte herumschlagen müssen. Verärgert strich er das lange i aus dem Wort »hinaus«. Das Klopfen an der Tür zu seinem Büro hörte er erst, als es ein lautes Hämmern wurde.

»Ja, bitte?«

Mit einem unangenehmen Quietschen wurde die Tür geöffnet. Schon vor Wochen hatte er den Haustechniker darum gebeten, die Scharniere zu ölen. Er würde ihn morgen erneut daran erinnern. Alles in diesem desolaten Gebäude war renovierungsbedürftig. Sämtliche Kollegen hofften darauf, dass der Kaiser die Umsiedlung in ein neues Gebäude am Ring genehmigen würde. Direkt am Schottenring entstand gerade ein riesiges, repräsentatives Verwaltungsgebäude. Wenn alles gut ging, würde die Polizei dort einziehen. Aber im Intrigenstadel der Monarchie gab es von allen Seiten Neid. Gut möglich, dass die neu gegründete Abteilung Geschichte war, bevor sie Erfolge verbuchen konnte. Dann würde das Militär auf den Schottenring übersiedeln.

Der Kopf eines jungen Mannes erschien im Türspalt. Polizeidiener Johannes Hofer war Mitte zwanzig, sah aber aus wie vierzehn. All seinen Bemühungen zum Trotz wollten weder sein Körper noch sein Bart wachsen. Er sehnte sich nach dem Rang eines Inspektors, doch bis jetzt war ihm die Beförderung verwehrt worden. Im Gegensatz zu seinem Äußeren war seine Stimme tief und kräftig. »Herr Inspektor, da sind ein Mann und eine Frau, die auch wie ein Mann aussieht, die behaupten, sie hätten einen Toten im Fiaker.«

»Was heißt, sie behaupten es. Haben Sie denn nicht nachgesehen?«

Hofers Augen weiteten sich überrascht. »Hätte ich denn sollen?«

Janek stöhnte auf. Er arbeitete einfach schon zu lange ohne Unterbrechung. Genervt stützte er den Kopf in die Hände und rieb sich die schmerzenden Schläfen.

»Schick die zwei rein.«

»Sehr wohl!« Hofer salutierte und schloss die Tür wieder.

Kurz darauf betrat ein sehr ungleiches Paar den winzigen Raum. Beide kamen Janek auf irgendeine Weise bekannt vor. In Gedanken ging er die Liste der Personen durch, die sich in der Stadt schon des ein oder anderen kleineren Verbrechens schuldig gemacht hatten, Trickbetrüger und Diebe, Hochstapler und Prostituierte, doch er fand kein Gesicht, das mit denen der zwei übereinstimmte. Der Mann trug einen einfachen Mantel aus gutem Stoff, darunter einen feinen Anzug. Seine dunklen Lederschuhe waren akkurat geputzt. Sie glänzten. Die Frau hingegen wirkte schmuddelig. Ein scharfer Geruch nach Stall und Pferd haftete ihr an. Sie trug den Hut eines Fiakers. Ah, da war die Erinnerung. Vor ihm stand Frieda Horvath. Eine Frau, die eine Fiaker-Lizenz besaß und sich als Kutscherin ihren Unterhalt verdiente. Sie war letzten Monat wegen Verstoßes gegen die sittliche Ordnung angezeigt worden. Ein Messerschleifer hatte gesehen, wie sie in der Öffentlichkeit eine Frau auf den Mund geküsst hatte. Doch schon am nächsten Tag hatte der Mann seine Anzeige wieder zurückgezogen und Janek hatte Frieda wieder aus der Untersuchungshaft entlassen.

»So schnell sieht man sich wieder«, sagte er säuerlich, schob seine Papiere zur Seite und wies die beiden an, sich zu setzen. »Was führt Sie denn heute zu mir?«

»Wir bringen einen toten Mann.« Es war nicht Frieda, die antwortete, sondern ihr Begleiter.

»Und warum kommen Sie mit ihm zur Polizei und nicht zur Bestattung?«

»Der Mann wurde in Fräulein Horvaths Fiaker erstochen.« Während der Mann sprach, waren Friedas ängstlich geweiteten Augen auf ihn gerichtet. Ihr Hals war von dunkelroten Flecken übersät.

»Und er ist immer noch in Ihrem Fiaker?« Janek wollte, dass Frieda antwortete, doch sie nickte bloß. Nervös knetete sie ihre Hände, bis auch sie die Farbe ihrer Wangen hatten.

»Wir haben den Mann nicht angerührt. Er sitzt immer noch genauso im Fiaker, wie wir ihn gefunden haben«, fuhr der Mann im feinen Anzug fort.

»Und wer sind Sie?«

»Sebastian Haferl.«

Wieder ging Janek eine Liste in seinem Kopf durch. Diesmal nicht mit Gesichtern, sondern mit Namen. Doch da war nichts. Oder er war so müde, dass ihn seine Erinnerung im Stich ließ.

»Sie sind auch Fiakerfahrer?«

»Nein.«

»Was sind Sie dann?«

»Ist das von Wichtigkeit?«

»Ja.«

»Ich bin Diener.«

»Bei wem stehen Sie im Dienst?«

Der hagere Mann presste seine Lippen zusammen und verengte seine blassblauen Augen. Janek wartete zunehmend ungeduldig.

»Otto von Kolowitz.«

»Graf Otto von Kolowitz?«

»Ja.«

»Hm.« Offenbar war es dem Mann unangenehm, seinen Dienstgeber zu nennen. Vielleicht hatte er Angst, seine Anstellung zu verlieren, wenn der Graf herausfand, dass sein Diener den Abend bei der Polizei verbrachte.

»Dann erzählen Sie mal«, forderte Janek. Er lehnte sich zurück und sah Frieda erwartungsvoll an.

»Wollen Sie denn den Toten nicht sehen?«, fragte der Diener.

»Eines nach dem anderen.« Janek verschränkte die Arme vor der Brust und wartete. »Der rennt uns ja wohl nicht mehr davon.«

»Frau Horvath hat mich gegen sieben aus der Praterstraße abgeholt. Ich bin zu ihr auf den Kutschbock geklettert und sie hat mich nach Hause in die Bäckerstraße gebracht. Dort angekommen hat sie sich Sorgen um die beiden Fahrgäste in der Kutsche gemacht. Wir haben gemeinsam nachgesehen und den Toten gefunden.«

»Fahrgäste? Ich dachte, es ist ein Mann.«

»In der Kutsche war nur noch der Mann. Aber ursprünglich waren es zwei Fahrgäste.«

»Warum transportieren Sie denn drei Leute auf einmal?«

Frieda drehte sich Hilfe suchend zum Diener des Grafen. Bis jetzt hatte sie noch kein Wort gesprochen.

»Frau Horvath hat mich zufällig gesehen. Ich fahre öfter mit ihr. Und da wir ohnehin den gleichen Weg hatten, nahm sie mich ein Stück weit mit.«

»Und das war den Männern in Ihrem Wagen recht?«

Frieda nickte hektisch. Wieder suchte sie den Blick des Dieners.

»Es waren nicht zwei Männer«, gab dieser preis. »Es handelte sich um einen Mann und eine Frau.«

»Eine Porzellanfracht?« Janek löste die Arme vor der Brust und lehnte sich nach vorne. Er hatte nur geraten. Aber anscheinend hatte er ins Schwarze getroffen, denn prompt löste sich Friedas Zunge.

»Nein!«

Es war den Fiakerfahrern untersagt, Prostituierte bei ihrem Gewerbe zu unterstützen. Die wenigsten käuflichen Frauen waren registriert. Sie wollten sich den amtlichen Untersuchungen entziehen, die sie eine Menge Geld kosteten, schmerzhaft waren und bei denen sie sich aufgrund der fehlenden Hygiene immer wieder mit Geschlechtskrankheiten infizierten. Wurden nicht registrierte Frauen aber erwischt, drohten ihnen drakonische Strafen. Wer sie deckte oder ihnen bei ihrem sittenwidrigen Tun half, machte sich ebenfalls strafbar.

»Ich schwör, dass es ein ganz normales Paar war.« Frieda sprach so hastig, dass Janek Mühe hatte, sie zu verstehen. Er verdrehte die Augen. »Und deshalb haben Sie die zwei durch die Stadt geführt und gleichzeitig noch andere Fahrgäste am Kutschbock mitgenommen.« Er wandte sich an den Diener.

»Nur den Herren da«, beteuerte Frieda.

»Hatten Sie auch Ihren Spaß dabei?« Als Polizeiagent hatte Janek schon die merkwürdigsten Geschichten gehört. Menschen bezahlten dafür, andere beim Beischlaf zu beobachten. Das würde erklären, warum Frieda den Diener des Grafen mitgenommen hatte. Mein Gott, dachte Janek, was war das nur für eine unselige Geschichte? Aber gut, das Vergehen würde im Weitesten auch zu der Anzeige passen, die vor ein paar Wochen gegen die Fiakerin erstattet worden war.

»Ich weiß nicht, worauf Sie anspielen, Herr Inspektor. Fräulein Horvath hat mich nach Hause gebracht, so wie es jeder Fiakerfahrer gemacht hätte.« Der Diener von Graf von Kolowitz saß kerzengerade da. Im Gegensatz zu Frieda war er nach außen hin völlig ruhig.

»Also gut«, Janek würde die Sache im Auge behalten und später vielleicht noch einmal fragen. »Erzählen Sie weiter. Warum haben Sie in die Kutsche geschaut?«

»Fräulein Horvath hat sich Sorgen gemacht, daher hat sie

an die Tür geklopft und nachgefragt, aber es kam keine Reaktion. Schließlich hat sie die Tür der Kutsche geöffnet.«

Frieda nickte zustimmend und begann zu weinen. Sie steckte sich die Faust in den Mund und biss auf ihre Knöchel.

»Wissen Sie, wie der Tote heißt?«

Frieda schüttelte den Kopf.

»Und die Frau, die offensichtlich, ohne dass Sie es bemerkt haben, aus der Kutsche gesprungen ist. Hatte die einen Namen?« Janek versuchte erst gar nicht, so zu tun, als würde er Frieda Glauben schenken. Sein Zynismus schien an ihren angeschlagenen Nerven zu nagen.

»Ich, ich … weiß nicht, wie sie hieß!« Frieda stotterte unter Tränen.

»Das Ganze klingt nach einer sehr merkwürdigen Geschichte.«

»Ich schwöre, dass ich nichts damit zu tun habe«, jammerte Frieda. »Ich habe die beiden nicht gekannt.«

»Aber Sie haben einen weiteren Fahrgast mitgenommen, obwohl sie wussten, dass bereits ein Paar in ihrer Kutsche saß. Mit Ihrer Vorgeschichte klingt das nach einem weiteren Sittendelikt.«

»Es war ja bloß Fräulein Au…«

Sebastians Fußspitze landete auf ihrem Schienbein. Erschrocken hielt Frieda inne.

»Welches Fräulein?«, fragte Janek. »Haben Sie etwa noch jemanden transportiert? Das wird ja immer abenteuerlicher! Hören Sie, Fräulein Horvath, ich weiß ja nicht, was Sie da mit Ihrer Kutsche für ein Geschäft betreiben, aber ich sag Ihnen gleich, dass Sie besser ehrlich mit mir sind.«

»Kein Fräulein!« Friedas Stimme überschlug sich förmlich. »Nein, wirklich nicht. Ich war ganz allein.«

»Ich dachte, dass Sie den Herrn Haferl mitgenommen haben.«

»Ja, richtig. Herr Haferl. Der ist zu mir auf den Kutschbock geklettert.« Frieda nickte so heftig, dass die Tränen schwer auf ihre Brust tropften.

Janek sah von ihr zum Diener des Grafen und wieder zurück. Die stoische Miene des Mannes hatte in den letzten Minuten deutlich an Souveränität eingebüßt. Auf seiner hohen Stirn bildeten sich Schweißtropfen.

Janek war zu müde für derlei Späße. »Entweder Sie rücken jetzt mit der ganzen Geschichte heraus«, sagte er verärgert. »Oder Sie beide verbringen diese Nacht im Gefängnis.«

»Ich will nicht ins Gefängnis, bitte nicht! Es war letztes Mal so schrecklich und meine lieben Pferde, meine Schnuckerl. Ich kann die Tiere ja nicht einfach auf der Straße stehen lassen …« Frieda schniefte und ihre Stimme rasselte wie ein Sack Gulden. Sie schien völlig mit den Nerven am Ende. Janek kannte diesen Gemütszustand bei Zeugen. Er wusste, dass Frieda ihm jetzt jede Frage beantworten würde.

»Wie lautet der Name des Fräuleins, das Sie heute Abend durch Wien geführt haben?« Janek wollte keine weitere Nacht durcharbeiten.

»Aurelia von Kolowitz.«

Aurelia

Bäckerstraße

Marie, das Dienstmädchen, räumte den Frühstückstisch ab. Dabei klirrten die feinen weißen Kännchen und Teller gefährlich laut. Seit Marie im Haus der Familie Kolowitz arbeitete, war das Service um einige wertvolle Stücke geschrumpft.

»Marie, pass bitte ein bisserl auf!« Otto von Kolowitz sprach, ohne dabei von seinem Zeitungszelt aufzusehen. »Eine dieser Tassen ist so viel wert wie dein Gehalt für eine ganze Woche.«

»Wirklich?« Marie hob ungläubig eine Tasse an und betrachtete sie mit neuem Interesse. Dabei rutschte ihr ihre weiße Haube in die Stirn. »Schaut aus wie ein ganz normales Häferl.«

»Es ist eine ganz normale Kaffeetasse«, korrigierte Graf von Kolowitz. Nun legte er doch die Wiener Tagespresse zur Seite. »Aber sie stammt aus der kaiserlichen Porzellanmanufaktur im Augarten und ist dementsprechend teuer.«

»Oh.« Marie verzog unbeeindruckt den Mund, stellte das Geschirr nun aber deutlich vorsichtiger auf den Servierwagen. »Kann ich den Kaffee schon mitnehmen?«

»Ich habe genug. Danke. Was ist mit dir, Aurelia?« Otto von Kolowitz richtete sich fragend an seine Tochter.

»Wie bitte?«

»Wo bist du mit deinen Gedanken? Ich habe dich gefragt, ob du noch Kaffee möchtest?«

Aurelia blickte ihren Vater an, als hätte sie eben erst bemerkt, dass sie beim Frühstück saß. Sie hatte eine schreckliche Nacht hinter sich, in der sie darüber nachgedacht hatte, wie sie ihrem Vater von dem Vorfall letzten Abend erzählen sollte.

»Nein, danke. Ich bin fertig.« Sie reichte Marie ihre leere Tasse.

»Aber Sie haben ja noch gar nichts gegessen«, meinte Marie vorwurfsvoll.

»Ich bin nicht hungrig. Du kannst alles wegräumen, danke.« Mit einem lauten Seufzen und einem Schulterzucken nahm Marie auch den Rest des Geschirrs entgegen, stellte es auf den Wagen und schob ihn aus dem Speisezimmer. Das Porzellan schepperte bedenklich. Erst als sie das Zimmer verlassen hatte, sagte Otto von Kolowitz: »Ich frage mich, ob es klug war, dieses Mädchen einzustellen. Sie ist auf einem Bauernhof aufgewachsen und wird sich vielleicht nie an das Leben in der Stadt gewöhnen.«

»Ach, das wird schon«, beruhigte Aurelia ihren Vater. »Marie ist ehrlich und fleißig. Wen stört es da, dass sie den Wert von teurem Porzellan nicht versteht oder dann und wann eine Grenze überschreitet?«

Otto von Kolowitz legte den Kopf schräg. So wie er es immer tat, wenn er nicht sicher war, ob er seiner Tochter zustimmen sollte. Er hatte Marie eingestellt, weil sie die Tochter eines Bauern war, der sein Land pachtete. Josef Moser hatte sieben Töchter, Marie war seine jüngste. Der Bauer hatte nicht genug Geld, um seinen Töchtern eine nennenswerte Mitgift zu geben. Eine von ihnen in einer ordentlichen Anstellung zu wissen, ließ den geplagten Vater ruhiger schlafen.

»Du magst das Mädchen?«, fragte Otto.

»Ja, sie ist erfrischend natürlich.«

»Sie ist ebenso störrisch wie du selbst.« Seine tadelnden Worte passten nicht zu dem liebevollen Blick, mit dem er seine einzige Tochter bedachte. An jedem anderen Morgen hätte Aurelia ihm widersprochen und ihm gesagt, dass sie nicht störrisch war, sondern sich bloß nicht allen Zwängen der Gesellschaft unterwerfen wollte. Sie hätte wohl auch ihre Ansichten zur ungleichen Verteilung von Besitztümern und Bildungsmöglichkeiten kundgetan, vielleicht sogar aus den Schriften von Marx und Engels zitiert, was unweigerlich in einem Streitgespräch geendet hätte. Otto von Kolowitz sah es nicht gerne, dass seine Tochter die umstrittenen Autoren las, was deren Ideen in Aurelias Augen nur noch reizvoller machte. Sie hatte Ausschnitte ihrer Schriften im Pensionat in der Schweiz in die Hände bekommen. Doch heute vermied sie jede Auseinandersetzung und unterließ herausfordernde Kommentare. Ihr fehlender Protest weckte Ottos Misstrauen.

»Verschweigst du mir etwas?«, fragte er besorgt.

Aurelia fand es erschreckend, wie gut ihr Vater sie kannte. Einerseits war es schmeichelnd, dass sie eine so wichtige Stellung in seinem Leben einnahm. Er machte kein Geheimnis daraus, dass er sie liebte und sich nichts sehnlicher wünschte, als sie glücklich zu sehen. Andererseits war die Aufmerksamkeit, die er ihr zukommen ließ, eine Belastung. An manchen Tagen fürchtete Aurelia, er würde sie mit seiner Liebe und seiner Sorge schier erdrücken. Sie wünschte, er würde einer der vielen heiratswilligen Frauen, die sich mit ihm treffen wollten, Gehör schenken. Würde er einen Teil seiner Liebe einer Frau widmen, würde immer noch genug für Aurelia überbleiben.

Doch leider hatte Otto von Kolowitz sich seit dem viel zu frühen Tod von Aurelias Mutter für keine andere Frau interessieren können. Dabei fehlte es ihm wahrlich nicht an Angeboten. Otto war nicht nur ein ausgesprochen wohlhabender Mann, sondern trotz seines Alters noch immer äußerst attraktiv. Aurelia hatte sein rotblondes, gelocktes Haar geerbt, seine helle Haut und seine außergewöhnlich dunkelgrünen Augen. Was den Körperbau betraf, so geriet sie ihrer Mutter nach. Sie war um einen ganzen Kopf kleiner als ihr Vater und deutlich schmaler.

»Es gibt da etwas, das ich dir gestehen sollte«, begann Aurelia vorsichtig. Es half nichts, sie musste ihrem Vater erzählen, was sich zugetragen hatte. Als Sebastian von der Polizeistation zurückgekehrt war, hatte er leise an ihre Zimmertür geklopft und zerknirscht berichtet, dass Frieda ihren Namen genannt hatte und sie heute Vormittag zu einem Gespräch am Petersplatz musste.

»Ich höre.« Otto faltete die Hände. Ob er bereits wusste, was sie ihm beichten wollte? Hatte Sebastian ihn vorgewarnt? Doch Ottos unvoreingenommene Miene ließ nicht darauf schließen, dass er auch nur die leiseste Ahnung hatte, was Aurelia ihm erzählen wollte.

Sie holte tief Luft, hatte aber den Eindruck, als erreichte sie ihre Lungen nicht. Wie ein Fisch über Wasser schnappte sie erneut danach. Wenn ihr Vater erfuhr, dass sie Karikaturen für den Figaro zeichnete, würde er zutiefst enttäuscht sein. Bei allen Freiheiten, die er ihr gewährte, wäre das eine Grenzüberschreitung, die er nicht dulden konnte. Er würde für keine weiteren Kunststunden bezahlen. All das, was Aurelia Freude bereitete, würde für immer aus ihrem Leben verschwinden.

Ihr Mut verließ sie, dann kam ihr eine Idee. Sie sprang vom Sessel auf. »Ich hole Sebastian. Ich bin gleich wieder da.«

»Sebastian?«, fragte Otto von Kolowitz verwirrt.

»Er wird die ganze Sache erklären.«

Eine Stunde später war es Sebastian gelungen, seinem Dienstgeber eine Geschichte aufzutischen, die nicht gelogen war, aber dennoch mit der Wahrheit nur bedingt zu tun hatte. Otto von Kolowitz erfuhr weder von Aurelias Besuch beim Figaro, von dem wohlbemerkt auch Sebastian keine Kenntnis hatte, noch von der Porzellanfahrt. Dafür erzählte Sebastian von einem Toten im Fiaker und davon, dass er zufällig dazugekommen war, als Aurelia und Frieda ihn entdeckt hatten, und er an Aurelias statt mit Frieda zur Polizei gefahren war. Die Beichte erschütterte auch ohne die brisanten Details Otto von Kolowitz' Gemüt.

»Meine Tochter soll zur Polizei, um dort eine Aussage zu machen?«

Aurelia nickte.

»Du hast einen Toten anschauen müssen. Du armes Mädchen. Wie schrecklich. Vielleicht sollten wir uns eine private Kutsche leisten.«

»Ich habe eigentlich nichts gesehen«, log Aurelia. In Wirklichkeit würde das Bild des halb nackten Toten sie noch lange in ihren Albträumen begleiten.

»Wir werden auf der Stelle nach Nepomuk Hofmeister rufen«, forderte Otto von Kolowitz. »Er soll dich begleiten und dir bei der Polizei mit Rat und Tat zur Seite stehen.«

Nepomuk Hofmeister war der Sohn von Rudolf Hofmeister, einem in die Jahre gekommenen Advokaten, der die Interessen der Familie Kolowitz seit Jahren vertreten hatte. Seit Rudolf Hofmeister sich im Ruhestand befand, übernahm Nepomuk die Aufgabe.

»Ich brauche keinen Juristen«, wandte Aurelia ein. »Ich habe mir nichts zuschulden kommen lassen.«

»Ich bestehe darauf«, beharrte ihr Vater. »Der Gedanke, dass du allein auf die Polizeistation gehst, ist mir unerträglich. Oder ist es dir lieber, wenn ich dich begleite?«

»Nein, auf keinen Fall!«, antwortete Aurelia eine Spur zu schnell.

»Nun, ich denke, dass ich dir auch keine hilfreiche Unterstützung wäre. Die Angelegenheit würde mich zu sehr aufregen«, gab Otto zu.

Die Vorstellung, im Beisein ihres Vaters einem Polizisten Rede und Antwort stehen zu müssen, war Aurelia ein Gräuel. Besser Nepomuk Hofmeister kam mit zum Petersplatz. Er würde zwar wieder schamlos mit ihr flirten. Aber es gab deutlich Schlimmeres im Leben.

Janek

Polizeidirektion Petersplatz

Wahrscheinlich wäre es besser gewesen, Janek hätte die Nacht im Büro verbracht. Es war bloß sechs Stunden her, dass er das Gebäude verlassen hatte. Nach dem Gehweg zu seinem Mietszimmer in der Krummbaumgasse beim Karmelitermarkt in der Leopoldstadt und zurück waren ihm gerade einmal fünf Stunden geblieben, die er im Bett gelegen hatte. Eindeutig zu wenig Zeit, um sich ausgeruht und halbwegs erholt einem Mordfall zu widmen. Aber genau das wurde heute von ihm erwartet.

Was die Angelegenheit besonders brisant machte: Der Tote im Fiaker war ein hochrangiger Militär gewesen. Die Papiere in seiner Tasche hatten ihn als Offizier Richard Mader ausgewiesen. Der Mann hatte sich in der Kutsche sexuellen Praktiken hingegeben. Das Bild, das sich Janek geboten hatte, als er die Kabinentür geöffnet hatte, war so eindeutig gewesen, dass er das Gutachten des Polizeimediziners nicht benötigt hätte. Dennoch war er froh darüber gewesen, dass Doktor Kubicek gestern Abend zufällig im Haus gewesen war und aus gegebenem Anlass Überstunden gemacht hatte.

Nun hoffte Janek, dass die Grafentochter Licht ins Dunkel bringen konnte. Es war ein ausgesprochener Glücksfall, dass Frieda Horvath sich hatte einschüchtern lassen und den Namen ihrer Kundin ausgeplaudert hatte. Was angesichts des

Wachhundes des Grafen, der ihr zur Seite gestanden hatte, an ein kleines Wunder grenzte. Apropos Sebastian Haferl, Janek wollte die Akten durchsehen, um herauszufinden, woher ihm der Diener bekannt vorkam. Er war sich sicher, dass er den Namen schon einmal gehört oder irgendwo gelesen hatte. Janek hätte schwören können, dass der Mann bereits mit dem Gesetz in Konflikt geraten war. Frieda war ebenfalls für heute Vormittag geladen. Es war erstaunlich, dass sie noch nicht hier war. Ihr Jammern und Weinen vom letzten Abend klang immer noch in Janeks Ohr nach. »Bitte, Herr Inspektor. Haben Sie Erbarmen! Sie dürfen mich nicht hierbehalten!«, hatte sie geschrien. »Und meine Pferde schon gar nicht. Meine Schnuckerl können ja nichts für das ganze Schlamassel. Wer weiß, was ihnen hier gefüttert wird. Die zwei sind sehr sensibel. Sie bekommen Spezialfutter und müssen stundenlang gestriegelt werden.« Sie hatte Janek so lange mit Worten bearbeitet, bis er zugestimmt hatte, dass sie ihre Viecher nehmen und verschwinden sollte. »Der Fiaker bleibt da und Sie sind morgen früh wieder da. Wenn nicht, dann lasse ich Sie samt ihrer Kutsche und Ihren Pferden einsperren. Haben Sie mich verstanden?« Frieda hatte so erleichtert gewirkt, dass Janek sicher war, sie würde heute als Erste bei ihm im Büro auftauchen. Doch noch fehlte jede Spur von ihr. Im Moment war es im gesamten Gebäude erstaunlich ruhig. Am Gang hockten zwei Nachtschwärmer, die wegen Randalierens festgenommen worden waren, ein Taschendieb, ein Trunkenbold und zwei Prostituierte, die ohne Lizenz in der Josefstadt unterwegs gewesen waren. Fälle, für die Janek nicht zuständig war. Auf ihn warteten der tote Offizier und zwei gestohlene Broschen.

Kaum hatte Janek das winzige Büro, das nicht größer als

ein begehbarer Kleiderschrank war, betreten und seinen Mantel an den Haken an der Wand gehängt, klopfte es an der Tür. Es war Polizeidiener Hofer.

»Der Chef will Sie sprechen.«

»Jetzt gleich?«

Hofer nickte entschuldigend.

Der Tag fing so unerfreulich an, wie der gestrige geendet hatte. Janek schloss die Augen. Es war nur eine Frage der Zeit gewesen, bis der Polizeidirektor Andreas Körner ihn zu sich rufen würde. Besser Janek brachte die Sache gleich hinter sich.

»Na, dann«, seufzte er. Statt sich hinter seinen Schreibtisch zu setzen und von Hofer eine Tasse des bitteren Getreidekaffees servieren zu lassen, folgte er seinem Mitarbeiter in den ersten Stock. Hier befand sich Körners Büro. Eigentlich war es das dritte Stockwerk, da der Polizeidirektor aber unmöglich im unbedeutenden dritten Stock arbeiten konnte, gab es nicht nur das Parterre, sondern auch noch ein Hochparterre. Genau wie in allen anderen vornehmen Wohnhäusern der Stadt. Auch dort war es den betuchten Bewohnern nicht zumutbar, im dritten Stock zu wohnen. In einfachen Mietshäusern wie jenem, in dem Janek seine bescheidene Unterkunft gemietet hatte, waren die Namen der Stockwerke völlig egal. Dort zählte nur, ob die Wohnungen trocken und halbwegs sauber waren.

Über einen dunklen Flur gelangte man zu einer hohen Tür, auf der das Schild »Polizeidirektion« zu lesen war. Hofer klopfte und wartete, bis von drinnen ein herrisches »Herein« zu vernehmen war. Er trat ein. Das Büro von Janeks Vorgesetztem war geräumig und freundlich. Durch breite Fenster fiel strahlendes Sonnenlicht. In einer Ecke stand eine palmenähnliche Pflanze. Das Herzstück des Raums jedoch war der Schreibtisch, ein wahres Juwel aus der Zeit Maria Theresias, der über unzählige Laden und Geheimfächer verfügte. Janek beneidete seinen Vorgesetzten um dieses Prachtstück. An den Wänden hingen zwei gerahmte Bilder. Eines zeigte Körners Ehefrau, das andere seine beiden Töchter. Die drei sahen einander sehr ähnlich. Körners Töchter waren durchaus hübsche Frauen im heiratsfähigen Alter und der Polizeidirektor machte kein Hehl daraus, wie stolz er auf die beiden war. Es verging kein Tag, an dem er nicht über sie sprach.

»Kommen Sie herein, oder wollen Sie vor meinem Büro Wurzeln schlagen?«

Der Direktor war ein kleiner untersetzter Mann mit einem Schnurrbart, der in einen Backenbart überging wie der des Kaisers. Wie Janek trug auch er keine Uniform, sondern saß in einem feinen dunklen Anzug hinter seinem Schreibtisch.

»Setzen Sie sich, meine Herren!«, forderte er. Über den Rand seiner Metallbrille hinweg musterte er Janek und Johannes Hofer eingehend.

»Ich habe den Bericht gelesen, den Sie gestern Nacht verfasst haben.«

Er sprach weiter, während Janek und Hofer sich setzten. »Sie können schreiben, Pokorny, daran besteht kein Zweifel. Zwei Seiten lang kein einziger Rechtschreibfehler.« Janek nickte dankbar. Es geschah selten genug, dass Körner einen seiner Mitarbeiter lobte. Schon im nächsten Satz kam die gewohnte Kritik. »Aber der Inhalt Ihres Berichts lässt zu wünschen übrig. Wie konnten Sie bloß die zwei Hauptverdächtigen nach Hause schicken?«

»Sie meinen Frieda Horvath und Sebastian Haferl?«

»Ja, natürlich meine ich die. Die haben den Toten doch hier abgeliefert.« Körner lehnte sich nach vorne.

»Warum hätten die Mörder ihr Opfer zu uns bringen sollen?«, fragte Janek. »Viel logischer wäre, sie hätten den Toten irgendwo abgeladen und sich aus dem Staub gemacht.«

Körner kratzte sich an der hohen Schläfe. Sein Kopf war beinahe kahl. »Mörder handeln irrational, nicht logisch«, sagte er nachdenklich. »Wissen Sie schon, wer die Frau war, mit der der Offizier sich im Fiaker vergnügt hat?«

»Frieda Horvath behauptet, dass sie den Namen nicht kennt. Aber ich glaube ihr nicht. Ich werde sie dazu heute noch einmal befragen.«

»Und was hat es mit der anderen Dame auf sich, von der Sie in Ihrem Bericht schreiben.«

»Aurelia von Kolowitz, die Tochter von Graf von Kolowitz. Angeblich ist sie mit Frieda Horvath gefahren, während der Hauptmann bereits tot im Fiaker lag.«

Körner wurde blass. »Eine Grafentochter? Die Sache gefällt mir gar nicht.« Er fuhr sich durch den Bart. »Das kann sehr unangenehm für uns werden. Vom Militär will ich erst gar nicht reden. Wenn man erfährt, dass wir den Tod eines Offiziers untersuchen, wird man versuchen, uns den Fall abzunehmen.«

»Warum wäre das so schlecht?«, fragte Johannes Hofer. »Wir haben genug Arbeit. Wenn das Militär sich der Sache annehmen will, kann uns das …«

Körner schnitt ihm verärgert das Wort ab: »Sie verstehen den Ernst der Lage nicht, Polizeidiener Hofer.« Der Mann zuckte zusammen. Nur zu gerne erinnerte der Direktor ihn daran, dass er kein Inspektor war. »Dieser Fall kann über die

Zukunft unserer Abteilung entscheiden. Aus dem Militärministerium beobachtet man uns mit Argusaugen. Die warten doch nur darauf, dass wir scheitern. Wenn sie könnten, würden sie unsere Abteilung heute noch auflösen und uns alle in den militärischen Apparat einspeisen.«

Betroffen zog der junge Polizeidiener den Kopf ein. Seine Körperhaltung erinnerte Janek an einen geprügelten Hund.

»Das hier ist der vorläufige Befund von Doktor Kubicek.« Körner schob ein Blatt Papier über den Schreibtisch zu Janek. »Der offizielle Obduktionsbericht folgt in den nächsten Tagen.«

Janek nahm das Schriftstück entgegen. Doktor Kubicek hatte ihm versprochen, dass er seine ersten Überlegungen schriftlich festhalten würde. Er überflog das Blatt Papier. Als mögliche Tatzeit gab Kubicek einen Zeitraum zwischen sechs Uhr nachmittags und zehn Uhr abends an. Die Totenstarre hatte zu dem Zeitpunkt, als der Mediziner die Leiche angesehen hatte, gerade eingesetzt. Außerdem schrieb der Doktor, dass der Messerstich in die Brust unmöglich die Todesursache sein konnte. Janek versuchte das doppelte r bei dem Wort Ursache zu übersehen. Genaueres würde die Leichenbeschau ergeben, die heute Nachmittag stattfand. Doktor Kubicek erwartete Janek dazu im Pathologischen Institut.

Die Standuhr neben der Topfpflanze schlug neunmal. Janek zog seine Taschenuhr hervor und glich die Uhrzeit ab. Schon wieder ging sie um fünf Minuten nach. Er musste dringend einen Uhrmacher aufsuchen. Doch ihm fehlte die Zeit dafür.

»Wann kommen Ihre Zeugen?«, fragte Körner.

»Frieda Horvath sollte eigentlich schon hier sein und Fräulein von Kolowitz wird sich im Laufe des Vormittags zur Befragung einfinden.«

»Denken Sie, dass es gar keine Prostituierte gab, sondern das Ganze ein heimliches Stelldichein mit einer jungen unverheirateten Frau aus dem Adel war?«

»Ich hoffe, dass wir diese Frage heute klären können.« Janek klappte seine Uhr wieder zu und steckte sie zurück in seine Westentasche.

»Ich weiß nicht, was für uns unangenehmer wäre: ein Graf, der sich mit Händen und Füßen gegen einen Skandal wehren wird …« Körner machte eine kurze Pause. »Der arme Mann hat mein ganzes Mitgefühl!« Offenbar dachte er gerade an seine eigenen Töchter. »Oder ein Offizier, der beim Verkehr mit einer Prostituierten ermordet wurde.« Der Direktor seufzte schwer, ganz so, als würde er diesen Mordfall als persönliche Attacke verstehen.

Es dauerte, bis er sich wieder fasste. »Klären Sie die Sache, Pokorny, und vergessen Sie die gestohlenen Schmuckstücke nicht. Der Schatzmeister des Kaisers hat sich höchstpersönlich über den Stand der Untersuchungen erkundigt. Gehen Sie heute noch ins Untere Belvedere und finden Sie den Dieb.«

Nun wäre es an Janek gewesen, laut zu seufzen. Er fragte sich, was Körner erwartete? Glaubte der Polizeidirektor etwa, dass der Täter sich in einem der vielen Schränke im Belvedere versteckte? So einfach würde es leider nicht werden. Doch statt etwas einzuwenden, sagte er: »Ich werde mein Bestes geben.«

Aurelia

Polizeidirektion Petersplatz

Nepomuk Hofmeister musterte Aurelia während der kurzen Fahrt im Fiaker mit einem so breiten Grinsen, als hätte er die Tochter seines Klienten erst jetzt wirklich kennengelernt. Auf dem Gesicht des jungen Advokaten lag eine Mischung aus Belustigung, Neugier und Bewunderung.

»Sie sorgen immer wieder für Abwechslung in meinem eintönigen Alltag.«

»Lieber Nepomuk, bitte sparen Sie sich die Schmeicheleien«, sagte Aurelia. »Ich fühle mich heute nicht in der Lage, darauf in passender Weise zu reagieren.« Doch Nepomuk Hofmeister ließ sich von ihren Worten nicht beirren. Sein Schmunzeln wurde noch intensiver, wobei auf seiner rechten Wange ein hübsches Grübchen entstand. Der Jurist war mit Abstand der attraktivste Mann, den Aurelia kannte. Er war groß, schlank und legte viel Wert auf sein Äußeres. Noch nie hatte Aurelia ihn unfrisiert oder unpassend gekleidet gesehen. Stets umwehte ihn ein dezenter Parfumduft und sein blonder Schnurrbart war immer perfekt gestutzt. Das Flirten schien ihm bei seiner Geburt in die Wiege gelegt worden zu sein. Er war charmant, höflich und zuvorkommend. Es war verwunderlich, dass er immer noch unverheiratet war. An Möglichkeiten mangelte es dem jungen erfolgreichen Rechtsgelehrten nicht, das wusste Aurelia von ihrem Vater. Doch Nepomuk wich dem Drängen seiner Eltern geschickt aus und behauptete, nicht für die Ehe geschaffen zu sein. Sollte Nepomuk Hofmeister amouröse Abenteuer unternehmen, so tat er das auf eine äußerst diskrete Weise. Aurelia war keine einzige Skandalgeschichte bekannt, in die er verwickelt gewesen wäre.

»Ich nehme an, dass das Ihr erster Besuch in der Polizeidirektion der Stadt ist?«

»Nepomuk, jetzt enttäuschen Sie mich. Ich dachte, Sie wissen, dass ich jede Woche einmal vorgeladen werde.«

»Fräulein Aurelia, in dieser Sache ist Zynismus nicht angebracht.« Die mahnenden Worte kamen nicht von Nepomuk, sondern von Sebastian. Der Diener saß neben Nepomuk in der Kutsche. Er war mitgekommen, weil er seine Aussage von gestern Abend noch unterschreiben musste.

»Es war ein Fehler, dass ich Frieda nicht selbst begleitet habe. Hätte ich gleich die ganze Wahrheit gesagt, hätten wir jetzt dieses Schlamassel nicht.«

Sebastian öffnete den Mund, um Aurelia zu widersprechen, besann sich dann aber eines Besseren. Er hatte sich an diesem Morgen bereits mehrmals unflätig über Frieda Horvath ausgelassen und war jedes Mal von Aurelia in die Schranken gewiesen worden.

»Ich denke, dass wir die Angelegenheit rasch aus der Welt schaffen können«, stellte Nepomuk schlichtend fest. Er schaute aus dem Fenster des Fiakers. »Oh, da sind wir schon.«

Die Kutsche fuhr an der Peterskirche vorbei und hielt direkt vor der Polizeidirektion an. Sebastian stieg als Erster aus und öffnete für Nepomuk die Tür, der es sich wiederum nicht nehmen ließ, sie für Aurelia aufzuhalten.

»Warten Sie in einer der Seitengassen auf uns.« Er tippte

zum Gruß mit dem Knauf seines Gehstocks an seinen Zylinder, reichte Aurelia den Arm und ging hinter Sebastian auf das Gebäude zu. Von außen handelte es sich um ein unspektakuläres Haus aus dem vorigen Jahrhundert. Der helle Verputz der schnörkellosen Fassade bröckelte an manchen Stellen. Im Inneren zeigte sich bereits in der Vorhalle, wie ungeeignet der Bau als Polizeiquartier war. Die Platznot war allgegenwärtig. An jeder Wand befanden sich gleich mehrere abgesperrte Aktenschränke, die für gewöhnlich in Büros oder Archiven untergebracht waren. In einem kleinen Portierhäuschen saß ein Uniformierter.

»Wir haben einen Termin bei Inspektor Janek Pokorny«, erklärte Nepomuk. Aurelia sah sich um. Rechts vom Portier führte ein Gang zu einem Warteraum. Entlang der kahlen Wand saß auf einer schmalen Bank dicht gedrängt eine Reihe von Menschen. Die wenigsten von ihnen sahen vertrauenserweckend aus. Traurige Gestalten in verschlissener Kleidung. Eine alte Frau, die ihre gesamten Habseligkeiten dabeizuhaben schien. Aus zwei Körben quollen Lumpen und Lebensmittel. Obenauf lag ein verbeulter Kochtopf. Neben ihr hockte ein Mann mit einem zugeschwollenen Auge und einem blutigen Kratzer auf der Wange. Seine Kleidung war so schmutzig, dass man nicht erahnen konnte, welche Farbe seine Hosen einmal gehabt hatten.

»Der hat sein Büro im Hochparterre. Gehen's gleich rauf zu ihm. Auf der linken Seite die dritte Tür.« Der Uniformierte zeigte zur Treppe.

Aurelia war froh, dass sie sich nicht in die Schlange der Wartenden im Erdgeschoss einreihen mussten. Über eine schmale Wendeltreppe stiegen sie in das Parterre und weiter in das

Hochparterre. Zielstrebig, so als kenne er den Weg, marschierte Sebastian voran. Vor einer niedrigen Tür, an der ein Schild mit den per Hand geschriebenen Worten »Inspektor Janek Pokorny« hing, machte er Halt. Er klopfte, doch nichts rührte sich. Gerade als er ein zweites Mal die Hand hob, eilte ein Mann aus dem ersten Stockwerk die Treppe herunter. Die letzten Stufen nahm er in einem Satz, er hatte es offenbar eilig.

»Ich bin schon da«, rief er gehetzt. Anders als von Aurelia erwartet, trug er statt einer Uniform einen schlichten dunklen Anzug. Der oberste Knopf seines weißen Hemds stand offen. Als bemerkte er den Fauxpas eben erst, griff er sich rasch an den Kragen und schloss ihn. Er hatte dunkle Locken, die ihm für einen Polizisten eine Spur zu unordentlich in die Stirn hingen. Mit wachem Blick musterte er seine Gäste. Als er Nepomuk ansah, erstarrte nicht nur seine Körperhaltung, sondern auch sein kantiges, bartloses Gesicht.

»Was …?«

»Ich freue mich auch außerordentlich, dass wir uns nach all den Jahren einmal wiedersehen.« Nepomuk lächelte den Beamten gewinnend an. Er streckte ihm die Hand entgegen. Doch statt sie zu ergreifen, starrte Pokorny darauf, als wären die manikürten Finger giftige Insekten. Nepomuk überging die Unhöflichkeit und rieb sich die Hände.

»Darf ich vorstellen, die Tochter meines Klienten Graf von Kolowitz: Fräulein Aurelia von Kolowitz.«

Der Polizist schien immer noch völlig perplex. Zögernd begrüßte er Aurelia und Sebastian, den er vom Vorabend kannte.

»Ich wusste nicht, dass du bei der Polizei gelandet bist«, sagte Nepomuk fröhlich. Für einen winzigen Moment glaubte

Aurelia sich verhört zu haben. Hatte Nepomuk den Beamten eben geduzt?

Statt zu antworten, holte Inspektor Pokorny einen Schlüssel aus seiner Westentasche und sperrte sein Büro auf.

»Der Raum ist bescheiden«, sagte er über die Schulter. »Wir können uns nicht alle hineinzwängen.«

»Ich muss darauf bestehen, dass ich Fräulein von Kolowitz begleite.«

Pokornys Augenbrauen zogen sich finster zusammen.

»Du wirst stehen müssen.«

Nun kannte Aurelia sich nicht mehr aus. Auch der Polizeibeamte duzte Nepomuk. Was war hier los?

»Kein Problem.«

Pokorny wandte sich zu Sebastian. »Wir unterhalten uns später. Am Ende des Gangs gibt es einen Wartebereich.«

Der Diener drehte sich ohne Protest um und marschierte den gefliesten Flur entlang.

»Bitte schön!« Pokorny hielt Nepomuk und Aurelia die Tür auf.

Der Raum war tatsächlich winzig. Er bot Platz für einen schmalen Schreibtisch, einen Stuhl, einen Hocker und ein Regal, das bis zur Decke reichte und über und über mit Aktenordnern gefüllt war. Müsste Aurelia hier den ganzen Tag verbringen, würde sie gewiss depressive Verstimmungen bekommen und einen Seelenarzt aufsuchen müssen. In den letzten Jahren sprossen sie aus dem Boden wie Schwammerl. Aurelia nahm auf dem Hocker Platz, den der Polizist ihr anbot. Er selbst setzte sich hinter seinen Schreibtisch. Nepomuk blieb stehen.

»Gemütlich hast du es hier.« Möglich, dass es höflich klingen sollte, es kam als Beleidigung an. Es hatte den Anschein, als unterdrückte der Beamte seinen Ärger nur unter großer Anstrengung. Woher kannten die beiden einander und warum duzten sie sich? Was immer sie miteinander verband, der Polizist schien keine angenehmen Erinnerungen damit zu verbinden.

»Sie sind also gestern Abend mit Frieda Horvath unterwegs gewesen«, begann Pokorny das Gespräch. Er richtete seine Aufmerksamkeit auf Aurelia.

»Ja«, sie nickte.

»Warum haben Sie Ihren Diener zu uns geschickt und ihn dazu angestiftet, für Sie zu lügen?«

»Janek, das ist eine Unterstellung. Bitte formuliere deine Fragen korrekt.«

Die Gesichtsfarbe des Polizisten nahm einen gefährlich dunkelroten Ton an. Aurelia fürchtete, er würde Nepomuk am Kragen packen und ihn im hohen Bogen aus dem kleinen Raum werfen.

»Ich stelle meine Fragen so, wie es mir passt.« Er presste die Worte zwischen zusammengebissenen Zähnen hervor.

»In diesem Fall muss ich Fräulein von Kolowitz raten, nicht auf sie zu antworten.« Nepomuk sprach mit einer Leichtigkeit, als befänden sie sich im Kaffeehaus und nicht bei einem polizeilichen Verhör.

»Eine Verweigerung der Aussage wäre sehr ungeschickt und würde deiner Klientin als Behinderung polizeilicher Ermittlungen ausgelegt werden.«

»Janek, du wirst doch nicht ernsthaft glauben, dass Fräulein von Kolowitz sich mit ihren Aussagen freiwillig in Schwierigkeiten bringt.«

»Schwierigkeiten bekommt sie, wenn sie die Wahrheit verschweigt.«

»Hören Sie bitte auf«, Aurelia unterbrach das Gespräch. Es war absurd, dass die Männer über ihren Kopf hinweg über sie redeten, als wäre sie gar nicht im Raum. Außerdem hatte sie den Eindruck, dass es zwar vordergründig um sie ging, die Männer in Wirklichkeit aber wegen einer ganz anderen Geschichte stritten. Einer, die nichts mit den Vorfällen des gestrigen Abends zu tun hatte.

»Frieda Horvath hat mich gegen sieben Uhr auf der Praterstraße abgeholt. Da sie bereits Kunden in der Kutsche hatte, stieg ich auf den Kutschbock. Sie hat mich nach Hause gebracht. Weil wir keinen Mucks aus dem Fiaker hörten, machten Frieda und ich uns Sorgen. Wir haben die Kutschentür geöffnet und ins Wageninnere geschaut. Da saß ein toter Mann. In diesem Moment ist Sebastian, der Diener meines Vaters, vorbeigekommen. Er ist sehr um mein Wohl bemüht und wollte mir die Fahrt zur Polizei ersparen. Deshalb ist er statt mir zu Ihnen gefahren.« Die Worte schossen aus Aurelias Mund wie Munition aus einer Waffe. Sie hatte so lange darüber nachgedacht, wie sie der Polizei die Wahrheit sagen sollte, dass sie es jetzt einfach schnell hinter sich bringen wollte.

»Der Mann hat eine falsche Zeugenaussage getätigt«, sagte Pokorny.

»Er hat sie noch nicht unterschrieben«, korrigierte Nepomuk den Polizisten.

»Was haben Sie in der Praterstraße gemacht?«

Aurelia richtete ihren Blick Hilfe suchend auf Nepomuk.

Er nickte kaum merklich und sagte: »Dazu würde meine Klientin lieber schweigen.« Aurelia hatte auch Nepomuk nicht die Wahrheit gesagt. Aber er war diskret genug, ihre Bitte um Geheimhaltung zu akzeptieren. Möglich, dass er einen Liebhaber vermutete.

Der Polizeiagent schien aus ihrer Reaktion seine eigenen Schlüsse zu ziehen. Er schaute zwischen den beiden hin und her. Schließlich verzog er verächtlich das Gesicht: »Ich verstehe.« Offenbar glaubte er, dass Aurelia und Nepomuk ein Stelldichein hatten.

»Nein, Herr Inspektor …«

Nepomuk bedeutete ihr mit einer Handbewegung, dass es klüger war, die Sache so stehen zu lassen. Aurelia schloss die Augen. Sie war nicht hergekommen, um sich in Lügen zu verstricken. Doch der Polizist gab nur ein spöttisches Schnauben von sich und fragte nicht weiter nach. Nepomuks Plan ging auf.

»Wussten Sie, dass Frieda Horvath mit einer Porzellanfracht unterwegs war?« Der Polizeiagent sah Aurelia fest in die Augen. Nun musste sie aufpassen, schließlich wollte sie Frieda nicht in Schwierigkeiten bringen.

»Ich wusste bis vor Kurzem nicht einmal, was man unter dem Begriff versteht«, wich sie aus.

»Haben Sie sich denn nicht gefragt, warum Sie auf dem Kutschbock sitzen sollten und nicht im Wagen?«

»Ich sitze gerne neben Frieda. Auf diese Weise können wir uns unterhalten. Außerdem mag ich es, wenn mir der Fahrtwind ins Gesicht weht.« Das war keine Lüge. »Es gibt mir ein Gefühl von Freiheit.«

Einen kurzen Moment wirkte Pokorny irritiert. Dann fragte er streng: »Worüber haben Sie sich auf der Fahrt unterhalten?«

Aurelia zuckte mit den Schultern. »Nichts, was mir im Gedächtnis geblieben wäre. Ich nehme an über das Wetter.«

»Und Sie waren nicht überrascht, dass Fräulein Horvath Ihnen beim Absteigen gesagt hat, dass noch weitere Fahrgäste in der Kutsche sind?«

»Doch, das hat mich sehr wohl irritiert. Es war ja so still. Ich konnte mir nicht vorstellen, dass jemand im Fiaker war. Deshalb haben wir dann auch nachgesehen.«

»So, lieber Janek«, mischte Nepomuk sich ins Gespräch ein. »Jetzt weißt du alles, was Fräulein von Kolowitz dir erzählen kann. Den Rest kennst du bereits.«

»Auch wenn du es nicht akzeptieren willst: Hier entscheide ich darüber, wann ich genug erfahren habe.« Inspektor Pokorny hatte sich erhoben und stützte nun beide Hände auf den winzigen Tisch. Er starrte Nepomuk mit einer eisigen Feindseligkeit an.

»Nur gibt es wirklich nicht mehr, was ich Ihnen berichten kann«, beteuerte Aurelia. »Frieda war völlig aufgelöst und am Boden zerstört. Sie hat gesagt, dass auch eine junge Frau im Wagen gewesen war. Sie muss ausgestiegen sein, als sie sich bei der Baustelle des Museums ihr Abendessen geholt hat.«

»Und da sind Sie immer noch nicht stutzig geworden? Eine Fiakerin erzählt Ihnen, dass sie einen Mann und eine Frau offenbar ziellos durch die Stadt geführt hat. Schließlich brachte sie Sie ja ohne Umweg nach Hause.«

Pokornys braune Augen glänzten fast schwarz. Sein Ärger war so präsent, dass Aurelia meinte, ihn in der Luft greifen zu können, wenn sie nur ihre Hand nach vorn ausgestreckt hätte. Hilfe suchend wandte sie sich wieder an Nepomuk. Der schüttelte kaum merklich den Kopf. Es war ein warnender Blick, der ihr riet zu schweigen. Folgsam presste sie die Lippen gegeneinander.

»Fräulein von Kolowitz bat darum, nach Hause gebracht zu werden, und das wurde sie. Einen Augenblick später offenbart sich ihr im Innern der Kutsche ein Bild des Grauens. Wann genau hätte sie sich Gedanken über das Fahrtziel der Kunden des Fräulein Horvath machen sollen?« Nepomuk stützte sein Gewicht auf seinen Gehstock. »Du kannst meiner Klientin nichts anhaben.« Er grinste, während Pokornys Blick noch finsterer wurde. Die Atmosphäre in dem winzigen Büro war wie elektrisch aufgeladen. Aurelia spürte Hass, Verletzung und Zorn. Müsste sie die Stimmung in einem Bild festhalten, wäre es ein tiefschwarzer Wolkenturm, aus dem tödliche Blitze schossen.

»Was wird mit Frieda passieren?«, fragte sie zaghaft.

»Wir werden sie heute noch einmal befragen und wenn sich der Verdacht erhärtet, dass sie unerlaubterweise illegale Prostitution unterstützt, werden wir sie hier festhalten, bis man sie vor Gericht stellt.«

»Aber sie hat doch bloß zwei Menschen durch die Stadt geführt«, protestierte Aurelia empört. »Sie konnte nicht wissen, was die beiden in ihrer Kutsche trieben.«

»Hat sie Ihnen die Namen der beiden Personen in ihrem Fiaker genannt?«

»Nein.«

»Haben Sie den Mann gekannt?«

»Ich habe ihn noch nie zuvor gesehen.« Aurelias Antwort entsprach der Wahrheit. Das Bild des toten Fremden würde sie noch lange begleiten. Sie wurde blass. Die Augen des Polizisten verloren an Dunkelheit und nahmen wieder ihren alten tiefen Braunton an. Dennoch musterte er sie mit einer Intensität, die sie nervös machte.

Nepomuk beendete die unangenehme Stille, indem er mit seinem Gehstock auf den Boden schlug. »So, dann wären wir jetzt fertig.«

Aurelia rechnete damit, dass Inspektor Pokorny ihn erneut zurechtweisen würde. Aber er ließ Nepomuk die Bemerkung durchgehen. Immer noch sah er sie an. Schließlich sagte er: »Ich werde Ihre Aussage zusammenfassen und muss Sie bitten, morgen noch einmal vorbeizukommen, um das Papier zu unterschreiben.«

»Ausgerechnet du brauchst einen ganzen Tag, um ein paar Sätze zusammenzuschreiben?« Nepomuk lachte auf. »Das kann ich nicht glauben.«

Inspektor Pokorny drehte seinen Kopf zu ihm. »Deine Anwesenheit wird bei der Unterschrift nicht notwendig sein.«

Ein mitleidiger Blick stahl sich auf Nepomuks Gesicht. »Auch wenn es dir nicht gefallen wird: Diese Entscheidung trifft Fräulein von Kolowitz. Und jetzt entschuldige mich, ich habe einen Termin bei deinem Vorgesetzten.«

»Wie bitte?«, die Augenbrauen des Polizeiagenten verengten sich.

»Graf von Kolowitz besteht darauf, dass der Polizeidirektor persönlich über die geforderte Diskretion in diesem Fall informiert wird.«

»Es ist ein Fall wie jeder andere auch.«

Nepomuk schüttelte entschieden den Kopf. »Da irrst du«, sagte er mit einem Mal sehr ernst. »Allen hier muss klar sein, dass es sich bei der Familie von Kolowitz um Mitglieder der Aristokratie handelt. Niemand kann Interesse an einem Skandal haben, der das Kaiserhaus beschmutzen würde. Schließlich gibt es verwandtschaftliche Verbindungen zwischen der Familie von Kolowitz und der Kaiserin Mutter.«

Aurelia verschluckte sich. Das musste eine wahrlich weit entfernte Verwandtschaft sein, denn sie hatte noch nie davon gehört. Nepomuk verzog keine Miene.

Seine Worte zeigten augenblicklich Wirkung. Pokorny verstummte und sein Unterkiefer zuckte vor Spannung. Aurelia hätte schwören können, dass er sie und Nepomuk am liebsten laut angebrüllt hätte. Stattdessen brachte er in einer überraschend schönen Handschrift Aurelias Aussage zu Protokoll und ließ sie ihre eigenen Worte gleich hier und jetzt unterzeichnen. Ein weiterer Besuch war damit hinfällig geworden.

Als Aurelia kurz darauf das winzige Kämmerchen verließ, lag ihr eine ganze Reihe von Fragen auf der Zunge. Als könnte Nepomuk ihre Gedanken lesen, hielt er ihr abwehrend eine Hand entgegen. »Später, meine Liebe«, vertröstete er sie. »Ich muss jetzt zum Herrn Polizeidirektor. Und Sie warten am besten draußen in der Kutsche auf mich und Sebastian. Dieses Gebäude ist kein passender Ort für eine junge Dame.«

»Sie müssen sich um mich keine Sorgen machen«, protestierte Aurelia. Nepomuk hob belustigt eine Augenbraue. »Und wie erklären Sie sich den Umstand, dass ich Sie heute hierher begleite?«

»Ich hätte die Sache auch allein erledigt.«

»Aurelia, ich bitte Sie inständig, warten Sie in der Kutsche. Wenn einer der Kriminellen hier Sie aus irgendeinem Grund erkennt, lesen wir morgen in allen Zeitungen von Ihrem Aufenthalt in der Polizeidirektion. Damit wäre weder Ihnen noch

Ihrem werten Herrn Vater gedient.« Aurelia beugte sich übers Stiegengeländer und blickte in den unteren Stock. Im schmalen Gang vor dem Wartesaal fanden sich immer mehr zwielichtige Gestalten ein.

»Also gut«, lenkte sie ein.

»Braves Mädchen«, sagte Nepomuk zufrieden und grinste. Noch bevor Aurelia auf diese unverschämte Bemerkung reagieren konnte, ließ der Jurist sie stehen und lief mit raschen Schritten die Treppe hoch in den ersten beziehungsweise dritten Stock.

Aurelia kehrte langsam ins Parterre zurück. Neben dem Portier entdeckte sie eine Frau in einem langen dunklen Mantel mit einer Melone auf dem Kopf.

»Frieda!«, rief Aurelia erfreut und lief auf sie zu. »Wie geht es Ihnen?«

Die Fiakerin hob den Kopf. Ihre sonst so rosigen Wangen waren grau und farblos. Unter ihren Augen lagen dunkle Ringe. »Hab nicht geschlafen«, sagte sie.

»Das sieht man«, meinte Aurelia besorgt. »Ist Ihnen etwas Wichtiges eingefallen, was Sie gestern vergessen hatten zu erwähnen?«

»Ich habe schon viel zu viel gesagt«, entgegnete Frieda zerknirscht. »Ich hätte Sie da niemals mit reinziehen dürfen. Aber ich war so verwirrt und hatte so große Angst und dieser junge Polizist, der hat mich so finster angeschaut mit seinen schwarzen Augen. Ich dachte, der schaut mir bis in die Seele rein …«

»Machen Sie sich wegen mir keine Gedanken«, unterbrach Aurelia den Redefluss der Fiakerin. »Der Jurist meines Vaters unterhält sich gerade mit dem Polizeidirektor. Ich bin mir sicher, der arme Mann möchte mich nach diesem Gespräch hier nie wieder sehen.«

»Sie können ihm ja auch gar nichts mitteilen«, entgegnete Frieda.

»Stimmt«, gab Aurelia zurück. »Ist Ihnen der Name Ihrer Kundin eingefallen?«

Frieda schüttelte den Kopf. »Ich weiß nur, dass ich heute in Untersuchungshaft komme. Ich habe mir ein paar Sachen von zu Hause mitnehmen dürfen.« Sie zeigte auf eine kleine geblümte Reisetasche neben sich. Die Fiakerin sah aus, als würde sie ein paar Tage in die Sommerfrische fahren.

»Sie müssen hierbleiben?«, entfuhr es Aurelia.

Frieda machte eine verharmlosende Handbewegung. »Zuerst war ich auch entsetzt. Aber jetzt habe ich mich damit abgefunden. Thekla wird meine Schnuckerl versorgen. Sie hat es mir versprochen.«

Thekla war Friedas derzeitige Gefährtin. Doch Frieda wechselte häufig die Betten. Mal lebte sie mit einem Mann, mal mit einer Frau zusammen. Gerade teilte sie ihre bescheidene Wohnung mit Thekla, einer Essiggurkenverkäuferin vom Karmelitermarkt.

»Was ist mit Ihrer Angst vor dem Gefängnis?«, fragte Aurelia.

Frieda neigte den Kopf. »A geh, ich habe heute alle Tageszeitungen gekauft und gelesen. Die werden mich nicht lange hierbehalten können.«

»Wie kommen Sie darauf?«

Frieda hielt sich eine Hand vor den Mund und flüsterte: »Die Journalisten schreiben vom Tod eines Offiziers, aber die Tatsache, dass er halb nackt war, wird mit keinem Wort erwähnt. Auch von einer jungen Frau ist nirgends die Rede. Man spekuliert, dass während der Fahrt irgendwer zugestiegen und dann wieder ausgestiegen ist.«

»Wie soll das denn gehen?«

»Ich bin ja ein paarmal angehalten.«

Aurelia begann zu verstehen. »Sie meinen, die Presse kehrt das delikate Detail unter den Tisch, um das Militär nicht in Verruf zu bringen?«

»Es schaut ganz so aus.« Frieda grinste und ihr Goldzahn funkelte. »Mir soll es recht sein. So verlier ich meine Konzession nicht.«

»Aber warum behält man Sie dann überhaupt hier?«, fragte Aurelia.

Frieda zuckte mit den Schultern. »Vielleicht wollen die Beamten mir ein bisserl Angst einjagen. Ich weiß ja, dass man es nicht gerne sieht, dass eine Frau einen Fiaker durch Wien führt.«

»Hm.« Aurelia kaute auf ihrer Unterlippe. Sie befürchtete, dass die Polizei Frieda so lange festhalten würde, bis sie den wirklich Schuldigen gefunden hatte. Oder die Schuldige. Ganz nach dem Motto: besser eine Unschuldige hinter Gittern als gar keine Tatverdächtige. Aurelia sah zu dem behäbig agierenden Beamten in der Portierloge, der im Schneckentempo Passierscheine ausfüllte. Wenn alle hier in der gleichen Geschwindigkeit arbeiteten, konnte Friedas Aufenthalt sich unangenehm in die Länge ziehen. Sie behielt diesen Gedanken aber wohlweislich für sich. Besser, Frieda blieb optimistisch.

»Wie hat Ihre Kundin denn ausgesehen?«, fragte Aurelia.

»Es war eine von den Illegalen, die ohne Gewerbeschein arbeiten. Das habe ich sofort erkannt. Ein sehr hübsches Ding mit goldgelbem Haar«, schwärmte Frieda. »Sie hat mich gebeten, die Kutsche zum Halten zu bringen, sollte sie um Hilfe rufen.«

»Sie rechnete damit, um Hilfe zu rufen?«, fragte Aurelia erschrocken.

»Ihr Freier hat ganz normal ausgesehen«, meinte Frieda achselzuckend. »Aber man weiß ja nie, was denen einfällt. Ich habe die zwei um sechs am Franz-Josefs-Kai abgeholt und bin dann die Ringstraße entlanggefahren.«

Aurelia lief ein eisiger Schauer über den Rücken. In Zukunft würde sie bei jeder Kutsche mit verschlossenen Vorhängen grauenvolle Bilder vor sich haben.

»Wo genau haben Sie sich Ihren Imbiss besorgt?«, fragte sie.

»Das habe ich doch schon gesagt, bei der Baustelle der großen Museen.«

»Können Sie sich an den Verkäufer erinnern? Vielleicht hat er gesehen, wie die Frau aus Ihrem Fiaker geklettert ist.«

»Das war einer von den Kriegsveteranen«, sagte Frieda. »Er hat nur mehr ein Bein, das andere hat er in Königgrätz gelassen.« Schwärmerisch verdrehte sie die Augen. »Der Mann verkauft die besten Debreziner in der ganzen Stadt. Der Paprika ist weder zu scharf noch zu süß, ein Traum.« Sie führte Daumen und Zeigefinger zum Mund und küsste die Spitzen.

Aurelia fürchtete, dass Frieda von gut gewürzten Würsteln in den nächsten Tagen wirklich nur träumen können würde.

»Halten Sie durch«, sagte sie. »Ich werde alles tun, damit Sie rasch wieder rauskommen.«

Janek

Polizeidirektion Petersplatz
und Allgemeines Krankenhaus

Janek war so aufgewühlt, dass er am liebsten mit den Fäusten gegen die Wand getrommelt hätte. Doch zum einen gab es keine freie Wand in seinem winzigen mit Aktenschränken zugestellten Kämmerchen, zum anderen musste er die Protokolle der Verhöre ins Reine schreiben. Weder das Gespräch mit Frieda Horvath noch das mit Sebastian Haferl hatten Neuigkeiten gebracht. Die beiden hielten an der Version fest, die auch Aurelia von Kolowitz zum Besten gegeben hatte. Offenbar hat die Fiakerin eine Porzellanfracht durch Wien kutschiert und dann die Grafentochter aus der Praterstraße abgeholt, wo diese zuvor ein Stelldichein mit Nepomuk gehabt hat. Beim Gedanken an Nepomuk ballte Janek erneut die Fäuste. Warum musste ausgerechnet er ihm über den Weg laufen? Jeden anderen ehemaligen Schulkollegen hätte er irgendwie ertragen können, aber Nepomuk, das war zu viel für einen Tag, der ohnehin schon schlecht lief. Janek legte beide Hände flach auf den Schreibtisch und atmete tief ein und aus. Langsam zählte er bis zehn. Normalerweise half ihm das, um sich zu beruhigen. Heute zeigte es keine Wirkung. Janek hatte gehofft, Nepomuk nie wieder zu begegnen. Er hatte vor Jahren einen Schlussstrich unter seine Vergangenheit gesetzt und die Erinnerungen fest in einem Winkel seines Gehirns verschlossen.

Jetzt drohten sich die Bilder seiner Jugend zurück in sein Bewusstsein zu kämpfen. Janek drängte sie mit aller Kraft zurück.

Rechts auf seinem Schreibtisch lag die Akte über die gestohlenen Schmuckstücke. Er hatte heute noch keine Zeit gehabt, hineinzusehen. Links lagen die Protokolle der Gespräche, die er eben geführt hatte. Wieder klopfte es an seiner Tür. Johannes Hofer steckte den Kopf durch den Türspalt. »Sie sollen noch einmal zum Chef«, sagte er vorsichtig.

»Ich dachte, ich soll mich um einen Diebstahl und einen Mordfall kümmern!« Janek raufte sich das dichte Haar. »Wie soll ich irgendwo weiterkommen, wenn ich ständig zum Rapport gerufen werde?«

Hofer senkte die Stimme. »Generaloberst Münzner aus dem Kriegsministerium ist soeben eingetroffen.«

»Was zum Teufel …?«

»Pst!« Ängstlich legte Hofer den Finger an den Mund. »Sie werden auf der Stelle erwartet.«

Widerwillig stand Janek auf, krempelte die Ärmel seines Oberhemds runter und schlüpfte stöhnend in sein Sakko. Es gab Tage, da neigte er zum Selbstmitleid.

Wieder schloss er seine Bürotür hinter sich und sperrte ab. Erneut stieg er gemeinsam mit Hofer in den ersten Stock.

Vorsichtig klopfte Hofer an die Tür des Polizeidirektors. Vielleicht hoffte er, nicht gehört zu werden. Doch noch im selben Moment ertönte das herrische: »Herein!«

Doch dieses Mal war es nicht Andreas Körner, der da rief. Zaghaft öffnete Hofer die Tür und zog den Kopf so weit zwischen seine Schultern, dass er Ähnlichkeit mit einer der Schildkröten in der kaiserlichen Menagerie in Schönbrunn hatte.

Vor Körners Schreibtisch saß ein großer, breitschultriger

Mann mit einem Schnurrbart, dessen Enden zu absurd anmutenden Schnecken geformt waren. Er trug eine kaiserliche Militäruniform mit mehr Orden und Abzeichen an der Brust als Knöpfen an der Jacke. Seine Mütze hatte er abgenommen. Sie lag auf Körners Schreibtisch. Der Mann war mit einer Pistole und einem Säbel bewaffnet, so als müsste er sich im Büro des Polizeipräsidenten gegen ein ganzes Heer von Feinden verteidigen.

»Sind das die Männer, die den Mordfall untersuchen?«, fragte der Militär unhöflich. Abschätzig musterte er Janek und Hofer. »Ich glaube, dass Sie den Ernst der Lage nicht richtig einschätzen, Körner.« Er drehte den beiden den Rücken zu. »Dieser Fall hat höchste Priorität. Der Ruf der kaiserlichen Armee steht auf dem Spiel.«

Körner rang sichtlich um Haltung. »Glauben Sie mir, wertester Herr Generaloberst. Uns ist durchaus bewusst, dass es sich hier um eine heikle Geschichte handelt. Doch es ist nicht der erste Mordfall in dieser Stadt, den wir untersuchen. Unsere neu gegründete Abteilung hat sich auf die Aufklärung von Gewaltverbrechen spezialisiert.«

»Pah! Spezialisiert, dass ich nicht lache. Mit diesen Witzfiguren? Einem Polizeidiener und einem Inspektor untersten Rangs?« Der Generaloberst hatte sich wieder Janek und Hofer zugewandt. Letzterer zuckte unter der Beleidigung zusammen und schrumpfte um weitere Zentimeter. Janek verspürte bloß Ärger. Es war nicht das erste Mal in seinem Leben, dass er aufgrund seines Einkommens, seiner Herkunft oder seiner Stellung gering geschätzt wurde. Er hatte schon vor Jahren gelernt, dass man als Sohn einfacher Ziegelarbeiter doppelte Leistung erbringen musste, um ernst genommen zu werden.

Doch auch dann bekam man wohlverdiente Anerkennung nur in den seltensten Fällen.

»Inspektor Pokorny ist ein zuverlässiger Beamter und Hofer …«

»Die beiden sind wohl kaum geeignet, den Mord an einem kaiserlichen Offizier zu untersuchen«, schnaubte Generaloberst Münzner. »Dieser Fall hat oberste Priorität. Er gehört in die Hände des Militärs. Schließlich geht es um ein Mitglied der kaiserlichen Armee! Diese äußerst heikle Angelegenheit verlangt Fingerspitzengefühl. Ich verlange, dass Sie mir die gesamten Unterlagen zu dem Fall übergeben.«

Er bedachte Janek und Hofer nun mit einem Blick, als wären sie Ungeziefer. Janeks Unmut wuchs weiter an. Er spürte, wie seine Nackenmuskulatur verspannte. In ein paar Stunden würde er Kopfschmerzen haben.

»Heikel, weil das Mordopfer halb nackt mit deutlicher Erektion und obszönem Spielzeug im Fiaker aufgefunden wurde?«, fragte er mit fester Stimme. Die Bemerkung war anmaßend, aber er konnte nicht anders. Der Militär hatte die deutlichen Worte mit seinen Unverschämtheiten regelrecht herausgefordert. Es war wie ein Reflex, gegen den er sich nicht wehren konnte. Aus den Augenwinkeln sah er, wie Körners Gesichtsfarbe grau wurde.

Die Reaktion des Generalobersts kam prompt. »Unterstehen Sie sich …«, entfuhr es ihm ungehalten, doch er brachte den Satz nicht zu Ende. Stattdessen schnappte er nach Luft wie ein Fisch, der aus dem Wasser sprang. »Von was für Spielzeug reden Sie?«

»Einem Seil, einem Tuch, das als Knebel benutzt wurde, einem Ring, der um den Penis des Toten gespannt war, …«

»Das reicht! Sie reden von einem Offizier der kaiserlichen Armee.«

»Ich rede von einem Mann, der sich mit einer Prostituierten getroffen hat. Einem Mann, der eine Frau möglicherweise zu Praktiken genötigt hat, mit denen sie nicht einverstanden war und gegen die sie sich mit einem Gemüsemesser zur Wehr gesetzt hat.«

»Wie kommen Sie auf diese absurden Ideen?« Münzners Überheblichkeit schien zu bröckeln.

»Wir haben Blut in der Kutsche gefunden.«

»Kein Wunder, der Mann hatte ein Messer in der Brust stecken.«

»Das Blut kann unmöglich vom Mordopfer stammen«, sagte Janek. »Es handelte sich um schwere Tropfspuren am Boden der Kutsche, am Hemd des Opfers und am Griff der Tür.«

»Was reden Sie da?«

»Aus der Wunde des Offiziers drang bloß ein feines, dünnes Rinnsal. Die dicken Blutstropfen befanden sich auf seinen Ärmeln und auf seinem Handrücken.« Janek sprach ruhig und gefasst. Münzner war nicht der erste Mann, dem Janek begegnete, der seine Stellung missbrauchte, um ihn einzuschüchtern. In diesem Moment war er Doktor Kubicek unendlich dankbar für seinen Arbeitseifer. Janek hatte die Information dem Vorbericht des Arztes entnommen.

»So einen Unsinn habe ich in meinem ganzen Leben noch nicht gehört«, polterte der Generaloberst, was die Schnecken an seinem Schnurrbart in Schwingung versetzte. »Dieser Auftritt allein beweist, wie inkompetent Ihre Männer sind, Körner. Zwei Kasperlefiguren, die besser auf die Schaubuden des Volkspraters passen.« Seine Beleidigungen prallten an Janek ab, nicht jedoch am Polizeidirektor. Der räusperte sich. Seine Angst schien langsam Ärger zu weichen.

»Wir befinden uns noch ganz am Anfang der Untersuchungen. In wenigen Tagen werden wir mehr wissen. Meine Abteilung ist auf die Aufklärung von Gewaltverbrechen spezialisiert. Wir arbeiten mit den modernsten Methoden und genießen das Vertrauen des Kaisers.«

»Das ist wohl ein schlechter Scherz«, das Gesicht des Generaloberststs färbte sich dunkelrot. »Diese Abteilung ist eine Missgeburt. Sie hätte niemals gegründet werden dürfen. Wenn Sie nicht innerhalb kürzester Zeit Ergebnisse liefern, werde ich höchstpersönlich dafür sorgen, dass Sie und Ihre Männer sich wieder um die Probleme in der Stadt kümmern, mit denen sie sich auskennen: mit Trunkenheit und Schlägereien.«

»Falls Sie nun alles gesagt haben, was Ihnen am Herzen liegt, würde ich Sie bitten, uns zu entschuldigen«, Körner presste seine Hände auf die Tischplatte. »Wir befinden uns mitten in wichtigen Ermittlungsarbeiten. Und ich habe leider nicht den ganzen Tag Zeit für Unterhaltungen dieser Art.«

Wutentbrannt sprang der Militär vom Sessel auf. Sein Säbel schlug rasselnd gegen die Lehne. Er stützte sich ebenfalls an der Tischkante ab und beugte sich weit zu Körner herüber. »Sollte eine dieser haarsträubenden und völlig absurden Geschichten über eine Prostituierte und einen toten Offizier der kaiserlichen Armee an die Presse gelangen, werde ich höchstpersönlich dafür sorgen, dass Sie und Ihre Männer hochkant aus diesem Gebäude geworfen werden. Sie können sich darauf verlassen, dass ich jedem von Ihnen genüsslich in den Hintern treten werde und Sie nie wieder in den Dienst des Kaisers zurückkehren werden.«

Kaum hatte der Generaloberst das Büro verlassen, sackte Andreas Körner hinter seinem Schreibtisch in sich zusammen.

»Was für ein präpotenter Mann«, schnaufte er müde. Für einen Moment schien er vergessen zu haben, dass zwei seiner Mitarbeiter noch im Raum waren. Erschöpft ließ er den Kopf hängen. Es dauerte, bis er sich gefasst hatte. Dann schien er sich seiner Position wieder bewusst zu werden. Mühevoll rappelte er sich auf.

»Was stehen Sie beide hier noch herum?«, rief er. »Sie haben ja selbst gehört, dass wir keine Zeit verlieren dürfen. Liefern Sie mir Ergebnisse, und zwar rasch.«

Janek verdrehte genervt die Augen. Sobald ein Mann Untergebene hatte, mussten die herhalten, wenn es galt, Dampf abzulassen. Schweigend wandte er sich zum Gehen. Der Polizeidiener folgte ihm. »Hofer, Sie bringen mir eine Kanne Kaffee und ein Nusskipferl aus der Konditorei Demel.«

»Ich dachte, ich soll …«

»Spreche ich irgendwie undeutlich? Beeilen Sie sich gefälligst!«

»Jawohl!«, rief Johannes Hofer und salutierte.

Während Hofer eilig zum Kohlmarkt lief, um die kulinarischen Gelüste des Polizeidirektors zu befriedigen, machte Janek sich auf den Weg zum Allgemeinen Krankenhaus. Doktor Kubicek wollte dort am Nachmittag die Leichenbeschau vornehmen. Kurz überlegte Janek, ob er eine Kutsche nehmen sollte, doch er verwarf den Gedanken rasch wieder. Körner würde ihm die Rechnung um die Ohren hauen, anstatt ihm den Betrag zu ersetzen. Also ging er zu Fuß. Vom Petersplatz war es ein halbstündiger Spaziergang in die Spitalgasse, wo im Allgemeinen Krankenhaus das Institut der pathologischen Anatomie untergebracht war. Die Bewegung würde ihm helfen, den Kopf freizubekommen, und seine Nackenmuskeln entspannen. Seit einigen Jahren fanden die Leichenbeschauen Wiens im Allgemeinen Krankenhaus statt. Es war Doktor Kubiceks eigentlicher Arbeitsplatz. Von der Polizei wurde der Mediziner nur in besonderen Fällen zu Rate gezogen. Es war reiner Zufall gewesen, dass er gestern in der Polizeidirektion gewesen war, gerade als Frieda mit ihrem Fiaker gekommen war. Zum Glück hatte er sofort einen Blick in die Kutsche und auf die Leiche werfen können. Doktor Kubicek liebte seine Tätigkeit als Polizeiarzt und nahm sie sehr ernst. Manchmal fragte sich Janek, ob der Mediziner nicht besser Polizeiagent geworden wäre. Über den Graben lief Janek Richtung Mölkerbastei. Vor ein paar Jahren war ein erbitterter Streit über den Erhalt der Bastei entbrannt, der immer noch auf eine Lösung wartete. Eigentlich sollte die Wehranlage genau wie der Rest der Stadtmauer der Ringstraße weichen. Glaubte man den Zeitungen, plante der Kaiser an dieser Stelle einen gigantischen Universitätsbau. Aber Max von Leber, der Generalinspektor der Eisenbahn, wehrte sich gemeinsam mit anderen Hausbesitzern standhaft, seine drei Häuser zu räumen. Mittlerweile befand sich unterhalb der Bastei eine riesige Baustelle. Gegenüber wuchs die Votivkirche mit zwei gigantischen Kirchtürmen in den Himmel. Hätte ein Reisender Janek gebeten, ihm einen Ort in Wien zu zeigen, an dem er sich ein Bild von der Stadt machen konnte, Janek hätte ihn zu dieser gigantischen Baustelle geführt. Überall in Wien wurde gehämmert, gesägt und geschliffen. Unzählige Handwerker aus Böhmen und Mähren fanden hier Beschäftigung. Auch Janeks

Familie war einst zum Arbeiten in die Stadt gezogen, in der Hoffnung auf Wohlstand und Glück. Doch aus beidem war nichts geworden. Die Eltern hatten sich innerhalb weniger Jahre in den Ziegelwerken am Laaer Berg zu Tode geschuftet und Janeks fünf Brüder hatten so zwielichtige Karrieren eingeschlagen, dass ihm wohler war, wenn er nicht wusste, womit sie ihr Geld verdienten. Janek selbst war der Einzige, der es in den Beamtendienst geschafft hatte. Und auch diese Karriere war zweifelhaft. Große Sprünge konnte er mit seinem bescheidenen Gehalt jedenfalls nicht machen. Mit etwas Glück würde er bald befördert, dann könnte er sich eines Tages eine größere Wohnung leisten. Janek lief den Alsergrund stadtauswärts, vorbei an noch mehr Baustellen, niedrigen Werkstätten und Wohnhäusern, bis er schließlich zum Allgemeinen Krankenhaus gelangte. Josef II., der Sohn Maria Theresias, hatte das Spital einst für alle Wiener und Wienerinnen erbauen lassen. Seither konnten die Kranken der Stadt sich hier behandeln lassen. Der Gebäudekomplex umfasste mehrere hintereinander gereihte Höfe. Außerdem befand sich auf dem Gelände ein rund angelegter, breiter Turm, im Volksmund Narrenturm oder Gugelhupf genannt. Bis vor einem Jahr waren hier schwachsinnige Menschen untergebracht gewesen. Jetzt waren die Irren in andere Gebäude umgezogen und der Turm harrte einer neuen Bestimmung. Janek ließ den Gugelhupf hinter sich und lief auf ein niedriges Gebäude daneben zu. Das Institut für pathologische Medizin.

Der Portier neben dem Eingang erkannte ihn.

»Grüß Sie, Herr Inspektor!« Der Mann tippte sich zum Gruß an die Stirn. »Der Doktor Kubicek wartet schon auf Sie.«

Janek nickte ihm dankend zu und marschierte zielstrebig den langen, dunklen Gang hinunter zum Seziersaal. Er fasste in seine Jackentasche und zog ein Taschentuch heraus. In weiser Voraussicht hatte er es am Morgen mit seinem Rasierwasser besprüht. Nun drückte er das Tuch gegen die Nase. Egal, wie oft er dieses Gebäude betrat, er würde sich nie an den entsetzlichen Gestank gewöhnen, der in den Gängen hing. Süßlich-fauliger Leichengeruch verband sich mit scharfer Karbolsäure und Chlorkalk. Es war Janek ein Rätsel, wie Doktor Kubicek diese Mischung ertrug. Er klopfte an die Tür und trat ein, noch bevor der Mediziner ihm antwortete. Der Gestank im Raum schlug Janek mit einer nie dagewesenen Heftigkeit entgegen. Gegen diese Intensität war sein Taschentuch machtlos.

»Um Himmels willen«, stöhnte er auf.

»Einen wunderschönen guten Tag, Inspektor«, rief Doktor Kubicek. Der Mediziner war mit seinen fast dreißig Jahren in Janeks Alter. Trotzdem sah er älter aus. Grund dafür waren ein üppiger blonder Vollbart und hohe Geheimratsecken. Er schien gegen den fürchterlichen Geruch immun. Konnte es sein, dass er ihn nicht mehr wahrnahm? Freudig winkte er Janek an seinen Tisch, mit einem Ausdruck im Gesicht, als würde er darauf gerade ein besonders feines Schnitzel bearbeiten, eine Sachertorte glasieren oder sonst etwas zubereiten. Tatsächlich zog er die Klinge seines Skalpells durch einen Leichnam. Nur zögerlich trat Janek näher. Der kahle geflieste Raum war ihm verhasst. Egal, zu welcher Jahreszeit man ihn betrat, hier herrschte immer eine bittere Kälte. Über dem Seziertisch hing eine überdimensionierte Lampe. In den Jahren als Polizeiagent hatte Janek sich an den Anblick von Toten gewöhnt. Er hatte entstellte Körper, blutige Wunden, angstgeweitete, leere Blicke gesehen und gelernt, sie zu ertragen. Aber die nackten Körper auf den Seziertischen jagten ihm immer noch einen eisigen Schauer über den Rücken. Janek war nicht sonderlich gläubig. Seine Eltern waren Taufscheinkatholiken – wie viele Menschen aus Böhmen hatten sie es mit dem Glauben nicht so streng genommen. In der alten Heimat hatte die Kirche eine untergeordnete Rolle gespielt. Doch hier im Seziersaal hatte er immer das Gefühl, er würde etwas Gottlosem beiwohnen. Als würde das Skalpell die Toten entweihen.

»Was für ein außergewöhnlicher Fall! In der Tat, äußerst anregend.« Doktor Kubicek richtete sich auf und sah Janek mit Begeisterung an. Seine funkelnden Augen wirkten hinter seiner Brille größer, als sie tatsächlich waren. Wenn Janek nicht gewusst hätte, dass der Mediziner Wissenschaftler war, hätte er angesichts der Freude, die er beim Anblick einer Leiche empfand, an seiner geistigen Gesundheit gezweifelt.

»Was ift daran anregend?«, seine Frage klang hinter dem Stofftaschentuch verwaschen.

»Intellektuell anregend, und alles, einfach alles. Kommen Sie her und sehen Sie sich das an.« Der Doktor winkte Janek näher. Nur widerwillig folgte er der Aufforderung. »Hier ist die Einstichstelle.« Er zeigte auf eine kleine, dunkel gefärbte Wunde im mächtigen Wanst des Toten. »Eine winzig kleine Stichwunde. Nicht der Rede wert. Die Sache wäre in ein paar Tagen verheilt. Der gute Mann hatte so viel Speck auf den Rippen, dass selbst ein doppelt so langes Messer nichts hätte ausrichten können.«

»Dann hat sich Ihr erster Verdacht bewahrheitet«, sagte Janek. »Der Mann ist nicht an der Stichverletzung gestorben?«

»Ganz sicher nicht«, bestätigte Doktor Kubicek. »Auch was das Blut betrifft, habe ich mich nicht geirrt. Die Flecken an seinem Handgelenk und an seinem Hemd können nicht von ihm selbst stammen. Es war dickes, schweres Blut. So wie es beispielsweise aus der Nase tropft.«

Janek war erleichtert. Er hatte dem Generaloberst also keinen Bären aufgebunden.

»Und jetzt kommen die neuen Erkenntnisse!« Doktor Kubicek hob den Zeigefinger und machte eine dramatische Pause. Janek wünschte, er würde sich nicht so viel Zeit lassen. Möglichst flach atmete er in sein Taschentuch. »Der gesamte Körper des Toten ist seltsam gefärbt«, fuhr Doktor Kubicek fort.

Janek betrachtete den Leichnam des Offiziers mit neuem Interesse. Tatsächlich war die Haut trotz ihrer Leblosigkeit erstaunlich rosig. So als hätte er eben erst schwere körperliche Anstrengungen vollbracht.

»Er schaut irgendwie noch ganz gesund aus«, meinte Janek.

»Er ist rosa wie ein Schweinchen«, stimmte Doktor Kubicek zu. »Und hier an der Körperunterseite hat er sogar dunkelrote Flecken.« Er zeigte mit dem Finger auf ein paar rote Kreise.

»Was bedeuten die?«

»Sie bedeuten, Herr Inspektor, dass der Mann vergiftet wurde. Ich tippe auf Zyankali.«

Das war tatsächlich eine Überraschung. »Vergiftet?«, wiederholte Janek erstaunt.

»Ich bin mir ziemlich sicher. Der Geruch der Leiche erinnert stark an Mäusepisse und das Blut des Toten hat die typische kirschrote Farbe.«

»Kirschrot?«

»Haben Sie vor drei Jahren denn nicht vom Fall Ebergenyi-Chorinsky gelesen?«

»Der Mord an der Gräfin in München?«

»Genau der. Die Stiftsdame Ebergenyi ist von Wien nach München gereist, um die Ehefrau ihres Geliebten Chorinsky zu vergiften. Damals konnte der Pathologe Ludwig Andreas Buchner nicht nur die Täterin überführen, er fand auch heraus, dass Blausäure oder – wie das Gift auch heißt – Zyankali das Blut eines Vergifteten kirschrot färbt und dunkelrote Flecken auf dessen Körper hervorruft.« Doktor Kubicek machte kein Geheimnis daraus, dass er den Kollegen aus München aus tiefster Seele verehrte. Sicher träumte er davon, eines Tages eine ähnlich faszinierende Entdeckung zu machen.

»Dann hat die Frau, die wir suchen, den Mann also vergiftet?«, fragte Janek.

»Ich glaube, dass zwischen unserem Toten und der Frau, mit der er sich vergnügt hat, ein Kampf stattgefunden hat, bei dem die Frau verletzt wurde. Vermutlich stammt das Blut in der Kutsche von ihr. Zyankali wirkt schnell. Dass sie in der Situation des Kampfes die Zeit gefunden hat, ihren Angreifer zu vergiften, wage ich zu bezweifeln.«

»Hm«, Janek musste Doktor Kubicek recht geben. Das klang wenig plausibel. »Haben Sie eine Idee, um welche Verletzung es sich bei der Frau gehandelt haben kann?«

»Guter Herr Inspektor, ich bin Wissenschaftler, kein Hellseher.«

Janek zuckte mit den Schultern. »Hätte ja sein können«, murmelte er entschuldigend. »Sie haben zuvor von Blut aus der Nase gesprochen.«

»Das war nur ein Verdacht. Das Blut könnte genauso gut aus einer anderen Körperöffnung stammen.«

»Hm, ein Jammer, dass man das nicht genauer bestimmen kann.«

»Eines kann ich jedoch mit Sicherheit sagen: Was auch immer die beiden in der Kutsche getrieben haben, es war seltsam. Der gute Offizier hatte einen Ring um seinen ...«, Doktor Kubicek räusperte sich, »... besten Freund gebunden. Damit das nicht zirkulierende Blut für eine lang anhaltende Erektion sorgte. Ich nehme an, dass er ein ganz besonderes Abenteuer geplant hatte.«

»Ich wusste nicht, dass das funktioniert«, sagte Janek überrascht. Er stellte sich das Tragen so eines Rings unheimlich schmerzhaft vor.

»Ich würde dringend davon abraten«, mahnte Doktor Kubicek. »Ich habe Männer gesehen, die mussten sich nach dem Einsatz eines ähnlichen Rings ganz von ihrem besten Freund verabschieden.«

»O weh!« Janek verzog entsetzt das Gesicht. Das schreckliche Bild würde er wohl den ganzen Tag nicht aus dem Kopf bekommen.

»Der Knebel und das Seil lassen ebenfalls auf kein zärtliches Schäferstündchen schließen«, mutmaßte Doktor Kubicek.

Auch die nun in Janeks Kopf entstehenden Bilder waren wenig erfreulich.

»Ich denke, dass Sie das Fräulein suchen und finden müssen. Entweder ist sie die Mörderin oder aber sie kann Ihnen wichtige Informationen liefern«, sagte Doktor Kubicek. Aus seinem Mund klangen die Worte, als forderte er die einfachste Sache der Welt. Janek wusste, dass es schier unmöglich werden würde, die Frau zu finden. Angeblich musste sich in Wien jede fünfte Frau mit illegaler Prostitution ein Zubrot verdienen. Die Suche nach der Richtigen würde die berühmte Suche nach der Stecknadel im Heuhaufen werden.

Dennoch hatte Doktor Kubicek Janek wieder einmal sehr weitergeholfen. Was Janek dem Mediziner auch gerne sagte.

»Es ist mir immer wieder eine Freude.« Doktor Kubicek grinste übers ganze Gesicht. »Kommen Sie gerne jederzeit wieder.«

Vorerst war Janek vor allen Dingen froh, das Gebäude wieder verlassen zu dürfen. Kaum hatte er den Innenhof betreten, stieß er die angehaltene Luft aus und atmete tief ein. Ein riesiger Kastanienbaum verströmte den betörenden Duft des Frühlings. Ein paar Atemzüge lang stand Janek bloß da und wartete darauf, auch den letzten Rest des Gestanks aus seiner Nase, die schlechte Luft aus seiner Lunge zu bekommen. Dann machte er sich zu seinem nächsten Ziel auf: dem Unteren Belvedere, wo sich die ägyptisch-orientalische Sammlung des Kaiserhauses befand. Wenn er schnell war, konnte Janek den Weg in einer Stunde zurücklegen. Vorausgesetzt die Baustellen am Ring zwangen ihn nicht zu unzähligen Umwegen. Ein letzter Blick über die Schulter in die grüne Krone der Kastanie ließ auch den letzten Rest des kalten Hauchs des Todes verfliegen. Zum Glück war das Wetter frühlingshaft mild.

Aurelia

Ringstraße

»Ich habe die Kutsche weggeschickt.«

»Befolgen Sie eigentlich nie Ratschläge, die man Ihnen gibt?«, fragte Nepomuk verständnislos, während er seinen Zylinder wieder aufsetzte, den er in der Polizeidirektion abgenommen hatte. Er war der einzige Mann, den Aurelia kannte, der dabei seine Frisur nicht zerstörte.

»Sebastian ist bereits vor einer halben Stunde nach Hause aufgebrochen und ich will mir ebenfalls die Füße vertreten. Begleiten Sie mich auf einem Spaziergang?«

Er hob eine Augenbraue. »Sie wollen mich aushorchen.«

»Das auch«, gab Aurelia zu.

Nepomuk drehte sich zur Peterskirche und warf einen Blick auf die Uhr unterhalb der grünen Kuppel. Die Kirche befand sich gleich neben dem Polizeigebäude. »Ich werde zu einem späten Mittagessen im Café Milani erwartet. Wenn wir uns beeilen, kann ich Sie nach Hause begleiten und bin anschließend rechtzeitig am Kohlmarkt.«

»Ich will nicht nach Hause gehen«, entgegnete Aurelia.

»Wohin denn sonst?«

»Lassen Sie uns ein bisschen auf der Ringstraße flanieren. Danach nehme ich eine Kutsche, versprochen.«

Nepomuk kniff die Augen amüsiert zusammen. »Was haben Sie vor?«

»Warum sind Sie immer so misstrauisch?«, fragte Aurelia unschuldig. »Ich will bloß spazieren.«

»Nun, dann lassen Sie uns keine Zeit verlieren.« Nepomuk bot ihr galant seinen linken Arm an. Mit der Rechten schwang er seinen Gehstock.

Aurelia legte ihre Hand auf seinen Unterarm. »Woher kennen Sie Inspektor Pokorny?«

»Ich wusste, dass Sie diese Frage stellen würden.«

»Wurden Sie schon einmal von der Polizei vorgeladen?«

»Dies war mein erster Besuch in der Polizeidirektion«, Nepomuk rümpfte die Nase, »und ich hoffe inständig, dass es mein letzter gewesen sein wird. Das Gebäude ist fürchterlich.«

»Warum haben Sie den Inspektor geduzt?«, ließ Aurelia nicht locker.

»Das tut man für gewöhnlich mit ehemaligen Schulkollegen.«

»Sie waren gemeinsam in der Schule?«, fragte Aurelia erstaunt. »Ich dachte, Sie hätten das Schottengymnasium besucht.«

»In der Tat, das habe ich.«

Die Antwort verwirrte Aurelia noch mehr. Das kirchliche Gymnasium galt als die Eliteschule Wiens. Die Aristokratie ließ ihren männlichen Nachwuchs seit Generationen im Zentrum der Stadt bei den Benediktinern im Schottenkloster neben der Freyung unterrichten. »Ist Herr Pokorny etwa adeliger Herkunft?«

Nepomuk lachte lauthals. »Mitnichten! Seine Eltern waren einfache Ziegelböhm.«

»Aber, wie …?« Aurelia verstand nun gar nichts mehr.

»Er hatte ein Begabtenstipendium. Sein Volksschullehrer hat sich für ihn eingesetzt«, erklärte Nepomuk.

»Er war ein Vorzugsschüler?« Aurelia rief sich die hübsche Schrift und die gewählten Worte des Protokolls ins Gedächtnis, das sie soeben unterzeichnet hatte.

»Er hatte gute Noten.«

»Hat er mit Ihnen maturiert?«

»Nein.«

»Aber warum denn nicht, wenn er doch so ein guter Schüler war?« Es war ungewöhnlich, dass Nepomuk sie mit so knappen Antworten abspeiste.

»Auf welchem Teil der Ringstraße wollen Sie flanieren?«, wechselte er das Thema.

»Ich will zu den Baustellen der großen Museen.«

»Um Himmels willen, was wollen Sie denn dort? Da sind doch bloß Bauschutt, Ziegelsteine, Gruben und noch mehr Staub als im Rest der Stadt! Sollten wir nicht lieber …«

»Ich will bei einem der Wagen Würstel essen.«

Nepomuk blieb so abrupt stehen, dass Aurelia über seine Füße stolperte. Im letzten Moment fing er sie auf.

»Nepomuk!«, empört richtete Aurelia sich wieder auf. »Was ist in Sie gefahren? Wollen Sie, dass ich mir den Fuß breche?«

Er runzelte ernst die Stirn. »Warum wollen Sie Würstel bei einem Straßenverkäufer essen?«

»Weil mein Magen knurrt?«

Nepomuk ließ die Erklärung nicht gelten. »Wenn Sie hungrig sind, lade ich Sie ins Milani ein. Der Freund, den ich dort treffe, ist mit Sicherheit erfreut, wenn ich in so bezaubernder Begleitung erscheine.«

»Ich will eine Debreziner.«

»Debreziner?«

»Ja«, Aurelia nickte. »Sie kennen doch die gebrühten Würste, die mit ungarischem Paprika gewürzt werden?«

»Im Milani kriegen Sie so viele Würstel, wie Sie wollen. Mit Senf oder ohne und mit einer frischen Kaisersemmel.«

»Ich will eine ganz einfache Debreziner«, beharrte Aurelia. »Was ist daran so schwer zu verstehen?«

»Liebe Aurelia, wären Sie eine Blumenverkäuferin oder eine Näherin, meinetwegen eine Gouvernante … Aber Sie sind die Tochter von Graf von Kolowitz!«

»Richtig«, bestätigte Aurelia. »Und aus diesem Grund habe ich genug Gulden und Kreuzer in meiner Handtasche, um selbst zu entscheiden, was und wo ich zu Mittag esse.«

Nepomuk gab sich seufzend geschlagen. »Meinetwegen. Dann kommen Sie, damit wir die Sache rasch hinter uns bringen.«

Wieder bot er ihr seinen Arm an, doch diesmal achtete Aurelia darauf, mehr Abstand zu halten, für den Fall, dass der Advokat erneut ohne Vorwarnung stehen blieb.

»Ich will Ihnen die Wahrheit verraten«, gestand Aurelia. Sie berichtete von der Unterhaltung mit Frieda.

»Sie haben also auch diesen Rat ignoriert und mit der Fiakerin geplaudert.« Nepomuk schüttelte den Kopf.

»Frieda ist eine alte Bekannte«, verteidigte sich Aurelia. »Eine Freundin, die unschuldig im Gefängnis sitzt.«

»Ihre feine Frieda hat wissentlich eine Porzellanfracht durch die Stadt geführt. Damit hat sie gegen die sittliche Ordnung verstoßen und sich strafbar gemacht«, erinnerte Nepomuk.

»Das mag sein, aber sie ist keine Mörderin«, entgegnete Aurelia. »Solange eine Verdächtige zum Verhör in der Zelle sitzt, wird sich die Polizei mit der Aufklärung nicht beeilen. Da wird auch ihr ehemaliger Schulfreund keine Ausnahme bilden.«

Aurelia hoffte, dass Nepomuk ihr widersprach, doch es kam bloß ein nachdenkliches »Hm«, das sie als Zustimmung deutete.

»Daher werden wir die Männer von der Polizei ein bisschen unterstützen«, beschloss Aurelia.

Sie ignorierte die Sorgenfalten auf Nepomuks Stirn. »Was ist schon dabei, wenn wir mal bei dem Würstelverkäufer nachhorchen? Vielleicht ist ihm eine Person aufgefallen, die aus der Kutsche geflohen ist.«

»Vor fünf Minuten habe ich dem Polizeidirektor die Hölle heißgemacht und ihm erklärt, dass Sie nichts mit der ganzen Angelegenheit zu tun haben. Und jetzt wollen Sie sich in die Aufklärung des Falls einmischen? Wie sieht das denn aus? Ich sage Ihnen, da hilft dann auch die verwandtschaftliche Nähe zum Kaiserhaus nichts«, sagte Nepomuk besorgt.

»Die haben Sie doch erfunden«, sagte Aurelia. »Oder wissen Sie mehr als ich?«

Er grinste verschlagen. »Wer kann heute schon mit Sicherheit sagen, wer mit wem verwandt ist? Ich selbst habe so viele Tanten, Onkel und Cousinen, dass ich mir nur die Hälfte ihrer Namen merken kann.«

»Wir mischen uns ja gar nicht ein«, kehrte Aurelia zu ihrem Anliegen zurück. »Wir essen bloß ein Paar Debreziner.«

»Sie sind die starrsinnigste junge Frau, die ich kenne.«

»Ich nehme das als Kompliment.«

Nun, da Nepomuk es aufgegeben hatte, Aurelia umzustimmen, gingen sie gemächlich über den Kohlmarkt und den Michaelerplatz in Richtung Hofburg. Beim Schweizerhofbrunnen schöpfte ein Wasserer unter lautem Ächzen frisches Trinkwasser in seine Kübel. Schwankend machte er sich auf den Weg zu seinem Platz an der gepflasterten Straße, wo er auf Kundschaft warten wollte. Die Fiaker nahmen das Angebot gerne an. Auf diese Weise sparten sie sich den Weg zum Brunnen und verloren keine Zeit beim Anstehen in der langen Warteschlange. Der Wasserer versorgte ihre durstigen Pferde rasch und gegen wenig Geld. Kurz vor seinem Ziel verschüttete der dicke Mann einen Teil des kostbaren Wassers. Er fluchte so laut, dass die Schimpfwörter weit über den Platz hallten.

»Kommen Sie weiter«, drängte Nepomuk nun, so als wäre es den Ohren einer adeligen jungen Frau nicht zuzumuten, ein paar derbe Ausdrücke zu hören. Aurelia stellte sich in Gedanken ein vornehmes Pferd mit Monokel und Pfeife vor, das sich beim Wasserer beschwerte und pikiert einen Eimer vom feinsten Rotwein einforderte. Ferdinand Lorenz würde die Karikatur mögen. Sie war frei von jeder politischen oder religiösen Kritik.

Schon hatten sie die Ringstraße erreicht. Vor den Baustellen der Museen mussten sie einer bimmelnden Pferdetramway ausweichen. Der offene Waggon war heillos überfüllt. Einige der Fahrgäste standen bloß mit einem Fuß auf einem Tritt außen am Wagen und hielten sich fest, so gut es ging. Die Räder der Tramway quietschten in den Gleisen, die man ins Straßenbett versenkt hatte. Bei der nächsten Straßenkreuzung hielt der Wagen an und ein Teil der Passagiere sprang ab.

»Ich bin noch nie mit der Pferdetramway gefahren«, meinte Aurelia nachdenklich. Ob Lorenz einen Witz über einen Tramway fahrenden Priester billigen würde? Er könnte dem Schaffner erklären, dass die Fahrkarte von seinem Dienstgeber bezahlt wurde. Er solle die Rechnung freundlicherweise an den lieben Herrgott schicken.

»Und so soll es auch bleiben«, antwortete Nepomuk finster. Er zog sie von der Straße. »Es ist das Transportmittel der Arbeiter und Diener.«

Endlich standen sie vor dem Platz, an dem, so hatte es der Kaiser versprochen, in einigen Jahren die gesammelten Kunstschätze des Kaiserhauses ausgestellt werden sollten. Im Moment jedoch klaffte eine riesige Baugrube im Boden. Seitlich der Baustelle, die nur notdürftig mit Holzbrettern abgeriegelt war, standen zwei der fahrenden Garküchen. Beide Würstelverkäufer waren Kriegsinvaliden. Einem fehlte ein Bein, dem anderen ein Arm. Aurelia lief zielstrebig auf den Mann zu, der sich auf eine Krücke stützte. Nepomuk folgte ihr eilig.

»Grüß Gott!«, Aurelia nickte dem Kriegsveteranen freundlich zu. »Bitte eine Ihrer Debreziner mit einem Stück Brot.« Der Würstelverkäufer riss erstaunt die Augen auf. Ungläubig blinzelte er und drehte sich nach allen Seiten um, so als suchte er nach jemandem, der diesen Irrtum aufklärte.

»Für mich auch eine Debreziner«, forderte Nepomuk etwas unwillig. Der würzige Geruch, der aus dem großen Topf auf dem Handkarren drang, schien ihm gegen seinen Willen Appetit gemacht zu haben.

»Mit an Schoarfen oder an Siaßen?«, erkundigte sich der Verkäufer. Er trug eine erstaunlich weiße Schürze über seinem schäbigen Anzug.

»Wie bitte?«, fragte Aurelia.

»Er meint den Senf«, erklärte Nepomuk. »Soll er scharf oder süß sein?«

»Ah, natürlich!«, lachte Aurelia fröhlich. Schon wieder entstand eine Idee in ihrem Kopf. Sie sollte öfter durch die Stadt spazieren! Diese Menschen hier waren eine schier unerschöpfliche Quelle der Inspiration.

»Ich nehme den süßen Senf.«

»Mit ana Ölig'n?«

Nun schien auch Nepomuk ratlos. Der Würstelverkäufer zeigte auf ein Glas neben seinem Wursttopf, in dem eingelegte Ölpeperoni schwammen.

»Nein, danke.« Aurelia winkte ab. Mit einer Holzzange holte der Würstelverkäufer die Debreziner aus seinem Topf und wickelte sie gekonnt und liebevoll in ein Stück Zeitungspapier vom Vortag.

»Stehen Sie jeden Tag hier?«, erkundigte sich Aurelia.

»I' bin immer da«, nickte der Mann. »Aber erst ab Mittag. Es gibt Kollegen, die kommen schon in der Früh. Aber wer will denn zum Frühstück a Würstel essen?«

Mit einem Löffel strich er kunstvoll goldgelben Senf auf die Wurst und drehte einen kleinen Spitz, der aussah wie ein Schlagobershäubchen. Er reichte das Päckchen Aurelia. Sie lehnte ihren Sonnenschirm an den Wagen, streifte rasch ihre Handschuhe ab, damit der feine Stoff keine Flecken bekam, steckte sie in die Handtasche und nahm die Wurst entgegen.

»An Guad'n!«, wünschte er. Das Wort Appetit ließ er unter seinen Handkarren fallen, genau wie den letzten Rest vom Senf. Dann fischte er eine weitere Debreziner aus dem Topf, der er sich mit der gleichen Hingabe widmete.

»Meine Bekannte, Frieda Horvath, behauptet, Sie würden die besten Würstel in der Stadt anbieten«, plauderte Aurelia munter weiter.

»Ja, die Frieda, die kommt oft auf a Debreziner vorbei. Manchmal auch auf zwei. Sie hat an großen Appetit.«

»Sie hat erzählt, dass sie gestern Abend bei Ihnen war.«

Der Würstelverkäufer reichte auch Nepomuk seine Wurst. Seine Aufmerksamkeit galt jedoch ausschließlich Aurelia, die nun in die Debreziner biss. Die knackige Haut platzte unter ihren Zähnen auf und ein süßlich-würziger Geschmack nach Paprika, Fleisch und Fett breitete sich in ihrem Mund aus.

»Mmh, das schmeckt köstlich«, sagte sie mit vollem Mund und ehrlicher Begeisterung.

Augenblicklich breitete sich ein Lächeln auf dem Gesicht des Würstelverkäufers aus. Das Eis schien gebrochen. »I' bin übrigens der Pepi Bousska.«

»Sehr erfreut, Aurelia von Kolowitz.« Sie streckte dem Würstelverkäufer die Hand entgegen.

»Ich hab noch nie a Würstel an a so feine Dame verkauft«, gab Pepi Bousska zu, fasste nach ihrer Hand und schüttelte sie sichtlich ergriffen.

»Das ist sehr bedauerlich«, meinte Aurelia. »Diese Würstel würden Ihnen bei jedem kaiserlichen Hofburgball aus den Händen gerissen werden. Sie wären die ideale Stärkung nach der Mitternachtseinlage.«

»Meinen's wirklich?« Pepi Bousskas Wangen liefen dunkelrot an. In Gedanken schien er sich auszumalen, wie sich ein Schild mit dem Titel »K. u. k. Hoflieferant« auf seiner Garküche ausmachen würde.

Aurelia biss erneut in ihre Wurst und wischte sich mit dem Zeitungspapier einen Klecks Senf von den Lippen. »Frieda sitzt im Gefängnis.«

Augenblicklich wich die Farbe wieder von Bousskas Wangen. »Was haben's g'sagt?«

Aurelia fasste in kurzen Worten zusammen, was sich ereignet hatte, ohne von sich selbst oder den pikanten Details über den Toten zu sprechen.

»Frieda glaubt, dass der Mörder oder die Mörderin nur eine Möglichkeit gehabt hat, ihren Fiaker unbemerkt zu verlassen. Und zwar, als sie sich bei Ihnen ihre Debreziner geholt hat.«

Pepi Bousska wirkte fassungslos. »Die arme Frieda sitzt im Häf'n. Das ist schrecklich. Die Kieberer können doch nicht glauben, dass die Frieda ihre eigene Kundschaft ersticht!«

»Im Moment scheint es so«, erwiderte Aurelia. »Haben Sie jemanden aus ihrem Fiaker fliehen sehen?«

Pepi Bousska kratzte sich an der Schläfe unter seinem abgetragenen Hut. »Leider nicht. Die Frieda hat ihren Fiaker dort drüben abgestellt, weil hier kein Platz war. Wir haben uns über das schöne Frühlingswetter unterhalten und darüber, dass jetzt endlich die ganze Koksschlepperei für a paar Monate vorbei is'. Ich hab gar nicht zu der Kutsch'n von der Frieda h'nüberg'sehen.«

Er wies auf die gegenüberliegende Seite der Ringstraße, dort wo die frisch gepflanzten Platanen erste Blätter trugen und man erahnen konnte, wie glanzvoll der Prachtboulevard eines Tages aussehen würde.

Auf einer Parkbank saß eine Planetenverkäuferin. Pepi Bousska hob den Zeigefinger. »Aber vielleicht hat die Sissi Geiger was g'sehen!« Sein Gesicht hellte sich auf. »Die Sissi is' gestern auch da g'wesen, das weiß ich ganz sicher, weil sie sich a Burenheidl geholt hat.«

Aurelia sah ihn fragend an. »Eine Burenwurst«, besserte Bousska sich aus. »Wenn jemand aus dem Fiaker von der Frieda ausgestiegen is', dann hat es die Sissi bemerkt. Die müssen's fragen.«

»Haben Sie vielen Dank!« Aurelia wollte Geld aus ihrer Handtasche holen, erntete aber von Nepomuk einen bösen Blick. Es galt als Beleidigung für einen Mann, wenn eine Frau die Rechnung beglich. Diese Regel galt im vornehmen Café Milani ebenso wie beim Würstelstand auf der Straße. Aurelia ließ ihr Portemonnaie in der Tasche. Nepomuk drückte Bousska einen großen Geldschein in die Hand.

»Dankeschön!« Er tippte sich an seinen Hut. Doch sein Lächeln verschwand wieder aus seinem Gesicht. Die Verhaftung der Fiakerin schien den Würstelverkäufer zu beschäftigen. »Die arme Frieda«, wiederholte er mitgenommen. »Da sollten ganz andere im Häf'n sitzen, aber nicht die Frieda. Es erwischt immer die Unschuldigen.«

Aurelia wollte etwas Aufmunterndes erwidern, aber es fiel ihr nichts ein. Deshalb winkte sie ihm bloß zum Abschied zu.

»Beehren's mich bald wieder, gnädiges Fräulein.«

»Ganz bestimmt«, versprach Aurelia. Dann machte sie sich daran, den Ring zu überqueren. Nepomuk folgte ihr auf dem Fuß.

»Ich sollte seit zehn Minuten im Milani sein«, raunte er vorwurfsvoll in ihr Ohr.

»Lassen Sie sich von mir nicht aufhalten«, sagte Aurelia gut gelaunt. »Ich komme bestens allein zurecht. Ich unterhalte mich mit der Dame und nehme mir dann eine Kutsche.«

Nepomuk verzog unglücklich das Gesicht. »Das sagen Sie jetzt. Aber wer weiß, was Ihnen noch alles einfällt, nachdem Sie sich mit der Frau unterhalten haben. Die Gedanken hinter ihrer hübschen Stirn sind unberechenbar.« Er schaute pikiert zu der Frau auf der Parkbank. »Dieses Individuum wirkt alles andere als vertrauenserweckend. Ihr Vater würde es mir nie verzeihen, wenn ich Sie mit ihr allein lassen würde.«

Statt darauf einzugehen, trat Aurelia beherzt auf die Fremde zu, die tatsächlich ungewöhnlich aussah. Ihr Kleid war aus unzähligen unterschiedlichen Flicken zusammengenäht. Auf ihrem Hut steckten Strohblumen. Vor ihrer Brust hing ein Bauchladen, in dem kleine, gefaltete Zettel lagen, und auf ihrer Schulter hockte ein weißer Papagei. Das Alter der Frau war schwer zu schätzen. Möglich, dass sie die vierzig weit überschritten hatte. Ihr Gesicht war faltig, doch ihre Augen wirkten jugendlich.

»Servus, die Herrschaften«, grüßte sie in einem seltsamen Singsang. »Wollen Sie sich die Zukunft zeigen lassen? Mein Kiki zieht das richtige Horoskop für sie. Er kann die Konstellation der Planeten lesen. Kiki hat Antworten auf alle Fragen. Geht es um die Liebe?« Sie schaute ungeniert auf Aurelias Bauch. »Um das Glück?«

Wie auf Kommando krächzte der weiße Papagei auf ihrer Schulter und nickte mit dem Kopf, sodass sein gelber Schopf hin und her wippte.

»Nein, danke«, lehnte Aurelia ab. »Wir wollen bloß eine kleine Auskunft.«

»Auskunft?« Das Gesicht der Planetenverkäuferin verschloss sich, ihre Stimme hatte mit einem Mal große Ähnlichkeit mit der ihres Vogels.

»Herr Bousska hat uns eben verraten, dass Sie auch gestern Abend hier waren.«

»Der Bousska redet viel, wenn der Tag lang ist.«

»Es geht um Frieda Horvath«, fuhr Aurelia unbeirrt fort. »Sicher kennen Sie die einzige Fiakerin Wiens.«

»Ich fahr nie mit'm Fiaker. Ist zu teuer. Ich hab nicht einmal Geld für die Tramway.«

»Frieda hat sich gestern das Abendessen bei Herrn Bousska geholt und ihre Kutsche vor dieser Bank abgestellt.«

»Da stehen andauernd irgendwelche Kutschen.« Der Vogel krächzte zustimmend.

»Während Frieda beim Würstelstand war, hat jemand den Fiaker verlassen. Haben Sie die Person gesehen? Können Sie sie beschreiben?«

»Nein!«

»Auch nicht, wenn wir Ihnen fünf Ihrer Horoskope abkaufen?«, mischte sich Nepomuk ein.

Augenblicklich hellte sich Sissi Geigers Miene wieder auf. »Zehn«, forderte sie geschäftstüchtig.

»Meinetwegen.« Nepomuk fasste in seine Sakkotasche.

»Hast du das gehört, Kiki? Du sollst zehn Horoskope für die Herrschaften ziehen.« Der Papagei sprang auf die Holzfläche des Bauchladens, stolzierte zwischen den Papierschnipseln herum und pickte einen auf. »Die Antwort auf alle Ihre Liebesfragen. Wer wird Ihr Herz erobern? Wer wird Ihnen Blumen schenken?«

Aurelia fand die aufdringliche Art der Frau unangenehm. Das alles dauerte ihr viel zu lange. »Geben Sie uns einfach zehn von den Zetteln und die Sache ist erledigt.«

»Dann stimmen die Horoskopzettel nicht mit Ihrer Zukunft überein«, antwortete Sissi Geiger beleidigt. »Die Planeten sprechen nur die Wahrheit, wenn mein Kiki die Antwort auf eine Frage heraussucht.«

»Ich will nichts über meine Zukunft wissen«, beteuerte Aurelia. »Ich will wissen, wer gestern Friedas Fiaker verlassen hat.«

»Jeder will wissen, was die Zukunft bringt«, widersprach Sissi Geiger bestimmt. »Ob Ihr Liebster bei Ihnen bleibt oder ob er sich für eine andere interessiert?« Verschlagen grinste sie Nepomuk an, so als hätte sie eben ein Geheimnis über ihn preisgegeben.

»Sie können die Zettel auch behalten und uns nur sagen, was wir wissen wollen«, versicherte Aurelia. Sissi Geiger fing an, sie zu nerven.

Entrüstet stemmte die Planetenverkäuferin die Hände in die Hüften. »Ich lass mich doch nicht fürs Auskunft geben bezahlen. Ich bin eine anständige Person mit einem ordentlichen Beruf.«

Nepomuk stieß Aurelia warnend von der Seite an. Aurelia schloss den Mund, presste die Lippen zusammen und wartete schicksalsergeben, bis der Vogel seine Vorstellung beendet und zehn der Zettelchen zu zehn Fragen über Aurelias Zukunft gezogen hatte. Aurelia weigerte sich hinzuhören. Es dauerte ewig. Mit großem Getue überreichte Sissi Geiger endlich die Zettel. Die Welt schien wieder in Ordnung zu sein. Nun forderte sie ihr Geld.

Doch Nepomuk erinnerte sie an das Geschäft. »Wie hat die Person ausgesehen?« Er hielt den Geldschein in die Höhe, damit die Planetenverkäuferin ihn zwar sehen, aber nicht erwischen konnte.

Verärgert verzog sie den Mund. »Es war eine Frau.«

»Und weiter?«

»Sie hat es sehr eilig gehabt.« Begehrlich schielte Sissi Geiger nach dem Guldenschein in Nepomuks Hand.

»Kannten Sie die Frau?«

»Möglich.«

»Wie ist ihr Name?« Nepomuk hielt den Schein noch höher.

»Von einem Namen war nie die Rede«, schimpfte Sissi Geiger. »Sie wollten wissen, wie die Person ausgeschaut hat. Ich hab Ihnen gesagt, dass es eine Frau war, die es eilig gehabt hat. Geben's mir jetzt mein Geld. Ihr Fräulein hat schon die Horoskope.«

»Wollen Sie sonst etwa die Polizei rufen?«, fragte Nepomuk amüsiert.

»Ich verrat Ihnen gar nix mehr, wenn Sie versuchen, mich übers Ohr zu hauen!« Sissi Geiger schien genau zu wissen, dass sie hier die Bedingungen stellen konnte.

Aurelia fasste nach Nepomuks Arm und zog ihn nach unten. Sofort fasste Sissi Geiger nach dem Geldschein und ließ ihn in der Tasche ihres Kleides verschwinden. Die Summe entsprach mit Sicherheit einem Wochenlohn.

»Wenn Sie mir noch zehn Horoskope abkaufen, verrat ich Ihnen den Namen der Dame«, sagte sie listig.

Nepomuks vorwurfsvoller Blick schien Aurelia zu sagen: »Das haben Sie davon, nicht auf mich zu hören.«

»Fünf Horoskope«, erwiderte Aurelia. »Und die geben Sie mir einfach so, ohne Kiki zu bemühen. Der arme Vogel hat für heute schon genug gearbeitet.«

»Finden's?« Die Planetenverkäuferin streichelte ihrem Papagei über den gelben Schopf. »Sie werden es noch bereuen, nicht mehr über Ihre Zukunft zu erfahren.«

Nepomuk holte einen weiteren Geldschein aus seinem Sakko, während Sissi Geiger fünf Zettel aus ihrem Bauchladen abzählte. Sie reichte die Schnipsel Aurelia. »Josefa Sobotka«, zischte sie.

Aurelia fürchtete, dass es unzählige Frauen in Wien gab, die so hießen. Schon wollte sie sich bedanken, als Sissi Geiger fortfuhr: »Und weil Sie so eine ehrliche Person sind, verrat ich Ihnen auch, wo die Josefa wohnt. Sie ist eine Hübschlerin und wohnt am Ratzengrund, gleich neben mir im selben Haus.«

Janek

Unteres Belvedere

»Bedaure, der Herr Hofrat Pinacek ist heute nicht mehr zu sprechen.« Der Mann in der Portierloge befand es für nicht der Mühe wert, von seiner Zeitung aufzusehen.

»Es ist halb fünf«, sagte Janek verständnislos. »Die Bürozeiten des Herrn Hofrats enden erst um sechs. Er hat mich herbestellt.«

»Bedaure.« Der Portier feuchtete einen Zeigefinger mit der Zunge an und blätterte langsam eine Seite um.

»Ich bin die ganze Strecke vom Narrenturm gelaufen, um rechtzeitig hier zu sein.« Janek war immer noch außer Atem. Er wusste, dass es hochrangige Beamte gab, die gerne eine Stunde vor Dienstschluss nach Hause gingen.

Nun schaute der Portier doch mitleidig auf. »Das hätten's sich sparen können.«

»Ich muss darauf bestehen, dass der Herr Hofrat mich empfängt«, beharrte Janek. »Es geht um den Diebstahl zweier wertvoller Objekte aus der kaiserlichen Sammlung. Seine Majestät der Kaiser hat um Aufklärung der Angelegenheit gebeten.«

In dem Moment trat ein eleganter Mann um die vierzig im Frack und mit Zylinder auf dem Kopf aus dem Nebengebäude der ehemaligen Residenz des wohl bekanntesten Feldherren Österreichs, Prinz Eugen von Savoyen. Nach mehreren Besitzerwechseln war das Schloss wieder in der Hand der kaiserlichen Familie. Das Belvedere mit seinem barocken Prachtgarten diente seit Jahren der Aufbewahrung unterschiedlichster Kunstschätze. Unter anderem war die ägyptisch-orientalische Sammlung hier untergebracht.

»Sie können dem Herrn Hofrat Pinacek Ihr Anliegen selbst vortragen«, meinte der Portier gelangweilt und deutete auf den Mann, der jetzt über den gekiesten Weg auf sie zukam. Der goldene Knauf seines Gehstocks blitzte in der Frühlingssonne auf, die Steine unter seinen polierten Schuhen knirschten.

Beherzt trat Janek auf den hohen Beamten zu und verstellte ihm den Weg. »Guten Tag, ich bin Inspektor Pokorny von der Spezialeinheit der Polizeiagenten in Zivil.« Er tippte sich grüßend an den Hut.

Widerwillig hielt der Hofrat an. »Machen Sie sich bei meinem Sekretär einen Termin aus. Der Maier sitzt noch in seinem Büro.« Er wedelte mit der Hand, so als wollte er ein lästiges Insekt verscheuchen. Die Geste galt Janek, der ihm aus dem Weg gehen sollte.

»In einem Schreiben an meinen Vorgesetzten haben Sie mich selbst innerhalb Ihrer Bürozeiten zu sich bestellt«, erinnerte Janek. »Dieser Aufforderung bin ich nun nachgekommen.«

»Das ist möglich. Reden's mit dem Maier. Der gibt Ihnen einen Termin«, wiederholte der Hofrat mit nasaler Stimme.

»Sie verkennen die Lage«, Janek bemühte sich, höflich zu bleiben. »Es geht um den Diebstahl kaiserlicher Kunstgegenstände. Ich bin mit der Untersuchung des Kriminalfalls beauftragt und muss Sie bitten, sich mit mir zu unterhalten.«

Mit einem Mal veränderte sich die Körperhaltung des Hofrats. Er streckte die Schultern durch.

»Wie war Ihr Name?«, fragte der Hofrat.

»Inspektor Pokorny.«

»Hm«, der Hofrat betrachtete den goldenen Knauf seines Gehstocks. Janek sah, dass es ein brüllender Löwenkopf war. »Der Kaiser findet es sehr unerfreulich, dass zwei wertvolle Schmuckstücke sich einfach in Luft aufgelöst haben. Er will sie wiederhaben.«

Janek war auf der Hut. Hinter der scheinbar ruhigen Fassade lauerte Boshaftigkeit. Er konnte sie förmlich spüren. Janek kannte das hämische Grinsen, das sich auf das Gesicht des Hofrats geschlichen hatte, nur zu gut. Er hatte es im Laufe seiner Schulkarriere oft genug zu sehen bekommen. Sowohl von Schülern als auch von Lehrern.

»Inspektor Pokorny!«, rief der Hofrat nun lachend. Aus dem Mund des Hofrats klang sein Name wie ein Schimpfwort. »Sie sind das unterste Rädchen in der Habsburger Beamtenhierarchie. Ein einfacher Inspektor, der nicht einmal ordentlich lesen und schreiben kann.« Der Hofrat betrachtete Janek nun voller Abscheu. »Ihre armselige Karriere hängt vom Ermittlungserfolg in diesem Diebstahl ab. Wenn hier jemand die Lage verkennt, dann sind Sie das.« Er richtete die Spitze seines Gehstocks auf Janeks Brust wie den Lauf eines Gewehrs. »Wenn mir danach ist, genehmige ich Ihnen erst in zwei Jahren ein paar Minuten meiner kostbaren Zeit.«

Genau wie vor ein paar Stunden im Büro von Direktor Körner spürte Janek heiße Wut in sich aufsteigen. Dieser ganze Tag war ein einziges Desaster.

»Besser, Sie benehmen sich, wie man es von einem Beamten Ihres Rangs erwartet.« Der Hofrat machte eine dramatische Pause: »Seien Sie devot!«

Am liebsten hätte Janek vor die auf Hochglanz polierten Schuhe des Mannes gespuckt, so zornig war er. Stattdessen ballte er die Hände zu Fäusten und schwieg.

Hofrat Pinacek schien den Ärger gar nicht wahrzunehmen. Seufzend schaute er hinauf in den blauen Himmel, dann wieder auf Janek. »Und jetzt gehen's zum Maier und machen's sich einen Termin aus. Ich habe meine Zeit schließlich nicht gestohlen. Ich werde von einem Freund aus der Aristokratie und seinem Fräulein Tochter erwartet.«

»Ich muss heute noch einen Bericht abgeben«, erwiderte Janek möglichst ruhig. »Das Schreiben wird in der Hofburg von höchster Stelle erwartet.«

»Das ist nicht mein Problem.«

»Es könnte aber zu Ihrem Problem werden«, sagte Janek. »Ich werde meinen Bericht nämlich schreiben und darin Ihre mangelnde Kooperationsbereitschaft und die willkürliche Behinderung der Ermittlungsarbeit erwähnen.« Noch während Janek sprach, wurde ihm klar, dass er zum zweiten Mal an diesem Tag zu weit ging. Genau wie Münzner hatte auch dieser präpotente Mann ihn herausgefordert. Und Janek war der Versuchung erlegen, ihm Paroli zu bieten. Wenn ihm das nicht noch zum Verhängnis würde!

»Wie bitte?« Das Gesicht des Hofrats zeigte Überraschung. »Wollen Sie mir etwa drohen? Sie scheinen gerade zu vergessen, wer Sie sind!«

Janek rang um Fassung. Leider ohne Erfolg. »Keine Sorge, ich weiß ganz genau, wer ich bin«, sagte er wütend. »Ich bin ein Polizeiagent des Kaisers.« Er betonte die letzten Worte, um ihnen mehr Gewicht zu verleihen.

»Ganz richtig«, die Stimme des Hofrats klang amüsiert.

»Ein kleiner, unbedeutender Beamter, dessen Bericht nur dann gelesen wird, wenn Sie darin erklären, wo die Schmuckstücke sind. All das andere fehlerhafte Geschreibsel von Männern Ihres Rangs landet dort, wo es hingehört: in einem Aktenordner, den niemals jemand öffnet.«

Er drückte die Brust raus. »Jetzt gehen's mir endlich aus dem Weg und machen Sie sich beim Maier einen Termin aus. Bevor ich mich vergesse!«

Widerwillig trat Janek einen Schritt zur Seite. Fassungslos starrte er dem Hofrat nach, der bereits das schmiedeeiserne Tor passierte und mit seinem Gehstock nach einem Fiaker winkte. Erst die dritte Kutsche hielt an. Der Mann kletterte hinein. Als der Fiaker um die Ecke verschwand, erwachte Janek endlich aus seiner Schockstarre. Wäre das Gespräch anders verlaufen, wenn er sich an die Spielregeln gehalten und gebuckelt hätte? Wohl kaum. Der aufgeblasene Hofrat hätte ihn so oder so abgewimmelt. Zerknirscht ging Janek auf das feudale Schloss zu, das sich in freundlichem hellgelb vor dem wolkenlosen Himmel abzeichnete. Über den ehemaligen Gartenpavillon betrat er das Gebäude. Eine breite Fensterfront ermöglichte den Blick auf das eigentliche Schloss, das sich am anderen Ende des bunt bepflanzten Gartens befand. Janek versuchte, dem herrschaftlichen Bild keine Beachtung zu schenken. Er stieg über die mit Marmor gefliesten Stufen ins erste Stockwerk. Ganz anders als am Petersplatz verfügten die kaiserlichen Beamten hier über luftige, helle Räume, die ausreichend beheizt und luxuriös möbliert waren. Selbst das Vorzimmer des Hofrats hatte Ausmaße, die Janek an die Spanische Hofreitschule erinnerten. Die Füße des Schreibtisches seines Sekretärs waren vergoldet. Was nichts daran änderte, dass der blasse Mann in Arbeit unterzugehen schien. Erst nach einer halben Stunde fand er für Janek Zeit. Fragend richtete er seinen Blick auf ihn.

»Ich brauche einen neuen Termin bei Hofrat Pinacek.«

Der farblose Mann blätterte geschäftig in einem dicken Kalender.

»Es geht um die gestohlenen Schmuckstücke des Kaisers«, versuchte Janek den Sekretär auf die Dringlichkeit der Angelegenheit aufmerksam zu machen. Doch Herr Maier blieb unbeeindruckt. Der Grund des Termins schien ihn nicht zu interessieren.

»Am besten wäre es, wenn ich gleich morgen oder übermorgen mit dem Herrn Hofrat reden könnte, und zwar möglichst früh.« Janek wollte die Sache erledigen, bevor er in sein Büro ging.

»In der Früh? Der Herr Hofrat beginnt seinen Dienst um neun mit einem Frühstück. Vor elf kann ich Ihnen keinen Termin anbieten.«

»Wie schaut es um zwölf aus?«

»Da beginnt die Mittagspause.«

»Um eins?«

»Vor zwei kommt der Herr Hofrat nie aus der Mittagspause.«

»Um drei?«

»Da kann es sein, dass er einen Nachmittagskaffee trinkt.«

Janek verzog säuerlich den Mund. »Und um halb vier geht er wieder nach Hause. Wann soll ich denn mit ihm reden?«

Der Sekretär fuhr mit dem Finger erneut die Liste in dem Kalender durch.

»Kommen's um zehn Minuten nach elf Uhr und seien's

pünktlich«, forderte der Sekretär. »Sonst fallen's ins Mittagessen. Und da kennt der Herr Hofrat kein Pardon.«

Als Janek wieder im Vorhof des barocken Schlosses stand, war es kurz nach vier. Er hatte den halben Nachmittag verloren und nichts erreicht. Er wusste nicht einmal, um welche Art von Schmuckstücken es sich bei den fehlenden Exponaten handelte. Waren es Ketten, Ohrringe, Masken? Auch wenn der Hofrat der Meinung war, Janeks Berichte würden unbeachtet in Ordnern landen, Janek musste morgen früh einen über die Ereignisse des Tages bei Andreas Körner abliefern. Es war im Interesse aller Beteiligten, wenn darin mehr zu lesen war als eine Zusammenfassung eines erfolglosen Spaziergangs durch die Stadt. Vielleicht war Janek bei seiner nächsten Mission erfolgreicher. Er musste in die Wohnung des toten Offiziers. Hoffentlich fanden sich dort hilfreiche Hinweise zum Mord: ein Eintrag in einem Kalender oder ein Liebesbrief. Janek kramte nach seinem Notizbuch und schlug es auf: Erdbergstraße. Er musste weiter stadtauswärts. Bei der nächsten Kreuzung querte die Pferdetramway den Rennweg. Kurz zog Janek es in Erwägung, eine Fahrkarte zu lösen. Doch als er die Menschenmenge im Waggon sah, verwarf er den Gedanken wieder. Er hasste Gedränge. Die Vorstellung, Wange an Wange mit einer Fischhändlerin und einem Fleischhauer zu stehen, fand er grauenhaft. Er hatte seine Kindheit in einer winzigen, feuchten Einzimmerwohnung verbracht und schon als Sechsjähriger nach der Schule in den Ziegelwerken Schulter an Schulter mit anderen Kindern gearbeitet. Seither vermied er engen Körperkontakt zu Fremden, wenn er konnte. Lieber nahm er am Abend ein Fußbad und putzte den Staub von seinen Schuhen. Die wahre Farbe des Leders lag inzwischen unter einer dicken grauen Staubschicht verborgen. Die verdammten Baustellen. An seiner rechten Ferse kündigte sich eine Blase an. Janek biss die Zähne zusammen und lief weiter.

Die Wohnung des Offiziers befand sich in einem niedrigen Gebäude mit einem Innenhof, der ländlich anmutete. Hühner liefen über den gestampften Lehmboden. Die Hausmeisterin, eine stämmige Frau mit Kopftuch und grauer Schürze, kehrte neben den Briefkästen.

Sie hielt inne, als sie Janek sah, und fragte neugierig: »Zu wem wolln's denn?« Ohne Scham musterte sie ihn und schien abzuwägen, wie sie ihn einordnen sollte.

»Ich bin Inspektor Pokorny.« Er tippte sich an den Hut, dann holte er seinen Dienstausweis und seine Dienstmarke aus seiner Jackentasche.

»Ich untersuche den Mordfall an Offizier Richard Mader. Aus diesem Grund muss ich Sie bitten, seine Wohnung für mich aufzusperren.« Er zog das Schreiben von Körner aus seinem Dienstausweis und hielt ihr auch das unter die Nase. Wissend, dass sie es nicht lesen konnte. Auf keinen Fall würde er sich erneut abweisen lassen.

»Sie sind a Kieberer?« Die Alte kniff die Augen zusammen. »Warum haben's denn keine Uniform an?«

»Ich bin Polizeiagent«, entgegnete Janek. »Ich ermittle in einem Mordfall. Dazu bedarf es keiner Uniform.«

»Ein ordentlicher Polizist hat immer a Uniform an, oder sind Sie am End einer von die Spitzeln, der kontrolliert, dass niemand was Falsches sagt?«

Die Ängste bezüglich der Überwachungsmethoden, die

Fürst Metternich vor über hundert Jahren eingeführt hatte, waren immer noch tief in den Wienerinnen und Wienern verankert. Bis Menschen sich gegenseitig nicht mehr vernaderten, würde wohl noch einige Zeit vergehen.

»Ich bin kein Spitzel, sondern ein Polizeiagent in Zivil.«

»Das versteh ich nicht.«

»Das müssen Sie auch nicht. Würden Sie bitte den Schlüssel holen und die Wohnung für mich öffnen?«

Die Alte zögerte. Erneut glitt ihr Blick von Janeks Stirn bis zu seinen staubigen Schuhspitzen. Schließlich sagte sie: »Den Schlüssel, den hab ich immer bei mir.« Sie griff nach einem schweren Schlüsselbund, der an einem Gürtel um ihren dicken Bauch hing.

»Ich hab natürlich von der schrecklichen Sache gehört«, ihr Misstrauen wich nun Sensationsgier. Ein Glitzern stahl sich in ihre trüben Augen. »Stimmt es, dass der Mader bei an Gspusi von einer Hübschlerin erstochen worden ist?«

Es war erstaunlich, wie schnell sich Gerüchte verbreiteten. In den Zeitungen war nur von einem Mord im Fiaker die Rede gewesen.

»Ich darf dazu nichts sagen«, antwortete Janek finster.

»Aber gehen's, Herr Inspektor. Ein bisserl was werden's doch erzählen dürfen.« Sie zwinkerte ihm zu. Ihr Grinsen war eine fratzenähnliche Grimasse. »Die Herren vom Militär haben mir auch nix erzählen wollen und trotzdem habe ich was gehört.«

»Welche Männer vom Militär?«

»Na, die, die zu Mittag da waren.«

»Wie haben die Männer geheißen und mit welcher Erlaubnis sind sie in die Wohnung eingedrungen?« Janek konnte nicht fassen, dass sich Generaloberst Münzner offenbar gegen alle Abmachungen in die Untersuchungen der Polizei einmischte.

»Ich habe keine Ahnung, was genau auf dem Wisch gestanden ist, den die Männer mir unter die Nasen gehalten haben.« Sie räusperte sich beschämt. »Das Lesen ist nicht meine Stärke. Aber es hat sehr wichtig ausgeschaut mit vielen Stempeln und Unterschriften.« Sie zeigte auf Janeks Ausweis und Körners Brief. »Nicht so armselig wie Ihre Zettel.«

Janek hatte befürchtet, dass die Frau Analphabetin war. Trotzdem versetzte es ihm einen Stich. Wenn es nach ihm gegangen wäre, hätten alle Menschen in dieser Stadt eine ordentliche Schulbildung erfahren. Walter Seidel, sein Volksschullehrer, hatte ihm das Lesen und Schreiben beigebracht und ihm damit eine Tür geöffnet, eine Perspektive auf ein besseres Leben ermöglicht. Leider fragte Janek niemand nach seiner Meinung.

»Sie haben die Männer in die Wohnung gelassen?«

»Ja, sicherlich«, sagte die Hausmeisterin. »Was hätte ich denn sonst tun sollen. Das waren zwei große, kräftige Mannsbilder in Uniformen. Die hatten Säbel und Pistolen dabei. Die hätten mich erschlagen, wenn ich mich geweigert hätte! Ganz finster haben die dreingeschaut.«

Janek seufzte. Auch wenn er es nicht für möglich gehalten hätte: Der Tag wurde tatsächlich noch schlimmer.

»Waren Sie mit den beiden in der Wohnung?«, fragte er, ohne sich viel Hoffnung zu machen. »Haben Sie gesehen, wonach sie gesucht oder ob sie etwas mitgenommen haben?«

»Die haben mich aus der Wohnung gestampert«, sagte die Hausmeisterin.

»Verd…!« Janek unterdrückte den Fluch, nahm den Hut ab und fuhr sich niedergeschlagen durchs Haar. »Entschuldigung«, sagte er. »Lassen Sie uns in die Wohnung gehen und nachschauen, ob noch irgendwas Brauchbares zu finden ist.«

Über eine Holztreppe stiegen sie hoch zur Galerie, die auf den Hof hinausging. Von hier aus führten sechs Türen zu Wohnungen. Neben jeder Tür gab es ein schmales Fenster. Die Alte blieb vor der zweiten Tür stehen, fasste nach ihrem dicken Schlüsselbund und griff mit erstaunlicher Sicherheit nach dem richtigen. Sie sperrte auf. Mit einem lauten Quietschen öffnete sich die Tür. »Die gehört auch mal wieder geölt«, schimpfte die Hausmeisterin.

»Danke!«, Janek trat ein. Die Alte folgte ihm. Er war zu niedergeschlagen, um sie wegzuschicken. Die Wohnung, die aus einem einzigen Raum mit einer Kochnische bestand, glich einem Schlachtfeld. Die Männer vom Militär hatten ganze Arbeit geleistet. Die Läden der Vitrine waren aufgezogen und durchwühlt. Ebenso der Kasten neben dem Bett. Ein paar einzelne Socken, Sockenhalter, Hemden und zwei Unterhosen lagen auf dem Boden verstreut. Janek stellte sich vor, wie Körner auf diese Information reagieren würde. Die Bilder und Worte, die in seinem Kopf entstanden, passten zum Verlauf seines Tages. Besser, er schob sie vorerst aus seinen Gedanken.

Die Alte schien Janeks Frust zu bemerken. »Herr Inspektor«, sagte sie zaghaft.

»Ja?« Er wandte sich zu ihr.

»Die Männer haben mich rausgeschickt. Aber …«, sie schaute verschlagen zum Fenster neben der Tür.

Janek verstand und sein Gesicht hellte sich auf. »Sie haben von der Galerie aus in die Wohnung geschaut?«

Entschuldigend zuckte sie mit den Schultern.

»Das war großartig!«, rief er begeistert. Ein Lächeln huschte über ihren faltigen Mund. »Die zwei haben alles durcheinandergebracht, aber nix gefunden und auch nix mitgenommen. Das kann ich beschwören.« Sie hob feierlich die Hand zum Schwur.

»Das ist gut«, sagte Janek. Er richtete seine Aufmerksamkeit auf die winzige Wohnung, die nicht größer war als seine eigene. Was erstaunlich war. Janek hatte immer gedacht, dass Offiziere luxuriöser wohnten, schließlich verdienten sie mehr. Er fragte sich, wofür Mader sein Geld ausgegeben hatte.

»Haben Sie den Toten gut gekannt?«, erkundigte sich Janek.

»Der Herr Offizier hat seit fünf Jahren hier gewohnt«, bestätigte die Hausmeisterin. »Aber wirklich gekannt hab ich ihn nicht. Er war eher still und hat nicht viel geredet.«

»Hatte er Frauenbesuche?«

»Das ist hier nicht erlaubt.« Die Alte hob empört beide Hände. »Das ist ein ordentliches Haus.«

»Natürlich«, beteuerte Janek. »Nichtsdestoweniger setzen sich manche Herren über solche Regeln hinweg.«

Die Hausmeisterin verzog die Lippen. »Einmal hat er es versucht«, gab sie zu. »Da hat er eine von den Hübschlerinnen mit'bracht. Ich erkenne das Gesindel sofort. Dafür habe ich einen Riecher.« Sie tippte sich mit dem Zeigefinger an die Nase.

»Haben Sie ihn darauf aufmerksam gemacht, dass die Anwesenheit von Hübschlerinnen im Haus nicht erlaubt war?«

»Hinterher«, verteidigte sich die Alte. »Er hat sie an mir vorbeigeschmuggelt. Ich habe die Hübschlerin erst gesehen, wie sie davongelaufen ist.«

»Die Frau ist vor dem Offizier geflüchtet?«

Die Hausmeisterin nickte ernst. »So schnell hab ich noch nie eine rennen sehen. Wie wenn der Leibhaftige hinter ihr her wäre, ist sie die Treppe runter über den Hof und raus auf die Straße. Ich hab gar nicht mit ihr schimpfen können.« Sie machte eine Pause. »Dem Herrn Offizier Mader hab ich am nächsten Tag die Leviten gelesen und ihm gesagt, wenn er noch einmal fragwürdigen Damenbesuch hat, muss ich dem Hausbesitzer Bescheid geben und er fliegt raus.«

Während die Hausmeisterin redete, machte Janek einen Schritt aufs Bett zu. Er ging in die Hocke und warf einen Blick darunter. Kein Licht fiel zwischen das niedrige Bett und die alten Dielen, und es dauerte einen Moment, bis sich seine Augen an die Dunkelheit gewöhnten. Dann entdeckte er im hintersten Winkel einen flachen Lederkoffer. Rasch zog er ihn hervor. Offenbar hatten die Männer vom Militär ihn übersehen. Er war unberührt, was eine dünne Staubschicht verriet.

Janek öffnete die Riemen und hob den Deckel. Ein ganzes Bündel von Zeichnungen lag darin. Noch bevor Janek sie herausholte, wusste er, worum es sich handelte. Es waren jene Ansichtskarten, die in Kaffeehäusern und Wirtsstuben heimlich verkauft wurden. Obszöne Zeichnungen von Männern, die sich mit Frauen in ungewöhnlichen Stellungen vergnügten. Unter jeder Illustration gab es gereimte Sprüche. *»Ach, dieser Anblick raubt mir den Sinn. Drum fest und tief hinein mit ihm.«* Das halb nackte Dienstmädchen auf der Karte schaute mit gierigem Blick auf den überdimensionierten erregten Penis eines Mannes.

Neugierig war die Hausmeisterin näher gekommen. Sie blinzelte Janek über die Schulter, dann rief sie entsetzt aus:

»Pfui der Teufel, was sind denn das für grausliche Zeichnungen!«

Auch Janek fand die Darstellung widerlich. So als würden die Frauen sich nichts sehnlicher wünschen, als von Männern vergewaltigt zu werden. Die nächste Bilderreihe zeigte einen Diener, *den geplagten Johann*, der jeden Tag eine andere Haushaltsbedienstete *beglückte*. Janek wusste, dass die Wahrheit anders aussah. Gerade die Dienstmädchen, Küchenhilfen und Ammen waren der Gewalt der Hausherren und ihrer Vorgesetzten ausgesetzt. Es war ein ungeschriebenes Gesetz, dass die jungen Herren sich die Hörner bei den Hausangestellten abstoßen durften. Das Gebärhaus war jedes Jahr voll mit jungen Frauen, die dort ihre ungewollten Kinder zur Welt brachten und anschließend im Waisenhaus abgaben.

»Wenn ich gewusst hätte, dass der Mader so ein Saubattel ist. Ich hätte ihn auf der Stelle aus dem Haus gejagt. Das schwör ich, Herr Inspektor.« Das Schimpfen der Hausmeisterin holte Janek aus seinen Gedanken. Er legte die Karten zur Seite und griff nach einem Kuvert. Es war an den Offizier Mader adressiert. Als Absender war der Name Charles Francis ohne Adresse angegeben. Janek öffnete das Kuvert.

»Ist da noch so eine dreckige Zeichnung?« Die Hausmeisterin beugte sich weit über Janek und musste feststellen, dass es bloß ein geschriebener Brief war. »Was steht denn da drin?«, wollte sie wissen.

Janek überflog das Schreiben. »Es ist eine Werbung für ein Medikament.« Das war nicht gelogen.

Enttäuscht zog sich die Hausmeisterin zurück. Welches Mittel angepriesen wurde, behielt Janek für sich. Angeblich befand sich in dem Kuvert die Gratisprobe eines Potenzmittels. Charles Francis versprach dem Benutzer eine über eine Stunde lang anhaltende Erektion und Lust ohne Ende. Doch das Kuvert war leer. Sollte sich wirklich eine Pille darin befunden haben, so war sie jetzt weg.

Janek schob das Schreiben zurück in den Umschlag. Gemeinsam mit den Karten steckte er alles in seine Jackentasche.

»Schmeißen's das grausliche Zeug weg«, forderte die Hausmeisterin streng.

»Das ist Beweismaterial, das muss untersucht werden«, entgegnete Janek. »Glauben Sie mir, ich finde die Bilder auch abstoßend.«

»Ach ja?« Die Alte stemmte die Hände in die breiten Hüften und sah Janek mit einem Mal misstrauisch an.

»Die Zeichnungen kommen zum Akt«, erklärte Janek. »Wir werden herausfinden müssen, woher Offizier Mader sie hatte.« Während er sprach, wurde ihm bewusst, wie absurd die Erklärungen waren. Als Inspektor der Sicherheitswache war er der Hausmeisterin keine Rechenschaft schuldig. Ganz egal, was die Frau über ihn dachte.

»Diese Bilder kriegen die Männer doch in allen schmierigen Kaffeehäusern der Stadt«, sagte die Alte.

»Ich weiß«, seufzte Janek. »Deshalb wird die Suche nicht leicht werden.« Er stand wieder vom Boden auf, schob den Koffer zurück unters Bett und sah sich weiter im Raum um. Außer diesen Bildern schien es nichts Ungewöhnliches in der Wohnung zu geben. In einer Kanne am Tisch fand sich ein Rest Kaffee. Eine Flasche mit Hochprozentigem stand am Fensterbrett. Ein Stück hartes Brot lag in einer Schüssel. Das waren die einzigen Lebensmittel. Der Vorratsschrank war leer.

»Der Offizier hat immer auswärts gegessen«, bestätigte die Hausmeisterin. »Aus seiner Küche hat es nie nach Essen gerochen.«

»Haben Sie am Tag seiner Ermordung irgendetwas Seltsames beobachtet?«, wollte Janek wissen.

Die Alte überlegte. »Er hat sich fein gemacht«, sagte sie. »Aber das war nix besonderes. Er hat immer sehr viel Wert auf sein Aussehen gelegt. Der Offizier Mader war ein adretter Militär.« Ihr Blick wanderte zu dem Koffer unter dem Bett. »Nie hätte ich g'dacht, dass der so ein Schweindl ist.«

»Wissen Sie, wann er die Wohnung verlassen hat?«

»Das muss irgendwann am späten Nachmittag gewesen sein. Die Kinder von der Neubauer haben im Hof gespielt und so laut geschrien, dass ich dazwischengegangen bin. Das sind ganz freche G'schrapen, wirklich eine Plag. Denen sollt mal einer ordentlich den Hintern aushauen. Aber die Neubauer ist ja nie zu Haus. Die kriegt gar nicht mit, was ihre Kinder den ganzen Tag anstellen.«

Bevor die Alte sich vollends in den Strudel redete, bedankte Janek sich bei ihr und suchte das Weite. Er glaubte nicht, dass die Hausmeisterin ihm noch weiterhelfen konnte.

»Kommen Sie wieder?«, wollte sie wissen.

»Möglich«, antwortete Janek. »Lassen Sie niemanden in die Wohnung und fassen Sie selbst bitte nichts an.«

Sie nickte ernst. Doch Janek wusste, dass sie sich erneut in der Wohnung umsehen würde, sobald er dem Haus den Rücken zukehrte. Die Neugier in ihren Augen war einfach zu groß.

Er seufzte müde. Als er den Hof verließ, knurrte sein Magen so laut, dass der Bursche, der ihm entgegenkam, sich erschrocken nach ihm umdrehte. Janek hatte immer noch nichts gegessen. Es war höchste Zeit, dass er das nachholte. Da war es ihm grad recht, dass er, bevor er ins Büro zurückging, noch eine Sache erledigen musste: Er hatte den fahrbaren Wurstküchen noch keinen Besuch abgestattet. Die Fiakerin war davon überzeugt, dass die Hübschlerin ihre Kutsche verlassen hatte, als sie sich ihr Abendessen geholt hatte.

Die Vorstellung von einer saftigen Wurst und einem knusprigen Stück Brot hellte Janeks Stimmung ein bisschen auf. Mit zügigen Schritten machte er sich erneut auf den Weg Richtung Ring.

Aurelia

Ratzengrund

»Ach, Nepomuk, nun kommen Sie. Ihre Verabredung im Milani haben Sie ohnehin schon verpasst!« Aurelia versuchte die düstere Stimmung des Juristen aufzuhellen. »Nicht einmal auf einen charmanten Mann wie Sie wartet man zwei Stunden lang.«

Doch ihre Schmeicheleien prallten an Nepomuk ab. »Fräulein Aurelia«, sagte er ernst. »Es geht schon lange nicht mehr um meine Verabredung. Ich muss Sie erneut darauf aufmerksam machen, dass Ihr Vorhaben äußerst unvernünftig ist. Sollte Ihr Vater jemals davon erfahren, was wir hier treiben, bin ich meine Anstellung auf der Stelle los und kann auch zu Hause meine Koffer packen. Sie wissen, dass unsere Väter in freundschaftlicher Weise verbunden sind.«

»Nun übertreiben Sie mal nicht!« Aurelia hakte sich bei Nepomuk unter. »Viel schlimmer träfe es Sie, sollte meinem Vater zu Ohren kommen, dass Sie mich allein in den Ratzengrund gehen ließen.« Sie schlug unschuldig die Augen nieder und Nepomuk seufzte so laut und leidend, dass er jedem Schauspieler auf den Bühnen der Stadt Konkurrenz gemacht hätte.

»Für Sie mag das alles ein Spaß sein«, raunte Nepomuk. »Aber in dieser Gegend werden täglich Menschen überfallen, ausgeraubt und erstochen. Wir hätten Sebastian bitten sollen, uns zu begleiten. Er kennt sich im Umgang mit Feuerwaffen aus.«

»Tatsächlich?« Erstaunt hielt Aurelia inne. Immer wieder erfuhr sie Überraschendes über den Diener ihres Vaters. »Wo hat er das denn gelernt? Ich dachte, er war nie beim Militär.«

Statt zu antworten, rückte Nepomuk näher an Aurelia und fasste seinen Gehstock fest in der Mitte. Sein elegantes Accessoire wurde zur Waffe.

Das Viertel am Magdalenengrund zählte zu den heruntergekommensten Teilen innerhalb des ehemaligen Linienwalls, der zweiten Verteidigungslinie rund um Wien, die genau wie die Stadtmauer an Wichtigkeit verloren hatte. Nicht umsonst nannten die Wiener das Viertel Ratzengrund. Mit engen Treppen glich man den Höhenunterschied zwischen den Straßen aus. Das hügelige Gelände war dicht bebaut. Nirgendwo anders zeigte sich die Wohnungsknappheit auf so dramatische Weise wie hier. Die baufälligen Häuser standen wie Hutschachteln über- und ineinandergestapelt. Niedrige Bauernhöfe befanden sich neben winzigen Verkaufsläden und Häusern, die nicht breiter als einen Meter waren. Oft lag ein Teil eines Stockwerks von einem Gebäude auf dem Dach des angrenzenden. Die Häuser schienen miteinander zu verschmelzen und erinnerten an einen Fleckerlteppich aus Ziegel, Stein und Holz. Zusammen mit alten Reklameplakaten blätterte überall der Verputz von den Fassaden. Kaum eine Hauswand war nicht mit Werbeplakaten volltapeziert. Niemand nahm sich die Mühe, alte Reklame abzunehmen, es wurde immer wieder achtlos neues Papier darübergekleistert. Möglich, dass das Mauerwerk mancher Häuser einzig von den Plakaten zusammengehalten wurde. Ankündigungen für den Zirkus hingen neben der Werbung für ein Haarwuchsmittel oder ein Pfeifenputzgerät. In den engen Häuserschluchten waren Wäscheleinen gespannt, auf denen farblose, fadenscheinige Lumpen zum Trocknen hingen. Es stank nach Unrat und fauligem Wasser vom Wienfluss, der direkt am Viertel vorbeifloss.

Aurelia drückte sich etwas näher an Nepomuk. Mit einer Mischung aus Faszination, Mitleid und Ekel sah sie sich um. Die Schriften des deutschen Philosophen, die zu Hause unter ihrem Bett lagen, bekamen hier eine neue Bedeutung. Sie fragte sich, wie diese Menschen jemals die Möglichkeit bekommen sollten, diesem Elend zu entfliehen. Es erschien geradezu unmöglich. »Dort hinten ist der Farbhändler Ries«, sagte sie. »Hat Sissi Geiger nicht gesagt, dass sie in dem Haus daneben wohnt?«

»Kann sein«, brummte Nepomuk. »Hören Sie, Aurelia …« Doch Aurelia lief schon auf den Hauseingang zu. Ihm blieb nichts anderes übrig, als ihr zu folgen. Gemeinsam betraten sie einen kleinen Innenhof, der einem Mistplatz nicht unähnlich war. Altes Gerät, verbogene Wagenräder, verrostete Dosen, löchrige Kübel, Lumpen und faulige Essensreste lagen wild verstreut herum. Zwei dürre Hühner liefen durch den Dreck.

»Gibt es hier denn keinen Hausmeister?«, fragte Aurelia. Sie hielt sich die Hand schützend vor die Nase.

»Ich glaube, dass der zu tief ins Glas geschaut hat.« Nepomuk deutete zu einem übergewichtigen Mann mit Schürze und Mütze am Kopf, der gegen die Wand gelehnt auf einem Hocker saß und laut schnarchte. In seiner Rechten hielt er einen Besen, in der Linken eine leere Weinflasche.

»Der wird uns nicht weiterhelfen können«, meinte Nepomuk. »Ich bezweifle, dass er sich an seinen eigenen Namen erinnern kann.«

In einer Ecke hockten zwei Kinder. Sie schnippten kleine Glaskugeln in ein Loch im festgestampften Erdboden. Konzentriert biss sich das Mädchen, das das dünne Haar zu Zöpfen geflochten hatte, auf die Unterlippe, während es mit dem Zeigefinger eine Murmel anstupste und ins Loch versenkte. Augenblicklich sprang sie auf. »Ich hab gewonnen!«, jubelte sie.

»Das war Anfängerglück«, schimpfte der Junge neben ihr. Mürrisch verzog er sein schmales Gesicht, während das Mädchen die gewonnenen Murmeln aus dem Erdloch fischte und eilig in der Tasche ihrer Schürze verschwinden ließ. Das Kleid darunter war fadenscheinig und voller Löcher.

»Könnt ihr uns weiterhelfen?« Aurelia trat zu den Kindern. Beide starrten sie mit weit aufgerissenen Augen an. Das Mädchen sah aus, als wäre ihr eben die Prinzessin aus einem Märchen begegnet. Mit offenem Mund nickte sie.

»Wir suchen Josefa Sobotka. Könnt ihr uns verraten, wo sie wohnt?«

»Was kriegen wir dafür?«, fragte der Junge frech. Das Mädchen stieß ihm unsanft mit dem Ellbogen in die Seite. »Aua!« Empört rieb der Junge sich die Seite.

Nepomuk kramte zwei Halbe-Kreuzer-Münzen aus seiner Sakkotasche. Es waren die kleinsten Münzen. Die Kinderaugen glänzten trotzdem.

»Die Josefa wohnt gemeinsam mit der Mizzi im ersten Stock, neben der Frau Geiger mit dem Papagei«, erklärte der Junge. »Es ist die Tür mit der neuen Klinke.« Das Mädchen nickte ernst. Sie wischte mit ihrem staubigen Handrücken über ihre laufende Nase. Braune Schmutzspuren blieben in ihrem Gesicht und auf dem Handrücken zurück. Aurelia holte ein Taschentuch aus ihrer Handtasche und reichte es dem Mädchen. »Hier, bitte. Damit kannst du deine Nase putzen.«

Ehrfürchtig, so als hätte Aurelia ihr ein wertvolles Schmuckstück überreicht, nahm sie das Tuch. Es war aus dünnem Stoff, mit einem feinen Spitzenrand und einem aufgestickten Veilchen.

»Du kannst es behalten.«

Das Mädchen starrte das Tuch an.

»Na los. Worauf wartest du?«, drängte Nepomuk, der das rotzverschmierte Gesicht des Mädchens kaum zu ertragen schien. Doch anstatt das Tuch zu verwenden, wischte das Mädchen mit dem Unterarm ihres Kleides übers ganze Gesicht, verteilte den Dreck weiter und grinste dann Aurelia an. »Ich habe noch nie so etwas Schönes bekommen. Das nehme ich nicht für Dreck.«

»Was willst du denn sonst damit machen?«, wollte Aurelia wissen.

»Ich wickle meine Schätze darin ein. Die Murmeln und den halben Kreuzer und das Schneckenhaus, das ich gestern gefunden habe.«

Der Junge schaute neidvoll auf das Taschentuch in der Hand seiner Freundin. So als wollte er der Kleinen das Geschenk wegnehmen. Er war ihr körperlich überlegen. Möglich, dass er es tat, sobald sie ihm den Rücken kehrten.

»Haben Sie ein Taschentuch dabei?«, fragte Aurelia Nepomuk.

»Natürlich, warum …?« Aurelia warf ihm einen vielsagenden Blick zu. »Es ist völlige Verschwendung, Taschentücher an diese Kinder zu verteilen. Sie verwenden sie ja doch nicht«, sagte er. Doch Aurelias Blick blieb unnachgiebig und so holte er ein Tuch aus seiner Jackentasche und gab es missbilligend dem Jungen. Es war blau und trug sein Monogramm.

»Wie heißt ihr?«, wollte Aurelia wissen.

»Viola und Norbert.«

»Na, wenn das kein Zufall ist«, rief Aurelia entzückt. »Viola heißt Veilchen und Norbert beginnt mit einem N. Die Taschentücher sind für euch bestimmt.«

Verständnislos sahen die Kinder sie an. Die allgemeine Schulpflicht schien sich nicht bis zum Ratzengrund herumgesprochen zu haben.

»Kommen Sie, bevor die zwei Kröten auch noch unsere Hüte haben wollen«, Nepomuk schob Aurelia weiter. Doch die verharrte.

»Vielen Dank für eure Hilfe«, sagte Aurelia höflich. Erst dann verabschiedete sie sich von den beiden. Sobald sie außer Hörweite waren, flüsterte Nepomuk ihr ins Ohr: »Das war sehr unvernünftig von Ihnen. Wenn Sie den Knirpsen irgendwann wieder begegnen, werden sie glauben, dass sie erneut Geschenke bekommen.«

»Ich sehe das anders«, widersprach Aurelia. »Zum einen ist es eine Schande, dass Kinder in dieser Stadt an so einem entsetzlichen Ort wohnen müssen und ein Taschentuch für sie ein Geschenk ist. Zum anderen bin ich davon überzeugt, dass man jede Freundlichkeit irgendwann im Leben zurückbekommt.«

»Wenn Sie sich da mal nicht täuschen.«

»Ach, haben Sie schon Erfahrungen mit Arbeiterkindern gemacht?«

Nepomuk erblasste und schwieg.

Sie gingen am schnarchenden Hausmeister vorbei, ohne dass der Mann von ihnen Notiz nahm. Der Gestank im Stiegenhaus raubte Aurelia für einen Moment den Atem. Sie hielt sich beide Hände vor die Nase. Die Mischung aus feuchtem Schimmel, ranzigem Fett und Urin war entsetzlich. »Fassen Sie bloß nichts an«, warnte Nepomuk. Aurelia hätte sich auch ohne seine Worte davor gehütet, sich am Treppengeländer festzuhalten. Stattdessen hob sie ihr Kleid samt Unterrock. Über die knarrende Holztreppe stiegen sie in den zweiten Stock.

»Ob die Menschen einfach ins Treppenhaus pinkeln?«

»Es sind die Mäuse und Ratten, die das übernehmen«, entgegnete Nepomuk.

Im zweiten Stock befanden sich drei Wohnungen. Zielstrebig schritt Aurelia zu der Tür mit der Klinke, die am neuesten aussah, und klopfte.

»Ich verstehe wirklich nicht, was wir hier tun«, jammerte Nepomuk.

»Pst«, machte Aurelia. Sie lauschte auf Geräusche in der Wohnung. Tatsächlich näherten sich Schritte.

»Wer ist da?« Die Stimme klang ängstlich und stammte von einer Frau.

»Wir sind Freunde von Frieda Horvath. Wir würden uns gerne mit Ihnen unterhalten.«

Statt einer Antwort folgte Stille. Dann rumpelte es laut. Schwere Gegenstände wurden verrückt. »Verschwinden Sie«, forderte die Frau hinter der Tür ängstlich.

»Wenn Sie uns nicht reinlassen, sehen wir uns gezwungen, die Polizei einzuschalten«, warnte Nepomuk. Wieder rumpelte es in der Wohnung.

Aurelia bedeutete Nepomuk zu schweigen und schlug einen sanfteren Ton an. »Bitte machen Sie auf, wir wollen uns nur kurz mit Ihnen unterhalten. Vielleicht könnten Sie uns ein paar Fragen beantworten.« Sie hoffte, nicht bedrohlich zu klingen, doch kein Laut drang mehr aus der Wohnung. Kurz bevor sie aufgeben und gehen wollte, öffnete sich zaghaft die Tür. Durch einen schmalen Spalt lugte eine junge Frau.

»Was wollen Sie? Ich kenn Sie nicht.«

»Sind Sie Josefa Sobotka?«

»Die ist nicht da.«

»Dürfen wir kurz reinkommen?«, bat Aurelia. »Es ist wirklich sehr wichtig. Unsere Bekannte, Frieda Horvath, ist in Schwierigkeiten und wir glauben, dass Ihre Freundin ihr helfen kann.«

»Jeder muss sich selbst helfen«, sagte die Frau. Ihr farbloses Gesicht erinnerte an das einer Maus. Die Wangen waren eingefallen. Die Knopfaugen lagen in dunklen Höhlen.

»Wir würden uns für die Zeit, die Sie uns widmen, erkenntlich zeigen.« Nepomuk holte eine Zwei-Gulden-Münze hervor und hielt sie der Frau vor die spitze Nase. Die schien unschlüssig. Schließlich öffnete sie die Tür. »Aber nur ganz kurz«, sagte sie. Rasch schnappte sie nach der Münze und ließ sie im Ausschnitt ihres Kleides verschwinden.

Aurelia und Nepomuk traten ein. Die Wohnung war winzig und bescheiden, aber erstaunlich sauber. Es gab ein Bett mit zwei Polstern, das sich offenbar zwei Menschen teilten. Die breite Decke war ordentlich gefaltet. Außerdem sah Aurelia einen Schrank, eine Vitrine, einen Tisch und zwei Hocker im Raum. An der Wand hing ein kleiner, matter Spiegel mit zersprungenem Rand. Das einzige Fenster ging zum Hof hinaus. Die Flügel standen weit offen. Aurelia trat hin und schaute hinunter. Sie entdeckte eine Frau in einem dunklen Kleid, die hastig den Hof querte. Als sie das gegenüberliegende Haus erreicht hatte, warf sie einen schnellen Blick über die Schulter. Kurz darauf verschwand sie über eine schmale Treppe zwischen zwei Gebäuden.

»War das Ihre Freundin, Josefa Sobotka?«, fragte Aurelia enttäuscht.

»Möglich«, das Gesicht der Frau war verschlossen.

Nepomuk und sie hatten sich austricksen lassen. Während sie vor der Wohnungstür gewartet hatten, war Josefa Sobotka durchs Fenster geflüchtet.

»Warum ist ihre Freundin vor uns weggelaufen?«

Die magere Frau verschränkte abwehrend die Arme vor der Brust. Obwohl sie in Aurelias Alter war, hatte sie den Körper eines Kindes. Ständige Mangelernährung war wohl der Grund dafür. Auch ihr Haar sah erbärmlich aus. Selbst der ordentliche Knoten, zu dem es hochgesteckt war, konnte nicht über die fehlende Fülle hinwegtäuschen. Die Frau wirkte ausgezehrt und krank. Aurelia fragte sich, was sie wohl schon alles mitgemacht hatte, dass das Leben sie so gezeichnet hatte.

»Sie sind Mizzi?«

»Mizzi Voda.«

»Angenehm, ich bin Aurelia von Kolowitz, und das ist mein Bekannter Nepomuk Hofmeister.«

Mizzi nickte kaum merklich.

»Wir sind hier, weil wir Ihrer Freundin wegen des gestrigen Abends ein paar Fragen stellen wollten«, sagte Aurelia.

»Die Josefa war gestern den ganzen Abend bei mir.« Die Antwort kam schnell und klang einstudiert.

»Wir wissen, dass Sie lügen«, mischte sich Nepomuk ein. »Ihre Freundin hat einen Kunden in einem Fiaker bedient.«

Mizzi presste ihre Lippen zu einem schmalen farblosen Strich.

»Eine Fiakerin sitzt hinter Gittern, weil Ihre Freundin ihrem Kunden ein Messer in den Bauch gerammt hat. Wenn Sie weiter für sie lügen, machen Sie sich mitschuldig. Bei einer Gegenüberstellung würde Fräulein Sobotka erkannt werden.«

Die dunklen Augen weiteten sich, Angst war darin zu lesen. Mizzi Voda fing an zu zittern. Aurelia empfand Mitleid, doch Nepomuk fuhr unbeirrt fort.

»Finden Sie nicht, dass Ihre Freundin selbst für Ihre Verbrechen die Verantwortung übernehmen sollte?«

Mizzi Vodas Augen füllten sich mit Tränen. »Die Josefa ist keine Mörderin.«

»Hat Sie mit Ihnen über den gestrigen Abend gesprochen?«

Mizzi schüttelte den Kopf. Es war offensichtlich, dass sie log.

»Wenn Josefa unschuldig ist, frage ich mich, warum sie vor uns flüchtete«, fuhr Nepomuk fort.

»Sie wollte halt weg. Das ist alles.« Mehr Tränen liefen über Mizzi Vodas Wangen. Schwer tropften sie auf ihr Kleid, das an mehreren Stellen geflickt war. Ihr Zittern hatte sich über den ganzen Körper ausgebreitet. Sogar die Zähne der Frau schlugen laut gegeneinander.

Aurelia entdeckte ein Schultertuch auf einem der Sessel. Sie holte es und reichte es ihr. Dankbar nahm sie es entgegen und legte es sich umständlich über die Schultern.

»Schade, dass ihre Freundin nicht mit uns reden wollte«,

sagte Aurelia. »Wir müssen der Polizei von ihrer neuerlichen Flucht erzählen.«

»Was hätte sie denn sonst tun sollen?«, schniefte Mizzi. »Wer glaubt denn schon einer wie uns? Alles, was ich weiß, ist, dass die Josefa den Offizier nicht umgebracht hat.«

»Warum sind Sie so sicher?«

»Weil die Josefa vor ihm geflüchtet ist.«

»Wie bitte?«

»Der Kerl war einer von denen, die so ganz komische Sachen wollen.«

»Komische Sachen?«, fragte Aurelia.

»Na, so Sachen, die die feinen Herren niemals von ihren Ehefrauen verlangen würden.«

Nepomuk räusperte sich dezent. Offenbar war er der Meinung, dass Aurelia nicht weiterfragen sollte. Doch sie ignorierte ihn.

»Wovon sprechen Sie?«

»Na, von der ganzen Palette an Grauslichkeiten«, sagte Mizzi. »Manche Herren wollen, dass man sich seltsame Dinge anzieht, andere wollen beschimpft werden. Es gibt auch welche, denen gefällt es, wenn man sie auspeitscht.«

»Tatsächlich?« Aurelia bemühte sich, sich die Irritation nicht anmerken zu lassen. Das Thema Sexualität war für junge Frauen aus der gehobenen Gesellschaft tabu. Manche erfuhren erst in der Hochzeitsnacht, was es bedeutete, das Bett mit einem Mann zu teilen. Aurelia hatte es Klara, ihrer Zimmerkollegin im Jungmädchenpensionat, zu verdanken, dass sie mehr wusste. Klaras älterer Bruder Max hatte die Mädchen nicht nur mit philosophischen Schriften versorgt, sondern auch mit lebenspraktischen Informationen.

»Der von gestern Abend hatte Spaß daran, Frauen zu würgen.«

»Wie bitte?«, entfuhr es Aurelia. »Das ist ja entsetzlich.«

Mizzi zuckte bloß mit den Schultern. »Er hat sonst keinen hoch...« Nepomuk fuhr ihr ins Wort. »Fräulein von Kolowitz ist eine vornehme Dame. Ich denke nicht, dass derlei Inhalt für ihre Ohren ...«

»Ich habe kein Problem damit, wenn jemand über eine Erektion spricht«, sagte Aurelia. Nepomuks entsetztes Gesicht tat sie mit einer wegwerfenden Geste ab. »Die Sache mit dem Würgen finde ich jedoch in der Tat schrecklich«, gab sie zu.

Mizzi stimmte ihr zu. »Ich habe die Josefa gewarnt. Der Mader war einer, vor dem man sich fürchten musste. Ich wäre zu dem kein zweites Mal in die Kutsche gestiegen. Aber die Josefa hat mich bloß ausgelacht. Sie hat vor nichts und niemandem Angst.«

»Sie kannten den Offizier?«

»Er war eigentlich mein Kunde«, gab sie zu. »Aber der hat mich so arg gewürgt, dass ich blau angelaufen bin. Ich hab echt gedacht, der bringt mich um. Seither habe ich mich nicht mehr mit ihm getroffen.«

»Das ist ja entsetzlich«, sagte Aurelia. Auch Nepomuk sah angesichts der Schilderungen mitgenommen aus.

»Die Josefa hat sich mit dem Messer nur gewehrt. Was hätte sie denn sonst tun sollen. Dann ist sie aus der Kutsche geflohen.« Mizzi faltete die Hände. »Aber sie hat den Mader nicht umgebracht. Sie hat ihn mit dem Messer doch bloß erschrecken wollen. Und mit einem Mal ist es in seinem dicken Bauch gesteckt. Aber sie schwört, dass er noch am Leben war.«

»Auf alle Fälle sollte sich Ihre Freundin der Polizei stellen«, sagte Nepomuk. »Wenn sie unschuldig ist, wie Sie behaupten, wird ihr nichts passieren.«

»Ha!«, lachte Mizzi humorlos auf. »Sie glauben doch nicht im Ernst, was Sie da sagen.«

»Wenn sie sich weiter vor der Polizei versteckt, wird ihr das als Schuldbekenntnis ausgelegt werden«, konterte Nepomuk.

Wieder fing Mizzi Voda zu schluchzen an. »So ein Schlamassel!«, jammerte sie. »Die Josefa hätte zu Hause bleiben sollen. Aber wir haben das Geld gebraucht.«

»Warum haben Sie denn die hübsche Brosche nicht verkauft, die Sie da an ihrem Kleid stecken haben?« Aurelia zeigte auf einen goldenen Käfer, der mit bunten Glassteinen besetzt war. Das Imitat sah verblüffend echt aus.

»Ach, die«, überrascht griff Mizzi nach dem Schmuckstück. »Die ist doch nichts wert. Bloß billiger Plunder.«

»Sind Sie sicher?« Aurelia trat näher, doch Mizzi wich nach hinten aus. Sie verschränkte erneut die Arme vor der Brust, sodass Aurelia den Käfer nicht mehr sehen konnte.

»Bitte gehen Sie«, forderte sie. »Ich muss mich fertig machen.«

»Für einen neuen Kunden?«, fragte Nepomuk.

Sie zuckte mit den Schultern. »Ich hab mir mein Leben nicht ausgesucht«, sagte sie bitter.

»Aber Ihren Beruf sehr wohl«, entgegnete Nepomuk.

»Sagt einer, der auf die Butterseite des Lebens gefallen ist«, schnaufte Mizzi. Ihre Tränen waren versiegt. »Als Hübschlerin krieg ich wenigstens Geld für das, was ich mache, als Dienstmädchen würden feine Herren wie Sie sich an mir vergreifen und nix dafür zahlen.«

Bevor Nepomuk etwas erwidern konnte, drängte Aurelia ihn zur Tür.

»Wenn Sie Ihre Freundin Josefa sehen, bitten Sie sie, sich bei der Polizei zu melden.«

Mizzi presste erneut die Lippen zu einem dünnen Strich. Aurelia fürchtete, dass sie Josefa nicht darum bitten würde.

Sie traten auf den Flur und Mizzi wollte die Tür schließen, als Aurelia noch etwas einfiel. »Geben Sie diese Brosche nicht zu einem einfachen Schmuckhändler«, riet sie. »Ich fürchte, man würde Sie übervorteilen. Sollten Sie wissen wollen, wie viel das Stück wert ist, kommen Sie zu mir in die Bäckerstraße. Ich sorge dafür, dass man Sie ordentlich berät.«

Überrascht hob Mizzi die Augenbrauen.

»Das würden Sie für mich tun?«

»Selbstverständlich. Ich denke nämlich, dass die Steine auf dem Schmuckstück echt sind.«

Mizzi Voda fasste sich an die Brosche. Aurelia hoffte, dass sie ihr Angebot ernsthaft überdachte. Mit etwas Glück würde sie sich vielleicht bei ihr melden.

Nepomuk brachte Aurelia mit der Kutsche bis in die Bäckerstraße. Den ganzen Weg über waren beide sehr schweigsam. Erst vor dem Palais fand Nepomuk seine Sprache wieder. »Bitte versprechen Sie mir, dass Sie allein nichts Unvernünftiges unternehmen werden.«

»Sie meinen, dass Sie mich begleiten wollen, sollte ich einen weiteren Ausflug in zwielichtige Viertel der Stadt planen?«, fragte Aurelia. »Ich wusste gar nicht, dass Ihnen der Sinn so sehr nach Abenteuern steht.«

»Ihr Vater wäre zweifelsohne entsetzt, würde er erfahren, wo

Sie heute waren … und worüber heute gesprochen wurde«, erwiderte er ernst.

»Sie meinen die seltsamen Vorlieben des getöteten Offiziers? Finden Sie nicht, dass diese Angelegenheit für männliche Ohren ebenso befremdlich klingen sollte wie für weibliche?«

Nepomuk errötete. In all den Jahren ihrer Bekanntschaft war es Aurelia nur selten gelungen, den Juristen in Verlegenheit zu bringen. Schade, dass sie den Anblick nicht festhalten konnte. Für gewöhnlich war es andersrum.

»Ich verspreche, dass ich mich bei Ihnen melde, wenn es mich noch einmal in den Ratzengrund zieht«, lenkte Aurelia ein.

Nepomuk schien beruhigt. Er stieg aus und hielt die Tür für sie auf. Galant verabschiedete er sich mit einem angedeuteten Handkuss. Dann lief Aurelia rasch durch das offen stehende Tor in den Innenhof. Noch bevor sie an die Haustür klopfen konnte, öffnete Sebastian. »Fräulein Aurelia, wo waren Sie?«, fragte er besorgt. »Hat man Sie etwa bei der Polizei so lange aufgehalten?«

»Ich bin mit Herrn Hofmeister noch über die Ringstraße spaziert.«

Sebastian runzelte die hohe Stirn, ein Zeichen dafür, dass er ihr kein Wort glaubte. Er setzte zu einer weiteren Frage an, als Stimmen aus dem Salon drangen.

»Hat Papa Besuch?«

»Hofrat Pinacek ist da.«

»Der Langweiler aus dem Belvedere?«

»Meines Wissens arbeitet der Herr Hofrat dort.« Sebastians Gesicht verriet keine Emotion, doch Aurelia wusste, dass er Pinacek ebenso unausstehlich fand wie sie. Mit stoischer Miene nahm er Aurelia ihren Sonnenschirm, Hut und die feinen Stoffhandschuhe ab, die sie sorgfältig von ihren Fingern zog.

»Kann ich mich unbemerkt zurückziehen?« Aurelia senkte ihre Stimme.

»Ich fürchte, nein. Man erwartet Sie«, sagte Sebastian. »Der Hofrat hat eine Bonbonniere für Sie mitgebracht.«

»Nicht schon wieder«, Aurelia verdrehte die Augen. »Was will der Mann hier?«

»Soviel ich weiß, hat Ihr Herr Vater ihn um ein Gutachten für die Skulptur gebeten, die Lady Tassell vor Kurzem geschickt hat.«

»Der goldene Elefant mit den vier Händen und dem seltsamen Sonnenhut am Kopf?«

»Genau der«, bestätigte Sebastian.

»Hoffentlich will Pinacek das Objekt für die orientalisch-ägyptische Sammlung haben«, sagte Aurelia. »Der Elefant ist selten hässlich.« Seit Wochen stand die Skulptur auf einem Regal neben dem Kachelofen im Salon, wo jeder, der den Raum betrat, sie unweigerlich ansehen musste.

»Ich glaube nicht, dass Ihr Vater sich davon trennen will«, flüsterte Sebastian. »Er hat an dem Kunstwerk Gefallen gefunden.« Aurelia ahnte, dass er ähnlich über den Elefanten dachte wie sie. Marie schien neben dem Grafen die Einzige im Haushalt zu sein, der das Kunstwerk gefiel. Sie staubte es jeden Tag hingebungsvoll ab und polierte es hinterher. Insgeheim hoffte Aurelia, dass ihr dabei ein Missgeschick widerfuhr. Aber bis jetzt war das Mädchen äußerst behutsam mit dem Elefanten umgegangen.

»Nun, dann werde ich mal zu den Herren schauen«, seufzte Aurelia. Sie stieg die Treppe hoch zum Salon. Auf den gepolsterten Sesseln rund um den niedrigen Kaffeetisch saßen sich ihr Vater und Hofrat Pinacek gegenüber. Der hochrangige Beamte hatte sich mit seinem Aussehen sichtlich Mühe gegeben. Sein Bart war frisch frisiert, sein Haar akkurat zur Seite gekämmt. Über einem blütenweißen Hemd trug er einen dunklen Frack. Doch all das konnte nicht über seine überhebliche Miene hinwegtäuschen. Kaum, dass er Aurelia erblickte, sprang er ungelenk auf und trat auf sie zu. Er fasste nach ihrer Hand und drückte ihr laut schmatzend einen Kuss auf den Handrücken. Warum hatte sie bloß ihre Handschuhe Sebastian gegeben?

»Grüß Gott, Fräulein Aurelia. Sie sehen wie immer hinreißend aus. Ihr Anblick lässt selbst die indische Gottheit erblassen.« Er zeigte zum goldenen Elefanten, der vom Regal auf das Kaffeetischchen gewandert war.

»Guten Tag«, sagte Aurelia höflich. Sie versuchte unbemerkt, ihren feuchten Handrücken an ihrem Kleid abzuwischen. »Ich sehe, Sie sind in wichtige Unterhaltungen verstrickt, da will ich nicht stören. Ich komme später, Papa.«

»Du störst nie, mein Kind. Komm und setz dich zu uns. Der Herr Hofrat war so nett und hat dir Konfekt mitgebracht.«

»Ich mache mir nichts aus Süßigkeiten.«

Otto von Kolowitz warf seiner Tochter einen warnenden Blick zu. Unhöflichkeiten aus dem Mund einer jungen Frau waren in seinen Augen unverzeihlich.

»Vielen Dank, Herr Pinacek. Das ist sehr freundlich von Ihnen.«

»Oh, ich weiß doch, womit man jungen hübschen Damen

eine Freude bereitet. Sie alle lieben Blumen und Schokolade.« Er lachte.

Um einem weiteren kritischen Blick ihres Vaters zu entgehen, setzte Aurelia ihr charmantestes Lächeln auf, während sie höflich widersprach. »Junge Damen haben auch andere Interessen, werter Herr Hofrat. Ich zum Beispiel finde die Kunst und die Politik faszinierend.«

»Politik?«, rief der Hofrat entsetzt.

»Meine Aurelia hat einen wachen Verstand«, mischte sich Otto von Kolowitz ein. »Auch wenn ich nicht alles gutheiße, was sie in letzter Zeit liest.« Er spielte auf die Schriften unter ihrem Bett an.

»Ja, natürlich.« Pinacek bemühte sich um Schadensbegrenzung. Doch Aurelia kannte die Meinung des Hofrats. Er war nicht der einzige Mann in der Monarchie, der Frauen selbstständiges Denken absprach.

»Stell dir vor, Aurelia, der Elefant meiner Schwester ist eine indische Gottheit. Die Skulptur ist möglicherweise mehrere Hundert Jahre alt. Eine wahre Rarität auf dem internationalen Kunstmarkt. Wir sind im Besitz einer Antiquität.« Otto von Kolowitz hob die Figur an und betrachtete sie verliebt von allen Seiten. »Eugenia hat den Elefanten auf einem Straßenmarkt gekauft. Hoffentlich handelte es sich nicht um Diebesgut. Meine Schwester ist mitunter ein bisschen leichtfertig.« Er wog den Elefanten in den Händen.

»Vorsicht!«, rief der Hofrat und machte einen Schritt auf Aurelias Vater zu. »Sie haben einen sehr, sehr wertvollen Kunstgegenstand in den Händen.«

»Ich weiß«, brummte der Graf. Behutsam stellte er den Elefanten wieder vor sich zwischen Kaffee und Kuchen ab.

»Wenn du erlaubst, Papa, dann ziehe ich mich jetzt zurück. Der Tag war anstrengend.«

Die Kinnlade des Hofrats klappte enttäuscht nach unten.

»Eine Tasse Kaffee wird deine Lebensgeister wecken. Komm und setz dich zu uns«, forderte Otto von Kolowitz. Widerwillig fügte sich Aurelia und nahm Platz.

Augenblicklich hellte sich die Miene des Hofrats wieder auf. »Beinahe wäre ich zu spät dran gewesen, um noch Pralinen für Sie kaufen zu können«, erklärte er. »Ein lästiger Polizeiagent hat sich doch tatsächlich dazu erdreistet, mich aufhalten zu wollen.«

»Was haben Sie denn verbrochen?«, fragte Aurelia und erntete erneut einen warnenden Blick ihres Vaters.

Der Hofrat hüstelte irritiert. »Es ging um einen lästigen Diebstahl«, erklärte er.

»Wurde etwa in die kaiserliche Sammlung eingebrochen?«, fragte Aurelia. Endlich nahm das Gespräch eine interessantere Wendung.

»Der Vorfall ist nicht weiter erwähnenswert.« Der Hofrat machte eine wegwerfende Handbewegung.

»Sieht der Kaiser das auch so gelassen?«, fragte Otto von Kolowitz. Wenn es um Diebstahl ging, kannte Aurelias Vater keinen Spaß. Sich am Eigentum anderer zu bedienen, egal wie groß oder klein der entstandene Schaden war, gehörte seiner Meinung nach streng geahndet.

»Es fehlen zwei Schmuckstücke aus der ägyptischen Sammlung«, gab der Hofrat zu.

»Das klingt nach einer Menge Ärger für Sie, mein Freund!« Otto von Kolowitz nahm einen Schluck aus seiner Kaffeetasse. Er verzog den Mund. Offenbar hatte Marie wieder einmal zu lange mit dem Servieren gewartet. Der Kaffee war bitter und kalt. Kommentarlos stellte Otto die Tasse zurück.

»Es ist unerfreulich«, bestätigte Hofrat Pinacek. »Aber keine große Sache.«

»Das verstehe ich nicht«, sagte Otto. »Wenn aus der Sammlung, für die Sie die Verantwortung tragen, wertvolle Stücke entwendet werden, muss das doch Konsequenzen für Sie haben. Der Kaiser kann unmöglich über diesen Vorfall hinwegsehen.«

Hofrat Pinacek beugte sich vertraulich nach vorne. »Ich bitte Sie, Herr Graf. Sie glauben doch nicht, dass man einem Beamten meines Rangs einen Diebstahl zur Last legt.« Beim Erwähnen seiner Wichtigkeit spähte er vielsagend zu Aurelia.

»Wem denn sonst?«, fragte Otto verständnislos. »Sie sind der Leiter der Abteilung und tragen die Verantwortung.«

»Aber ich kann unmöglich alle Objekte bewachen!«, empörte sich der Hofrat. »Irgendein einfacher Schreibtischdiener hat einen Fehler begangen. Im Grunde kann jede Putzfrau die Schmuckstücke genommen haben. Wir werden einen Schuldigen finden.«

»Sind die Objekte denn nicht weggesperrt?«, wollte Aurelia wissen.

»Mein liebes Fräulein«, der Hofrat nahm jetzt einen belehrenden Tonfall an, so als spreche er mit einem kleinen Kind: »Die kaiserliche Sammlung verfügt über mehrere Tausend Exponate. Es war purer Zufall, dass der Verlust der Stücke überhaupt aufgefallen ist.«

»Wenn das so ist, nehme ich meine Entscheidung wieder zurück«, sagte Otto von Kolowitz bestimmt.

»Aber nicht doch«, sagte der Hofrat. »Ihr Elefant ist bei uns in besten Händen.«

»Das bezweifle ich«, schnaufte der Graf. »Ich denke, dass das Kunstwerk neben dem Kamin besser geschützt ist als bei Ihnen im Belvedere.«

»Sie missverstehen mich«, beschwichtigte der Hofrat. »Als Leiter der Sammlung würde ich persönlich dafür Sorge tragen, dass dieses außergewöhnliche Objekt ganz besonderen Schutz erfährt.«

»So wie die Schmuckstücke des Kaisers«, brummte Otto von Kolowitz. »Danke, ich verzichte.«

Aurelia versuchte ihren Vater umzustimmen. Die Aussicht, den Elefanten loszuwerden, gefiel ihr. »Wenn die Polizei den Diebstahl untersucht, wird man den Schuldigen sicherlich rasch finden und die Schmuckstücke in die Sammlung zurückbringen.«

Hofrat Pinacek grunzte verächtlich. »Das bezweifle ich. Ein absolut lächerlicher Inspektor namens Pokorny untersucht den Fall. Wegen ihm wäre ich beinahe zu spät gekommen. Der impertinente Mann erdreistete sich doch tatsächlich, ohne Termin vorbeizukommen und mich von der Seite anzusprechen.« Er dachte kurz nach. »Nun, vielleicht hatte er einen Termin, aber ich hatte Wichtigeres vor. Nie hätte ich ohne Präsent erscheinen wollen.« Er zwinkerte Aurelia zu.

Die war bei der Erwähnung von Pokornys Namen zusammengezuckt. Weder ihr Vater noch der Hofrat schienen es bemerkt zu haben.

»Vermutlich hat der Mann den Befehl bekommen, rasch zu ermitteln«, mutmaßte Otto von Kolowitz.

»Lieber Herr Graf, es ist doch allgemein gekannt, dass die

Polizeiagenten weder ordentlich lesen noch schreiben können. Manche können nicht einmal Deutsch *sprechen*. Wie soll einer von denen einen Kunstdiebstahl in der kaiserlichen Sammlung aufklären? Dieser Inspektor kann doch einen indischen Elefanten nicht von einem ägyptischen Mistkäfer unterscheiden.« Selbstgefällig lehnte Pinacek sich zurück und verschränkte die Arme. »Wenn die Sache aufgeklärt werden soll, muss ich sie selbst in die Hand nehmen. Und diesem Pokorny gebe ich frühestens in einem Monat einen Termin. Ich bin im Moment sehr beschäftigt.«

»Und wie wollen Sie den Dieb ohne die Hilfe der Polizei finden?«, fragte Aurelia.

Der Hofrat verzog selbstgefällig das Gesicht. »Keine Sorge, da wird sich schon jemand auftreiben lassen. Sie haben keine Ahnung, wie viele Mitarbeiter in der Sammlung tätig sind, auf deren Arbeit man ohne Weiteres verzichten kann. Zerbrechen Sie sich deshalb nicht Ihren hübschen Kopf.« Er beugte sich zu ihr vor. Sein Parfum war aufdringlich. »Darf ich Sie in den nächsten Tagen mit der Erlaubnis Ihres Vaters zu einem Spaziergang ausführen?«

Aurelia wich nach hinten aus und stand auf. Sie strich Ihr Kleid glatt. »Bedaure«, sagte sie, »ich bin im Moment sehr beschäftigt.«

Die Mundwinkel des Hofrats sackten nach unten.

»Aber keine Sorge«, sagte sie aufmunternd. »Da wird sich schon jemand für Sie auftreiben lassen. Sie haben keine Ahnung, wie viele spazierwillige Damen es in Wien gibt.«

Fassungslos starrte der Hofrat sie an. Aus den Augenwinkeln schaute Aurelia zu ihrem Vater. Hatte sie den Bogen überspannt? Doch der unterdrückte ein Schmunzeln hinter vorgehaltener Hand. Offenbar hatte der Hofrat seine Gunst bereits zuvor verspielt. Rasch, bevor Otto von Kolowitz seine Meinung wieder änderte und sie erneut zum Bleiben überredete, verabschiedete sich Aurelia und zog sich in ihre Zimmer zurück.

Janek

Polizeidirektion Petersplatz

Frieda saß erst seit ein paar Minuten in Janeks Büro, trotzdem war der kleine Raum bereits erfüllt von einem scharfen Geruch nach Pferden. Janek stand auf, um das Fenster zu öffnen. Von draußen drang das Hämmern von Bauarbeitern herein. Er hob seine Stimme, um gegen den Lärm anzukommen.

»Also, noch einmal.« Er setzte sich wieder. »Sie hatten keine Ahnung, wie die Prostituierte hieß, die Sie am Abend des Mordes an Offizier Mader durch die Stadt geführt haben?«

»Ich schwöre es!« Frieda hob ihre rechte Hand. »Ich hab die Frau zum ersten Mal gesehen und den Offizier auch.«

Es klopfte an der Tür. Ohne auf Antwort zu warten, steckte Hofer seinen Kopf durch den Spalt. »Herr Inspektor, da ist jemand, der Sie dringend sprechen will.«

»Später, Hofer«, sagte Janek. »Sie sehen doch, dass ich gerade beschäftigt bin.«

Der Mann ließ sich nicht abwimmeln. »Es ist wichtig. Sie müssen mitkommen.«

»Was könnte wichtiger sein als die Befragung einer Tatverdächtigen?« Bei der Erwähnung des Wortes zog Frieda den Kopf ein.

Hofer winkte Janek hektisch zu sich. »So kommen's doch, Herr Inspektor, bevor die Person wieder geht.«

Janek erhob sich und trat widerwillig zur Tür. »Was ist denn so dringend?«, zischte er ungehalten.

»Da ist eine Frau, die behauptet, dass Sie sie suchen. Eine Josefa Sobotka.«

»Ich habe den Namen nie gehört.«

»Sie schaut aus, als würde sie es sich jeden Moment anders überlegen«, meinte Hofer. »Vielleicht ist sie schon weg.«

»Dann kann ihr Anliegen ja nicht so wichtig sein«, raunte Janek.

»Sie wirkt sehr nervös. Sie sollten mit ihr reden«, Hofer schien ernsthaft besorgt.

Janek warf einen Blick zu Frieda. Die konnte ihm im Moment jedenfalls nicht davonlaufen. »Also meinetwegen. Ich schaue mir die Dame an«, seufzte er.

»Als Dame würde ich die Person nicht gerade bezeichnen«, meinte Hofer. »Sie wartet beim Portier auf Sie.«

»In Ordnung. Sie bleiben hier.« Dann wandte er sich an Frieda: »Ich bin gleich wieder da.«

Die Fiakerin nickte ergeben, während Hofer sich breitbeinig in der Tür des Büros positionierte. Janek lief die Stufen zum Portier ins Erdgeschoß. Tatsächlich wartete dort eine junge Frau auf ihn. Sie war ausgesprochen hübsch, wenn auch eine Spur zu auffällig gekleidet. Der kecke Hut und der grelle Farbton ihres Schultertuchs gaben Auskunft über ihr Gewerbe.

»Josefa Sobotka?«

Sie fuhr herum. Die Angst in ihren großen Augen war unübersehbar. Zusätzlich zum Schultertuch hatte sie einen roten Schal um den Hals gewickelt, der viel zu warm für die Jahreszeit war.

»Untersuchen Sie den Mord an Offizier Mader?«

Janek nickte: »Mein Name ist Inspektor Pokorny. Wollen Sie eine Aussage zum Mordfall machen?«

Sie nickte nervös.

»Dann kommen Sie.« Janek überlegte, wo er mit der Frau hinsollte. In seinem Büro wartete Frieda. Und weitere freie Räume waren im ganzen Gebäude nicht zu finden. In der Teeküche saßen immer ein paar Kollegen aus anderen Abteilungen herum. Bei Körner brauchte er gar nicht erst nachzufragen. Mit der Frau auf dem Gang über die heikle Angelegenheit zu sprechen, erschien ihm unpassend. Die einzige Möglichkeit war es, in eines der vollgestopften Aktenkämmerchen am Ende des Flurs auszuweichen. Etwas Besseres fiel ihm nicht ein.

»Folgen Sie mir«, forderte er Josefa Sobotka auf. Der Raum war noch kleiner als sein Büro und die Wände waren auch hier mit Aktenschränken vollgestellt. Die Luft war abgestanden und staubig. Janek kletterte auf einen Schemel, um das schmale Oberlicht zu öffnen, das spärlich den Raum erhellte. Josefa Sobotka sah sich naserümpfend um. »In solchen Löchern arbeitet die Polizei?«

Janek ging auf die Bemerkung nicht ein und schob ihr den Schemel entgegen. Er selbst setzte sich auf den einzigen hüfthohen Aktenschrank. Geschickt stemmte er sich hinauf. »Also, was kann ich für Sie tun?«

Josefa legte ihre Hände in den Schoß und knetete sie nervös.

»Meine Freundin, die Mizzi Voda, hat mich überredet herzukommen.«

»Ihre Freundin ist eine vernünftige Frau.«

»Das Paar, das bei ihr war, hat ihr so viel Angst eingejagt, dass sie meinte, ich soll mich freiwillig melden. Weil man mich ja doch irgendwann finden wird.«

»Welches Paar?«, fragte Janek verwirrt.

»Eine Grafentochter und ein sehr vornehmer junger Mann mit ausgezeichneten Manieren«, fuhr Josefa fort. »Zumindest sagt das Mizzi. Sie hat auch gesagt, dass er ein sehr angenehmes Äußeres hatte.«

Janek schnappte hörbar nach Luft. »Aurelia von Kolowitz und Nepomuk Hofmeister?«

Josefa nickte: »Ja, ich glaube, das waren ihre Namen.«

»Was zum Teufel …?« Janek biss sich auf die Zunge und schluckte weitere Flüche hinunter. Als er Josefas ängstlichen Blick sah, bemühte er sich um Ruhe. »Nun, was wollen Sie mir mitteilen?«

»Ich war mit Offizier Mader zusammen, bevor er starb«, gab sie schluchzend zu.

»Haben Sie ihm das Messer in den Bauch gestoßen?«

Josefa vergrub ihr Gesicht in ihren Händen. Janek wartete, bis sie sich beruhigt hatte und weitersprach.

»Der Mader war einer von den schwierigen Kunden«, schniefte sie.

»Was heißt das?«

»Na, der hat so ganz besondere Wünsche gehabt.«

»Sie meinen den Ring, den er getragen hat?« Janek musste ins Detail gehen. Das war der unschöne Teil seiner Arbeit.

»Er hat ja sonst keinen hochgekriegt!« Josefa war in ihrer Wortwahl weniger zimperlich. »Aber das hat ihm nicht gereicht«, fuhr sie fort. »Er wollte mich immer würgen, weil er nur konnte, wenn ich Angst vor ihm hatte.«

Angewidert verzog Janek das Gesicht. Er hatte mit einer Geschichte dieser Art gerechnet.

»Aber diesmal hat er es übertrieben. Ich hab echt geglaubt,

der bringt mich um. Er hat einfach nicht aufgehört zuzudrücken.« Sie nahm den Schal ab. Rotblaue Würgemale zogen sich über ihren Hals. Voller Entsetzen starrte Janek auf die Verletzungen. »Na, das schaut nach richtig viel Spaß aus«, meinte er finster.

»Ich habe mir nicht anders zu helfen gewusst, Herr Inspektor.« Josefas Augen hatten sich wieder mit Tränen gefüllt. Unter heftigem Weinen stieß sie die Worte hervor. »Ich hab ihm das Messer in die Brust gestoßen, aber ich wollte ihn nicht umbringen. Außerdem bin ich dabei abgerutscht. Ich hab ihn ganz sicher nicht umgebracht. Der Mader hat noch gelebt, als ich aus der Kutsche gesprungen bin. Mir war alles egal, ich wollt nur weg.«

»Hm«, Janek schob seine Locken aus der Stirn. »Wie erklären Sie sich dann, dass man den Mann tot in der Kutsche gefunden hat?«

»Ich weiß es nicht. Ehrlich. Der muss an irgendwas anderem gestorben sein. Vielleicht dieser Ring, den er immer verwendet hat.« Sie kramte in ihrer Handtasche nach einem Taschentuch und schnäuzte laut hinein.

»Haben Sie dem Offizier etwas verabreicht?«, fragte Janek.

»Wie bitte?«

»Haben Sie und Mader irgendetwas konsumiert? Eine Flasche Wein, Champagner, Drogen – oder haben Sie gemeinsam gegessen?«

Josefa schüttelte den Kopf. »Der hätte mich nie zum Essen eingeladen«, sagte sie. »Der war nur auf das eine aus.«

»Haben Sie sich öfter mit Mader getroffen?«

»Ein paarmal«, gab Josefa zu. Sie wischte mit dem Tuch über ihre Augen und die Nase. »Eigentlich war er Mizzis Kunde, aber die wollte seine Spielchen nicht mehr mitmachen. Sie hatte Angst vor ihm.«

Janek nickte. »Verständlich.«

Josefa knüllte das Taschentuch mit beiden Händen zusammen. »Ich bin keine Mörderin, wirklich nicht, Herr Inspektor.«

Janek glaubte ihr tatsächlich. Er wusste zwar nicht, wer den Offizier umgebracht hatte, aber dass es Josefa Sobotka gewesen war, erschien ihm ausgesprochen unwahrscheinlich.

»Werde ich jetzt hängen, Herr Inspektor?« Josefas Stimme brach.

»Leider sind Ihre Karten im Moment sehr schlecht«, gab Janek zu. Wieder brach die Hübschlerin in Tränen aus. »Sie haben sich der illegalen Prostitution schuldig gemacht und einem Offizier ein Gemüsemesser in den Bauch gestoßen.«

»Ich habe ihn nicht umgebracht«, beteuerte Josefa erneut. »Ich hab viel mehr geblutet als er.«

»Sie haben geblutet?«

»Ja, aus der Nase. Ich schwör Ihnen, dass ich noch nie so viel Blut verloren habe. Es ist einfach nur so geflossen. Ich dachte, ich verblute! Mein Kleid ist völlig ruiniert, die Flecken krieg ich nie wieder raus. Erst wie ich zu Hause war, hat es aufgehört.«

Das erklärte die Blutspuren auf Maders Hemd und im Fiaker.

»Ich bin unschuldig«, wiederholte Josefa.

»Ich glaube nicht, dass Sie Maders Mörderin sind«, sagte Janek. Hoffnung zeigte sich auf dem verheulten Gesicht. Trotz der blutunterlaufenen Augen sah die Frau hübsch aus.

»Nur wird meine Meinung leider niemanden interessieren«, fuhr Janek ehrlich fort. »Alle Indizien sprechen gegen Sie.«

»Aber wenn Sie doch selbst sagen, dass Sie mir glauben, und in dem Fall ermitteln ...«, Josefa schien die Welt nicht mehr zu verstehen.

»Ich bin ein einfacher Inspektor«, sagte Janek niedergeschlagen. »Ich verspreche Ihnen, dass ich mich bemühen werde, die Wahrheit herauszufinden. Aber ich kann den Ausgang des Falls nicht vorhersagen.«

»Ich hätte auf Mizzi hören sollen«, jammerte Josefa. »Sie hat mich vor Mader gewarnt. Aber wir haben das Geld so dringend gebraucht. Und er hat viel mehr bezahlt als alle anderen.«

»Wie viel mehr?«

»Das Vierfache«, sagte Josefa.

Das war eine Erklärung für Maders einfache Wohnverhältnisse. Der Offizier schien den Großteil seines Gehalts für seine speziellen Vorlieben aufgewendet zu haben.

»Wie hat Ihre Freundin Mizzi Voda den Offizier Mader kennengelernt?«, wollte Janek wissen. »Ich nehme an, dass nicht alle Damen bereit waren, sich auf solche Praktiken einzulassen. Hat jemand anders Mader den Tipp gegeben, dass er zu ihrer Freundin gehen soll?«

»Sie glauben gar nicht, wie viele Kunden Sonderwünsche haben«, antwortete Josefa. »Aber Sie haben recht, die von Mader waren schon sehr speziell.« Sie machte eine Pause und wischte sich wieder über die Augen. »Wenn eine von uns dazu bereit ist, erfahren auch andere Herren davon. So was spricht sich unter den Herren schnell herum.«

»Auch Freunde von Mader?«

»Ein paar von seinen Kameraden«, gab Josefa zu. »Aber keiner von denen wollte mich würgen. Das hat nur der Mader gewollt.«

»Ich muss Sie bitten, mir die Namen all Ihrer Kunden zu nennen.«

Josefa erblasste. »Wenn die erfahren, dass ich sie an die Polizei verpfiffen habe, bringen die mich um.«

»Und wenn Sie mir nicht bei den Ermittlungen helfen, werden Sie hängen.« Janek holte sein Notizbuch aus seiner Jackentasche.

»Also, Fräulein Sobotka. Erzählen Sie mir bitte alles, was sie über Offizier Mader und seine Kollegen wissen.«

Nach dem Verhör kehrte Janek in sein Büro zurück. Er schickte Frieda nach Hause, was diese mit Freudentränen quittierte. »Vielen Dank, Herr Inspektor. Sie haben eine Gratisfahrt bei mir gut. Ganz egal, wo Sie hinwollen. Ich kutschier sie quer durch die ganze Stadt.«

Als sie weg war, widmete Janek sich der Schreibarbeit. Er verfasste einen ausführlichen Bericht, den Hofer ins Büro des Direktors brachte. Am späten Nachmittag wurde Janek zu Körner zitiert. »Gute Arbeit, Pokorny«, lobte der Polizeidirektor. »So schnell die Hauptverdächtige hinter Gitter zu bringen, das soll der Generaloberst uns erst einmal nachmachen.« Zufrieden rieb sich Körner die Hände. Auf seinem Schreibtisch standen eine Tasse frisch gebrühter Kaffee und ein Nusskipferl vom Demel.

»Haben Sie meinen Bericht gelesen?«, fragte Janek. Das Protokoll von Josefa Sobotkas Aussage lag unberührt auf Körners Schreibtisch.

»Das mache ich später.«

»Es wäre besser, Sie lesen ihn jetzt gleich«, forderte Janek. »Ich glaube nämlich nicht, dass Sobotka die Mörderin ist.«

»Wie bitte?« Körner richtete sich in seinem Sessel auf. »Was reden Sie da? Natürlich ist Sobotka unsere Mörderin. Sie hat Mader das Messer in die Brust gejagt und ist dann geflohen.«

»In den Bauch«, korrigierte Janek. »Und dort bloß in eine dicke Speckfalte.«

Körner tat so, als hörte er den Einwand gar nicht.

»Doktor Kubicek sagt, dass der Stich mit dem Messer als Todesursache ausgeschlossen werden kann.« Janek wiederholte sich.

»Wie will Kubicek das feststellen?«, fragte Körner genervt. »Ein Messer steckt im Bauch eines Toten. Wir wissen, wer zugestochen hat. Das reicht, um die Frau vor Gericht zu bringen. Wir haben eine Schuldige und können uns neuen Verbrechen widmen.«

»Bitte lesen Sie den Bericht«, forderte Janek. »Doktor Kubicek glaubt, dass der Offizier mit Zyankali vergiftet wurde.«

Körner zögerte kurz, dann meinte er: »Na, warum sagen Sie das denn nicht gleich. Dann hat Josefa Sobotka dem Offizier eben Gift verabreicht. Soll mir auch recht sein. Zuerst Gift, dann das Messer.«

»Sobotka behautet, dass sie beide weder etwas gegessen noch etwas getrunken haben. Es gab auch keinerlei Hinweise darauf in der Kutsche. Und Frieda Horvath sagte aus, dass sie vor jeder Fahrt ihre Kunden ausdrücklich darauf hinweist, dass das Verzehren von Speisen und Trinken von Alkohol in ihrem Fiaker untersagt ist.«

Körner zuckte wenig beeindruckt mit den Schultern. »Das beweist gar nichts. Nur weil etwas verboten ist, heißt das nicht, dass die Leute sich daran halten. Niemand weiß das besser als wir.«

»Wäre gegessen oder getrunken worden, hätte Josefa Sobotka die Reste mitnehmen müssen«, gab Janek zu Bedenken. »Es erscheint mir äußerst unwahrscheinlich, dass sie daran gedacht hätte. Sie war panisch vor Angst. Die Würgemale auf ihrem Hals sprechen eine eindeutige Sprache.«

»Sie werden einer illegalen Prostituierten doch keinen Glauben schenken«, empörte sich Körner.

»Die Frau hat sich freiwillig bei uns gemeldet. Sie hofft auf eine lückenlose Aufklärung des Falls. Sie beteuert, unschuldig zu sein.«

»Wir haben noch andere Fälle, um die wir uns kümmern müssen«, schnaufte Körner. »Diese Sache ist erst mal erledigt.«

Janek hatte befürchtet, dass sein Vorgesetzter so reagieren würde. Es ging nicht darum, die Wahrheit herauszufinden, sondern rasch Ergebnisse zu liefern und vor allem jeden Konflikt mit dem Militär zu vermeiden. Eine einfache Prostituierte war eine willkommene Schuldige.

»Haben Sie schon Fortschritte mit den Schmuckstücken aus der ägyptisch-orientalischen Sammlung gemacht?«

Janek seufzte. »Der Leiter der Sammlung verweigert die Zusammenarbeit.«

»Das kann er nicht«, antwortete Körner. »Der Kaiser will, dass die Sache aufgeklärt wird.«

»Dann wird er wohl ein Schreiben an seinen Hofrat aufsetzen müssen. Vielleicht dürfen wir dann mit den Ermittlungen beginnen.«

Körner griff nach seinem Kipferl und biss das knusprige Ende ab. »Über diese Sache ist nicht zu scherzen, Pokorny.«

»Das ist kein Witz«, sagte Janek. »Ich habe den Hofrat kennengelernt. Auf einen Termin kann ich bei dem lange warten.«

Körner schob seinen Teller zur Seite. »Wenn wir in der Sache nicht weiterkommen, wird das auf uns zurückfallen«, sagte er. »Auf mich!«, ergänzte er aufgebracht. »Schauen Sie zu, dass Sie ihren Termin bekommen. Die Angelegenheit muss aufgeklärt werden, und zwar schnell. Ich habe im Moment ganz andere Sorgen.« Er richtete seinen Blick auf das Bild seiner Familie.

»Ich versichere Ihnen, erneut ins Belvedere zu gehen, ist verschwendete Zeit«, erwiderte Janek. »Besser, wir suchen nach dem wahren Mörder von Mader.«

»Schluss jetzt«, rief Körner ungeduldig. »Wir haben bereits eine Mörderin im Gefängnis sitzen. Wie viele brauchen Sie denn noch?«

Janek fragte sich, ob Körner ihm zuhörte. Es hatte den Anschein, als wäre er mit seinen Gedanken ganz woanders.

»Worauf warten Sie noch? Warum stehen Sie immer noch da? Machen Sie sich auf den Weg ins Belvedere. Ich will Ergebnisse, keine Ausflüchte!« Er winkte Janek weg und zog seinen Mehlspeisteller wieder zu sich. Janek wandte sich zum Gehen.

»Einen Moment noch, Pokorny. Können Sie tanzen?«

»Wie bitte?«

»Ob Sie tanzen können? Sie sind doch ein gebildeter Mann mit anständigen Manieren.«

»Ein wenig«, sagte Janek vorsichtig. Die Wendung, die diese Unterredung nahm, irritierte ihn.

»Meine Töchter liegen mir seit Wochen in den Ohren, dass sie zum Dommayer wollen. Die beiden sind ganz verrückt nach der Musik von diesem Strauss. Allein kann ich sie da unmöglich hingehen lassen, zwei hübsche junge Frauen im heiratsfähigen Alter. Ich brauche einen vertrauenswürdigen und verlässlichen jungen Mann, der auf sie aufpasst. Sie schauen ganz passabel aus, das wird meine Töchter freuen.«

Janek fragte sich, ob er richtig hörte. Bat sein Vorgesetzter ihn eben darum, den Anstandswauwau seiner Töchter beim Walzertanzen zu spielen?

»Bedaure«, sagte er bestimmt. »Solange ich mit zwei Ermittlungen beschäftigt bin, bleibt für derartige Vergnügungen leider keine Zeit. Sie haben selbst gesagt, dass wir rasch Ergebnisse brauchen. Sie werden Ihre Töchter selbst begleiten müssen.«

Körner setzte eine leidende Miene auf. »Mir bleibt auch nichts erspart«, seufzte er.

Janek verabschiedete sich und zog die Tür hinter sich zu. Sein Mitgefühl hielt sich in Grenzen. Körner lieferte, ohne mit der Wimper zu zucken, eine Prostituierte an den Galgen, während er seinen Töchtern beim Walzervergnügen einen Polizeiagenten zur persönlichen Sicherheit an die Seite stellen wollte.

Langsamer als sonst ging er die Treppen hinunter. Im Erdgeschoss winkte der Portier. »Pokorny, haben Sie das gesehen?« Der Mann hielt ihm eine Ausgabe einer Satirezeitschrift entgegen. »Wirklich köstlich, diese Karikatur!«

Janek nahm ihm das Blatt aus der Hand. Er schluckte. Die Tuschzeichnung zeigte einen Fiaker, in dem ein hochdekorierter Mann der kaiserlichen Armee lag. In seiner Brust steckte ein winziges Messerchen. Darunter stand: »Vorsicht vor Nagelfeilen.« Janek verzog das Gesicht. »Bitte zeigen Sie das Bild nicht dem Direktor. Ich fürchte, er findet es nicht lustig.«

»Der Sepp trägt es schon zu ihm hinauf.«

Janek stöhnte. Besser, er beeilte sich und verließ das Gebäude, bevor Körner die Karikatur zu Gesicht bekam. Er gab die Zeitung zurück. Da fiel seine Aufmerksamkeit auf ein kleines Detail. Zwischen den Orden am Revers des Toten steckte eine kleine orientalisch anmutende Brosche. War das ein Zufall?

Immer noch in Gedanken versunken lief Janek über den Graben Richtung Kohlmarkt. Er sträubte sich dagegen, ins Untere Belvedere zu gehen. Er wusste, dass ihn dort auch heute niemand empfangen würde. Besser, er unterhielt sich mit einer Planetenverkäuferin namens Sissi Geiger. Laut Sobotkas Aussage war Geiger es gewesen, die Nepomuk und der Grafentochter ihre Adresse verraten hatte. Mal sehen, was die Wahrsagerin sonst noch zu erzählen hatte.

Mit gesenktem Kopf ging er am Café Milani vorbei, wo im unteren Geschoß mehrere Billardtische zum Vergnügen der Gäste bereitstanden. Durch große, hohe Fenster konnte man ins Innere des Cafés schauen. Doch Janek interessierte sich nicht für die wohlhabenden Männer, die hier ihre Nachmittage verbrachten. Sein Blick war auf das Kopfsteinpflaster geheftet. In Gedanken spielte er das Gespräch mit Josefa Sobotka noch einmal durch. Er sah die hässlichen blauen Flecken auf ihrem schmalen Hals noch deutlich vor sich. Da berührte ihn jemand von hinten an der Schulter. Erschrocken fuhr er herum. Vor ihm stand Nepomuk. Er trug einen teuren Anzug, war ordentlich frisiert und sah wie immer blendend aus. »Ich habe dich durchs Fenster gesehen«, sagte er entschuldigend und zeigte aufs Milani.

»Lass dich von deiner wichtigen Nachmittagsbeschäftigung nicht abhalten«, antwortete Janek grimmig.

»Ich wollte mich ohnehin mit dir unterhalten«, meinte Nepomuk. »Darf ich dich auf einen kleinen Schwarzen einladen?«

»Ich trinke keinen Kaffee.«

Ein Lächeln stahl sich auf Nepomuks Gesicht. »Immer noch Malzkaffee, dieses schreckliche Gesöff aus geröstetem Getreide?«

Janek zuckte mit den Schultern. »Kaffee schmeckt mir nicht.«

»Ich lade dich auch gerne auf eine Tasse Kakao ein, wenn dir das lieber ist. Den hast du doch immer gerne getrunken.«

»Ich will nicht von dir eingeladen werden«, entgegnete Janek. »Ich will überhaupt nichts mit dir zu tun haben. Am liebsten wäre mir, wenn ich dich nie wieder sehen muss.«

»Meinst du nicht, dass wir das alte Kriegsbeil endlich begraben sollten?«, schlug Nepomuk großmütig vor. »Es sind schon so viele Jahre vergangen.«

»Und wenn noch hundert Jahre ins Land ziehen«, erwiderte Janek. »Sie werden nichts daran ändern, dass ich wünschte, ich hätte dich niemals kennengelernt.«

Seine Worte trafen Nepomuk. Die Farbe wich aus dem Gesicht des Juristen.

»Aber wo ich dich schon sehe«, fuhr Janek fort. »Warum mischt ihr, du und deine Gräfin, euch in polizeiliche Arbeiten ein? Ist euch klar, dass ihr möglicherweise Menschenleben gefährdet?«

»Ich werde dafür sorgen, dass das nicht mehr vorkommt«, versprach Nepomuk.

»Was wolltet ihr von Josefa Sobotka?«, fragte Janek.

»Fräulein Aurelia hatte Angst, dass Frieda Horvath unschuldig im Gefängnis festgehalten wird. Sie hat einen sehr tief verankerten Sinn für Gerechtigkeit.«

»Ach ja?« Janek hob überrascht die Augenbrauen. »Wie kommt es dann, dass sie sich mit dir abgibt?«

Nepomuk schüttelte traurig den Kopf.

»Wir hatten nichts gegen Horvath in der Hand«, fuhr Janek bitter fort. »Jetzt sitzt Sobotka hinter Gittern.«

»Na bitte«, meinte Nepomuk. »Dann hast du ja deine Mörderin und kannst zufrieden sein.«

»Die Frau ist ebenso unschuldig wie Horvath«, entgegnete Janek. »Sie hat den Offizier nicht umgebracht.«

»Aber sie ist doch die Prostituierte, die im Fiaker war.«

Statt zu antworten, wandte Janek sich zum Gehen. »Richte deiner Grafentochter aus, sie soll sich in Zukunft um ihre eigenen Angelegenheiten kümmern.«

»Ich werde mein Bestes geben. Sonst noch etwas?«

»Ja. Hör auf, deine Freunde bei der Zeitung mit Informationen über laufende polizeiliche Ermittlungen zu füttern.«

»Wovon sprichst du?«

»Die Karikatur im Figaro. Sie wird für viel Ärger sorgen«, Janek kniff die Augen zusammen. »Oder war das etwa deine Absicht?«

»Ich weiß wirklich nicht, wovon du sprichst«, beteuerte Nepomuk. »Ich kenne niemanden beim Figaro.«

Janek ging los. Ohne noch einen Blick über die Schulter zu werfen, sagte er: »Na, wenn du das sagst. Ich weiß ja, dass auf dein Wort Verlass ist.«

Und damit ließ er den betroffenen Nepomuk einfach stehen.

Aurelia

Sophienbadsäle

»Papa, bist du sicher, dass du nicht mitkommen willst?« Aurelia trug ihr neues Ballkleid aus eng geschnittener weinroter Seide mit modischem Spitzenbesatz an den Ärmeln. Marie hatte das Korsett nur so eng geschnürt, dass Aurelia noch genug Luft zum Atmen blieb. Unter ihrem Rock sorgte die Tournüre auch ohne zusammengezurrte Taille für ausreichend Unwohlsein. Es musste ein Mann gewesen sein, der dieses unbequeme Gestell aus Stahl und Fischbein erfunden hatte. Nie im Leben konnte eine Frau die Erfinderin dieses Foltergeräts sein. Die Tournüre umschloss auf unbequeme Weise Aurelias Gesäß und beeinträchtigte damit stark den Sitzkomfort. Daran konnte auch das Rosshaar nichts ändern, mit dem das Gestell aufgebauscht wurde. Wie alle Ballkleider verfügte auch dieses über einen großzügigen Ausschnitt. Während man von den Damen im Alltag hochgeschlossene, züchtige Oberteile verlangte, wurden beim Ball freizügige Ausschnitte erwartet.

»Ich mag keine Tanzveranstaltungen«, brummte Otto von Kolowitz.

»Es schadet dir nicht, wenn du ein bisschen unter Menschen kommst«, beharrte Aurelia. »Die Einzigen, denen du regelmäßig über den Weg läufst, sind Sebastian, Marie, die Köchin und ich.«

»Das reicht mir vollkommen.«

»Nun komm schon, Papa«, ließ Aurelia nicht locker. »Gib dir einen Ruck. Es heißt, man habe den großen Tanzsaal erweitert und einen kleinen hinzugefügt.«

»Das ändert nichts daran, dass man über einem Schwimmbecken tanzt! Die Vorstellung gefällt mir ganz und gar nicht.«

Die Sophienbadsäle, die nach der Mutter des Kaisers benannt waren, wurden, wie der Name schon sagte, im Sommer als großes öffentliches Bad genutzt. In ein paar Wochen würde es wieder so weit sein, dann würden sich badehungrige Aristokraten und reiche Bürger Wiens im kühlen Nass vergnügen. Doch im Moment lagen noch die winterlichen Tanzbretter über den Bassins. Heute Abend fand die letzte Tanzveranstaltung vor der Schwimmsaison statt.

»Johann Strauss wird dirigieren«, lockte Aurelia, in der Hoffnung, ihren Vater überzeugen zu können. Sie wusste, dass er die Walzermelodien des Musikers schätzte. Sie wünschte sich, dass Otto von Kolowitz endlich damit anfangen würde, sich mit Frauen zu treffen, damit nicht sein gesamtes Augenmerk auf sie gerichtet war. Die Liebe ihres Vaters war rührend, aber anstrengend. Aurelia sehnte sich nach mehr Freiheiten. Während der Jahre im Schweizer Pensionat hatte sie erfahren, wie vielfältig die Welt sein konnte. Durch Kunst, Philosophie und Sprachen hatte Aurelia gelernt, ihr eigenes Potenzial an Kreativität zu nutzen, um die engen gesellschaftlichen Grenzen zumindest im Geist zu sprengen. Ohne ihre Zeichnungen, ohne die verbotenen Artikel und Bücher und die heimlichen kleinen Ausflüge in Gegenden der Stadt, die ihr eigentlich verwehrt waren, würde sie im Haus ihres Vaters ersticken. Andere Frauen, die weit weniger Privilegien besaßen, mochten über Aurelia den Kopf schütteln und sie maßlos nennen. Doch Aurelia wünschte sich mehr vom Leben, als die Rolle auszufüllen, die die Gesellschaft ihr zuwies. Es musste mehr geben als eine standesgemäße Heirat und Kinder – das Leben, das über kurz oder lang von ihr erwartet wurde.

»Ich weiß nicht«, meinte Otto nachdenklich.

Sofort erkannte Aurelia ihre Chance und hakte nach. »Er wird *An der schönen blauen Donau* spielen. Und die *Tritsch-Tratsch-Polka*.«

»Hm!«

»Nun komm schon, Papa. Auf, auf!« Sie klatschte aufmunternd in die Hände und tatsächlich rappelte sich Otto von Kolowitz aus seinem Lehnstuhl. »Du musst dich aber noch kurz gedulden«, sagte er. »Schließlich kann ich so nicht in Gesellschaft.« Er trug eine bequeme dunkelgrüne Hausjacke aus weichem Stoff und Pantoffeln aus Wolle.

Als Otto von Kolowitz sich in seine Räumlichkeiten zurückzog, sah Aurelia, wie Sebastian ihr hinter dem Rücken seines Herren anerkennend zuzwinkerte. Auch er war der Meinung, dass der Graf öfter unter Leute gehen sollte.

Eine Stunde später kutschierte Frieda Horvath Vater und Tochter zu den Sophiensälen. Seit sie das Gefängnis verlassen hatte, achtete sie darauf, mit ihrem Fiaker immer in der Nähe der Bäckerstraße zu sein. Sie fühlte sich Aurelia verpflichtet und wollte ihr etwas Gutes tun.

»Ich kann doch nicht zulassen, dass irgendwer Sie durch die Stadt kutschiert!«

Als Aurelia in den Wagen kletterte, hatte sie für einen Moment das Bild des toten Offiziers vor Augen. Daran konnte auch der Geruch nach Seife und Rosenwasser nichts ändern, der von Friedas Säuberung der Kutsche haften geblieben war. Die unerfreuliche Erinnerung verfolgte Aurelia die ganze Fahrt über und sie war dankbar, als sie am Heumarkt wieder aussteigen konnte.

Von allen Himmelsrichtungen strömten Besucher herbei. Elegant gekleidete Frauen in atemberaubenden Abendkleidern und Herren in Fracks oder Gala-Uniformen.

Frieda parkte den Fiaker direkt vor dem festlich beleuchteten Eingang.

»Wann soll ich wieder kommen?«, fragte sie.

»Wir nehmen einfach irgendeine Kutsche«, sagte Otto von Kolowitz.

Beleidigt verzog Frieda das Gesicht. Aurelia bemühte sich um Schadensbegrenzung. »Kurz nach Mitternacht, länger werden wir nicht bleiben.«

»Wenn ich es überhaupt so lange aushalte«, raunte Otto von Kolowitz.

Frieda zog ihre Melone und ließ den Goldzahn aufblitzen. Dann lenkte sie den Wagen weiter, um den nächsten Fiakern Platz zu machen.

»Eine seltsame Person«, murmelte Otto von Kolowitz. »Man weiß nicht recht, ist sie eine Frau oder ein Mann.«

»Sie ist eine Frau, Papa«, antwortete Aurelia. »Sie arbeitet bloß in einem Gewerbe, das Männer für sich beanspruchen. Frieda ist verlässlicher, freundlicher und ehrenwerter als alle männlichen Fiaker in dieser Stadt.«

Otto von Kolowitz murmelte etwas Unverständliches in seinen Bart. Gemeinsam gingen sie zum Eingang. Im Foyer herrschte dichtes Gedränge. Aurelia holte ihren Fächer aus ihrem Beutel und wedelte sich damit Luft zu. Riesige Kristalllüster hingen von der Decke in den Raum. Bei den Türen zum Tanzsaal entdeckte sie Nepomuk. Er stand in einer Gruppe von Männern und unterhielt sich angeregt. Als er sie erblickte, winkte er sie zu sich. Aurelia drängte sich durch die Menge. Ihr Vater folgte ihr, doch schon nach wenigen Metern wurden sie aufgehalten.

»Nein, was für eine Freude, Graf von Kolowitz. Wir haben Sie seit Monaten nicht mehr gesehen.« Zwei Frauen um die fünfzig schnitten ihnen den Weg ab. Eine war die Witwe Dorothea Ziegler, der ein großes Textilgeschäft in den Tuchlauben gehörte. Sie war berühmt für die regelmäßig stattfindenden Kultursalons in ihrer Wohnung über dem Geschäft. Namhafte Vertreter aller Künste kamen dort wöchentlich zum Austausch mit Philosophen und anderen Gelehrten zusammen. Aurelia wäre zu gerne einmal dabei gewesen. Die andere war die Gräfin Bärenklau, deren Ehemann letzten Sommer bei einem Jagdunfall auf tragische Weise gestorben war. Beide Damen musterten Aurelias Vater mit unverhohlenem Interesse.

»Wir haben uns schon Sorgen um Sie gemacht. Wie schön, dass wir Sie gesund und munter antreffen«, sagte die Gräfin.

»Ist das Ihre charmante Tochter? Sie ist Ihnen ganz aus dem Gesicht geschnitten.«

Otto von Kolowitz war zweifelsohne ein attraktiver Mann, aber Aurelia hoffte inständig, dass sie ihrer Mutter glich und weder die breiten Schultern noch das markante Kinn ihres Vaters geerbt hatte.

»Sehr erfreut!« Aurelia schüttelte beiden Damen die Hand. Sofort ergriff sie die Gelegenheit beim Schopf. »Seit Wochen liege ich meinem Vater in den Ohren, dass ich gerne Ihren Kultursalon besuchen möchte.«

»Oh, wirklich? Wie schön.« Dorothea Ziegler wirkte überrascht. »Selbstverständlich lasse ich Ihnen eine Einladung zukommen. Leider bin ich im Moment mit Umbauarbeiten beschäftigt. Aber sobald mein Salon frisch tapeziert ist, hören Sie von mir.«

»Ich werde kommen«, versicherte Aurelia, die aus den Augenwinkeln sah, dass ihr Vater alles andere als erfreut schien. Bevor er Einspruch erheben konnte, wandte sie sich zu Nepomuk, der immer noch nach ihr winkte. »Ich muss weiter. Sie entschuldigen mich. Wir sehen uns später bei Tisch, Papa.«

»Welcher Tisch?«, fragte Otto.

»Nepomuk hat einen neben dem Orchester reserviert. Von dort ist es nicht weit zur Tanzfläche.«

»Bei der Tanzfläche?«, wiederholte Otto von Kolowitz.

»Wenn Ihnen das zu laut ist, können Sie gerne an unserem Tisch Platz nehmen«, bot sich Frau Ziegler an. Sie trug ein Kleid aus einem golddurchwirkten Stoff. Es passte zu ihrem hellbraunen Haar, das von grauen Strähnen durchzogen war. »Neben dem Orchester kann man sich kaum unterhalten. Die Plätze an der Tanzfläche überlassen wir lieber der jüngeren Generation.« Sie zwinkerte Otto von Kolowitz zu. »Oder sind Sie ein begeisterter Tänzer?«, fragte die Gräfin Bärenklau. Der Graf winkte ab. Er mochte die Musik von Johann Strauss, aber vom Tanzen hielt er weniger. Frau Ziegler lachte fröhlich. Anders als Gräfin Bärenklau hatte sie trotz ihres Alters kaum Falten. Die paar, die sich in ihrem Gesicht befanden, stammten vom Lachen. Sie lagen rund um ihre bernsteinfarbenen Augen. Gut gelaunt hakte sie sich bei Otto von Kolowitz unter und führte ihn von Gräfin Bärenklau weg. »Und nun erzähle ich Ihnen alles über meinen Kultursalon.«

Nur zu gerne ließ Aurelia ihren Vater in der Obhut der attraktiven Unternehmerin zurück.

»Bis später, Papa. Gute Unterhaltung!« Sie eilte zu Nepomuk, bevor ihr Vater dagegen protestieren konnte.

Kaum, dass sie den Juristen erreicht hatte, ergriff der ihre Hand, führte sie zum Mund und küsste sie galant. »Fräulein Aurelia, Sie sehen wie immer hinreißend aus.«

»Danke, aber das sagen Sie jedes Mal.« Nepomuks Lächeln wurde breit. »Weil es jedes Mal stimmt.« Er stellte ihr die anderen Herren vor. Drei von ihnen waren untere Offiziere, einer ein Oberstleutnant, was nicht nur seine Abzeichen verrieten, sondern was er auch nicht vergaß, Nepomuks Vorstellung hinzuzufügen. Aurelia versuchte sich ihre Namen zu merken: Hofrichter, Dichand, Wondrazil und Gruber. Sie schienen einander gut zu kennen und musterten Aurelia ungeniert. Einer von ihnen, Oberstleutnant Gruber, rückte so nah an ihre Seite, dass Aurelia Angst hatte, er könnte ihr ins Dekolleté schauen. Nepomuk drängte ihn zur Seite und führte alle zu einem Tisch neben der Bühne. Ein Teil des Orchesters stimmte bereits die Instrumente.

»Das wird eine rauschende Ballnacht«, sagte Gruber zackig. Es klang wie ein Befehl. Seine Bartenden waren mit Öl zu kleinen Spitzen gezwirbelt. »Darf ich Sie um den ersten Tanz bitten?«

»Mal sehen«, wich Aurelia aus. Sie wollte neben Nepomuk Platz nehmen, aber Gruber war schneller und schnappte sich den Sessel neben ihr. Zu Aurelias Linken saß eine junge Frau, die in etwa in ihrem Alter war. Sie stellte sich als Hannelore Aigner vor. Aurelia bemühte sich um ein Gespräch mit ihr. Die junge Frau war sehr schüchtern und antwortete nur einsilbig, was die Unterhaltung anstrengend machte. Aber Aurelia wollte jeden weiteren gierigen Blick auf ihren Busen verhindern. Gruber demonstrativ den Rücken zukehrend, sah sie sich nach anderen potenziellen Gesprächspartnern um. An dem runden Tisch saßen deutlich mehr Männer als Frauen. Ihr gegenüber lachte schallend ein Herr im Frack. Er war ihr noch nicht vorgestellt worden. »Haben Sie die Karikatur im Figaro gesehen? Einfach köstlich!«

Aurelia spitzte die Ohren.

Einer der Offiziere widersprach empört. »Diese Zeichnung war absolut geschmacklos. Man sollte denjenigen, der hinter dem feigen Pseudonym Fritz Lustig steckt, aus dem Verkehr ziehen und dem verantwortlichen Redakteur eine Lektion erteilen. Es ist ein Skandal, dass man derlei Witze über das Militär machen darf, ohne dafür bestraft zu werden.« Er räusperte sich. »Außerdem ist das Pseudonym plump, genau wie die Zeichnungen.«

»Ach, Dichand, nun haben Sie sich nicht so«, entgegnete Nepomuk. »Es ist ja bloß ein Witz.«

Der Mann, der gelacht hatte, hob einen Finger und sagte ernst: »Das Schöne an den Karikaturen ist doch, dass immer auch ein Funken Wahrheit in den Witzen steckt.«

»Wie meinen Sie das?«, fragte Oberstleutnant Gruber.

»Na, wenn eine schwache Prostituierte einen Offizier des Militärs mit einem winzigen Messerchen überwältigt, können wir alle nur hoffen, dass die Armee gegen keinen ernst zu nehmenden Feind ins Feld ziehen muss.«

Allgemeines Gelächter war die Antwort, nur die Militärs fanden die Sache nicht lustig. Auch Fräulein Aigner lachte nicht. Sie schien keine Ahnung zu haben, worüber die Männer sich unterhielten. Gelangweilt drehte sie an einem Schmuckstück an ihrer Brust. Jetzt erst fiel Aurelia die Brosche auf. Sie kam ihr seltsam bekannt vor. Erst vor Kurzem hatte sie ein ähnliches Stück gesehen.

»Was für ein wunderschönes Schmuckstück«, sagte sie. »Ist das ein Hirschhornkäfer?«

Fräulein Aigner errötete. »Ich weiß es nicht«, gab sie leise zu. »Es ist ein Geschenk von meinem Verlobten, dem Heinrich Fellner.«

»Wo ist ihr Verlobter denn?«

»Er hat für heute Abend nicht freibekommen.« Sie seufzte laut. »Leider! Meine Eltern haben mir trotzdem erlaubt, an diesem Tisch zu sitzen. Aber ich überlege, ob ich nicht lieber zu ihnen gehen sollte. Was soll ich denn hier?«

In dem Moment trat Johann Strauss auf die Bühne. Tobender Applaus füllte den Saal. Der Mann sonnte sich im Beifall, verbeugte sich nach allen Seiten, dann drehte er sich zum Orchester und hob seinen Taktstock. Augenblicklich setzten erst die Violinen und Violen, dann die Harfen, Flöten und Posaunen ein. Wie auf Kommando erhoben sich die ersten Tanzpaare. Oberstleutnant Gruber sprang auf. Offenbar hatte er Aurelias Antwort zuvor als Einverständnis verbucht. Galant neigte er Kopf und Oberkörper. Zu gerne hätte sie abgelehnt, aber das wäre eine öffentliche Beleidigung gewesen. Also stand sie auf. »Aber nur ein Tanz«, sagte sie. Auch das überhörte er geflissentlich. Zu den Klängen des Erfolgswalzers *An der schönen blauen Donau* drehte Aurelia sich mit Gruber über das Tanzparkett. Der Oberstleutnant war ein lausiger Tänzer, der ständig aus dem Takt kam, sich dafür aber umso intensiver für den Ausschnitt ihres Kleides interessierte. Als ein anderes

Tanzpaar ihren Weg kreuzte, hüpfte er auf Aurelias Zehen, sie zog den Fuß zur Seite und knickte um.

»Aua!« Mit beiden Händen hielt sie sich an Gruber fest, um nicht zu stürzen. Der schien nicht bemerkt zu haben, dass er ihr auf die Zehen gestiegen war.

»Haben Sie sich verletzt?« Er zog sie noch weiter zu sich, doch Aurelia stieß ihn weg.

»Sie sind mir auf den Fuß gesprungen.«

»Tatsächlich?«

Verärgert humpelte Aurelia zurück zum Tisch. Weitere Tänze konnte sie für diesen Abend vergessen.

»Ich bitte vielmals um Verzeihung«, sagte Gruber zerknirscht.

Statt zu ihrem eigenen Platz ging Aurelia zu Nepomuk. Stöhnend ließ sie sich in den freien Stuhl neben ihm fallen und bemerkte nicht, dass sie dabei ein Gespräch unterbrach. Die beiden Männer neben Nepomuk wirkten verlegen und gingen.

»Was ist denn passiert?«, wollte Nepomuk wissen. Besorgt betrachtete er Aurelias Knöchel, der sich nicht nur rasant verfärbte, sondern auch anschwoll. Er fischte Eiswürfel aus einem Sektkübel und füllte eine Serviette damit. Dann hockte er sich neben sie und legte ihr den Beutel auf den Knöchel.

»Ah, das tut gut«, seufzte sie. »Ein kleines Missgeschick, nichts weiter.« Gruber stand immer noch betroffen neben ihr. »Nun gehen Sie schon und suchen sich eine andere Tanzpartnerin«, forderte Aurelia genervt. »Auf mich können Sie heute nicht mehr zählen.«

»Ich bin untröstlich«, sagte er. »Soll ich Ihnen nicht Gesellschaft leisten?«

»Aber nein, nutzen Sie die Zeit und tanzen Sie.«

Gruber schien sich nicht beleidigt zu fühlen. Schon suchte er den Saal nach einem neuen Opfer ab.

Jetzt erst fiel Aurelia auf, dass Nepomuks Gesprächspartner das Weite gesucht hatten. »Habe ich Ihr Gespräch gestört?«, fragte sie.

»Männerthemen!«

»Nicht schon wieder!«, stieß Aurelia ungehalten hervor. »Sind Sie etwa auch der Ansicht, dass Frauen mit Politik und Wirtschaft nichts zu schaffen haben sollen? Glauben Sie mir, wenn Frauen die Welt regierten, sähe alles besser aus. Es gäbe viel weniger Kriege.«

Nepomuk schmunzelte. Er beugte sich zu ihr und senkte die Stimme. Sein Atem roch nach Tabak und Wein. »Es ging um Potenzmittel.« Schelmisch sah er sie an. Offenbar wollte er sie provozieren. Doch Aurelia war so mit ihrem Knöchel beschäftigt, dass sie nicht einmal errötete.

»Brauchen Sie so etwas?«, fragte sie beiläufig.

Nepomuk lachte. »Sie überraschen mich immer wieder! Wo nehmen Sie Ihre Schlagfertigkeit her?«

»Im Moment fühle ich mich eher geschlagen als schlagfertig.« Aurelias Knöchel pochte trotz des Eises, das ihn kühlte. »Setzen Sie sich wieder, lieber Nepomuk, und lenken Sie mich ab.«

Er nahm Platz.

»Warum unterhalten sich Männer bei einem Ball über Potenzmittel? Oder ist das ein übliches Gesprächsthema.«

»Wir reden praktisch über nichts anderes.« Sein Lächeln wurde noch breiter. Aurelia war sich sicher, dass Nepomuk sich seiner Attraktivität bewusst war. »Worüber unterhalten sich denn junge Damen?«

»Über die Dummheit von Männern, die an die Wirkung solcher Mittelchen glauben.«

»Warum sollten sie wirkungslos sein?« Wieder beugte er sich zu ihr. »Wissen Sie mehr als ich?«

Der Ausflug ins Viertel am Ratzengrund schien Nepomuks Skrupel, sich mit Aurelia über delikate Themen zu unterhalten, zerstreut zu haben. Oder lag es am Wein, den er bereits getrunken hatte?

Aurelia hatte genug von dem Geplänkel. »Nepomuk, jeder, der denken kann, weiß, was von Liebestränken, aphrodisierenden Mitteln, Schönheitselixieren und anderen dubiosen Mischungen aus Kräutern zu halten ist.«

»Wohl wahr«, sagte Nepomuk. »Würden Schönheitselixiere wirken, gäbe es mehr ansehnliche Menschen auf dieser Welt.« Er widmete sich der Tanzfläche. »Sehen Sie sich Gräfin Blinkenstein an. Wie kann man mit so einem Busen ein Kleid mit diesem Ausschnitt tragen?«

Aurelia folgte seinem Blick. »Ich finde es schrecklich, dass Sie Männer uns Frauen stets nach unserem Äußeren beurteilen«, empörte sie sich. »Was ist mit all den hässlichen Männern auf diesem Ball? Ziehen Sie über die auch her?«

Nepomuk hob entschuldigend die Arme. »Sie haben ja recht. Ich gebe mich geschlagen.«

Aurelia schob den Eisbeutel zurecht. »Verraten Sie mir nun, worüber Sie sich tatsächlich unterhalten haben?«

Er legte eine Hand auf seine Brust. »Ich schwöre, dass es Potenzmittel waren.«

»Wirklich?«

»Einer der Offiziere wollte wissen, ob jemand von uns in letzter Zeit Post von einem gewissen Charles Francis erhalten hat. Wir haben alle verneint. Dann hat er erzählt, dass er kürzlich einen Brief bekommen hat, in dem er eine Gratisprobe eines Potenz versprechenden Mittels fand. Die Methoden mancher Unternehmer werden immer frecher, finden Sie nicht?«

»Ich finde das sehr klug«, meinte Aurelia. »Gerade bei einem Produkt, das man nicht im Laden um die Ecke kaufen kann. Da ergibt es doch Sinn, potenzielle Kunden gezielt anzuschreiben.«

»Und woher soll der Verkäufer die Adressen haben?«

»Nun ja, entweder er sieht sich auf der Suche nach potenziellen Kunden nach Männern um, die ihre Augen nicht von den Dekolletés junger Damen lösen können …«, Aurelia warf einen vielsagenden Blick in Richtung des Oberstleutnants, »… oder die Verkäufer dubioser Mittelchen sind untereinander vernetzt.«

»Sie glauben, dass die Verkäufer einschlägiger Produkte die Namen ihrer Kunden untereinander austauschen?«

»Warum sollten sie sich nicht gegenseitig unterstützen? Denken Sie an all die Seilschaften in juristischen Kreisen. Schicken Sie Ihre Klienten nicht auch zu befreundeten Notaren, statt ihnen fremde Namen zu empfehlen?«

Nepomuk wurde von einer Antwort abgehalten. Der Mann, auf dessen Sitz Aurelia Platz genommen hatte, war von der Tanzfläche zurückgekommen. Es stellte sich heraus, dass er angehender Mediziner war. Fachkundig widmete er sich ihrem Knöchel und tastete ihn ab. »Auch wenn nichts gebrochen sein dürfte, schaut der Fuß nicht gut aus.«

»Er tut höllisch weh«, gestand Aurelia.

»Besser, Sie lassen sich nach Hause bringen«, meinte der Mann. Doch davon wollte Aurelia vorerst nichts wissen. Ihr

Vater saß immer noch in Dorothea Zieglers Loge. Er schien sich angeregt mit der charmanten Frau zu unterhalten. Auf keinen Fall wollte Aurelia dieses Gespräch vorzeitig beenden.

»Ich nehme einfach frisches Eis, dann geht es schon«, sagte sie mit zusammengebissenen Zähnen.

Auf der anderen Seite des Tisches hatte sich ein Gespräch über Wahrsagerei entsponnen.

»Alles Unfug!«, empörte sich der Mann, der zuvor die Karikatur erwähnt hatte.

Die junge Frau neben ihm widersprach. »Ich mag Horoskope und Kristallkugeln«, sagte sie. »Es gibt nichts Schöneres als eine gespenstische Séance.« Zwei der Offiziere pflichteten ihr bei.

Die Frau wandte sich an Aurelia, wohl in der Hoffnung, sie würde sie unterstützen. »Wie stehen Sie zur Hellseherei?«

»Ich muss gestehen, dass ich keine Erfahrung damit habe.«

»Sie haben sich noch nie die Karten legen lassen? Oder die Zukunft vorhersagen?«

Aurelia schüttelte den Kopf, doch dann fiel ihr Sissi Geiger ein und sie musste lachen. »Nein, das stimmt nicht«, verbesserte sie sich. »Neulich habe ich von einer Planetenverkäuferin zehn Glückslose erstanden.«

Die junge Frau sah sie erschrocken an. »Sie haben sich Lose von einer Straßenhändlerin ziehen lassen?«

»Aber nein«, widersprach Aurelia. »Die Lose hat ein Papagei gezogen.«

Ihre Antwort entsetzte die junge Dame dermaßen, dass sie die Nase rümpfte, sich wegdrehte und den ganzen Abend über nicht mehr das Wort an Aurelia richtete. Auch die Offiziere wirkten pikiert.

Aurelia war es recht. Sie konzentrierte sich auf die Musik und schielte immer wieder zu ihrem Vater, der sich mit voranschreitender Stunde immer blendender amüsierte.

Janek

Spittelberg

»Ich schwör Ihnen, dass ich nix dafür kann. Der ist einfach blau angelaufen, dann hat er keine Luft mehr gekriegt und ist tot umg'fall'n!« Die junge Frau, die mit nichts als einem dünnen Morgenmantel bekleidet und zitternd vor Janek saß, wiederholte seit einer Stunde immer wieder dieselben Sätze. Dabei starrte sie unentwegt mit angstgeweiteten Augen auf den Toten, der gekrümmt auf einem mit dunkelrotem Samt bezogenen Sofa lag. Der Stoff sah mitgenommen und zerschlissen aus, doch die Farbe war trotz mehrerer Löcher im Bezug kräftig. Ähnlich wie der Tote, dessen Gesichtsfarbe erstaunlich rosig war. Er trug bloß Socken, Sockenhalter und ein Hemd. Der Rest seiner Kleidung lag am Boden des Zimmers verstreut. Es waren die Hose und die Jacke eines k. u. k. Offiziers. Janek wünschte, man hätte das Militär eingeschaltet und nicht ihn. Im Geiste malte er sich bereits die Reaktion seines Vorgesetzten aus. Er sah sich erneut in Körners Büro sitzen und die Launen des Generaloberst Münzner ertragen. Doch Franz Büchner, ein in die Jahre gekommener Wirt, hatte korrekt vorgehen wollen und die Polizei gerufen.

»Ich will keinen Ärger mit der Keuschheitskommission bekommen«, hatte er geraunt. »Mein Vater hätte wegen denen beinahe die Konzession verloren.«

»Die Keuschheitskommission gibt es seit sechzig Jahren

nicht mehr!«, hatte Janek verärgert geantwortet. Maria Theresia hatte die Kommission eingesetzt. Man munkelte, dass sie auf diese Weise ihrem Ärger über die zahlreichen Affären ihres Mannes Luft gemacht hatte. Wirklich erwiesen war das freilich nicht. Bereits ihr Sohn hatte die Kommission wieder aufgelöst. Josef II. war selbst regelmäßig am Spittelberg abgestiegen, um sich in jenem Viertel zu vergnügen, das im Volksmund auch Venusberg genannt wurde. Nirgendwo anders in der Stadt fand man so viele Prostituierte wie hier. Die Maßnahmen, mit denen man gegen illegale Prostitution vorging, waren nach Josefs Tod wieder verschärft worden. So hatte sich das Gerücht über die Keuschheitskommission bis heute gehalten.

»Waren Sie mit Offizier Heinrich Fellner verabredet, oder haben Sie ihn zufällig getroffen und dann beschlossen, dieses Zimmer aufzusuchen?«

Statt zu antworten, steckte Magdalena Kösel ihre Faust in den Mund und biss so fest auf ihre Knöchel, dass sie bluteten.

»Hören Sie auf, sich selbst zu verletzten«, forderte Janek, der den Anblick nicht ertrug.

»Wie bitte?«

»Nehmen Sie die Hand aus dem Mund!«

Zu seiner Überraschung folgte die Frau der Anweisung. Sie schien ihre Knöchel nicht zu spüren. Ihr rot gefärbtes Haar hing ihr in Strähnen ins blasse Gesicht.

»Also«, Janek wiederholte seine Frage. »Kannten Sie den Offizier, oder haben Sie ihn heute Abend zum ersten Mal gesehen.«

»Der Fellner kam regelmäßig«, gab sie leise zu.

»Na bitte«, seufzte Janek. »Es geht doch.«

»Er war einer von den Männern, die höflich und freundlich sind. Keiner von den Brutalen, nach denen man sich tagelang nicht unter die Leute traut, weil sie einen so herrichten.«

Janek erinnerte sich voller Grauen an den Hals von Josefa Sobotka. Er schob die Bilder rasch wieder von sich. Die Antwort von Kösel notierte er auf seinen kleinen Block und wiederholte sie dabei.

»Sie kannten Offizier Fellner also und haben sich regelmäßig hier mit ihm getroffen.«

Magdalena Kösel sah sich Hilfe suchend um. »Wo ist der Büchner?«

»Herr Büchner sitzt unten in seinem Lokal«, Janek deutete ins Erdgeschoss, wo sich das Schanklokal befand. Janeks Vermutung, dass Franz Büchner nicht nur der Wirt, sondern auch der Zuhälter von Kösel und den anderen Damen des Hauses war, erhärtete sich. Kösel wagte es nicht, ohne ihren vermeintlichen Beschützer zu sprechen. Janek hatte beim Betreten des Lokals mehrere freizügig bekleidete Frauen gesehen, die sich bei seinem Anblick eilig zurückzogen.

»Herr Büchner weiß, dass wir uns unterhalten und ich die Wahrheit von Ihnen hören will.«

Die Erklärung schien Magdalena Kösel zu beruhigen.

»Wie oft kam Offizier Fellner zu Ihnen zu Besuch?«

»Früher ist er jede Woche zweimal her'kommen«, sagte Kösel. »Doch in letzter Zeit ist es immer seltener geworden.«

»Haben Sie eine Erklärung dafür?«

Kösel zuckte mit den Schultern: »Das Übliche.«

»Können Sie bitte konkreter werden?«

»Na, er hat keinen mehr hochgekriegt«, sagte Kösel.

Janek graute davor, diesen Satz schon wieder in ein Protokoll schreiben zu müssen.

»Hatte Offizier Fellner heute dieses Problem?« Der Tote hatte keine Erektion, was wenig verwunderlich war, wenn man bedachte, dass er unter Schmerzen gestorben war. Sein verzerrter Gesichtsausdruck ließ auf einen qualvollen Tod schließen.

»So weit sind wir nicht gekommen.« Magdalena Kösel fing wieder an zu weinen. »Er ist entspannt auf dem Sofa gesessen und wollte mir zuschauen, wie ich mich auszieh. Das hat er immer gern mögen. Aber statt auf mich zu schauen, hat er auf einmal angefangen, sich zu krümmen. Zuerst hab ich mir g'dacht, ich mach was falsch und er lacht mich aus. Aber dann habe ich g'sehen, dass er nach Luft schnappt. Wie ein Fisch, den man aus der Donau holt und ans Ufer legt.«

»Was haben Sie getan?«

»Zuerst hab ich ihm auf den Rücken geklopft. Als das nicht g'holfen hat, hab ich Wein von unten geholt. Ich habe mir g'dacht, dass ein Schluck helfen kann. Aber wie ich zurückg'kommen bin, da war er schon tot.« Sie vergrub ihr Gesicht in den Händen. »Er hat ganz allein sterben müssen, der Arme! Dabei war er immer ein Netter gewesen. Hat mich nie geschlagen.«

»Hat der Offizier irgendwelche Speisen oder Getränke zu sich genommen?«

»Nur einen Schluck aus seiner flachen Feldflasche. Die hatte er immer dabei.«

»Er trug eine Feldflasche in der Stadt mit sich spazieren?«

»Ja, eine kleine Spezialanfertigung aus Silber. Sie muss noch in seiner Jacke stecken.«

Janek trat zu dem Kleidungsstück am Boden und hob es

hoch. Tatsächlich befand sich in der Innentasche eine silberne Flasche in Form eines Quadrats. Janek schraubte den Deckel ab. Der Geruch von hochprozentigem Alkohol stieg ihm in die Nase.

»Gin«, erklärte Kösel. »Den hat er immer bei sich g'habt.«

Janek steckte die Flasche in seine eigene Jackentasche.

»Die Flasche ist fein, Herr Inspektor. Damit werden's a Freud haben.«

»Ich habe nicht vor, sie zu behalten«, entgegnete Janek empört. »Die Flasche ist Beweismaterial.«

»Ja, natürlich.« Sie grinste.

»Offizier Fellner besuchte Sie seit geraumer Zeit in regelmäßigen Abständen. Ich nehme an, dass er Ihnen auch Privates anvertraut hat.«

»Er hat mir alles erzählt«, sagte Kösel wichtig.

»Was zum Beispiel?«

»Dass er verlobt war.« Magdalena Kösel biss sich erneut auf die Knöchel. »Meine Güte, die arme Frau. An die hab ich gar nicht g'dacht. Was soll aus der werden? Nun kann sie ihn nicht mehr heiraten.«

Das Mitgefühl der Prostituierten mit der Verlobten ihres Freiers irritierte Janek.

»Haben Sie die Verlobte etwa gekannt?«

»Aber nein, natürlich nicht!«, rief Kösel entrüstet. »Oder stellen Sie Ihrem Gspusi eine Hübschlerin vor?«

»Können Sie mir den Namen der Verlobten nennen?«

»Hannerl.«

»Und weiter?«

»Mehr weiß ich nicht. Er hat immer von seinem braven Hannerl g'sprochen.«

Janek fragte sich, ob das brave Hannerl etwas von den Ausflügen ihres Verlobten zum Spittelberg geahnt hatte.

»Hat er sonst noch etwas erzählt?«

»Er hat mit einer Beförderung gerechnet. Er sollte in den Generalstab aufsteigen. Ein richtig wichtiger Mann wäre er g'worden, mein Heinrich.«

Wieder schniefte Kösel. »Jetzt wird er nimmer heiraten und ein Herr General wird er auch nimmer werden.«

»Wissen Sie, wo der Offizier Fellner gewohnt hat?«

»Freilich«, sagte Kösel, und ihre Augen leuchteten auf. »Ich war sogar mal dort. Er hat in einer sehr vornehmen Wohnung in einer feinen Villa gewohnt.«

»Und wo ist diese Villa?«

»In Hietzing, gleich neben dem Schloss vom Kaiser. So schön ist es dort.« Sie seufzte. Offenbar besann sie sich gerade, dass sie die feine Villa nicht mehr betreten würde.

»Können Sie mir die Adresse nennen?«

»Sie liegt gleich neben dem Dommayer-Casino, das gelbe Haus mit dem großen Balkon und den vielen bunten Blumen.«

»Die Hausnummer?«

»Weiß ich nicht mehr.« Magdalena Kösel zuckte entschuldigend mit den Schultern. »Sie können die Villa nicht verfehlen. So ein schönes Haus.«

Janek klappte seinen Notizblock zu. Fürs Erste wollte er Magdalena Kösel in Ruhe lassen. Sie sah mitgenommen aus.

»Unsere Männer holen den Toten ab. Ich habe bereits nach einem Wagen gerufen.«

»Mein Heinrich wird im grünen Heinrich abgeholt ...« Magdalena schüttelte traurig den Kopf.

Die zweiachsigen, grünen, fensterlosen Holzwägen, die der Polizei erst seit Kurzem zur Verfügung standen, wurden von der Bevölkerung nur »grüner Heinrich« genannt.

»Nein, ein Leichenwagen wird kommen.«

»Oh.«

»Ich muss Sie bitten, morgen in die Polizeidirektion am Petersplatz zu kommen.«

»Wieso?« Das blasse Gesicht verlor noch weiter an Farbe. »Muss ich etwa ins Gefängnis?«

»Ich werde Ihre Aussage zu Protokoll geben und das müssen Sie lesen und unterschreiben.«

Beschämt schaute sie auf ihre blutenden Knöchel.

»Sollte das Lesen Ihnen schwerfallen, werde ich Ihnen Ihre Aussage vorlesen und Sie setzen dann Ihren Namen darunter.«

»Danke.«

Janek wandte sich zum Gehen, als Magdalena Kösel seinen Ärmel griff. »Werden Sie mich anzeigen, weil ich eine Illegale bin?«

»Im Moment kann ich keinen direkten Zusammenhang Ihrer Profession mit dem Ableben des Offiziers sehen. Ich bin ein kaiserlicher Polizeiagent und untersuche Kriminalfälle.«

»Sie zeigen mich nicht an?«

»Dafür ist die Sittenpolizei zuständig. Und wenn ich die Sache richtig interpretiere, müssten wir zuallererst Herrn Büchner hinter Gitter bringen. Ich nehme an, dass er mit dem Gewerbe deutlich mehr verdient als Sie.«

»Vielen Dank, Herr Inspektor«, sie stand auf. »Kann ich mich irgendwie erkenntlich zeigen?« Sie schaute zum Toten auf ihrem Sofa. »Nicht jetzt, das wäre unpassend. Aber Sie scheinen einer von den Netten zu sein. Und hübsch sind's auch. Da bin ich gern großzügig.«

»Ihr Angebot wäre auch zu jedem anderen Zeitpunkt unpassend.« Janek tippte sich an seinen Hut und verließ rasch den kleinen, stickigen Raum, bevor Kösel ihr Angebot näher ausführen konnte.

Vor der Tür wartete Johannes Hofer auf ihn. »Warum haben Sie das Angebot ausgeschlagen? Die Hübschlerin schaut doch ganz fesch aus.«

»Haben Sie mit dem Ohr an der Tür gehangen und gelauscht?«

»Als Ihr Mitarbeiter muss ich doch informiert sein ...«, murmelte der Polizeidiener. »Ich hätte die Dame nicht verschmäht.«

»Meine Gesundheit ist mir sehr wichtig«, antwortete Janek. »Es wird nicht ohne Grund darüber gespottet, dass der Spittelberg seinen Namen deshalb trägt, weil seine Besucher über kurz oder lang im Spital landen.«

Johannes Hofer kratzte sich seine bartlosen Wangen. »Das habe ich noch nie gehört.«

»Dann wissen Sie es ab jetzt!« Janek lief die schmale Treppe hinunter in die Wirtsstube, wo Franz Büchner ihm den Weg verstellte. Der Zuhälter wollte gerade den Mund aufmachen, da hob Janek die Hand. »Bedaure, wir dürfen zu den Ermittlungen keine Auskunft geben. In Kürze kommt der Leichenwagen und holt den Offizier ab.« Noch bevor Büchner etwas erwidern konnte, schob Janek Hofer auf die Straße.

»Der Wirt hätte uns vielleicht wichtige Auskunft geben können«, meinte Hofer.

»Ach? Was hätten Sie ihn denn fragen wollen?«

Hofer zuckte mit den Schultern. »Weiß nicht. Was Wichtiges eben.«

»Kommen Sie, wir dürfen keine Zeit verlieren.«

»Wo wollen Sie hin?«

»Nach Hietzing. Diesmal will ich schneller als das Militär sein.«

»Jetzt wollen's noch nach Hietzing?«

Janek holte seine Uhr aus der Weste und klappte sie auf. Es war acht, wenn er die zehn Minuten dazugab, die seine Uhr mittlerweile nachging.

»Wir sollten die Pferdetramway nehmen«, schlug Hofer vor.

»Sie haben völlig recht«, antwortete Janek. »In diesem Fall kann der Direktor nichts gegen die Sonderausgaben haben.«

Am Ring stiegen Janek und sein Kollege Johannes Hofer in den offenen Wagen der Pferdetramway. Janek löste zwei Fahrkarten beim Schaffner und Hofer ergatterte die letzten Plätze im hinteren Teil des Waggons.

Zwei kräftige Pferde zogen die Tramway. Gegen das laute Quietschen der Räder in den Gleisen schienen die Tiere immun. Bei jeder Haltestelle sprangen Fahrgäste vom Waggon und neue Passagiere stiegen zu. Es war eine sehr komfortable Weise, sich durch die Stadt zu bewegen. Hätte den kaiserlichen Polizeiagenten etwas mehr Geld zur Verfügung gestanden, hätte Janek viel öfter den Luxus einer Pferdetramway genossen, zumindest zu Zeiten, wenn sie nicht völlig überfüllt war. Zweimal mussten sie umsteigen, bevor sie vor dem Dommayer-Casino die Kutsche verließen. Es war kurz nach neun. Zahlreiche Gäste strömten ins Casino. Hier befand sich wohl der berühmteste Tanzsaal der Stadt. Johann Strauss dirigierte jedes Wochenende sein Orchester und gab neue Walzerkompositionen zum Besten. Heute war jedoch ein anderer Dirigent angekündigt. Im Unterschied zu den übrigen Vororten Wiens war Hietzing wegen der Nähe zu Schönbrunn bei den Aristokraten und beim reichen Bürgertum als Wohngegend sehr beliebt. Die weniger Wohlhabenden kamen am Wochenende und erfreuten sich an den zahlreichen Vergnügungsmöglichkeiten. Die kaiserliche Menagerie erfreute sich ebenso großer Beliebtheit wie die Gastgärten und Meiereien. Am nahe gelegenen Grünen Berg lockte der Tivoli mit seiner Rutschbahn und seinen Restaurants. Es war Jahre her, dass Janek hier gewesen war, und sein Besuch kam ihm vor, als hätte er in einem anderen Leben stattgefunden. Damals war er ein Schüler des Schottenstifts gewesen und war an einem freien Sonntag von den Eltern seines Freundes zu einem Ausflug eingeladen worden. Die Rutschbahn und der Gastgarten in der Meierei waren ihm damals wie das Paradies auf Erden erschienen. In seiner eigenen Familie hatte man für derlei Aktivitäten weder Geld noch Zeit gehabt. In den Ziegelwerken wurde fünfzehn Stunden an sieben Tagen in der Woche gearbeitet. Kinder schufteten ein paar Stunden weniger. Sie durften hin und wieder zur Schule gehen. Hätte sein Volksschullehrer, Walter Seidel, nicht so vehement für den Unterricht seiner Schüler gekämpft, wären wohl auch diese Stunden für Janek und seine Mitschüler ausgefallen. Janeks Eltern waren nicht die einzigen gewesen, die ihre Kinder lieber Geld verdienend in den Ziegelgruben als lernend in der Schulbank gesehen hatten.

Hofer holte Janek aus seinen Erinnerungen zurück: »Das muss das Haus sein«, sagte er und zeigte auf ein gelbes Gebäude mit Balkon. Entschlossen schritten die beiden Polizeibeamten darauf zu.

Der Hausmeister, ein kultivierter Mann mit sauberem Anzug und einer akkurat gebügelten Schürze darüber, nahm sie in Empfang. Er ließ sich erst davon überzeugen, ihnen Auskunft zu geben, als Janek ihm seinen Dienstausweis und seine Dienstmarke zeigte. Doch auch danach blieb er skeptisch. »Sollte im Todesfall eines Offiziers nicht das Militär die Wohnung durchsuchen?«, fragte er.

»Die kaiserlichen Polizeiagenten sind für die Verbrechensaufklärung in dieser Stadt zuständig.«

»Verbrechen?«, fragte der Hausmeister erschrocken. »Was ist denn für ein Verbrechen passiert?«

»Offizier Fellner ist unter noch nicht ganz geklärten Umständen verstorben«, sagte Janek.

»Möglicherweise war Fremdeinwirkung im Spiel«, ergänzte Hofer.

»Fellner wurde umgebracht?«, der Mann war sichtlich entsetzt.

»Alles Weitere werden die Untersuchungen ergeben«, wich Janek aus. Er wusste, dass er sich auf dünnem Eis bewegte. Gab er zu viel preis, würde das die Ermittlungen möglicherweise gefährden. Sagte er zu wenig, würde der Hausmeister den Schlüssel nicht rausrücken. Stellte sich heraus, dass Fellner am Ende eines natürlichen Todes gestorben war, dann bekam Janek auf jeden Fall Ärger. Aber er war sich ziemlich sicher, dass der Offizier ebenso vergiftet worden war wie Mader.

»Würden Sie uns jetzt bitte die Wohnung aufsperren?«

»Na ja, wenn Sie meinen.« Der Hausmeister nahm einen Schlüsselbund von einem Brett in seinem Conciergeverschlag und führte die beiden über eine breite Wendeltreppe aus glänzendem Marmor in den zweiten Stock. »Die Wohnung hat früher Offizier Fellners Vater gehört. Ein Oberstgeneral der kaiserlichen Kavallerie. Nach seinem Tod voriges Jahr hat sein Sohn die Wohnung übernommen.«

»Hm!« Das erklärte die exklusive Lage. Janek hatte sich schwer vorstellen können, dass das Gehalt eines einfachen Offiziers für eine derart luxuriöse Bleibe ausreichte.

Vor einer weiß gestrichenen Wohnungstür hielt der Hausmeister an. Er sperrte auf und öffnete. Wie Janek erwartet hatte, folgte er ihnen in die Wohnung. Offenbar wollte der pflichtbewusste Mann sicherstellen, dass nichts entwendet wurde. Eigentlich war es Janeks Aufgabe, Dieben das Handwerk zu legen, aber er behielt den Gedanken für sich. Die Wohnung war ordentlich aufgeräumt und penibel geputzt. »Der Herr Offizier scheint es mit der Ordnung sehr wichtig genommen zu haben«, bemerkte Janek.

»Die Marika kommt zweimal die Woche und putzt«, erklärte der Hausmeister.

»Wer ist das?«

»Die Putzfrau. Sie hält einige der Wohnungen in dem Haus sauber.«

»Haben alle Wohnungsbesitzer eine Putzfrau?«

»Die meisten haben Personal, das ständig bei ihnen wohnt. Ein Dienstmädchen, eine Köchin oder beides. Nur einige wenige Familien bezahlen Marika.« Der Hausmeister redete mit nasaler Stimme. »Aber um Ihre Frage zu beantworten: Ja, jeder hier hat Personal.« Jetzt, da er nicht mehr in seinem Verschlag stand, fiel Janek auf, dass er eine so gerade Haltung hatte, als hätte er einen seiner Besenstiele verschluckt. Janek fragte sich, ob er Marika dafür bezahlte, das Stiegenhaus für ihn sauber zu halten.

»Hat Offizier Fellner allein hier gelebt?« Janek machte einen Schritt ins Wohnzimmer. Ein orientalischer Wollteppich lag am glänzenden Parkettboden, eine gepolsterte Chaiselongue befand sich an der Wand. Auf der anderen Seite des Zimmers befanden sich eine Glasvitrine und ein kleines Tischchen, auf dem ein silberner Samowar stand. Ansonsten war der große Raum weitgehend leer. An den Wänden hingen seltsam anmutende Masken. Sie erinnerten Janek an Objekte der ägyptisch-orientalischen Sammlung, an die er nicht so gerne dachte.

»Der Oberstgeneral war einige Male im Osmanischen Reich. Von seinen Reisen hat er diese Objekte mitgebracht. Ja, Offizier Fellner lebte allein.«

»Familie?«, fragte Janek.

»Er hatte keine Geschwister. Seine Eltern sind beide in Konstantinopel an der Cholera gestorben. Es gibt eine weit entfernte Verwandte in Bayern.«

»Hatte Offizier Fellner hin und wieder Damenbesuch?«, wollte Janek wissen. Er betrat das nächste Zimmer. Es war das Schlafzimmer und ähnlich eingerichtet. Wieder ein orientalischer Teppich, ein niedriges Bett, ein Schrank und etliche Masken an den Wänden.

»Das ist gruselig«, raunte Hofer leise.

Der Hausmeister überging die Bemerkung und antwortete Janek. »Damenbesuch ist in diesem Haus nicht gerne gesehen.«

»Aber die Wohnung gehört Offizier Fellner. Niemand kann ihm vorschreiben, wen er zu sich einlädt.«

Der Hausmeister räusperte sich. »So einfach ist das nicht.

Natürlich haben auch die anderen Eigentümer ein Mitspracherecht und es gibt eine Hausordnung. Wenn jemand dagegen verstößt, weiß sich die Gemeinschaft zu wehren.«

»Und wie?«

»Nun, es gibt die Sittenpolizei. Das sollten Sie wissen. Oder haben Sie mir am Ende einen gefälschten Dienstausweis gezeigt?« Misstrauisch trat der Mann einen Schritt zurück.

»Keine Sorge, ich bin kaiserlicher Polizeiagent. Aber ich untersuche Mordfälle, keine Sittenvergehen.«

Der Hausmeister schien nicht völlig überzeugt. Er musterte Janek voller Misstrauen.

»Hat Offizier Fellner den anderen Bewohnern Grund zur Beschwerde geliefert?«

Wieder ein dezentes Räuspern. »Ein einziges Mal. Da hatte er Besuch von einer sehr …« Der Mann suchte nach dem richtigen Ausdruck.

»Einer Hübschlerin«, half Hofer aus.

»Von einer Dame, die nicht seine Verlobte war«, verbesserte der Hausmeister pikiert. »Es gab Beschwerden, danach kam die Dame nie wieder. Zuletzt hieß es, der Herr Offizier hätte sich verlobt.«

»Kennen Sie die Dame?«

»Bedaure. Sie wurde mir nie vorgestellt.«

»Kennen Sie ihren Namen?«

»Auch der ist mir nicht bekannt.«

Janek sah den Hausmeister prüfend an. In den letzten Jahren hatte er gelernt, die kleinen, feinen Untertöne zu hören. Er hätte schwören können, dass der Mann ihn anlog. Wohl um die Verlobte des Offiziers zu schützen. Neben der Sittlichkeit schien Diskretion in diesem Haus oberstes Gebot zu sein.

»Wie Sie meinen«, sagte er und ließ den Blick durch das Zimmer schweifen. »Sollte sich herausstellen, dass Sie bewusst Informationen zurückhalten, kann das Konsequenzen für Sie haben.«

Der Hausmeister blieb unbeeindruckt und Janek ging weiter in die Küche. Genau wie die beiden anderen Räume wirkte auch dieser nicht, als würde jemand darin wohnen. Nichts stand herum. Kein schmutziger Teller, kein benutztes Glas. Alles war dort, wo es hingehörte. Janek öffnete einen der Schränke, bloß um sicherzugehen, dass es sich nicht um eine Theaterkulisse handelte. Doch die Schränke waren befüllt. Einer mit Lebensmitteln, der andere mit sauberem Geschirr.

»Marika ist sehr ordentlich«, bemerkte der Hausmeister.

»Das sieht man«, sagte Janek. »Wann war sie das letzte Mal hier?«

»Sie ist vor ein paar Stunden gegangen.«

Janek unterdrückte einen Fluch. Sicher hatte die Frau etwaigen Müll beseitigt. Eine Unterhaltung mit ihr wäre aufschlussreich gewesen. Nun musste Janek an einem anderen Tag wiederkehren oder Hofer schicken. Er ging weiter in eine Art Arbeitszimmer. Hier standen ein Schreibtisch, eine weitere Chaiselongue und mehrere Regale, die mit Büchern gefüllt waren. Janek trat zum Schreibtisch. Rechts und links befanden sich kleine Laden. Auf der Tischfläche stand ein Behälter mit Stiften. Ein Notizbuch lag daneben. Janek schlug es auf. Die Seiten waren unbeschrieben, aber beim Durchblättern fiel ihm ein Briefumschlag entgegen. Der Schwung der Anschrift darauf kam ihm bekannt vor. Das Kuvert war geöffnet. Einen Absender gab es nicht. Der Poststempel verriet, dass der Brief am 26. April im Postamt auf der Mariahilferstraße aufgegeben wurde. Genau wie der an Offizier Mader. Janek holte den Briefbogen heraus und entfaltete ihn. Das Werbeschreiben war mit dem Namen Charles Francis gezeichnet. Beworben wurde ein Potenzmittel. Es war genau der gleiche Brief, den er in der Wohnung von Offizier Mader gefunden hatte. Janek untersuchte den Umschlag. Er war leer. Die Pille, die im Schreiben angepriesen wurde, fehlte.

Janek steckte das Kuvert ein und durchsuchte den Rest des Schreibtisches. Briefpapier, nicht beschriftete Kuverts, volle Tintengläser, Löschpapier. Ein ordentlicher Schreibtisch ohne jede persönliche Note. Keine Notizen, keine Briefe, keine Wörterbücher, keine Visitenkarten. Würde Janek eines Tages im Besitz eines solchen Schreibtisches sein, würde er ihn mit Leben füllen, mit interessanten Manuskripten, Korrespondenzen und Notizen. Er seufzte. Mit dem Gehalt als einfacher Inspektor würde ein Tisch wie dieser für ihn ein schöner Traum bleiben.

»Was haben Sie da eingesteckt?«, erkundigte sich der Hausmeister.

»Einen Brief«, sagte Janek wahrheitsgemäß. »Es handelt sich um Beweismaterial.«

Kurz sah es so aus, als würde der Hausmeister Janek auffordern wollen, das Kuvert zurück an seinen Platz zu legen, oder sehen wollen, worum es sich handelte. Im letzten Moment schien er sich daran zu erinnern, dass Janek ein Polizeiagent war. Er klappte den offenen Mund wieder zu und schwieg.

»Haben Sie im Verhalten des Offiziers in den letzten Wochen irgendwelche Veränderungen feststellen können?«

»Welche Veränderungen?«, fragte der Hausmeister.

»Spätes Nachhausekommen? Trunkenheit? Seltsamer Besuch von Damen oder Herren? Vermehrte Post?«

Der Hausmeister schüttelte vehement den Kopf. »Nein, nichts von alldem. Offizier Fellner war höflich, verlässlich und ordentlich wie immer.«

Janek ging durchs Wohnzimmer zurück zur Eingangstür. Hofer folgte ihm und blieb unvermittelt stehen. Sein Blick war auf ein kleines buntes Textil gerichtet, das in einen goldenen Rahmen gespannt an der Wand hing. Es zeigte einen Mistkäfer.

»Interessantes Motiv«, kicherte er.

»Ein Skarabäus«, erklärte Janek. »Auch Heiliger Pillendreher genannt. Die alten Ägypter verehrten sie.«

»Woher wissen Sie das?« Hofer war sichtlich beeindruckt und betrachtete das Bild mit neuem Interesse.

»So was lernt man in der Schule«, antwortete Janek.

»Nicht in der, die ich besucht habe«, widersprach Hofer.

»Ich habe auch noch nie davon gehört«, bestätigte der Hausmeister.

Janek schüttelte den Kopf: »Ist ohnehin nicht wichtig. Wertloses Wissen.« Der Ärger in seiner Stimme überraschte ihn selbst. Dann bedankte und verabschiedete er sich vom Hausmeister und verließ gemeinsam mit Hofer das Gebäude. Erneut nahmen sie die Pferdetramway. Janek hoffte inständig, dass Körner ihm die Sonderausgaben am nächsten Tag zurückerstatten würde. Die bezahlte Summe riss ein Loch in sein ohnehin eng bemessenes Budget. Ohne das Geld der vier Fahrkarten würde er sich bis zum Ende der Woche von Kohlsuppe ernähren. Dabei sehnte er sich schon jetzt nach einer köstlichen Debreziner von Pepi Bousska.

Aurelia

Bäckerstraße und Apotheke Wollzeile

Zu Aurelias großer Überraschung war ihr Vater am Morgen nach dem Ball in den Sophiensälen bereits zeitig aufgestanden und zu einem ausgedehnten Spaziergang aufgebrochen. Schon bei der Heimfahrt gestern Abend war er ungewohnt still und nachdenklich gewesen. Konnte es sein, dass die Witwe Ziegler für sein Verhalten verantwortlich war? Jetzt saß Aurelia allein im Speisezimmer, trank eine Tasse Kaffee und betrachtete eingehend ihren Knöchel. Er war während des Schlafens zu monströser Größe angewachsen.

»Sie sollten einen Arzt aufsuchen«, riet Sebastian. »Die rotblaue Färbung schaut nicht gesund aus.«

»Gestern Abend hat ein Arzt den Knöchel abgetastet«, versicherte Aurelia. »Er glaubte, dass nichts gebrochen ist.«

»Eine zweite Meinung kann nicht schaden.«

»Ich kann den Fuß bewegen«, sagte Aurelia und verzerrte dabei das Gesicht.

»Aber nur unter Schmerzen«, meinte Sebastian besorgt.

Aurelia dachte an Doktor Sonnberg, den Arzt der Familie. Mit Sicherheit würde er verordnen, dass sie den Fuß einige Tage hoch lagerte und nicht bewegte. Sobald ihr Vater von der Empfehlung erfahren würde, wäre es für eine Woche vorbei mit allem, was Spaß machte.

»Ich werde später zur Apotheke in die Wollzeile humpeln«,

beschloss Aurelia. »Vielleicht kann Herr Böck mir eine Salbe geben.« Schon oft hatte der Apotheker ihr mit schmerzstillenden Mitteln gegen Kopfweh, einen verdorbenen Magen oder monatliche Krämpfe geholfen. Herr Böck war über ihren Gesundheitszustand besser informiert als Doktor Sonnberg.

»Ich werde Marie fragen, ob sie mich begleitet.«

Sebastian warf einen weiteren besorgten Blick auf den Knöchel. »Ich werde mitkommen«, bestimmte er. »So wie der Fuß aussieht, brauchen Sie jemanden, auf den Sie sich stützen können. Außerdem muss ich ohnehin zu Herrn Böck. Die Medizin Ihres Vaters ist schon wieder leer.«

Aurelia war es recht. Auch wenn Marie eine kräftige junge Frau war, die nicht unter ihrer Last zusammenbrechen würde, war es angenehmer, von Sebastian begleitet zu werden. Marie plapperte gerne und viel. Gerade als Aurelia sich erkundigen wollte, wo Marie eigentlich war, hörte sie sie schon. Von lautem Geschirrgeklapper angekündigt schob das Dienstmädchen den Servierwagen in das Speisezimmer. Wie immer war ihre Frisur eine Spur unordentlich. Ein paar Strähnen hatten sich unter der Haube gelöst und hingen in ihre Stirn. Auf dem Wagen befanden sich der Frühstückskorb mit frischen Kipferln und Semmeln sowie Gläser mit verschiedenen Marmeladen und Butter. Außerdem lag eine rosarote Schachtel auf dem Wagen.

»Was ist das?«, fragte Aurelia.

»Eine Bonbonniere«, sagte Marie sehnsuchtsvoll. »Die ist gerade für Sie abgegeben worden.«

»War eine Karte dabei?«, fragte Aurelia.

»Nein, nur der Konfekt.« Marie reichte ihr die Schachtel, die das Signet der Konditorei Demel trug.

Genervt nahm Aurelia sie entgegen und legte sie achtlos zur Seite. »Die stammt sicherlich von Hofrat Pinacek. Der Mann ist wenig einfallsreich.«

Marie seufzte. »Ich wünschte, mir würde auch ein Herr eine Bonbonniere schenken.«

»Dazu musst du erst einmal lernen, auf dein Aussehen zu achten«, schimpfte Sebastian. »Und nicht ständig herumtrödeln. Fräulein Aurelia wartet seit einer halben Stunde auf das Frühstück.« Er ließ keine Gelegenheit aus, an Marie herumzunörgeln. Das Mädchen nahm es mit Gelassenheit. »Ich kann ja nichts dafür, dass die Bäckerin mit jedem Kunden eine Ewigkeit tratscht.«

»Wahrscheinlich hast du dir selbst den Mund zerrissen«, schimpfte Sebastian.

»Hab ich nicht«, verteidigte sich Marie. »Bloß zugehört.«

Aurelia war froh, dass ihr Vater noch nicht da war. Sie genoss es, sich mit dem Personal auf Augenhöhe zu unterhalten. Es erinnerte sie an ihre Zeit im Mädchenpensionat. Ihre Freundin Klara und sie hatten viele Stunden in der Küche bei der Köchin Rosa verbracht. Sie hatten der jungen Frau, die kaum älter als sie selbst gewesen war, beim Verfassen ihrer Liebesbriefe geholfen und dafür ein Extrastück Schokoladenkuchen bekommen.

»Und worüber unterhält man sich beim Bäcker Reuz?«, wollte Aurelia wissen. Der Laden war besser als die Morgenausgaben sämtlicher Zeitungen in Wien. Die Bäckerin wusste vor allen anderen in der Stadt über Neuigkeiten Bescheid.

»Es hat schon wieder einen toten Offizier gegeben.« Marie riss die Augen auf und hatte sichtlich Gefallen an der gruseligen Nachricht.

»Ist er auch im Fiaker erstochen worden?«, fragte Sebastian.

»Nein, es heißt er sei ...«, Marie senkte die Stimme und hielt die Hand vor den Mund, was ihre Freude an der skandalösen Nachricht nicht schmälerte, »... in einem Bordell einfach tot umgefallen.« Sie lief rot an und kicherte. »Hat sich wohl zu sehr angestrengt.«

»Marie, reiß dich zusammen«, tadelte Sebastian.

Aurelia konnte der Szene vor ihren Augen etwas abgewinnen. Hätte Ferdinand Lorenz nicht so furchtbar Angst vor der Zensur der Sittenpolizei gehabt, hätte eine Karikatur zu dem Thema durchaus ihren Reiz gehabt. Leider hatte sie immer noch sein Jammern wegen der Karikatur des toten Offiziers im Fiaker im Ohr. Sie hatten sich nicht im Büro des Figaros, sondern im Café Herzog in der Himmelpfortgasse getroffen. »Wir hätten diese Zeichnung nicht bringen dürfen!«, hatte der Verleger mit hochrotem Kopf geschimpft. »Das Militär wird uns jetzt mit Argusaugen beobachten. Bei der kleinsten Verfehlung wird man uns dichtmachen. Dann ist es vorbei mit dem Figaro.« Dabei waren Aurelias erste Skizzen viel eindeutiger gewesen. Die Darstellung des Offiziers mit heruntergelassenen Hosen und Ring ums Glied hatte sie Lorenz erst gar nicht gezeigt. Sein Blutdruck war auch so schon zu hoch. Trotzdem: Dass schon wieder ein Offizier in delikater Gesellschaft das Zeitliche gesegnet hatte, beflügelte ihre Kreativität.

»Untersuchen die kaiserlichen Polizeiagenten den Tod, oder handelt es sich um ein natürliches Ableben?«, erkundigte sich Aurelia.

Marie schien Gefallen an der Unterhaltung zu finden. Sie genoss es sichtlich, im Mittelpunkt zu stehen. Denn nun war auch Sebastians Aufmerksamkeit voll und ganz auf sie gerichtet.

»Die Beamten sind gestern noch zum Spittelberg gefahren und haben die Sache untersucht. Es kann kein normaler Tod gewesen sein. Ein Wirt vom Spittelberg ruft nicht freiwillig die Polizei.«

»Was weißt du über den Spittelberg?«, fragte Sebastian streng. Marie war noch nicht lange in Wien.

Das Mädchen zuckte mit den Schultern. »Was man halt bei der Bäckerin Reuz so hört.«

»Vielleicht sollten wir in Zukunft das Gebäck woanders bestellen.«

»Unsinn, Sebastian. Bei Reuz bekommt man die besten Kipferl. Apropos ...« Aurelia streckte sich aus ihrer den Knöchel schonenden Position, um zum Gebäckkorb zu langen, aber Marie war schneller und reichte ihn ihr. Ungeschickt war sie, dachte Aurelia, aber nicht unaufmerksam!

»Frau Reuz fragt sich, ob es einen Zusammenhang mit dem Tod von dem Offizier im Fiaker gibt. Schließlich ist es doch seltsam, dass in so kurzer Zeit gleich zwei von denen sterben.«

»Die Reuz sollte sich lieber aufs Backen konzentrieren«, raunte Sebastian. »Und du dich lieber aufs Arbeiten. Hast du die Töpfe von gestern schon sauber geschrubbt?«

»Die laufen mir ja nicht davon«, gab Marie leise zurück. Doch Sebastian hörte sie trotzdem.

»Ab in die Küche!«

Mit gesenktem Kopf und einem letzten Blick auf die Bonbonniere zog Marie ab. Es war kein Geheimnis, dass das Dienstmädchen Süßigkeiten nicht widerstehen konnte. Die Köchin hatte sie dabei erwischt, wie sie heimlich ein ganzes Glas Erdbeermarmelade ausgelöffelt hatte.

»Dieses Mädchen ist die schlampigste Hilfe, die je in diesem Haus gearbeitet hat.«

»Sebastian, Sie sind zu streng.«

»Ständig muss man hinter ihr her sein. Gestern hat die Köchin ihr dreimal sagen müssen, dass sie die Erdäpfel schälen soll. Stattdessen hatte sie die Nase schon wieder in einem dieser Schundromane, die das Papier nicht wert sind, auf das sie gedruckt werden.«

»Ach, seien Sie doch froh, dass wir ein Dienstmädchen haben, das lesen kann.«

»Pff! Besser wäre, sie würde sich ums dreckige Geschirr kümmern.«

Es läutete an der Tür.

»Kriegen Sie etwa schon wieder ein Geschenk von einem Verehrer?« Sebastian verließ das Speisezimmer. Kurz darauf kehrte er mit besorgter Miene zurück. »Hier ist jemand, der Sie zu sehen wünscht.« Er runzelte die Stirn. »Ich bin jedoch nicht sicher, ob ich die Person vorsprechen lassen soll.«

»Sebastian, spannen Sie mich nicht auf die Folter. Ich habe ohnehin schon genug Schmerzen. Wer ist es?«

Sebastian verzog missbilligend den Mund: »Eine junge Frau, die nicht sehr vertrauenswürdig aussieht.«

»Hat Sie Ihnen eine Karte gegeben?«

»Ich glaube nicht, dass sie so etwas besitzt.«

»Hat sie gesagt, wie sie heißt?«

»Mizzi Voda.«

»Oh, wunderbar!«, Aurelias Laune hob sich. »Lassen Sie sie herein.«

»Ich denke nicht, dass Ihr Herr Papa damit einverstanden wäre.«

»Der ist ja nicht da«, erinnerte Aurelia den Diener. »Also immer herein mit der jungen Dame.«

Widerwillig ging Sebastian zur Haustür. Aurelia konnte sein Schimpfen hören, bis er dort angelangt war: »Von wegen Dame, das ist eine Prostituierte.«

Kurz darauf stand Mizzi Voda im Speisezimmer. Sie trug dasselbe Kleid wie beim letzten Mal. Nur waren mehr Flicken hinzugekommen. Doch während das Dienstmädchen Marie zwar ordentlich gekleidet war, die Haare aber nicht zusammenhalten konnte, war Mizzi Vodas Haar unter dem kleinen Strohhut, den sie aufgesetzt hatte, ordentlich frisiert. Wie bei ihrer letzten Begegnung erinnerte ihr schmales Gesicht Aurelia an eine graue Maus.

»Grüß Gott«, Mizzi knickste verlegen. Nervös huschten ihre dunklen Augen durch den Raum.

»Guten Morgen«, sagte Aurelia vergnügt. »Haben Sie schon gefrühstückt?«

»Wie bitte?«

»Ich habe eben frisches Gebäck vom Bäcker Reuz bekommen. Haben Sie Lust, mit mir die Kipferl und Semmeln zu teilen?« Sie zeigte auf den gefüllten Gebäckkorb.

»Ich weiß nicht …«, Mizzi Voda stotterte verlegen, während ihr Magen so laut knurrte, dass Aurelia es hören konnte. Das war Antwort genug.

»Sebastian, würden Sie für meinen Gast ein Gedeck holen?«

Der Diener, der in der Tür stehen geblieben war, murmelte mürrisch ein paar böse Worte, ging aber und holte Teller, Besteck und Tasse. »Setzen Sie sich doch«, forderte Aurelia Mizzi auf. Sie klopfte auf den Sessel neben sich.

Mizzi nahm Platz. Jetzt erst schien ihr aufzufallen, dass Aurelia verletzt war. »Was ist mit Ihrem Fuß passiert?«

»Ein Tanzunfall«, sagte Aurelia. »Ein patscherter Tänzer, der mir beim Walzer auf die Zehen gestiegen ist.«

»Das kenn ich«, sagte Mizzi Voda mitfühlend. »Die Mannsbilder haben einfach kein Taktgefühl.«

Aurelia lachte. Sie schob den Gebäckkorb zu Mizzi. »Greifen Sie zu.«

Die Frau schaute begehrlich auf die Auswahl an Kipferln, Mohnstriezerln und Semmeln. Sie schien sich für nichts entscheiden zu können.

»Probieren Sie gerne alles«, bot Aurelia an. »Wir haben immer von allem zu viel. Jeden Abend bringt Sebastian die übrig gebliebenen Speisen zur Michaelerkirche. Dort werden die Reste an Bedürftige verteilt. Eigentlich eine Schande. Es wäre doch viel besser, nur einen Teil zu kaufen und den Menschen das Geld zu geben, dann könnten sie sich ihr Essen selbst aussuchen. Aber es wird noch ein paar Jahre dauern, bis ich meinen Vater davon überzeugen kann.«

Mizzi Voda griff beherzt nach einem goldbraunen Kipferl.

»Probieren Sie die Erdbeermarmelade«, riet Aurelia. »Die Farbe ist zwar nicht mehr so appetitlich rot, wie man es sich wünschen würde. Aber der Geschmack ist einmalig. Unser Dienstmädchen ist verrückt danach.«

Mizzi Voda zögerte, doch dann langte sie nach dem Glas, das Aurelia ihr über den Tisch zuschob. Unterdessen war Sebastian mit einer Kanne Kaffee gekommen.

»Mit Zucker und Milch?«, fragte er. Er klang nicht annähernd so höflich wie sonst.

Mizzi Voda nickte bloß. Sie hatte sich bereits das knusprige Ende des Kipferls in den Mund gesteckt und kaute.

Aurelia wartete, bis Sebastian die Tasse ihres Gastes gefüllt hatte. Er ließ sich auffällig viel Zeit dabei, wahrscheinlich um dem Gespräch zu lauschen. Doch Aurelia fürchtete, dass jedes Wort, das sie nun wechseln würden, an ihren Vater weitergegeben würde. Deshalb wartete sie geduldig. Als Sebastian endlich fertig war, bedankte sie sich bei ihm und schickte ihn fort.

»Ich soll gehen?«, fragte er konsterniert.

»Ja, vielen Dank.«

Beleidigt verließ er das Zimmer, ließ die Tür aber einen Spaltbreit offen. Aurelia vermutete, dass er dahinter stehen blieb und lauschte. Sie senkte die Stimme.

»Was kann ich für Sie tun?«

Mit vollem Mund kramte Mizzi Voda in ihrer kleinen Handtasche nach einem Gegenstand, der in ein kariertes Taschentuch eingewickelt war.

»Ist das die Brosche?«, fragte Aurelia.

Mizzi nickte. »Ich hab über Ihre Worte nachgedacht«, sagte sie. »Wenn der Käfer wirklich wertvoll ist, dann muss ich ihn der Josefa zurückgeben.«

Aurelia nahm das Bündel entgegen. Behutsam wickelte sie die Brosche aus. Wie hatten Mizzi und Josefa nur annehmen können, dass es sich um billigen Plunder handelte? Die geschliffenen Edelsteine funkelten im strahlenden Sonnenlicht, das durch die hohen Fenster auf den Frühstückstisch fiel. Der Käfer wog schwer in Aurelias Hand.

»Ich bin mir sicher, dass diese Brosche aus purem Gold ist«, sagte sie. »Die Steine könnten Rubine und Smaragde sein.«

Mizzi Voda verschluckte sich am Kipferl. Sie hustete und trank schnell einen Schluck Milchkaffee.

»Möglich, dass es sich um ein altes Schmuckstück handelt«, sagte Aurelia. »Das würde die Brosche noch wertvoller machen.«

»Was ist der Käfer wert?«, flüsterte Mizzi. Ihre dunklen Knopfaugen waren weit aufgerissen.

»Ich weiß es nicht«, gab Aurelia zu. »Aber ich kenne jemanden, der den Wert bestimmen kann.«

»Ist der hier?«

»Nein«, sagte Aurelia. »Sie müssten mir das Schmuckstück ein paar Tage anvertrauen.«

Misstrauisch blinzelte Mizzi. Sie biss sich auf die Unterlippe und schien alle Vor- und Nachteile abzuwägen. Schließlich sagte sie: »Ich glaube nicht, dass Sie mich übers Ohr hauen.«

»Wäre das meine Absicht gewesen, hätte ich Ihnen zwanzig Gulden gegeben.«

»Zwanzig Gulden?«, rief Mizzi Voda laut aus. Offenbar hatte sie noch nie eine so große Summe Geld besessen. Sie senkte die Stimme wieder. »Wenn die Josefa wüsste, wie wertvoll der Käfer ist.«

Beim Gedanken an ihre Freundin füllten sich ihre Augen mit Tränen. »Die Arme sitzt immer noch hinter Gittern. Sie hätte sich nicht bei der Polizei melden dürfen. Das war ein großer Fehler. Sobald die eine von uns haben, lassen sie sie nicht mehr frei.«

Aurelia zuckte zusammen, als sie hörte, dass Josefa Sobotka noch immer im Gefängnis saß. Das hatte sie nicht gewollt. Hoffentlich würde die Polizei schnell herausfinden, wer die Tat wirklich begangen hatte.

»Wenn Ihre Freundin unschuldig ist, wird die Polizei das herausfinden«, beruhigte sie Mizzi. Doch ihre Worte klangen eine Spur zu zuversichtlich. So ganz traute sie den Polizeiagenten nicht über den Weg. Sie wechselte das Thema. »Die Brosche gehörte also eigentlich Josefa Sobotka? Möchten Sie mir verraten, woher sie die hatte?«

»Die hat der Mader ihr geschenkt«, vertraute Mizzi Aurelia an. »Bevor die Josefa zur Polizei ist, hat sie mir gesagt, ich soll drauf aufpassen. Der Mader hat damit sein schlechtes Gewissen beruhigen wollen. Oder dafür sorgen, dass die Josefa zu niemandem was sagt. Wegen seiner Spielchen.«

Aurelia wollte nicht erneut ins Detail gehen. Beim Gedanken an die Vorlieben des Offiziers wurde ihr übel. Sie fuhr hoch, als ein Schlag gegen die Tür zum Speisezimmer ging, die daraufhin aufschwang. Dahinter kniete Sebastian. Im Arm hielt er eine Vase und in der Hand einen Staubwedel. Der Hausdiener schien mit großer Hingabe den Flur zu putzen und hatte dabei offenbar eine der beiden Vasen, die links und rechts von der Tür zum Esszimmer standen, umgestoßen und gerade noch gerettet.

»Sebastian, bitte schließen Sie die Tür.«

Der Diener hob den roten Kopf. »Sind Sie sicher?«

»Ja.«

Widerwillig zog er die Tür zu. Aurelia war sich nicht sicher, ob sie eingerastet oder bloß angelehnt war.

»Ich habe gehört, dass ein weiterer Offizier in einem Bordell am Spittelberg gestorben ist«, sagte sie leise. »Haben Sie den zufälligerweise auch gekannt?«

Mizzi Voda erstarrte. Ängstlich rückte sie vom Tisch ab. »Ich hab nix von einem weiteren Toten gehört«, sagte sie.

»Ach, wissen Sie, vielleicht hat sich mein Dienstmädchen auch nur verhört. Ich werde später die Morgenzeitung lesen.«

Mizzi Voda entspannte sich und richtete ihre Aufmerksamkeit wieder auf den reichlich gedeckten Frühstückstisch. »Darf ich vor dem Gehen noch fertig essen?« Sehnsuchtsvoll schaute sie zu den Semmeln und der Butter.

»Aber natürlich! Greifen Sie nur ordentlich zu«, sagte Aurelia freundlich. »Wollen Sie vielleicht ein weiches Ei?«

»Sie haben frische Eier?«

Aurelia rief nach Sebastian, der die Tür so schnell aufriss, dass klar war, wo er eben gestanden hatte.

»Bitte bringen Sie uns zwei weiche Eier!« Und an Mizzi Voda gewandt: »Sie essen doch zwei Eier, oder?«

Die Hübschlerin nickte eifrig und fasste nach der nächsten Semmel. Unterdessen wickelte Aurelia die Brosche wieder in das Taschentuch und steckte das Schmuckstück in die Tasche ihres Kleides. Sie überlegte, ob sie ihren Vater einweihen oder Sebastian fragen sollte, ob er sie ins Untere Belvedere begleitete? Ihre Entscheidung war schnell gefällt: Sie würde Sebastian bitten. Er hatte ohnehin alles mitgehört.

In der kleinen Apotheke in der Wollzeile hing das vertrocknete Krokodil von Aurelias Tante direkt über dem Verkaufstresen von der gewölbten gotischen Decke. Rudolf Böck, der Apotheker, erzählte seinen Kunden die Geschichte, dass das Tier nach der ersten Türkenbelagerung Wiens von den Angreifern zurückgelassen worden war. »Das ist gut fürs Geschäft«, meinte er. Aurelia konnte nicht fassen, dass die Kunden diesen Unfug glaubten. Warum hätten die Osmanen ein Krokodil mit auf ihren Feldzug nehmen sollen? Aber die Wiener hatten eben einen Hang zu guten Geschichten. Herr Böck hatte dem schrumpeligen Ungetüm sogar einen Namen gegeben. Sinnigerweise hieß es Osman. Aurelia war jedenfalls froh, dass Osman hier ein neues Zuhause gefunden hatte. Manche von Tante Eugenias Geschenken waren für ihren Geschmack dann doch etwas eigenwillig. Aber Herrn Böcks Rechnung schien aufzugehen, sein Laden war immer voll. So auch jetzt. Aurelia setzte sich auf einen Wartehocker an der Wand und beobachtete den Apotheker und seinen Gehilfen, einen jungen Burschen von noch nicht fünfzehn Jahren, wie sie einen Kunden nach dem anderen bedienten. An der Rückseite des Ladens befand sich ein riesiger Apothekerschrank. Darin standen unzählige Gläser und Flaschen in den unterschiedlichsten Formen und Größen. Auf jedem Behälter klebte ein Papierschild mit einem lateinischen Namen. Herr Böck gab Kräuter aus drei verschiedenen Gläsern auf seine Apothekerwaage, schob vorsichtig alles in einen Mörser, zerstampfte die Mischung, goss eine dunkle Flüssigkeit dazu und füllte den Brei in ein Schraubglas, das er einer Kundin reichte. »Geben Sie ihrem Mann täglich vor jeder Mahlzeit einen Esslöffel davon, das wird seine Magenschmerzen lindern.«

»Schmeckt die Medizin bitter?«

»Ein wenig«, gab Rudolf Böck zu. Er schaute über den Rand seiner Metallbrille. Sein Kopf war beinahe kahl und wie immer trug er einen weißen Apothekerkittel.

»Könnten Sie mir nicht ein paar leere Oblatenkapseln mitgeben, in die ich die Medizin füllen kann?«, fragte die Frau. »Mein Mann könnte die Kapseln mit einem Schluck Kaffee schlucken.«

»Der Kaffee würde die Wirkung der Medizin lindern«, sagte der Apotheker mürrisch. »Glauben Sie mir, Frau Bavenek, es ist schon richtig so. Wer keine Magenschmerzen haben will, muss einen Löffel dieser Mischung ertragen.«

»Hoffentlich sieht mein Mann das auch so«, sagte die Frau, bezahlte für das Glas und verließ die Apotheke. Hell ertönte die Türglocke.

Rudolf Böck schüttelte verärgert den Kopf. »Warum glauben in letzter Zeit alle, dass man Medizin in Kapseln abfüllen muss?«, fragte er den Burschen. »Bald verkaufe ich mehr Oblaten als Medizin. Was ist so schlimm daran, einen Löffel zum Mund zu führen?«

Aurelia erhob sich mit Sebastians Hilfe und humpelte zum Tresen. »Guten Tag, Herr Böck«, sagte sie höflich. »Ich brauche keine Oblaten, versprochen. Mir reicht eine Salbe für meinen Knöchel.«

»Grüß Gott, Fräulein Aurelia. Was für eine Freude, Sie mal wiederzusehen. Wie geht es dem Herrn Papa?«

»Gut, danke.«

Der Apotheker kam hinter seinem Tresen hervor, reichte Aurelia die Hand und nickte auch Sebastian freundlich zu. Besorgt betrachtete er Aurelias Knöchel. »Oje, das schaut gar nicht gut aus.« Er nötigte sie, sich wieder hinzusetzen, und ging in den hinteren Raum, wo er in seinem kleinen Labor herumwuselte. Kurz darauf kehrte er mit einem Topf zurück.

»Essigsaure Tonerde«, sagte Rudolf Böck. »Damit können Sie beliebig oft am Tag Umschläge machen.«

Aurelia verzog beim Gedanken an Essig die Nase.

»Sagen Sie mir jetzt bitte nicht, dass die Salbe nach Rosen duften soll!« Herr Böck schüttelte den Kopf. »Ich verkaufe keine Genussmittel, die schmecken, und keine Cremes, die duften, sondern Medizin und Salben, die helfen.«

»Schon gut«, beruhigte Aurelia ihn. »Ich bin froh und dankbar, wenn die Schwellung zurückgeht.«

Sie nahm den Topf entgegen und schraubte den Deckel ab. Der Geruch, der ihr aus dem Behälter entgegenströmte, war ekelerregend. Rasch schloss sie ihn wieder, verkniff sich eine böse Bemerkung und sagte stattdessen: »Ich wusste gar nicht, dass Oblatenkapseln sich so großer Beliebtheit erfreuen.«

»Das tun sie gar nicht«, mischte Frau Böck sich ein. Die Frau des Apothekers war aus dem kleinen Labor hinter der Theke gekommen. Genau wie ihr Mann trug auch sie einen weißen Kittel über ihrem dunkelbraunen Kleid. »Rudolf übertreibt wieder einmal maßlos.« Die kleine rundliche Frau begrüßte Aurelia. »Es war bloß ein Kunde, der danach verlangt hat.«

»Heute ist es einer, morgen wollen dann alle Kapseln«, widersprach Rudolf Böck. »Ich bin der Apotheker und entscheide, was in Kapseln gefüllt wird und was nicht, und damit basta!«

Frau Böck drehte sich zu einem der Wandschränke und holte aus einer der unzähligen Laden eine kleine Tube hervor, die sie Aurelia reichte. »Wenn Sie keine Umschläge wollen, verwenden Sie diese Arnikasalbe«, riet sie. »Die Mixtur nimmt die Schwellung.« Sie lehnte sich zu Aurelia, sodass ihr Mann sie nicht hören konnte: »Und sie riecht weitaus besser als die essigsaure Tonerde.«

»Vielen Dank.«

Sebastian fragte nach der Medizin für Graf von Kolowitz.

»Haben die getrockneten Zwetschken nicht geholfen?«, erkundigte sich Frau Böck.

»Leider nein«, sagte der Diener.

»Nun, dann werde ich noch einmal die Tropfen anmischen. Aber sagen Sie der Köchin, dass sie sie nur in geringer Dosis einsetzen soll. Ein paar Tropfen zu viel und der Herr Graf verbringt den ganzen Tag am stillen Örtchen.«

Sebastian blickte sich entsetzt um: »Pst!« Schnell legte er einen Finger an die Lippen.

»Aber außer Fräulein Aurelia ist doch niemand da«, Frau Böck wies in die leere Apotheke, »und die weiß von den Problemen ihres Vaters.« Sie zwinkerte Aurelia verschwörerisch zu. »Wenn wir Osman mal nicht miteinrechnen.«

Am Heimweg musste Aurelia sich an Sebastians Schulter abstützen. Er wirkte immer noch sehr besorgt. Am liebsten hätte er sie wohl getragen. Aurelia nutzte die Situation. Sie wusste, dass es keine bessere Gelegenheit geben würde, ihn um einen Gefallen zu bitten.

»Sebastian, würden Sie mich in den nächsten Tagen ins Untere Belvedere begleiten?«

Überrascht sah der Diener auf. »Sie werden sich doch nicht mit dem Hofrat treffen wollen?«

»Genau das ist meine Absicht«, erklärte Aurelia. »Aber nicht so, wie Sie vielleicht denken.«

»Als Diener steht es mir nicht zu, über Ihre möglichen Absichten nachzudenken«, stellte er fest.

»Aber Sebastian! Das tun Sie doch unentwegt«, sagte sie lachend. »Niemand weiß besser über meine Untaten Bescheid als Sie.« Seit Langem nahm Aurelia an, dass Sebastian auch bestens über ihre Zusammenarbeit mit Ferdinand Lorenz informiert war. Er hatte sie noch nie darauf angesprochen und würde es auch nie tun, solange sie die Karikaturen nicht selbst erwähnte.

»Ausgerechnet der Hofrat«, murmelte Sebastian leise.

Aurelia hörte ihn dennoch. »Ich brauche eine Expertenmeinung von Hofrat Pinacek. Ich will aber nicht, dass mein Vater von der Sache erfährt.«

Sebastian blieb stehen und runzelte die Stirn. »Hat die junge Dame damit zu tun, die heute Morgen mit Ihnen gefrühstückt hat?«

»Ja.«

Sebastian seufzte. »Das Ganze gefällt mir gar nicht.«

»Werden Sie mich begleiten?«

»Bleibt mir denn etwas anderes übrig?«

»Sie sind der Beste!« Gerne hätte Aurelia den Diener kurz gedrückt. Aber natürlich ging das zu weit, zumal auf offener Straße. Sebastian hätte es wohl auch nicht gutgeheißen.

Janek

Petersplatz

Winzige Staubteilchen schwirrten im Sonnenlicht, das durch das Bürofenster des Polizeidirektors auf dessen Schreibtisch fiel. Janek überlegte, ob er jemals Sonne in seinem Hutschachtelbüro gesehen hatte. Er konnte sich nicht daran erinnern.

»Die Hübschlerin, Josefa Sobotka, mag den Offizier Mader verletzt haben«, wiederholte er nicht zum ersten Mal, »aber sie hat ihn nicht umgebracht und mit dem Tod von Offizier Fellner hat sie schon gar nichts zu tun. Wir müssen sie entlassen.«

»Solange wir niemand anderen haben, bleibt die Frau im Gefängnis«, beharrte Direktor Körner. »Und Offizier Fellner ist an einem Herzanfall gestorben.«

Das tägliche Nusskipferl des Direktors und der Kaffee standen unberührt neben dem Sonnenkegel auf der Tischplatte. »Ich frage mich, warum der Wirt uns überhaupt gerufen hat. Er hätte einfach einen Arzt holen sollen. Der Mann wäre abtransportiert worden und niemand hätte sich je darum geschert, wieso er gestorben ist.«

Es war Janek ein Rätsel, warum sein Vorgesetzter ausgerechnet zur Polizei gegangen war. Jedes Mordopfer schien ihm eine lästige Störung seines Alltags zu sein und die Schuldigen wählte er nach Belieben, wie sie gerade vorbeikamen.

»Ich glaube nicht, dass Doktor Kubicek als Grund für den

Tod einen Herzanfall diagnostizieren wird.« Seit einer halben Stunde wiederholte Janek seine Argumente gebetsmühlenartig. Schade, dass der Bericht des Mediziners noch nicht vorlag.

»Was soll Kubicek schon finden?«, fragte Körner. Er stand auf und ging nervös in seinem Büro auf und ab. »Warum beharren Sie auf Ihrer absurden Idee, Fellner sei ermordet worden?«

Janek tippte mit dem Zeigefinger auf die beiden Schreiben, die er in den Wohnungen gefunden und mitgenommen hatte. Sie lagen am Rand des riesigen Schreibtisches. »Deshalb!«, sagte er. »Beide Toten haben vom gleichen Absender ein Kuvert mit einem Gratispotenzmittel erhalten. Ich nehme an, dass sie es vor ihren amourösen Abenteuern eingenommen haben und dann am Gift, das darin enthalten war, starben.«

Körner hielt an. »Und wie sollen wir das Ihrer Meinung nach dem Generaloberst Münzner erklären? Hören Sie Münzner, Ihre Truppe hat ein tödliches Potenzproblem? Mein Gott, wenn diese Information an die Öffentlichkeit dringt, haben wir einen unglaublichen Skandal. Die Presse wird sich über das Militär lustig machen und Münzner wird toben und uns in der Luft zerreißen.«

»Wenn wir ihn nicht informieren, stirbt möglicherweise bald der nächste Offizier!«, sagte Janek. »Dann haben wir wirklich ein Problem, denn dann tragen wir eine Mitschuld und der Hohn der Presse wird nicht das Militär treffen, sondern, und zwar berechtigterweise, uns.«

Körner raufte sich die spärlichen Haare. »Warum sind Sie moralisch immer so furchtbar korrekt?«

Erwartete Körner etwa, dass Janek eine Antwort darauf gab?

»Das Ganze ist ein Unglück tragischen Ausmaßes«, jammerte Körner weiter. »Wenn wir versagen, ist unsere Abteilung Geschichte, und wenn wir die Sache aufklären und dabei zu viel Dreck aufwirbeln, werden wir ebenfalls Schwierigkeiten bekommen. Warum muss ein Fall mit zwei toten Offizieren ausgerechnet auf meinem Schreibtisch landen?«

Körner verging förmlich vor Selbstmitleid.

»Wir können bei der Aufklärung des Falls die pikanten Details im Verborgenen lassen«, schlug Janek vor.

»Wie soll das gehen?«, rief Körner aufgeregt. »Die Presse kriegt von allem Wind. Denken Sie an die skandalösen Karikaturen im Figaro. Beim nächsten Mal sehen wir einen Offizier, der eine Hand im Schritt hat und mit der anderen eine Pille einwirft.« Der Direktor setzte sein unruhiges Auf-und-ab-Gehen fort. »Das wäre unser Untergang.« Er beschleunigte seine Schritte. »Ich sehe Münzner schon in meinem Büro sitzen, wie er schwitzt und droht und … mich anschreit.« Körner schüttelte sich. »Was für ein unangenehmer Mensch.«

Abrupt hielt er wieder inne. »Was tut sich eigentlich im Fall der gestohlenen Schmuckstücke? Ich vermisse Ihren Bericht.«

»Es gibt keinen Bericht, weil es nichts zu berichten gibt«, erörterte Janek wahrheitsgetreu.

»Was soll das heißen? Es ist Ihre Aufgabe, den Diebstahl zu klären.«

»Hofrat Pinacek gewährt mir keinen Termin.«

»Das kann nicht sein«, ereiferte sich Körner. Sein Gesicht war bereits seit Minuten knallrot, jetzt färbten sich auch die kahlen Stellen am Kopf dunkel. »Der Mann ist für die Sammlung zuständig. Wenn man es genau nimmt, ist er verantwortlich für den Verlust der Stücke! Er muss doch Interesse an der Aufklärung haben.«

»Die Sache ist ihm völlig egal«, sagte Janek. Voll Ärger dachte er an das Gespräch mit dem hochnäsigen Hofrat zurück.

»Pokorny, wir brauchen dringend einen Erfolg! Wenn wir den Diebstahl aufklären, können wir auch im Fall der toten Offiziere selbstbewusster auftreten. Lösen wir nichts, geben wir uns der Lächerlichkeit preis.«

Darauf konnte Janek nichts erwidern. Er seufzte bloß.

»Klären Sie den Diebstahl auf, verdammt noch mal!«

»Wie soll ich das tun, wenn ich keinen Termin bekomme?«

»Gehen Sie noch einmal ins Belvedere. Ich gebe Ihnen ein offizielles Schreiben mit.«

Janek stellte sich vor, wie unbeeindruckt der Hofrat von so einem Schreiben sein würde. Mit großer Wahrscheinlichkeit würde es ungelesen im Papierkorb landen. Statt seine Bedenken zu äußern, kam er noch einmal auf den Mord zu sprechen.

»Ich habe Angst, dass noch weitere Briefe dieses Charles Francis im Umlauf sind. Wir müssen Generaloberst Münzner bitten, eine Warnung an alle Offiziere, vielleicht sogar an alle Mitglieder des Militärs auszugeben, um zu verhindern, dass noch mehr Pillen geschluckt werden.«

»Das ist unmöglich«, entfuhr es Körner. »Stellen Sie sich mal vor, wie viele Männer da gewarnt werden müssten.«

»Ist uns eine Verbindung zwischen den beiden toten Offizieren bekannt?«, fragte Janek.

»Sie haben dieselbe Offiziersschule besucht und waren im selben Jahrgang«, antwortete Körner. »Das habe ich in ihren Akten gelesen.«

»Na, das ist doch schon etwas«, sagte Janek. »Dann könnte

Münzner zumindest diesen Jahrgang warnen. Möglicherweise hat der Mörder oder die Mörderin eine Liste der Männer in die Hand bekommen.«

»Und was, wenn es bloß ein Zufall ist?«

Janek ließ den Einwand nicht gelten: »Besser, wir warnen einmal zu oft als zu wenig.«

»Sie sagen das so einfach, Pokorny. Der Generaloberst wird toben.«

»Wir behaupten ja nicht, dass die Männer Potenzmittel nehmen. Wir fragen bloß, ob jemand einen Brief von Charles Francis bekommen hat. Und wenn ja, soll er sich bei uns melden.«

»Hm«, Körner ließ sich erschöpft in seinen Sessel plumpsen. Das Gespräch schien ihn viel Kraft zu kosten. Schließlich gab er Janek recht. »In Ordnung. Sie haben mich überzeugt«, sagte er ernst. »Immerhin ist es unsere Pflicht, Leben zu retten.«

Wieder fuhr er sich müde durchs lichte Haar. »Sie schreiben an den Generaloberst. Aber formulieren Sie vorsichtig. Es darf nicht der leiseste Ton einer Anklage darin zu erkennen sein.«

Janek hatte befürchtet, dass ihm diese Aufgabe zukommen würde.

»Sie werden den Brief unterzeichnen müssen«, sagte er.

»Ich weiß«, stöhnte Körner, so als wäre die Unterschrift der eigentlich schwierige Teil. »Sobald der Brief geschrieben ist, kümmern Sie sich ums Untere Belvedere. Ich will, dass der Diebstahl aufgeklärt wird, und zwar rasch. Schreiben Sie sich selbst irgendetwas dringlich Klingendes. Ich unterzeichne auch das.«

»Um den Fall zu klären, müssten Sie sämtliche Wirtsstuben

und Kaffeehäuser der Stadt schließen lassen, in denen der Hofrat seine zahlreichen Pausen absitzt«, sagte Janek.

»Das habe ich jetzt nicht gehört!«, mahnte Direktor Körner. »Sie sprechen über einen hohen Beamten unserer erlauchten Majestät.«

Mit diesen Worten zog er sein Nusskipferl wieder zu sich und widmete sich seiner eigenen Jause.

Janek lief die Stufen ins untere Stockwerk hinunter. Die letzten vier nahm er in einem Satz, dabei stieß er beinahe mit einem älteren Kollegen zusammen. Oberinspektor Grün war doppelt so breit wie Janek, dafür um einen Kopf kleiner, und arbeitete bei der Sittenpolizei.

»Ich habe Sie gesucht.«

»Wirklich? Haben Sie Neuigkeiten über den Wirt am Spittelberg?« Janek hatte Grüns Mitarbeiter um Informationen gebeten.

Der Oberinspektor verneinte. »Franz Büchner ist ein richtiges Schlitzohr, wir kriegen ihn einfach nicht dran«, erklärte er. »Es geht um eine Festnahme, die meine Mitarbeiter heute Morgen durchgeführt haben.« Er machte eine Pause und senkte die Stimme. »Der Verhaftete behauptet, er sei mit Ihnen verwandt.«

Janek schloss die Augen und stöhnte: »O nein!«

Oberinspektor Grün setzte eine verständnisvolle Miene auf. »Die Verwandtschaft kann man sich nicht aussuchen. Meine Schwiegermutter steckt bei jedem Einkauf am Hohen Markt ein paar Paradeiser oder Gurken ein. Sie können sich nicht vorstellen, wie viel Ärger die Frau mir in all meinen Dienstjahren bereitet hat.«

»Welcher meiner Brüder ist es diesmal?«, fragte Janek. In den letzten Jahren hatten alle fünf es geschafft, mindestens einmal hier am Petersplatz oder im Polizeigefangenenhaus in der Theobaldgasse zu landen. Die Delikte reichten vom Trickbetrug bis zur Körperverletzung. Mit der Sittenpolizei hatte bisher keiner der fünf zu tun gehabt.

»Ein Kleiner mit einer Narbe auf der Wange.«

»Carel.«

»Ja, den Namen hat er uns genannt.«

»Was hat er diesmal angestellt?«

»Verstoß gegen die sittliche Ordnung. Er wurde im Wirtshaus Zum Schwarzen Eber erwischt.«

Janek verdrehte leidend die Augen. »Nicht schon wieder.« Es war nicht das erste Mal, dass Carel sich mit einer Prostituierten vergnügte und die Dame dann ohne Bezahlung zurückließ.

»Wollen Sie ihn sehen?«, fragte Oberinspektor Grün.

»Von wollen kann keine Rede sein«, schnaufte Janek. »Wo finde ich ihn?«

»Die Kollegen haben ihn in die Theobaldgasse gebracht. Ich habe Ihnen schon einen Passierschein ausgestellt.«

Janek holte die verbeulte Taschenuhr aus seiner Jackentasche und klappte sie auf. Konnte es sein, dass sie nun endgültig stehen geblieben war? Er hielt sie ans Ohr. Ein leises Ticken war zu hören. »Das kommt mir wirklich ungelegen«, fluchte er leise.

»Sie können es sich ja überlegen«, sagte Grün. »Der Knabe wird Ihnen nicht weglaufen.« Er lachte, drückte Janek ein Schreiben in die Hand und ging in sein Büro zurück. Janek marschierte in seines. Er hatte zwei Briefe zu schreiben, bevor er sich um seinen Bruder kümmern konnte.

Es fiel ihm schwer, sich auf die richtigen Formulierungen zu konzentrieren. Immer wieder holten ihn die Bilder seiner Vergangenheit ein. Es waren unerfreuliche, hässliche Erinnerungen, die von Dreck, Armut und harter Arbeit geprägt waren. Keiner in der Familie war ausgenommen gewesen. Alle Pokornys hatten in den Ziegelgruben geschuftet. Sonn- und Feiertage hatte es für sie nicht gegeben. Janeks Vater war ein »Ausscheiber« gewesen, einer der Männer, die die gebrannten Ziegel aus den Brennöfen holten. Für Janek hatte der Albtraum nach der Volksschule ein Ende gehabt. Sein Vater hatte sich mit Händen und Füßen dagegen gewehrt, dass sein Sohn in eine Eliteschule gehen sollte. Aber Walter Seidel war hartnäckig geblieben und hatte sich schließlich durchgesetzt. Das Gesicht seines Volksschullehrers tauchte vor ihm auf. Was würde Walter Seidel wohl sagen, wenn er Janek jetzt sehen könnte? Würde er stolz auf ihn sein oder enttäuscht, weil er die Matura nicht gemacht hatte? Janek sog lautstark Luft ein. Er schloss kurz die Augen, presste die Fäuste dagegen, bis er nur noch helle Kreise sah und die Erinnerungen wieder in die Ferne rückten. Dann widmete er sich dem Brief. In elegant geschwungener, gleichmäßiger Schrift und geschliffener Beamtensprache formulierte er ein Schreiben, das jeden Hofsekretär vor Neid hätte erblassen lassen. Niemand, der diesen Brief las, hätte erahnt, dass er aus der Feder eines Ziegelböhms stammte.

Am frühen Nachmittag stand Janek vor dem Polizeigefangenenhaus. Das Gebäude war früher ein Nonnenkloster gewesen. Immer noch erinnerten die Höfe, die Arkadengänge und die Kapelle an den einstigen Verwendungszweck. Nach der

Auflösung des Ordens hatte man zusätzliche Wände eingezogen und dort, wo einst die Nonnen gebetet und gestickt hatten, saßen heute die Gefangenen ihre Strafen ab. Irgendwo hinter den fensterlosen dunklen Mauern hockte auch Carel, Janeks jüngster Bruder. Er selbst war der zweitjüngste der Familie. Janek und Carel waren die Nachzügler gewesen. Jirka, Domek und Sladja waren deutlich älter. Auch sie waren schon mehrere Male mit dem Gesetz in Konflikt gekommen.

Janek lief über den kahlen Hof zum Eingang. Ein grüner Heinrich stand vor den niedrigen Stallungen seitlich des Haupthauses. Zwei Polizisten in Uniform holten drei Männer mit am Rücken gefesselten Händen aus dem Wagen. Er schenkte ihnen keine Beachtung und betrat das trostlose Gebäude. Der Portier erkannte ihn und winkte ihn weiter, ohne dass Janek seinen Dienstausweis oder den Passierschein vorzeigen musste. Dennoch dauerte es eine ganze Weile, bis man ihn zu den Gefangenen, die sich in Untersuchungshaft befanden, vorließ. Ein großer, hagerer Beamter, dessen Uniform an Beinen und Armen zu kurz war, entriegelte die schwere Zellentür. »Der Bursche ist es nicht wert, dass Sie sich um ihn kümmern«, schimpfte der Mann. »Sobald der wieder draußen ist, dreht er das nächste krumme Ding, und spätestens in ein paar Monaten sitzt er wieder hier.«

Janek widersprach dem Kollegen nicht. Er bedankte sich fürs Aufsperren und betrat die Zelle. Der Gestank nach Exkrementen schlug ihm entgegen. In einer Ecke des kahlen Raums stand ein voller Nachttopf, der seit Tagen nicht geleert worden war. Die Zelle bot Platz für vier weitere Gefangene, doch die schienen kürzlich entlassen worden zu sein. Die von Motten zerfressenen Decken auf den Pritschen waren noch zerwühlt. Carel hockte am Boden, über seine rechte Schläfe zog sich eine frische Wunde. Verkrustetes Blut klebte an seiner Stirn. Carel ähnelte, genau wie seine Brüder, Janeks Vater. Er war klein, stämmig und hatte eine breite Boxernase über einem noch breiteren Mund. Sein Haar war blond und struppig. Janek war der Einzige, der nach der Mutter geraten war. Mit seinen dunklen Locken, dem fein geschnittenen Gesicht und der schlanken Figur war es kaum zu glauben, dass er mit Carel verwandt war.

»Ah, endlich, mein werter Bruder, der Herr Inspektor!« Carel richtete sich auf und zog einen imaginären Hut. Der Spott triefte nur so aus seiner Stimme. »Ich dachte, du lässt mich in diesem Loch elendig verrotten. Die Gastfreundschaft der Polizei ist auch nicht mehr das, was sie einmal war. Wo kann ich mich beschweren?«

»Beim Salzamt«, brummte Janek schlecht gelaunt.

»Humorlos wie immer. Du hast dich nicht verändert«, grinste Carel. Dabei platzte die Kruste an seiner Schläfe erneut auf und ein feiner Blutstropfen rann Richtung Wangenknochen. Er schien es nicht zu spüren. Carel hatte immer schon eine hohe Schmerzgrenze gehabt. Als Kind hatte er sich einmal den Ellbogen am Brennofen verbrannt. In der ersten Nacht hatte er vor Schmerzen gewimmert, doch bereits am nächsten Tag war er wieder auf den Beinen gewesen und hatte trotz offener Wunde zwei Semmeln bei der Bäckerin gestohlen.

»Was hast du diesmal ausgefressen?«, fragte Janek. »Stammt die Verletzung vom Freier oder hat die Hübschlerin selbst zugeschlagen?«

»Dieselbe Frage haben deine Kollegen gestellt«, sagte Carel

beleidigt. »Aber ich habe mir diesmal gar nichts zuschulden kommen lassen. Das Ganze ist wirklich ein Irrtum. Ich hab bloß Kunst verkauft, daran ist doch nichts verwerflich. Ein Kunde wollte das Geld nicht rausrücken, da sind wir aneinandergeraten. Ich bin hier das Opfer!«

»Kunstwerke?«

»Ansichtskarten«, Carel grinste anzüglich. »Mit ganz besonders ansprechenden Motiven und sinnstiftenden Sprüchen. Die feinen Herren haben mir die Werke nur so aus der Hand gerissen.«

»Du hast Ansichtskarten im Schwarzen Eber verkauft«, wiederholte Janek. Er kniff die Augen zusammen. »Kann es sein, dass es sich um Zeichnungen vom *geplagten Johann* gehandelt hat?«

Carel klappte die Kinnlade nach unten. »Du kaufst Schmuddelkarten?«, fragte er fassungslos. »Und ich dachte immer, du wärst der personifizierte Anstand. Ein Engel mit dunklen Locken. Ein Heiliger, frei von jeder Sünde …«

»Hör auf, Carel«, unterbrach Janek den Redefluss seines Bruders genervt. »Natürlich kauf ich diesen Schund nicht.«

»Woher kennst du dann die Motive vom *geplagten Johann*? Ich habe die Exklusivrechte. Die Zeichnungen sind völlig neu. Der Künstler hat mir versichert, dass ich der Einzige in der Stadt bin, der sie vertreibt. Sag bloß, das Gfrastsackel hat mich übers Ohr gehauen!«

»Wie viele dieser Kartensätze hast du verkauft?«

Carel zuckte mit den Schultern. »Weiß nicht genau. Ein paar halt.«

»Kennst du alle deine Kunden?«

Ein Ruck ging durch Carels Körper. Er blinzelte Janek an.

Berechnung lag in seinem Blick. »Dich interessiert meine Kundenliste?« Er schnalzte mit der Zunge. »Was ist dir die wert?«

»Ich denke nicht, dass du in der Position bist, Forderungen zu stellen«, gab Janek wütend zurück. Er fühlte sich in die Zeit zurückversetzt, als seine Brüder von ihm die Essensration verlangten, weil er statt der Schicht im Ziegelwerk heimlich die Volksschule besucht hatte. »Nenn mir deine Kunden und ich entscheide, ob diese Information deine Freilassung wert ist«, sagte Janek grimmig. Die Machtverhältnisse hatten sich verändert.

Doch Carel zeigte sich wenig beeindruckt. »Du bist vom Ehrgeiz getrieben, lieber Bruder«, sagte er mit gespielter Langeweile. »Ich habe eine Information, die dich einer Beförderung näherbringen kann. Du wirst doch nicht glauben, dass ich die ohne Gegenleistung hergebe?«

Janek hatte genug gehört. Er hatte die Spielchen satt und drehte sich um. »Viel Spaß in deiner Luxusunterkunft. Mach es dir auf deinem Bett bequem. Ich sehe in ein paar Monaten nach dir.« Mit zwei großen Schritten war er bei der Zellentür.

»Das schaffst du nicht. Du bist moralisch viel zu korrekt«, rief ihm Carel hinterher. »Mama würde sich im Grab umdrehen, wenn sie von deinem herzlosen Verhalten wüsste. Dein eigener Bruder! Es gibt keinen Verwandtschaftsgrad, der enger ist.«

Janek hielt inne. »Die Masche zieht nicht mehr«, sagte er möglichst beherrscht. Innerlich kochte er. »Lass dir etwas anderes einfallen.«

Janek hob die Hand, um an die Tür zu klopfen. Carel reagierte prompt. »He! Schon gut. Das war bloß ein Scherz.«

Janek antwortete nicht.

»Ich verrate dir die Namen meiner Kunden«, lenkte Carel ein.

Janek drehte sich zu ihm um.

»Aber nur, wenn du mich hier rausholst. Dieses Loch ist die Vorstufe zur Hölle.«

»Das hängt von der Wichtigkeit deiner Information ab.« Das war nicht gelogen. Diesmal konnte er seinem Bruder wirklich nur dann helfen, wenn er zur Lösung seines Falls beitrug.

»Die sind wichtig. Auf der Liste meiner Kunden standen ein paar hochrangige Militärs«, sagte Carel.

»Wie bist du zu ihnen gekommen?«

Janek zuckte die Schultern. »So wie immer, Mundpropaganda. Einer der Männer kauft die Karten, dann zeigt er sie einem Freund und so weiter.«

»Deine Kunden kennen sich also?«

»Ein paar von ihnen.«

»Woher kennen die sich?«

»Keine Ahnung, woher soll ich das wissen«, sagte Carel, »aber zumindest bei den Militärs ist das doch alles eine Sippe. Die gehen doch schon zusammen zur Offiziersschule.«

»Ich brauche Namen.«

»Die kenne ich nicht.«

Janek hob wieder die Hand, um zu klopfen.

»Fischer, Dichand, Hofrichter und noch ein paar andere, die hab ich aber vergessen.«

»Dann denk darüber nach und schreib sie mir auf.«

Mit einem Mal veränderte sich Carels Körperhaltung. Sein Blick wurde hart. »Du weißt, dass ich das nicht kann.«

»Das ist nicht meine Schuld«, antwortete Janek. Er war es leid, dass seine Brüder sich wegen seines Ehrgeizes über ihn lustig machten und ihn gleichzeitig mit ihrer prekären Lage erpressten. Auch sie hätten die Möglichkeit gehabt, die Volksschule zu besuchen und ein Stipendium zu bekommen. Janek klopfte gegen die Zellentür. Kurz darauf öffnete sie sich.

»Offizier Richard Mader und Offizier Walter Fellner«, stieß Carel hastig hervor.

»Ich brauche noch einen Moment«, entschuldigte sich Janek beim Gefängniswärter.

Die schwere Tür schloss sich wieder.

Er wandte sich zu seinem Bruder. Für einen kurzen Moment sah er einen kleinen dürren Jungen, der immer Hunger hatte und für ein Stück Brot jede Tracht Prügel über sich ergehen ließ. Ein unerwünschtes Kind, das um Anerkennung bettelte und sie weder von seinen Brüdern noch von den müden, ausgebrannten Eltern erhielt.

»Erzähl mir alles von deinen Kunden«, forderte Janek. »Wo haben sie deine Karten gekauft? Was haben sie dafür bezahlt? Wollten die Männer auch andere Ware von dir?«

Er setzte sich zu ihm auf den Zellenboden und Carel fing endlich an zu erzählen.

Aurelia

Unteres Belvedere

»Sebastian, ich weiß, dass ich Sie darum gebeten habe. Aber in diesem Zustand hätten Sie wirklich nicht mitkommen müssen.« Aurelia saß ihrem Diener in Friedas Fiaker gegenüber. Sorgenvoll betrachtete sie sein blasses Gesicht.

»Ich kann Sie unmöglich allein den Hofrat aufsuchen lassen.« Tapfer presste er die Zähne zusammen. Die Köchin hatte versehentlich sein kreislaufstärkendes Mittel mit der Medizin ihres Vaters verwechselt und ein paar Tropfen der abführenden Tinktur in Sebastians Frühstückskaffee gemischt. Das Rumoren in seinem Bauch war so laut, dass Aurelia es trotz des Ratterns der Kutschenräder hören konnte.

»Denken Sie, es wäre möglich, dass Fräulein Horvath kurz anhält?«

Aurelia klopfte gegen die Scheibe und rief: »Frieda, bitte lenken Sie die Kutsche zum Straßenrand. Schnell!« Noch bevor die Pferde standen, riss Sebastian die Tür des Fiakers auf, sprang aus der Kutsche und lief zum Kaffeehaus an der Ecke.

»Der hat's aber gnädig«, bemerkte Frieda auf ihrer Pfeife kauend. »Letzte Woche hat die Thekla Donaukrebse vom Markt mitgebracht, die waren nimmer ganz frisch. Ich kann Ihnen sagen, wir haben die ganze Nacht Bauchweh gehabt. Mir ist immer noch ganz schlecht, wenn ich daran denke.«

Aurelia hatte noch nie Flusskrebse gegessen. Die Schalentiere galten als Arme-Leute-Essen und wurden in riesigen Mengen aus der Donau gefischt. Es dauerte eine Weile, bis Sebastian zurückkam. Seine Gesichtsfarbe war grünlich. Umständlich kletterte er in den Fiaker. Er sah bemitleidenswert aus.

»Frieda soll mich im Belvedere absetzen und Sie wieder nach Hause bringen«, bestimmte Aurelia. Sebastian wollte widersprechen, doch Aurelia hielt ihm abwehrend die Hand entgegen. »So sehr ich Sie schätze, aber in diesem Zustand sind Sie mir keine Hilfe.«

Sebastian schwieg betroffen.

Kurz darauf fuhr der Fiaker in der ehemaligen Sommerresidenz von Prinz Eugen vor. Ohne Protest blieb Sebastian in der Kutsche sitzen.

»Legen Sie sich zu Hause ins Bett. Ich nehme mir für den Heimweg einen Fiaker«, befahl Aurelia ihrem Diener.

»Ich werde mich aufs stille Örtchen zurückziehen«, antwortete er zerknirscht. Es war ihm anzusehen, wie schwer es ihm fiel, Aurelia allein zurückzulassen.

»Keine Sorge, ich werde mein Anliegen diskret vortragen«, beruhigte Aurelia.

Noch bevor der Fiaker den Vorhof des Schlosses verließ, ging sie zum Portier und ließ sich den Weg ins Vorzimmer des Hofrats weisen. Als sie das üppig mit goldenem Stuck verzierte Barockzimmer betrat, hätte ihre Überraschung nicht größer sein können. Vor dem Schreibtisch des Sekretärs stand Inspektor Pokorny. Die beiden Männer diskutierten lautstark.

»Sie selbst haben mir diesen Termin gegeben«, beschwerte sich der Polizeiagent aufgeregt.

»Bedaure, aber ...«, der Sekretär unterbrach sich und richtete seinen Blick auf Aurelia. Auch Pokorny drehte sich um und schien ebenso verwundert wie Aurelia.

»Sie hier?«, fragte er überrascht. Sein Gesicht verfinsterte sich. »Haben Sie es sich zur Aufgabe gemacht, bei jedem Fall, den ich untersuche, mitzumischen?«

»Auch Ihnen einen wunderschönen guten Tag, lieber Herr Inspektor«, sagte Aurelia fröhlich. Sie streckte ihm die Hand entgegen und er schüttelte sie, was eine angenehme Abwechslung zu den sonst üblichen Handküssen war, die sie über sich ergehen lassen musste. »Ist hier etwa jemand umgebracht worden?«, fragte sie.

»Noch nicht«, sagte Pokorny wütend und wandte sich wieder an den Sekretär. »Wann ist der Hofrat zu sprechen?«

»Er macht gerade eine Kaffeepause. Danach hat er wichtige Arbeiten zu erledigen.«

Pokorny stützte sich auf den Schreibtisch. »Wie soll ich einen Diebstahl aufklären, wenn niemand mit mir spricht?« Er beugte sich zum Sekretär: »Ich weiß ja nicht einmal, um welche Schmuckstücke es sich handelt, die entwendet wurden. Sind es Ketten, Broschen, Ohrringe?«

»Es sind zwei besonders wertvolle Broschen in der Form von Mistkäfern«, erklärte der Sekretär. »Zwei Skarabäen.«

Neugierig trat Aurelia näher. »Aus der kaiserlichen Sammlung wurden Schmuckstücke gestohlen?«

»Ja, bedauerlicherweise«, sagte der Sekretär. »Es handelte sich um Geschenke eines Gesandten aus Kairo. Es waren äußerst wertvolle Grabbeigaben aus dem dritten Jahrhundert vor Christi.«

»Gibt es Abbildungen der entwendeten Schmuckstücke?«,

fragte Aurelia. »Ich interessiere mich sehr für orientalische Kunst.« Sie log, ohne mit der Wimper zu zucken.

Maier stand auf und ging zu einem der vielen Aktenschränke, öffnete eine Lade und zog einen Ordner heraus. Mit dem Finger fuhr er mehrere Listen ab. »Nanu«, sagte er überrascht. »Hier sind Objekte inventarisiert worden, die ich gar nicht kenne.« Er legte den Ordner zur Seite und griff nach einem anderen. Wieder suchte er mehrere Listen ab, notierte zwei lange Zahlen auf einem kleinen Zettel und ging damit zu einem der hohen Schränke an der Rückseite des Vorzimmers. Der kleine Mann musste auf eine Leiter steigen, um aus dem obersten Regal eine dicke Mappe zu holen. Mit seinem Ärmelschoner wischte er den Staub vom Deckel. Dann trug er die Unterlagen zu seinem Arbeitsplatz. Laut krachend ließ er die Mappe auf die Tischplatte fallen. Staub wirbelte auf und Aurelia legte sich schützend die Hand vor den Mund. Inspektor Pokorny hustete. Der Sekretär schien unbeirrt. Gezielt schlug er eine Doppelseite auf. Mehrere Zeichnungen waren darauf zu sehen.

»Hier!« Er drehte den Ordner zu Aurelia und tippte auf die Darstellung einer Brosche. Sie erkannte das Schmuckstück sofort. Es befand sich in ihrer Handtasche. »Diese Brosche fehlt«, sagte der Sekretär.

»Warum haben Sie *mir* diese Darstellung das letzte Mal nicht gezeigt?«, schrie Inspektor Pokorny außer sich.

»Sie haben nicht danach gefragt«, antwortete der Sekretär.

»Und die andere Brosche?«, erkundigte sich Aurelia. Sie glaubte zu wissen, wie sie aussah, und hatte auch eine Ahnung, wo das Schmuckstück sich derzeit befand. Nämlich im Schmuckkästchen von Heinrich Fellners Verlobter, Hannelore Aigner.

Maier blätterte weiter und zeigte auf eine Illustration, die sich kaum von der ersten unterschied. Nur die Farbe der Edelsteine war anders. Der Körper dieses Mistkäfers war dunkelgrün, was auf einen Smaragd schließen ließ.

»Sie sind wunderschön. Wo wurden die Objekte denn aufbewahrt?«, fragte Aurelia.

»In zugesperrten Schubladen«, antwortete Maier.

»Wie schade«, bemerkte Aurelia. »Sollte man so herrliche Schmuckstücke nicht in einer Vitrine für alle sichtbar ausstellen?«

Sekretär Maier lachte. »Wenn wir alle Schmuckstücke in Vitrinen zeigen würden, kämen die Putzfrauen mit dem Glaspolieren nicht nach. Außerdem haben wir nicht genügend Platz.«

»Zum Glück wird sich das bald ändern«, sagte Aurelia. »Der Bau der großen Museen hat schließlich bereits begonnen.«

»Wie wurde der Verlust der Schmuckstücke bemerkt, wenn sie doch immer in Laden weggesperrt sind«, fragte Inspektor Pokorny.

»Es war purer Zufall«, gab der Sekretär zu. »Ein anderes Stück sollte ausgestellt werden, da fiel auf, dass die Schmuckstücke zwar erst kürzlich den Inventarlisten hinzugefügt worden sind, aber nicht mehr in den Laden waren.«

»Werden die Inventarlisten regelmäßig kontrolliert?«, fragte Aurelia.

»Einmal im Jahr.«

»Und wer ist für diese Aufgabe zuständig?«

»Das müssen Sie den Herrn Hofrat fragen. Er teilt die Arbeiten ein.« Sekretär Maier klappte die dicke Mappe wieder zu. Erneut stob Staub auf.

»Und deshalb bin ich hier«, knurrte Pokorny verärgert.

In dem Moment betrat Hofrat Pinacek das Vorzimmer. Er kehrte von seinem Kaffeehausbesuch zurück.

»Fräulein Aurelia, was für eine überaus freudige Überraschung!«, rief er aus und machte eilig einen Schritt auf sie zu. Er ergriff ihre Hand und drückte in gewohnter Form einen Kuss auf ihren Handrücken. Aurelia war froh über ihren Seidenhandschuh. »Haben Sie sich angekündigt? Wenn ich gewusst hätte, dass Sie warten, wäre ich niemals ins Kaffeehaus gegangen.« Er wandte sich grimmig an seinen Sekretär. »Haben Sie vergessen, Fräulein Aurelias Besuch in meinen Kalender einzutragen?«

»Herrn Maier trifft keine Schuld«, beruhigte Aurelia den Hofrat. »Ich bin unangekündigt hier.«

»Was ich nicht behaupten kann«, mischte sich Inspektor Pokorny ein. »Wir hatten bereits vor einer Stunde einen Termin.«

Jetzt erst schenkte Hofrat Pinacek dem Polizeiagenten Beachtung, wenn auch sichtlich unwillig. Er musterte ihn, als wäre er ein giftiges Insekt. Genervt wedelte er mit der Hand. »Bedaure, ich habe heute keine Zeit für Sie. Lassen Sie sich von Maier einen neuen Termin geben.« Dann drehte er sich wieder zu Aurelia und setzte ein gewinnendes Lächeln auf. »Was kann ich für Sie tun? Kommen Sie doch in mein Büro. Ich lasse uns eine Tasse Kaffee servieren. Oder hätten Sie lieber etwas anderes? Einen süßen Likör?« Er zwinkerte ihr zu, so als hätte er eben ihre geheime Leidenschaft erraten.

»Oh, ich will Sie auf gar keinen Fall von ihren wichtigen Terminen abhalten«, versicherte Aurelia. »Ich bin rein zufällig vorbeigekommen und dachte, dass ich bei der Gelegenheit ein paar Objekte aus der kaiserlichen Sammlung ansehen könnte. Sie haben bei ihrem letzten Besuch von höchst interessanten Stücken gesprochen.«

Er hob überrascht die Augenbrauen: »Habe ich das?«

»Aber ja doch«, log Aurelia. »Ich komme ein anderes Mal wieder.«

»Auf gar keinen Fall«, widersprach der Hofrat. »Ich muss darauf bestehen, dass ich Sie durch die Sammlung führe.«

Aurelia sah an Pinacek vorbei zu Pokorny. »Vielleicht hat der Herr Inspektor auch Lust auf eine Führung?«

Der Hofrat öffnete den Mund zum Protest, doch der Polizeiagent war schneller. »Sehr gerne.«

Bevor Pinacek den Polizisten doch noch ausladen konnte, bedankte sich Aurelia so überschwänglich für die spontane Führung, dass dem Hofrat nichts anderes übrig blieb, als auch den Polizeiagenten mit in die Sammlung zu nehmen. Die nächste Stunde verbrachten sie damit, Steinfiguren, Fragmente von Papyrusrollen und Schmuckstücke zu bestaunen, die in den Ausstellungsräumen mehr oder weniger prominent präsentiert wurden. Alle Fragen des Polizeiagenten zum Diebstahl ignorierte der Hofrat geflissentlich. Er tat so, als wäre der Inspektor Luft.

»Dieser Fisch war die Schminkpalette einer Dame aus dem dritten Jahrtausend vor Christi. Sie stammt aus dem Nildelta«, erklärte der Hofrat wichtig. »Schon damals hat das zarte Geschlecht der Schönheit nachgeholfen. Tricks, die Sie nicht nötig haben, wertes Fräulein.« Wieder zwinkerte er Aurelia mit einer unangebrachten Vertrautheit zu.

»Die Palette muss ein Vermögen wert sein«, bemerkte Aurelia ehrfürchtig. Das Objekt lag in einer Vitrine aus Glas.

»Ja, das ist sie in der Tat. Aber wir haben noch viel wertvollere Stücke. Schmuck aus Gold und Edelsteinen, den man in den Gräbern der Pharaonen gefunden hat«, fuhr der Hofrat wichtig fort. Er zupfte an seinem Schnurrbart und drückte die Schultern durch.

»Wie schützen Sie all die wertvollen Objekte vor Diebstahl?«, erkundigte sich Aurelia.

»Die Vitrinen sind alle abgeschlossen.«

»Und wer besitzt einen Schlüssel dazu?«

»Nur ich!« Der Hofrat klopfte sich stolz auf die Brust.

»Tatsächlich?« Aurelia war erstaunt. »Aber die Objekte müssen doch regelmäßig gereinigt werden. Und sicherlich ändern Sie die Inhalte der Vitrinen von Zeit zu Zeit.«

»Selbstverständlich!«, antwortete der Hofrat. »Dann holen die zuständigen Mitarbeiter sich den Schlüssel von mir und bringen ihn anschließend wieder zurück.«

»Kontrollieren Sie danach den Inhalt der Vitrinen?«, fragte Pokorny.

»Von Zeit zu Zeit«, sagte der Hofrat. »Die Sammlung umfasst fünfzehntausend Objekte. Was glauben Sie, wie aufwendig eine Inventarisierung ist?«

»Wer ist für die Inventur zuständig?«, wollte der Inspektor wissen.

»Haben Sie die Abbildung der Königin auf dem Relieffragment gesehen, Fräulein Aurelia?« Hofrat Pinacek zog Aurelia zur Seite und wies auf den Kopf einer Frau, die im Profil dargestellt war.

»Sie haben meine Frage nicht beantwortet«, sagte Pokorny.

»Die Königin war eine wahre Schönheit. Wir finden sie auf zahlreichen anderen Reliefs wieder …«

»Mich würde auch interessieren, wer für die Inventarisierung zuständig ist«, unterbrach ihn Aurelia.

»Was? Wieso?«, fragte der Hofrat irritiert.

»Fünfzehntausend Objekte, das ist eine unglaublich große Zahl«, sagte Aurelia beeindruckt. »Es erfordert bestimmt einen klugen Kopf, da den Überblick zu bewahren.«

Ihre schmeichelnden Worte zeigten Wirkung. Eitel strich der Hofrat über seinen Bart.

Er räusperte sich. »Ich freue mich, dass Ihnen die Wichtigkeit meiner Position bewusst ist.«

»Machen Sie etwa selbst die Inventur?«

»Zahlen in Listen eintragen? Wo denken Sie hin!« Der Hofrat lachte. »Die Arbeit erledigen die einfachen Beamten.« Er sah Pokorny mitleidig an. »Männer wie er.«

»Nennen Sie mir bitte die Namen der zuständigen Beamten«, forderte der Inspektor.

»Glauben Sie ernsthaft, dass ich mir die Namen all dieser unbedeutenden Männer merke?« Er bot Aurelia seinen Arm an, damit sie sich einhakte, doch sie tat, als hätte sie ihn nicht gesehen, und drehte sich dezent weg.

»Fragen Sie Maier«, sagte Hofrat Pinacek gereizt. »Der führt eine Liste aller Mitarbeiter.«

Er umrundete Aurelia, damit sie ihn wieder ansehen musste. »Wollen Sie noch zur Sammlung der Mumien? Oder darf ich Sie nun endlich zu einer Tasse Kaffee einladen? Gleich um die Ecke gibt es ein hervorragendes Kaffeehaus, in dem auch Damen gern gesehen sind.«

»Das klingt sehr verlockend«, log Aurelia. »Aber ich werde mich jetzt wieder auf den Weg machen. Mein Vater wartet zu Hause auf mich.«

»Ich bringe Sie nach Hause.«

»Oh, das ist nicht notwendig«, beteuerte Aurelia. »Ich habe Sie schon viel zu lange von Ihren wichtigen Aufgaben abgehalten.«

»Bei der Gelegenheit könnte ich mit Ihrem werten Vater noch einmal über den Elefanten …«

»Nein«, wiederholte Aurelia entschieden. Der Hofrat zuckte zusammen und Aurelia fügte deutlich freundlicher hinzu: »Ich könnte mir nicht verzeihen, wenn ich noch weitere kostbare Zeit von Ihnen in Anspruch nehme. Und was den Elefanten betrifft, ich fürchte, mein Vater kann sich davon nicht trennen.«

»Wie bedauerlich.«

Während der Inspektor beim Sekretär eine Liste aller Mitarbeiter erbat, geleitete Hofrat Pinacek Aurelia zum Ausgang.

»Grüßen Sie Ihren werten Herrn Papa von mir«, sagte der Hofrat. Zum Abschied küsste er wieder Aurelias Hand. Diesmal steckten ihre Handschuhe noch in ihrer Handtasche. Sie war nicht schnell genug gewesen.

Als Pinacek wieder im Schloss verschwunden war, trat sie zu einem der Buchsbäume, die zu einer aufwändigen Doppelkugel geschnitten waren, und versteckte sich dahinter. Sie wollte sich dringend mit Inspektor Pokorny unterhalten. Es bestand kein Zweifel: Die Brosche in ihrer Handtasche stammte aus der kaiserlichen Sammlung. Ebenso wie das Schmuckstück von Offizier Fellners Verlobten. Beide Broschen sollten in einer der Vitrinen liegen, die sie eben besichtigt hatten. Kurz hatte sie überlegt, die Brosche gleich herzuzeigen. Aber dann hatte sie sich anders entschieden. Sie misstraute dem Hofrat. Zu groß war die Gefahr, dass er das Schmuckstück einfach zur Seite legte und nicht weiter über eine Aufklärung der Angelegenheit nachdachte. Oder er würde eine halbherzige Ermittlung anstrengen, die am Ende noch Mizzi Voda in Schwierigkeiten bringen könnte. So oder so war sie sicher, dass, wenn der Hofrat die Sache in die Hand nahm, die wahren Täter unbehelligt bleiben würden.

Sie versuchte sich einzureden, dass ihr Vorgehen richtig war. Doch je länger sie wartete, umso größer wurden ihre Zweifel. Wo blieb Inspektor Pokorny? Warum dauerte das so lange? Das Warten in ihrem Versteck wurde zunehmend unbequem. Ihr Knöchel schmerzte, da sie nun schon so lange auf den Beinen war. Dennoch hatte die Salbe von Frau Böck wahre Wunder gewirkt. Eine alte Frau kam an ihr vorbei und musterte sie neugierig. Aurelia bückte sich und tat so, als würde sie etwas im Kies suchen. Die Alte ließ sie in Ruhe. Endlich trat der Inspektor auf den Hof. Aurelia wartete, bis er auf ihrer Höhe war, erst dann kam sie aus ihrem Versteck hervor.

Pokorny machte erschrocken einen Sprung zurück. »Wollen Sie mich zu Tode erschrecken?«, fragte er entsetzt.

»Ich habe auf Sie gewartet.«

»Und dazu verstecken Sie sich hinter einem Busch?« Er klang verärgert.

»Ich muss mit Ihnen reden«, sagte Aurelia.

»Haben wir eben nicht genug Zeit miteinander verbracht?« Er ging einfach weiter und Aurelia musste sich beeilen, um mit ihm Schritt zu halten. Seine Unhöflichkeit war erstaunlich. Obwohl Aurelias Knöchel in einem engen Schnürschuh steckte, humpelte sie ein wenig.

»Ihr Benehmen ist impertinent, anmaßend und dreist!«,

schimpfte sie. »Ich habe Ihnen gerade zu einer Unterhaltung mit Hofrat Pinacek verholfen.«

»Sie nennen die einstündige Lobrede des Hofrats auf sich selbst eine Unterhaltung?«

Aurelia blieb stehen und stemmte die Hände in die Hüften. »Sie sind mir einen Gefallen schuldig«, empörte sie sich.

»Ich bin Ihnen gar nichts schuldig, wertes Fräulein«, er klang nicht mehr ganz so verärgert. Würde er nicht ständig so finster schauen, wäre er ein durchaus attraktiver Mann. Während ihres Kunstunterrichts im Genfer Pensionat hatte Aurelia unzählige Gesichter studiert und gezeichnet. Sie erkannte ein schönes Gesicht, wenn sie eines sah.

»Das sehe ich anders«, beharrte sie.

»Was wollen Sie von mir?«, fragte der Inspektor.

»Sie haben eine unschuldige Frau hinter Gittern.«

»Das ist eine sehr schwerwiegende Behauptung. Wie kommen Sie zu dieser Annahme?« Er verschränkte die Arme vor seiner Brust.

»Mizzi Voda, Josefa Sobotkas Freundin, ist davon überzeugt.«

Er lachte und zum ersten Mal wich der Ernst für einen kurzen Moment aus seinem Gesicht. Ja, er war in der Tat attraktiv. Doch das Lachen erstarb rasch wieder. »Das ist der Grund, warum Sie Josefa Sobotka für keine Mörderin halten? Weil die Freundin der Hübschlerin sie für unschuldig hält? Ich habe Sie für weniger naiv gehalten.«

Aurelia wusste, dass ihr Argument dürftig war. Aber wenn sie sich auf etwas verlassen konnte, dann auf ihre Menschenkenntnis. Ihre Kunstlehrerin hatte ihr gepredigt: »Wer ein Gesicht genau studiert, kann auch die Seele dahinter erkennen.«

Der Inspektor war ernst und vielleicht zynisch. Aber er hatte einen Sinn für Gerechtigkeit.

»Ich bin mir sicher, dass Mizzi Voda nicht gelogen hat«, sagte sie überzeugt.

Pokorny wurde ernst. Auch der letzte Rest von Humor wich aus seinem Gesicht. »Halten Sie sich in Zukunft aus polizeilichen Ermittlungen raus«, sagte er. »Sagen Sie das auch Nepomuk.«

»Aber wenn wir uns nicht eingemischt hätten, wäre Josefa nie zu Ihnen gekommen«, verteidigte sich Aurelia.

»Stimmt, dann hätten wir sie suchen müssen. Und wir hätten sie gefunden.«

»Da bin ich mir nicht so sicher«, sagte Aurelia schnippisch. Seine Überheblichkeit weckte ihren Widerstand. »Wenn Josefa Sobotka die Mörderin wäre, hätte sie sich wohl kaum selbst gestellt«, fuhr sie aufgebracht fort.

»Ist das alles? Oder wollten Sie mir noch etwas sagen?« Er schaute auf ihren Fuß. »Sie humpeln.«

»Tanzunfall«, antwortete Aurelia. »Können Sie bitte nicht ganz so schnell weitergehen?«

Zu ihrer Überraschung verlangsamte er tatsächlich das Tempo.

»Ich war auf einem Ball in den Sophiensälen«, erklärte Aurelia.

»Das ist höchst spannend«, er verdrehte die Augen.

Aurelia war es nicht gewohnt, dass Männer ihr so ablehnend begegneten. Was hatte sie ihm getan, dass er sie dermaßen abschätzig behandelte? »Es waren viele hochrangige Mitglieder des Militärs anwesend«, fuhr sie unbeirrt fort.

»Aha.«

»Auch die Verlobte des kürzlich verstorbenen Offiziers.«

Nun war sein Interesse geweckt. »Was wissen Sie über Offizier Fellners Tod?«

»Das, was in der Zeitung darüber zu lesen war«, antwortete Aurelia wahrheitsgemäß. »Er starb völlig unerwartet beim Abendessen an einem Herzinfarkt.«

Pokorny schien erleichtert. Seine Körperhaltung entspannte sich wieder.

»Stimmt das etwa nicht?«, wollte Aurelia wissen.

»Natürlich stimmt das. Unsere Presse spricht nichts als die Wahrheit.«

»Hm.« Aurelia kniff die Augen zusammen. Er machte sich über sie lustig. »Es hat mich schon verwundert, dass der Offizier in einem Wirtshaus am Spittelberg verstarb«, sagte sie. »Seine Verlobte war der Meinung, er müsse arbeiten und dass er sie deshalb nicht zum Ball habe begleiten können.«

»Ich nehme an, dass der Herr Offizier nicht der erste Mann war, der seiner Verlobten nicht die Wahrheit erzählt hat, und er wird wohl auch nicht der letzte bleiben. Vielleicht wollte er nicht tanzen.«

»Er hat seiner Verlobten ein sehr wertvolles Geschenk gemacht«, sagte Aurelia. »Vielleicht aus einem schlechten Gewissen heraus.«

»Ach ja?«

»Hannelore Aigner trug eine Brosche an ihrem Kleid, die so auffällig war, dass ich sie heute sofort wiedererkannt habe.«

Inspektor Pokorny blieb stehen. »Heute? Moment, glauben Sie, dass die Frau im Besitz einer der gestohlenen Broschen ist?«

Aurelia nickte. Sie öffnete ihre Handtasche und holte Mizzi Vodas kariertes Taschentuch mit dem wertvollen Inhalt heraus. »Und hier ist die andere.«

Fassungslos starrte Pokorny auf ihre Hand. Er nahm das Päckchen entgegen und wickelte das Schmuckstück aus. Die geschliffenen Edelsteine funkelten in der tief stehenden Abendsonne. »Woher zum Kuckuck haben Sie die Brosche?« Er wickelte den Mistkäfer rasch wieder ein, versicherte sich nach allen Seiten, dass kein Passant gesehen hatte, was er da in Händen hielt.

»Wenn ich es Ihnen verrate, müssen Sie mir versprechen, dass Sie der Frau, die mir die Brosche gegeben hat, keine Probleme machen werden und dafür sorgen, dass sie einen Finderlohn erhält.«

»Einen Finderlohn? Wie soll ich Ihnen das versprechen? Darauf habe ich keinen Einfluss. Da müssen Sie den Herrn Hofrat bezirzen. Ich denke, Sie haben gute Karten.«

Aurelia verzog die Lippen.

»Wie ist die geheimnisvolle Frau, die Ihnen die Brosche gegeben hat, denn in den Besitz des Schmuckstücks gekommen?«, fragte er.

»Das würde ich Ihnen wirklich gerne erzählen«, sagte Aurelia. »Aber dazu brauche ich vorher Ihr Versprechen, dass der Finderin der Brosche nichts passiert.«

»Ich hoffe, Sie wissen, dass Sie sich selbst in Schwierigkeiten bringen, wenn Sie schweigen«, meinte Pokorny finster.

»Glauben Sie das wirklich?« Aurelia legte den Kopf schräg. »Sobald mein Vater davon erfährt, dass Sie mich verhören, schickt er Nepomuk und ein Heer von anderen Advokaten. Der Einzige, der Probleme kriegt, sind Sie.«

Nun verzog der Inspektor den Mund. »Wer hat Ihnen die Brosche gegeben?«

»Das Versprechen.«

Pokorny gab sich geschlagen: »Ich werde mein Bestes geben, kann aber für nichts garantieren. Und unsere Abmachung gilt nur, wenn die Frau selbst nicht in den Diebstahl verwickelt war.«

»Das ist gerecht«, befand Aurelia. »Mizzi Voda hat mir die Brosche gegeben. Sie hat das Schmuckstück von Josefa Sobotka, die es wiederum von Offizier Mader bekommen hat. Der Mann hat ebenfalls aus einem schlechten Gewissen heraus agiert. Wenn auch aus anderen Gründen.«

Pokorny wirkte erstaunt. »Und beide Offiziere sind jetzt tot«, sagte er leise.

»Denken Sie, dass es einen Zusammenhang zwischen den Diebstählen und den beiden Morden gibt?«

»Möglich wäre es«, sagte er.

»Ha!« Triumphierend richtete Aurelia ihren Zeigefinger auf seine Brust. »Ich wusste, dass Offizier Fellner nicht an einem Herzinfarkt gestorben ist.«

Das Gesicht des Inspektors färbte sich rot. Verärgert presste er die Lippen zusammen. »Sie werden diese Information für sich behalten«, zischte er.

»Ich schwöre es!« Aurelia hob feierlich ihre Hand. »Verraten Sie mir, wie man Offizier Fellner umgebracht hat?«

»Das ist ein Amtsgeheimnis.«

»Meine Güte«, Aurelia verdrehte die Augen. »Ich habe mir dieses Wissen wahrlich verdient. Schließlich habe ich Ihnen wichtige Informationen geliefert, eine Stunde mit Hofrat Pinacek ermöglicht und eine der gestohlenen Broschen überreicht.«

Er sah sie eindringlich an. Aus irgendeinem Grund machte das Dunkelbraun seiner Augen sie nervös.

»Wir wissen es noch nicht genau«, gab der Inspektor zu.

»Und der andere Offizier, der im Fiaker. Ist er wirklich wegen des Stichs mit dem kleinen Küchenmesser gestorben?«

Der Inspektor zögerte. Er schien unschlüssig, wie viel er preisgeben konnte. Aurelia bohrte nach: »Das Messerchen war winzig. Ich habe es ja mit eigenen Augen gesehen.«

»Was soll's«, sagte er schließlich zerknirscht. »In ein paar Tagen weiß es ohnehin ganz Wien. Es steht der Verdacht einer Vergiftung im Raum.«

»Gift«, wiederholte Aurelia fasziniert. »Das würde bedeuten, dass Josefa unschuldig ist. Woher sollte sie Gift bekommen? Warum halten Sie sie trotzdem noch im Gefängnis fest?«

»Weil es im Moment keine andere Verdächtige gibt«, gestand Pokorny. »Und mein Vorgesetzter gern schnelle Erfolge feiert.«

»Aber die Frau ist unschuldig!«, rief Aurelia entrüstet. Auf der anderen Straßenseite blieb ein Paar stehen und schaute zu ihnen herüber. »Ich habe es Ihnen ja gleich gesagt.«

»Pst«, machte Pokorny. Aurelia senkte die Stimme, sprach aber mit glühender Leidenschaft weiter. »Sie können doch die arme Frau nicht festhalten, wenn Sie gar keine Beweise gegen Sie haben.« Pokorny schaute auf die Brosche in seiner Hand. Aurelia hatte das Gefühl, endlich zu ihm durchzudringen.

»Die Brosche beweist, dass Offizier Mader sich bei Josefa Sobotka für besondere Dienste bedanken wollte«, fuhr sie fort. »Sie müssen herausfinden, wie die beiden Offiziere zu den Schmuckstücken gekommen sind.«

»Ja, das muss ich wohl.«

»Garantiert hat einer der Männer auf der Liste sie ihnen verkauft.«

»Was macht Sie so sicher?«, fragte Pokorny. Sie hatte jetzt seine volle Aufmerksamkeit.

»Meine Familie besitzt riesige Wälder im Gebiet hinter dem Semmering. Vor ein paar Jahren verschwanden ganze Lieferungen Holz, ohne dass es bei der Menge an Lieferungen gleich auffiel. Der Verwalter hat die Bücher gefälscht und Lieferungen eingetragen, die nie verschickt wurden. Ich denke, dass man mit den Broschen genauso vorgegangen ist. Sie wurden inventarisiert, aber statt sie wegzuräumen, verschwanden sie in der Tasche eines korrupten Beamten. Es würde mich nicht wundern, wenn noch mehr Schmuckstücke fehlen.«

Der Inspektor steckte die Brosche sorgsam in die Innenseite seines Sakkos. »Warum haben Sie den Mistkäfer nicht dem Hofrat gegeben?«

Aurelia legte den Kopf schräg und lächelte: »Vielleicht wollte ich, dass Sie mir einen Gefallen schuldig sind.«

Wieder wurde er rot, diesmal aber nicht aus Ärger.

»Begleiten Sie mich nach Hause?«, fragte Aurelia.

»Sind wir dann quitt?«

»Oh, nein. So einfach kommen Sie mir nicht davon«, sagte Aurelia lachend. »Das Begleiten ist ein Akt der Höflichkeit.«

»Meinetwegen«, entgegnete Pokorny. »Die Bäckerstraße liegt am Weg.«

Langsam gingen sie weiter. Bei der Straßenkreuzung kamen sie an einem Zeitungskiosk vorbei. Aurelia entdeckte die neueste Ausgabe des Kikeriki. Neugierig, was die Konkurrenz brachte, hielt sie an. »Würden Sie bitte einen Moment warten?« Rasch kaufte sie ein druckfrisches Magazin.

»Mögen Sie diese Zeitschrift?«, fragte Pokorny. Die Art, wie er die Frage stellte, machte klar, dass er mit Satire nicht viel anfangen konnte.

»Der Figaro ist mir lieber«, gab Aurelia zurück. »Aber im Kikeriki sind auch einfallsreiche Karikaturen. Ich mag die antisemitischen Witze nicht. Den Rest finde ich sehr unterhaltsam.« Sie schlug die Zeitung auf und fand eine Karikatur über die riesigen Baustellen in der Stadt. Zwei Männer saßen im Kaffeehaus und schauten aus dem Fenster. Draußen lag die Stadt in einer Wolke aus Staub. Darunter war zu lesen: »Ich höre die Bauarbeiter, aber sehen kann ich sie nicht. Ob gebaut wird? Oder probt der Strauss bloß eine neue Polka?«

Aurelia lachte herzhaft. Sie fand die beiden Männer herrlich überzeichnet. Besonders der größere mit dem gezwirbelten Schnurrbart hatte es ihr angetan. »Sehen Sie nur, ist dieser Witz nicht herrlich?«

Pokorny neben ihr verzog missbilligend den Mund. »Verbringen Sie die Sommer in Wien?«

»Natürlich nicht«, antwortete Aurelia. »Wir haben ein Sommerfrischehaus in Bad Vöslau.«

»Dann können Sie nicht wissen, dass diese Zeichnung keine Übertreibung ist«, er tippte auf die Karikatur, »die Luft ist dann tatsächlich zum Schneiden dick.«

»Aber doch nicht so, dass Sie ihre Hand vor dem Gesicht nicht mehr sehen können«, widersprach Aurelia.

»Sie ist so dick, dass das Atmen schwerfällt, und das ist alles andere als lustig.«

»Warum sind Sie so furchtbar ernst?«, fragte sie. »Haben Sie das Lachen verlernt. Oder steigen Sie dafür in den Keller? Der Mann da schaut doch genauso aus wie der Hofrat, der uns eben eine ganze Stunde gelangweilt hat.« Sie zeigte auf den überheblich und blasiert dreinblickenden Mann mit einem Monokel im Gesicht.

Ihre Attacke zeigte Wirkung. Pokorny wirkte kurz betroffen. Doch rasch wurde daraus Ärger. »Nicht jeder hat das Glück, mit einem goldenen Löffel im Mund geboren zu werden«, sagte er finster. »Mitunter fällt es dann nicht so leicht, zu lachen.« Er beschleunigte seine Schritte und Aurelia hatte wieder Schwierigkeiten mitzuhalten. Den Rest des Weges schwiegen sie.

Janek

Polizeidirektion Petersplatz

Direktor Körner kam persönlich in Janeks Büro, was eine beispiellose Sensation darstellte. In all den Jahren hatte er sich noch nie zu ihm ins Hochparterre verirrt. Die Lage musste ernst sein.

»Himmel, Pokorny, Ihr Büro ist ja winzig«, beschwerte er sich, als bestünde die Zumutung nicht darin, dass Janek in diesem Mauseloch arbeiten musste, sondern darin, dass er den Polizeidirektor zwang, einen Fuß in einen derart kleinen Raum zu setzen.

Janek seufzte bloß und sah zu, wie Körner drei Kuverts auf seinen Tisch legte. »Diese Briefe hat Generaloberst Münzner mir heute zähneknirschend überreicht«, erklärte der Direktor. »Er war nicht gerade erfreut, dass wir uns in interne Angelegenheiten des Militärs einmischen, und hat unmissverständlich zu erkennen gegeben, dass er in keiner Zeitung eine Schmutzkübelgeschichte lesen möchte. Anderenfalls wird es Konsequenzen für uns geben.«

Münzners Drohungen überraschten Janek nicht. Er nahm die Kuverts in die Hand. *Offizier Siegfried Dichand, Zirkusgasse 5* stand darauf. Janek ahnte, was sich in dem Umschlag befand. Er öffnete das Kuvert und holte ein Schreiben hervor. Wie vermutet, stammte es von einem Charles Francis und war völlig ident mit den beiden Briefen, die er bereits kannte.

»Ich nehme an, dass die beiden anderen Kuverts das gleiche Schreiben beinhalten«, sagte er.

Körner bestätigte seine Vermutung mit einem Nicken. »Aber«, sagte er und hob einen Finger, »in einem war noch eine Pille. Die beiden anderen Herren haben das Zeug auf der Stelle weggeworfen.«

»Wurde die Pille bereits untersucht?«

»Doktor Kubicek meint, dass es sich um Zyankali handelt.«

Die Antwort überraschte Janek nicht. Was für ein Glück, dass die drei Männer die Pille nicht geschluckt hatten.

»Gingen alle Briefe an Männer aus dem Jahrgang von Fellner und Mader?«

»Ja, natürlich«, sagte Körner. »Wir waren uns doch einig, dass Münzner den Jahrgang benachrichtigt.«

Janek griff nach dem Brief, um ihn eingehend zu untersuchen. Die Buchstaben waren mit dem Hektographie-Verfahren sauber und gut leserlich aufs Papier gebracht worden. Nichts deutete auf den Verfasser der Schreiben hin. Die Kuverts aber waren per Hand beschriftet. Es war ein geschwungener, weiblich anmutender Schriftzug. Alle drei Adressen wiesen bei den Anfangsbuchstaben dieselben kreisrunden Bögen mit hübschen Kringeln auf. Abgestempelt waren alle Kuverts am 26. April 1871 im Postamt auf der Mariahilferstraße.

»Wir müssen die Hübschlerin verhaften, die mit Fellner zusammen war«, bestimmte Körner.

»Was?«, fragte Janek irritiert. »Kösel kann die Briefe unmöglich geschrieben haben. Sie kann nicht mal lesen.«

»Es interessiert mich nicht, ob sie lesen kann oder nicht«, schnaufte Körner. »Zwei Männer wurden im Beisein von Hübschlerinnen vergiftet. Natürlich stecken die Frauen dahinter. Wer weiß, vielleicht wollten sie ihren Kunden was heimzahlen.« Auf Körners Stirn bildeten sich Schweißtropfen. Er war sichtlich nervös. »Wir müssen dafür sorgen, dass die Angelegenheit rasch zu den Akten geht. Je schneller wir die Schuldigen vor Gericht stellen, umso eher ist die ganze Sache ausgestanden.«

Janek konnte der Logik seines Vorgesetzten nicht folgen. »Unser Mörder oder unsere Mörderin nennt sich Charles Francis. Weder Kösel noch Sobotka können fehlerfrei lesen und schreiben«, wiederholte er und fügte hinzu: »Geschweige denn hektographisch Briefe vervielfältigen. Diese Technik lernt man beim Militär.«

»Irgendwer wird ihnen geholfen haben und die Kuverts tragen eindeutig die Handschrift einer Frau«, meinte Körner. Er fühlte sich sichtlich unwohl und griff sich an den steifen weißen Kragen seines Hemdes. »Hier kann man ja nicht einmal ordentlich durchatmen. Herrgott, wie halten Sie das nur aus, Pokorny?«

»Das frage ich mich manchmal auch«, sagte Janek.

»Natürlich weiß ich, dass die beiden nicht die Mörderinnen sein können«, erklärte Körner. »Aber wir brauchen eben Ergebnisse. Solange wir keine anderen Verdächtigen haben, müssen wir uns mit den beiden Hübschlerinnen zufriedengeben. Die Menschen haben es nicht gerne, wenn ein Mörder durch die Straßen der Stadt läuft. Man wird sich fragen, wozu es die kaiserlichen Polizeiagenten überhaupt gibt. Und wenn wir noch länger im Dunkeln herumtappen, wird es uns bald nicht mehr geben.«

»Manche Ermittlungen dauern eben länger«, verteidigte sich Janek. »Wir müssen nach diesem Charles Francis suchen.«

»Und wo wollen Sie ihn finden?«

»Möglicherweise in den Reihen des Militärs. Die hektographische Schrift spricht dafür.«

»Vergessen Sie die Kuverts nicht«, Körner senkte seine Stimme. »Kein Mann vom Militär würde derart lächerliche Kringel an seine Buchstaben setzen.« Jede Farbe wich aus seinem Gesicht. »Wollen Sie etwa Offiziere der k. u. k. Armee vorladen? Unmöglich! Münzner würde uns fertigmachen.«

»Münzner will uns so oder so fertigmachen«, stellte Janek trocken fest. »Aus genau diesem Grund müssen wir den wahren Mörder finden und keine unschuldigen Frauen hinter Gitter bringen.« Janek machte eine Pause. »Wenn wir Erfolg haben, zeigen wir dem Kaiser, wie wichtig es ist, dass die Innere Sicherheit in unseren Händen und nicht in denen des Militärs liegt.«

»Ihr Enthusiasmus in Ehren, aber ich fürchte, dass Sie die Macht unseres Feindes unterschätzen«, Körner schüttelte langsam den Kopf. »Und aus diesem Grund bin ich für die einfachste Lösung. Zwei Morde, zwei Täterinnen, zwei Urteile. Die Menschen fühlen sich sicher, alle sind beruhigt, die Presse lobt uns und alles ist gut. Wir können uns wieder anderen Fällen widmen. Täglich passieren neue Verbrechen in dieser Stadt.«

Körner schien das, was er sagte, völlig ernst zu meinen. Janek musste seine Strategie ändern. Die Leben von zwei Prostituierten waren in den Augen seines Vorgesetzten verzichtbar. Er würde die beiden tatsächlich opfern, ohne mit der Wimper zu zucken.

»Sie haben eben selbst gesagt, dass ein Mörder durch die Straßen Wiens läuft«, erinnerte Janek ihn düster. »Vielleicht ist er ein charmanter Lügner, der nicht nur Offizieren, sondern auch jungen Frauen nachstellt.«

»Was, wieso? Wie kommen Sie auf die Idee?«

»Möglich wäre es. Der Mann ist offenbar verrückt, ein Irrer, unberechenbar. Mordanschläge auf Offiziere! Was kommt als Nächstes? Wir wissen es nicht. Heute bringt er einen Offizier um die Ecke, morgen attackiert er junge Frauen in den Sophienbadsälen.« Janek riss die Augen auf. »Sind Ihre Töchter letzte Woche nicht zu zweit über den Corso spaziert?«

Janek konnte sehen, wie sich Körners Körperhaltung änderte. Der Direktor hatte offenbar begonnen nachzudenken. Der Schutz seiner eigenen Töchter lag ihm mehr am Herzen als alles andere auf der Welt.

»Ein Mörder auf Wiens Straßen«, wiederholte er leise. Laut fragte er: »Was schlagen Sie vor zu tun?«

»Ich würde gerne mit allen Offizieren aus dem besagten Jahrgang sprechen.«

»Was erhoffen Sie sich davon?«

»Das weiß ich nicht genau«, gab Janek zu. »Aber ich weiß, dass einige Offiziere sich für verbotene Literatur und Schmuddelbilder interessieren.« Er holte sein Notizbuch aus seiner Jackentasche und suchte nach der Liste von Namen, die Carel ihm genannt hatte. Es überraschte ihn nicht, dass Dichand und die beiden anderen Namen auf den Kuverts sich auch auf seiner Liste fanden. »Ich denke, dass jemand von bestimmten Vorlieben seiner Kameraden wusste und den Offizieren die vergifteten Potenzmittel zugesendet hat, in der Hoffnung, dass die Pillen geschluckt werden.«

»Ein selbst ernannter Moralapostel?«, fragte Körner.

»Das wäre denkbar«, sagte Janek.

Körner seufzte schwer. »Die Version mit den schuldigen Hübschlerinnen finde ich besser.«

»Die beiden sind unschuldig.«

»Die Offiziere werden sich nicht verhören lassen. Münzner wird das zu verhindern wissen.«

»Dann sorgen Sie dafür, dass er uns fürs Erste Schriftproben der Männer liefert. Vielleicht helfen die uns schon weiter. Man kann Kringel an Buchstaben anhängen. Aber der Schwung einer Handschrift lässt sich nicht so leicht verschleiern.«

»Sie stechen in ein Wespennest, Pokorny.«

»Dann müssen wir die Hornissen sein«, meinte Janek. Er erinnerte sich an den Biologieunterricht. Angeblich fraßen Hornissen Wespen auf. Er selbst hatte es nie gesehen.

Kurz bevor Janek das Büro verlassen wollte, klopfte es erneut an seiner Tür. Es war Hofer: »Da ist ein Mann, der mit Ihnen reden will.« Er betonte das Wort Mann, als handelte es sich um den Leibhaftigen persönlich.

»Was will er?«, fragte Janek.

Hofer senkte die Stimme und hob schützend die Hand vor den Mund: »Es ist ein Offizier der kaiserlichen Armee. Er sagt, er will unbedingt mit Ihnen sprechen.«

Überrascht schob Janek die Briefe vom Schreibtisch. »Lassen Sie ihn herein.«

Hofer zog die Tür weit auf und ein Offizier in schneidiger Uniform betrat den Raum. Obwohl der Mann nicht sonderlich groß war, füllte er das Büro mit seiner Statur aus. Er grüßte knapp und nahm auf dem kleinen Hocker Platz, den Janek ihm anbot. Seine Uniformkappe legte er auf den Schreibtisch. Janek sah, dass er ein goldenes Armband trug, auf dem sich ein kleines Kreuz befand. Sein Haar war blond und schütter. Er stellte sich als Offizier Walter Petznek vor. Schweigend saß er da.

»Was kann ich für Sie tun?« Janek eröffnete das Gespräch.

»Unser Vorgesetzter hat uns aufgefordert, gewisse Schreiben abzugeben, die wir möglicherweise erhalten haben.« Er räusperte sich verlegen.

Janek holte die drei Kuverts wieder hervor. »Dankenswerterweise haben sich drei Männer gemeldet.« Er schob die Umschläge zu Petznek. »Haben Sie auch einen Brief dieser Sorte bekommen?«

Der Mann nickte. »Ich habe ihn sofort weggeworfen«, fügte er rasch hinzu.

»Das ist schade«, meinte Janek. »Er hätte uns zu dem Verfasser der Schreiben führen können. Oder haben Sie auch so einen Verdacht, von wem die Briefe stammen könnten?«

Der Offizier beugte sich nach vorne. Der scharfe Geruch von Schweiß und teurem Rasierwasser wehte Janek entgegen. Offizier Petznek war sichtlich nervös. »Es muss ein Versehen gewesen sein, dass ich den Brief erhalten habe.«

»Was veranlasst Sie zu dieser Annahme?«

»In der Offiziersschule gab es eine Gruppe von Männern, die haben immer zusammengehockt. Einen richtigen Bund hatten die miteinander. Und die haben sich schon damals für ganz bestimmte Themen interessiert.« Wieder ein Räuspern. Diesmal so laut, dass es fast wie ein Husten klang.

»Was für Themen?« Janek ahnte bereits, was jetzt kommen würde. Doch er wollte es aus dem Mund des Offiziers hören.

»Unanständige Sachen.«

»Zum Beispiel?«

Der Mann quittierte Janeks Nachfrage mit einem vorwurfsvollen Blick.

»Ich kann mir wenig unter unanständigen Sachen vorstellen«, log Janek. »Wurden verbotene Schriften angeboten? Alkohol? Drogen?«

Offizier Petznek fiel ihm aufgeregt ins Wort: »Obszöne Karten mit Bildern von nackten Frauen in völlig unnatürlichen Stellungen. Potenzpillen und Peitschen, die nicht für Pferde gedacht waren.« Kaum hatte er gesprochen, bekreuzigte er sich hastig, so als könnte er sich damit von den hässlichen Worten reinwaschen. Dann verschränkte er die Hände vor der Brust.

»Können Sie mir die Namen der Männer nennen, die sich für derlei interessierten?«

Der Offizier schwieg hartnäckig.

»Die Pillen, die verschickt wurden, enthielten Zyankali«, fuhr Janek fort. »Wir sind auf der Suche nach einem Mörder.«

Nervös biss Petznek sich auf die Unterlippe. »Ich hätte niemals hierherkommen dürfen.«

Er zog lautstark die Luft ein. »Mein Name muss unter allen Umständen unerwähnt bleiben. Können Sie mir das versichern?«

Janek überlegte. Es würde schwierig werden, Körner von weiteren Vernehmungen von Offizieren zu überzeugen, wenn er ihm nicht sagen konnte, woher die Information stammte. Gleichzeitig wusste er, dass Petznek ohne Versprechen nicht reden würde.

»Ich gebe Ihnen mein Ehrenwort.«

Mit überraschend fester Stimme nannte der Offizier fünf Namen: »Fellner, Mader, Dichand, Hofrichter und Fischer.«

Janek kannte alle fünf. Er notierte sie nicht zum ersten Mal in seinem Notizheft.

Drei Stunden später verließ Janek lange nach seinen Kollegen das Polizeigebäude. Immer wieder hatte er die Schriftzüge auf den Kuverts miteinander verglichen und war stets zu dem Schluss gekommen: Sie mussten von ein und derselben Person stammen. Nebenbei hatte er angefangen, Notizen zu den gestohlenen Broschen zu machen. Es fehlten ihm noch wichtige Informationen, bevor er damit zu Körner gehen konnte. Morgen würde er der Verlobten des verstorbenen Offiziers Fellner einen Besuch abstatten. Danach wollte er die Männer von Sekretär Maiers Liste kontaktieren. Die Brosche, die bereits in seinem Besitz war, hatte er vorsorglich gemeinsam mit den Notizen in der obersten Schublade seines Schreibtisches bei den Spesenabrechnungen verstaut. Er wusste, dass niemand diese Papiere freiwillig angreifen würde. Sie waren allen im Haus ein Gräuel. Körner hatte gejammert, als Janek ihm den Beleg für die Pferdetramway überreicht hatte. Erst nach langem Feilschen hatte er zähneknirschend den Betrag ausgehändigt.

Trotz des einsetzenden Nieselregens genoss Janek nach den Stunden hinter dem Schreibtisch den nächtlichen Spaziergang nach Hause. Die Straßen waren beinahe menschenleer. Nur hier und dort huschte ein Nachtschwärmer in einen Hauseingang. Der Regen hatte die Luft vom Staub der Baustellen und vom Ruß der Fabriken gereinigt. Janek atmete tief ein und freute sich am erdigen Geruch, der ihn an Schulausflüge in den Wienerwald erinnerte. Die Karikatur im Kikeriki fiel ihm wieder ein, gemeinsam mit dem herzhaften Lachen der

Grafentochter. Warum hatte er nicht zugeben können, dass der Witz gelungen war? Hatte er wirklich verlernt zu lachen? Tag für Tag beschäftigte er sich mit dem Verbrechen. Doch das war nicht der einzige Grund. Janek war selbst gewissermaßen aus dem Staub der Baustellen gekommen. Deshalb arbeitete er hart und nahm seine Aufgabe ernst. Er war froh, dass er nach dem Schulabbruch als Polizeiagent hatte anfangen können. Auch wenn es bei Weitem nicht das war, was Walter Seidel sich für ihn erhofft hatte, als er ihm das Begabtenstipendium ermöglicht hatte. Von Janeks Schulabbruch hatte der Lehrer nie erfahren, er war schon Jahre zuvor aus Wien weggezogen. Janek war froh darüber. Er hätte es nicht ertragen, den alten Mann zu enttäuschen.

Der Regen wurde heftiger. Janek stellte seinen Kragen auf und zog den Hut tiefer in die Stirn. In Gedanken über vertane Chancen lief er über die befestigte Taborstraße, die dank des Straßenpflasters nicht matschig wurde. Der Laternenanzünder hatte schon wieder vergessen, zwei der Gaslaternen neben der Karmeliterkirche zu entzünden. Janek richtete den Blick auf den Boden, um zu sehen, wo er hintrat. Zu spät nahm er die dunklen Gestalten wahr, die sich aus dem Schatten des Kirchturms lösten. Es waren zwei Männer in langen Militärmänteln. Janek konnte ihre Gesichter nicht sehen. Genau wie er selbst hatten sie die Krägen aufgestellt und die Kappen ihrer Uniformen tief in die Stirn gezogen. Janek fuhr herum. Hinter einer Litfaßsäule trat ein weiterer Mann hervor, der sich ihm mit schnellen Schritten näherte. Kurz bevor er Janek erreichte, flammte ein Streichholz auf. Eine Zigarette wurde entzündet. Das Licht der kleinen Flamme fiel auf schmale Augen, die ihn hasserfüllt anfunkelten. Der dichte

Backenbart konnte die hässlichen Pockennarben auf den teigigen Wangen nicht verbergen. Janek kannte das Gesicht, es hatte sich trotz des Barts in all den Jahren nicht verändert. Beinahe hätte Janek vergessen, dass er als Junge nächtelang wegen des hämischen Grinsens nicht hatte schlafen können. Jetzt war es wieder da, bedrohlicher als je zuvor. Genau wie damals hatte Janek die Möglichkeit der Flucht verpasst. Es war wie ein Déjà-vu. Manche Fehler wiederholten sich.

Die drei Männer hatten ihn umzingelt. Mit einer hastigen Bewegung zog einer von ihnen einen dunklen Gegenstand hinter dem Rücken hervor. Bevor Janek darüber nachdenken konnte, was es war, wurde er brutal nach hinten gerissen. Einer der Angreifer stülpte ihm einen Sack über den Kopf und zurrte ihn mit einem Seil zu. Noch bevor er damit fertig war, schlug ihm der Mann mit dem Teiggesicht in die Nieren. Janek klappte augenblicklich zusammen und ging zu Boden. Er schnappte nach Luft. Der Sack stank faulig. Janek versuchte sich aufzurappeln, da traf ihn ein schwerer Stiefel im Rücken. Er stöhnte auf. Der Schmerz breitete sich erst mit Verspätung wie ein loderndes Feuer in seinem Körper aus. In seinen Ohren surrte es.

»Das soll dir eine Lehre sein, du widerlicher kleiner Schnüffler.« Erneut ein Schlag gegen die Rippen. Es krachte. Sein Herz raste. »Das kommt davon, wenn dreckige Ziegelböhm sich in Angelegenheiten einmischen, die sie nichts angehen.« Wieder ein Schlag in die Nieren. Janek wurde schlecht. Das Sausen in seinen Ohren nahm zu. Ein schwerer Gegenstand traf ihn an der Schläfe, dann wurde er auf das harte Kopfsteinpflaster gedrückt. Einer der Angreifer kniete auf seiner Brust. Er bekam keine Luft mehr, drehte den Kopf panisch nach links und rechts. Der nächste Schlag landete mitten in seinem Gesicht. Hart schlug sein Hinterkopf auf einem spitzen Gegenstand am Boden auf. Diesmal blieb er liegen. Ein Schmerz durchzuckte seinen Schädel wie ein brennender Blitz. Aus dem Surren in den Ohren wurde ein gleichbleibendes, hohes Pfeifen. Er sah weiße Kringel, die wie winzige Sterne vor ihm tanzten. Immer wilder und schneller drehten sie sich. Endlich kündigte sich die erlösende Ohnmacht an. Den nächsten Schlag nahm er kaum noch wahr. Janek tauchte ab in ein Meer aus Dunkelheit. Es nahm ihn mit einer fast zärtlichen Sanftheit auf und er ließ sich dankbar fallen.

Aurelia

Carltheater

»Papa, bist du sicher, dass du auf die Vorstellung im Carltheater verzichten willst?« Aurelia stand fertig angezogen im Salon. Sie trug ein neues grünes Abendkleid, das Marie erst am Nachmittag von der Schneiderin abgeholt hatte. Ihr volles rotes Haar war zu einem kunstvollen Kranz geflochten, in dem kleine Diamantenblumen steckten. Genau wie die Vorbilder der Kaiserin stammten auch diese aus dem Hause Köcher, dem Hausjuwelier der Aristokratie. In ihrem kleinen zum Kleid passenden Beutel befanden sich ein Fächer und ein Opernglas, die wichtigsten Requisiten für einen Theaterbesuch. In den vollen Zuschauerräumen wurde es oft unerträglich heiß und wenn man von den Logen aus die Mimik der Schauspieler sehen wollte, benötigte man ein Fernglas.

Otto von Kolowitz betrachtete seine Tochter voller Stolz. Er saß in seinem Lehnstuhl, die aufgeschlagene Wiener Theaterzeitung auf seinen Knien. »Die Inszenierung von *Die Familie Zwirn, Knieriem und Leim oder Der Weltuntergangstag* scheint gelungen zu sein«, teilte er mit.

»Eben deshalb solltest du mitkommen. Nestroys Stücke sind wundervoll bissig. Keiner vermag es, den Wienern auf charmantere Weise den Spiegel vorzuhalten. Der Mann ist viel zu früh verstorben.«

»Na ja!«, Otto von Kolowitz legte die Zeitung weg. »Du

weißt, dass ich Nestroy unterhaltsam finde, aber so außergewöhnlich sind seine Stücke nun auch wieder nicht.«

Seine Antwort überraschte Aurelia. Bisher hatte Otto von Kolowitz kein Nestroystück ausgelassen. »Kann es sein, dass eine ganz gewisse Person damit zu tun hat, dass du mir einen Korb gibst?«

Der Graf errötete.

»Wenn ich Frau Ziegler erneut versetze, mache ich mich zum Gespött der Wiener Gesellschaft.« Die umtriebige Unternehmerin hatte Aurelias Vater nach dem Ball in den Sophiensälen bereits zweimal zum Abendessen in ihren Kultursalon eingeladen. Beide Male hatte Aurelias Vater abgelehnt. Das dritte Angebot hatte er nicht ausschlagen können und dabei ganz den Theaterabend vergessen.

»Ich muss zum Kultursalon«, sagte Otto von Kolowitz.

»Beim nächsten Mal begleite ich dich«, antwortete Aurelia gut gelaunt. Nur zu gerne wäre sie schon diesmal mitgekommen. Aber zum einen wollte sie auf das Theaterstück nicht verzichten, zum anderen war es gut, dass ihr Vater eigene Wege ging. Endlich verließ Otto von Kolowitz wieder das Haus und traf sich mit einer Frau. Dieser Entwicklung wollte Aurelia auf keinen Fall im Wege stehen.

Nepomuk hatte das Theaterbillet von Otto von Kolowitz gerne übernommen. Pünktlich um acht stand er mit einer gemieteten Kutsche vor der Tür in der Bäckerstraße. Leider saß nicht Frieda am Kutschbock.

»Hinreißend schön, wie immer«, sagte er und hauchte ihr einen Kuss auf den Handrücken. Auch er hatte sich große Mühe mit seinem Äußeren gegeben. Aurelia war sich sicher, dass er die Blicke etlicher Frauen auf sich ziehen würde.

Im Foyer des Theaters tummelten sich die Gäste. Das Stimmengewirr erinnerte an das Summen um einen Bienenstock. Das Carltheater in der Praterstraße gehörte zu den beliebtesten Bühnen der Stadt. Jeden Abend waren die Vorstellungen ausverkauft. Nepomuk drängte sich zum Buffet durch und kam mit zwei Gläsern Champagner zurück. »Wer hätte gedacht, dass die Fortsetzung von *Lumpazivagabundus* so viele Zuschauer begeistern würde«, sagte er. »Auf einen unterhaltsamen Abend.« Sie stießen an.

Aurelia ließ ihren Blick über die vornehm gekleideten Theatergäste schweifen. Einige der Damen hatten ihre Korsetts vom Hauspersonal so fest zuschnüren lassen, dass die eine oder andere von ihnen spätestens in der Pause in Ohnmacht fallen würde. Ohnmächtige Damen gehörten zu einem Theaterabend wie der Champagner im Foyer. Aurelia hatte noch nie das Bewusstsein verloren. Sie trug auch kein Riechsalz mit sich herum. Es war ihr wichtig, immer ausreichend Luft zu bekommen. Am liebsten hätte sie ganz auf die steifen Korsetts aus Fischbein verzichtet. In einer der Ecken entdeckte sie ein bekanntes Gesicht.

»Oh, sehen Sie nur, Nepomuk. Dort drüben steht die Verlobte des verstorbenen Offiziers Fellner. Erstaunlich, dass sie sich so schnell nach seinem Tod in der Öffentlichkeit zeigt.«

Nepomuk folgte Aurelias Blick. Tatsächlich stand auf der anderen Seite des Raums Hannelore Aigner. Die junge Frau schien in Begleitung ihrer Eltern hier zu sein. Das Paar neben ihr war deutlich älter und hatte eine unbestreitbare äußerliche Ähnlichkeit mit Fräulein Aigner. »Lassen Sie uns zu ihr gehen und kondolieren«, schlug Aurelia vor. Nepomuk zögerte: »Ich bin mir nicht sicher, ob das Fräulein trauert.«

»Nur weil jemand kein Schwarz trägt und ins Theater geht, statt zu Hause zu sitzen, heißt das noch lange nicht, dass er nicht traurig ist«, widersprach Aurelia. Schon marschierte sie los.

»Guten Tag, Fräulein Aigner«, sagte sie mitfühlend, als sie zu der kleinen Gruppe trat. »Der Tod Ihres Verlobten tut mir unendlich leid. Lassen Sie mich Ihnen mein aufrichtiges Beileid aussprechen.«

Hannelore Aigner schien durch Aurelia hindurchzuschauen. Ihre Augen waren glasig. Hatte sie Beruhigungsmittel eingenommen?

»Wir sind einander neulich am Ball in den Sophiensälen begegnet«, erklärte Aurelia. »Mein Name ist Aurelia von Kolowitz und mein Begleiter ist der Rechtsbeistand meiner Familie, Nepomuk Hofmeister.«

»Mein Beileid.« Nepomuk nickte höflich.

»Wir haben uns unterhalten. Können Sie sich nicht mehr erinnern?«

Fräulein Aigners Blick blieb leer. Sie verzog die Lippen zu einer Grimasse, die ein Lächeln darstellen sollte.

»Unsere Tochter steht immer noch unter Schock«, erklärte Herr Aigner. »Wir müssen Sie zum Ausgehen zwingen. Es ist nicht gesund, den ganzen Tag zu Hause zu sitzen.«

»Es ist gut, auf andere Gedanken zu kommen«, pflichtete Aurelia den Eltern bei.

»Einem Mann wie Fellner darf ein anständiges Fräulein wie unsere Hannelore sowieso keine Träne nachweinen«, mischte Frau Aigner sich nun mit aufgeregter Stimme ein. »Alles andere würde ein völlig falsches Bild abgeben.«

»Wie bitte?«, fragte Aurelia irritiert.

»Lesen Sie denn keine Zeitungen?«, fragte Frau Aigner.

»Für gewöhnlich schon«, antwortete Aurelia. »Habe ich etwas übersehen?«

»Das kann man wohl sagen«, schnaufte Frau Aigner. »Der feine Verlobte unserer Tochter wurde in einer Spelunke am Spittelberg aufgefunden. Jeder weiß, was dort für Gesindel verkehrt.«

Herr Aigner erläuterte wütend: »Wenn ein Mann dort hingeht, gibt es nur einen Grund.« Beide Eltern schienen der Befindlichkeit ihrer Tochter keine Beachtung zu schenken. Hannelore Aigner wandte sich beschämt ab, so als hätte sie Schuld am unsittlichen Verhalten ihres toten Verlobten. Aurelia empfand doppeltes Mitleid mit der stillen jungen Frau. Nicht nur, dass sie den Mann verloren hatte, den sie heiraten wollte. Nun durfte sie nicht einmal um ihn trauern.

»Ich denke, dass das Ableben eines Menschen immer bedauerlich ist«, sagte Aurelia sanft. »Ganz egal, wie die Umstände sind.«

»Das sehe ich anders«, widersprach Frau Aigner. »Diese ganze Gruppe rund um Offizier Fellner ist ein einziger Sauhaufen. Einer von denen ist schlimmer als der andere. Ich habe es immer gewusst.« Sie sah ihre Tochter vorwurfsvoll an. Die sah aus, als wollte sie sich am liebsten in Luft auflösen.

Wäre Aurelia nicht so furchtbar neugierig gewesen, wäre jetzt der Augenblick gewesen zu gehen. Aber ihr Wissensdurst war größer und so ignorierte sie Nepomuks sanften Druck gegen ihren Ellbogen.

»Wie meinen Sie das?«, fragte sie möglichst beiläufig. »Die Männer sind doch Mitglieder der kaiserlichen Armee. Die Beschützer unserer Gesellschaft, die Verteidiger der Nation.«

»Ach was«, schnaufte Frau Aigner. »Die Zeiten haben sich geändert. Früher war ein Offizier vielleicht noch ein Ehrenmann, aber heute sagt der Rang rein gar nichts über die Moral eines Mannes aus. Offiziere, Leutnants und Generäle. Sie können uns in Zukunft alle gestohlen bleiben. Lauter verlottertes Pack ohne Sitte und Anstand.«

Herr Aigner versuchte seine Frau mit Blicken zu mäßigen. Ein Drittel der anwesenden Männer im Foyer trug kaiserliche Uniformen. Einige sahen bereits herüber. Doch Frau Aigner ließ sich nicht bremsen. Im Gegenteil, sie schien gerade erst in Fahrt zu kommen.

»Nehmen Sie als Beispiel Offizier Mader. Zuerst hieß es, er sei von einem Gauner erstochen worden, jetzt wird gemunkelt, dass er sich mit einer Hübschlerin vergnügt hat, genau wie Hannerls Fellner. Oder erinnern Sie sich an diesen Schubert, der suspendiert wurde, weil in seinem Spind stapelweise schmutzige Zeichnungen gefunden worden sind. Die Geschichte ging durch alle Zeitungen. Ganz zu schweigen von Hofrichter, der mit der armen Sopherl Steinwandtner verlobt gewesen war.«

»Besaß der etwa auch schmutzige Zeichnungen?«, wollte Aurelia wissen. Die Skandalgeschichten waren völlig an ihr vorübergegangen.

»Ganz genau. Der Schuft hat die Steinwandtner einfach sitzen lassen. Angeblich ist sie später an einer Lebensmittelvergiftung gestorben, aber das glaub ich nicht. Es war wie immer. Sie wissen schon …« Frau Aigner beendete den Satz nicht. Stattdessen deutete sie die Wölbung eines Bauchs an. »Was blieb der Armen anderes übrig, als den Freitod zu wählen.«

»Sie hat sich umgebracht?«, fragte Aurelia betroffen. Es war unglaublich, was die Frau ausplauderte. Die eigene Kränkung ließ sie alle Hemmungen über Bord werfen.

»Ihre Mutter hat das abgestritten, damit die Arme ein Grab am Friedhof bekommt. Aber wenn Sie mich fragen, dann war das eine eindeutige Sache. Heute ist der Hofrichter mit der Tochter eines reichen slowakischen Oberstleutnants verlobt«, fuhr Frau Aigner munter fort. »Aber jetzt passen Sie auf, das Schlimmste kommt nämlich erst jetzt. Die Zeichnungen …«, nun senkte sie die Stimme und hielt sich schützend eine Hand vor den Mund, »… sie zeigten Männer.«

Die Erwähnung von Homosexualität schien Herrn Aigner nun doch eine Spur zu weit zu gehen. Er räusperte sich dezent und stieß seine Frau sanft an.

»Können wir endlich in den Saal?«, fragte Hannelore Aigner emotionslos. Hatte sie den Inhalt des Gesprächs mitbekommen? Aurelia war sich nicht sicher. Wahrscheinlich hatte ihre Mutter ihr eine Droge verabreicht, um aller Welt zu zeigen, dass ihre Tochter nicht trauerte. Oder Hannelore Aigner hatte selbst etwas eingenommen, um ihre Mutter zu ertragen. Die drei verabschiedeten sich und ließen Aurelia und Nepomuk zurück.

»Was für eine sympathische Familie«, bemerkte Nepomuk. »Wer solche Eltern hat, braucht keine Feinde mehr.«

»Ich habe den Eindruck, die Frau hat eben den Frust eines ganzen Lebens abgeladen«, sagte Aurelia.

»Das reichte für mehrere Leben!« Nepomuk leerte sein Glas.

»Ich frage mich, ob Fräulein Aigner das kostbare Geschenk behalten wird, das sie von ihrem Verlobten bekommen hat. Leider konnte ich sie nicht mehr fragen.«

»Welches Geschenk?«

Aurelia erzählte Nepomuk in kurzen Worten von den Broschen und ihrer Vermutung, dass ein korrupter Beamter sie aus dem Belvedere entwendet hatte. Dabei achtete sie darauf, Mizzi nicht zu erwähnen. Er hätte ihren Umgang mit Prostituierten mit Sicherheit nicht gutgeheißen.

Glücklicherweise hakte Nepomuk nicht nach. Kopfschüttelnd sagte er: »Überall Lüge und Betrug, wohin man auch schaut.«

Aurelia dachte erneut über das eben geführte Gespräch nach. »Ich wusste, dass Fellner am Spittelberg war. Aber war es auch in den Zeitungen zu lesen?«, fragte sie.

»Ganz offensichtlich. Ich nehme an, es stand in einer der Abendausgaben«, Nepomuk musterte Aurelia. »Woher, wenn nicht aus der Zeitung, wussten Sie …?«

»Haben wir noch Zeit, bis die Vorstellung beginnt?«, fiel Aurelia ihm ins Wort.

Nepomuk zog seine goldene Taschenuhr aus der Weste, klappte sie auf und warf einen Blick darauf. »Fünfzehn Minuten.«

»Das reicht«, meinte Aurelia. »Ich habe einen Zeitungsjungen direkt vor dem Theater stehen sehen.«

»Ihr Interesse an diesen Mordfällen macht mir Sorgen«, sagte Nepomuk. »Seit wann gieren Sie nach Sensationen dieser Art? Sie wissen, dass ein Großteil von dem, was geschrieben wird, nicht stimmt.«

»Eine unschuldige Frau sitzt hinter Gittern«, verteidigte sich Aurelia. »Auf gewisse Weise fühle ich mich für ihr Schicksal mitschuldig. Ich traue Ihrem ehemaligen Schulkollegen nicht recht. Vielleicht braucht er ein wenig Unterstützung, um Josefa Sobotka vor dem Galgen zu bewahren.«

Aurelia sah, wie Nepomuk bei Inspektor Pokornys Erwähnung zusammenzuckte. Er überspielte die Reaktion, drückte ihr sein leeres Champagnerglas in die Hand und bat sie zu warten. Dann verließ er das Foyer des Theaters. Aurelia sah ihm zu, wie er bei einem Jungen, der nicht älter als zehn Jahre alt war und keine Schuhe trug, eine Abendausgabe der Freien Presse kaufte. Rasch kehrte er damit zu ihr zurück.

»Hier, bitte schön!«

Aurelia stellte beide Gläser auf ein Tischchen, nahm die Zeitung und überflog die Schlagzeilen.

»O nein.« Ihr Herz setzte für zwei Schläge aus, um dann viel zu schnell weiterzuschlagen. »Vielleicht habe ich Ihrem Schulkameraden eben Unrecht getan«, sagte sie tonlos.

»Wie kommen Sie zu dem Schluss? Ist etwa die Hübschlerin entlassen worden?«

Betroffen drehte Aurelia die Zeitung zu Nepomuk und wies auf eine kleine Spalte in der rechten unteren Ecke. Nepomuk nahm das Blatt entgegen und las: »Inspektor J. Pokorny, Polizeiagent der Sicherheitswache, wurde gestern Abend am Karmeliterplatz brutal von Unbekannten zusammengeschlagen. Der Beamte musste ins Allgemeine Krankenhaus gebracht werden. Laut Polizeidirektor Körner gibt es keinen Zusammenhang zwischen dem Überfall an Inspektor Pokorny und dessen aktuellen Ermittlungsarbeiten. Es scheint sich um einen Raubüberfall gehandelt zu haben.« Nepomuk erblasste. Hektisch blätterte er die Zeitung durch. »Ist das alles?«, fragte er wütend. »Der Überfall ist den Reportern bloß diese paar Zeilen wert?«

»Vielleicht weiß man noch nicht mehr«, gab Aurelia zu bedenken. Auch sie war über die Nachricht entsetzt. Sie hatte das

Gesicht des Inspektors deutlich vor sich, seine ernsten dunklen Augen, die klassisch geschnittene Nase. Doch Nepomuks heftige Reaktion überraschte sie.

»Ich dachte, Sie können den Mann nicht ausstehen«, sagte sie.

Nepomuk schien sie nicht zu hören. Er blätterte die Zeitung noch einmal durch. Selbst das Läuten der Theaterglocke nahm er nicht wahr. Sein Gesicht hatte jede Farbe verloren.

»Kommen Sie, lassen Sie uns das Stück ansehen«, sagte Aurelia. Nepomuk richtete sich auf. In seinen Augen standen Angst und Besorgnis. Für beides hatte Aurelia keine Erklärung. Der sonst so gefasste Advokat rollte die Zeitung ein und steckte sie in die Innenseite seines Fracks. Schweigend folgte er ihr in den Publikumssaal.

Es herrschte hektisches Treiben. Alle, die bis zum letzten Läuten gewartet hatten, drängten jetzt zu den Sitzplätzen. Mehrere Zuschauer mussten aufstehen, damit Aurelia und Nepomuk zu ihren Stühlen gelangen konnten. Kaum, dass sie saßen, hob sich der schwere mit Darstellungen aus der griechischen Mythologie verzierte Bühnenvorhang. Es folgte Applaus, dann betrat der erste Schauspieler die Bühne.

Trotz der herausragenden Leistung der Schauspieler gelang es Aurelia nicht, sich auf die Komödie zu konzentrieren. Als der Protagonist im zweiten Akt sang: »Der Komet war nicht pünktlich, ich schau' wie a Narr, vielleicht is' er schläfrig und schlaft tausend Jahr. Auf d' Astronomie hab ich izt einen Zorn, und das bloß aus dem Grund, weil ich prügelt bin wor'n«, schaute sie betroffen zu Nepomuk. Auch der war beim Wort »prügelt« zusammengezuckt und schien mit seinen

Gedanken ganz woanders zu sein. Während der Rest des Publikums sich königlich amüsierte, lag auf seinem Gesicht ein finsterer Schatten.

Janek

Allgemeines Krankenhaus

Janek nahm die Stimmen und Geräusche neben sich wie durch einen dichten Nebel wahr. Es roch nach Chlorkalk und einem scharfen, ätzenden Mittel, das in seiner Nase ein kratzendes Gefühl hinterließ. Sein rechtes Auge war zugeschwollen, sein ganzer Körper schmerzte. Sobald er versuchte, sich aufzusetzen oder auch nur ein Stückchen zu bewegen, durchfuhr ihn ein stechender Schmerz. Von Zeit zu Zeit kam eine Krankenschwester in einer dunklen Uniform mit einer weißen Mütze und weißen Schürze vorbei. Sie flößte ihm mit einem Schnabelbecher eine süßliche Flüssigkeit ein, auf die hin er schläfrig wurde. Der Saft erlöste ihn für eine Zeit von seinen Schmerzen und versetzte ihn in einen Dämmerzustand. Wilde Träume quälten ihn. Er sah einen Mann. Oder war es bloß ein Junge? Er schien viel zu jung für den Anzug, den er trug. Er redete auf ihn ein, sprach von einer Brosche und Notizen in einem Schreibtisch. Janek hatte keine Ahnung, was er meinte. Er besaß keinen Schmuck, oder etwa doch? War er deshalb überfallen worden? Weitere Männer tauchten aus einem plötzlich einsetzenden Regen auf. Die Tropfen prasselten auf ihn herab wie Faustschläge. Janek wollte weglaufen, aber er konnte nicht. Er sah auf seine Füße und stellte fest, dass er gefesselt war. Im nächsten Moment lag er am Boden. Der Regen hörte auf und Männer in schweren Stiefeln standen über ihm. Einer kniete auf seiner Brust, die anderen traten zu. Sie trampelten auf seinem Gesicht herum. Die Tritte hallten zwischen seinen Schläfen wie lautes Donnergrollen. Dann hörte er die Krankenschwester. Sie unterbrach die Tortur und schimpfte. Sie schickte jemanden weg. Die Männer? Den Jungen im Anzug? Janek schlief erleichtert ein.

Als er das nächste Mal erwachte, öffnete er vorsichtig sein linkes Auge. Er blickte auf eine weiß gestrichene Decke. Zwei fette Fliegen surrten um eine Glühbirne. Feine Sprünge zogen sich durch den Verputz. War es Tag oder Nacht? Janek hatte jedes Gefühl für Zeit verloren. Rechts und links von seinem Bett standen graue Paravents. Dahinter stöhnten andere Kranke oder Verletzte. Ihm war furchtbar übel. Der Versuch sich aufzurichten erschöpfte ihn. Mutlos sank er zurück in sein Kissen, dem ein leichter Geruch nach Erbrochenem anhaftete. Schon kehrte er in seinen Dämmerzustand zurück.

»Wie fühlen Sie sich heute?« Die Stimme der Krankenschwester kam aus dem Nichts. Erschrocken riss er beide Augen auf, auch das zugeschwollene. Er bereute die ruckartige Bewegung sofort. Für einen Moment wusste er nicht, wo er war. Und schon gar nicht, wie er sich fühlte.

»Keine … keine Ahnung«, antwortete er.

»Kommen Sie, ich helfe Ihnen hoch«, die resolute Frau stopfte ihm weitere Polster in den Rücken. In Janeks Ohren surrte es, kurz wurde ihm schwindelig, doch dann ließ das Geräusch nach und er konnte ohne Schmerzen sitzen. Ein dicker Verband schnürte seine Brust ein. Daher das Druckgefühl.

»Sie hatten Riesenglück. Das hätte böse ausgehen können«, sagte die Krankenschwester munter.

»Ach ja? Fühlt sich gar nicht so an.«

»Sie haben keine inneren Verletzungen. Bloß Rippenbrüche, blaue Flecken und Quetschwunden. Das heilt alles wieder. Auch ihr Gesicht wird wieder so schön, wie es vorher war.« Während sie sprach, goss sie Tee aus einer Kanne in einen normalen Becher. Der Schnabel war weg.

»Wir haben die Schmerzmittel reduziert. Sie bekommen kein Opium mehr.«

»Aha.« Janeks Brust fühlte sich an wie ein Schnitzel, das von einer fleißigen Köchin intensiv mit dem Fleischhammer bearbeitet worden war. Doch sein Geist war wieder frei von Opiumträumen. »Wie lange bin ich schon hier?«

»Vor drei Tagen sind Sie eingeliefert worden. Die Burschen, die Sie überfallen haben, waren nicht zimperlich.«

»Das können Sie laut sagen.«

»Keine Sorge, Sie werden wirklich wieder ganz der Alte. Sie haben nicht einmal einen Zahn eingebüßt.« Sie reichte Janek den Becher, den er nun allein halten konnte. Er nahm einen Schluck Tee. Er war ekelhaft süß.

»Später bringe ich Ihnen einen Erdäpfelpüree.«

Kontrollierend fuhr Janek mit der Zunge seine Zähne ab. Sie waren tatsächlich alle noch da. »Ich kann beißen«, meinte er.

»Das ist schön für Sie. Bei uns gibt's heut trotzdem Püree.« Die Krankenschwester griff einen Eimer mit altem Verbandszeug. »Draußen steht Besuch für Sie. Er war schon einmal da. Ich lass den Herren rein.«

Sie verschwand hinter dem Paravent, hinter dem einen Moment später Nepomuk hervortrat. Am liebsten hätte Janek der Krankenschwester hinterhergerufen, dass sie ihn gleich wieder mitnehmen sollte. Aber Nepomuk schien die Frau mit seinem Charme um den Finger gewickelt zu haben. »Ich werde nicht lange bleiben«, war das Erste, was er sagte.

»Was willst du hier?«

»Nach dir schauen.« Wie immer war Nepomuk wie aus dem Ei gepellt. Er trug einen teuren Anzug mit hellen Hosen und eine dezente Parfumwolke umhüllte ihn. Zugegebenermaßen eine willkommene Abwechslung an einem Ort, wo der Geruch nach Desinfektionsmittel mit dem nach Urin um die Vormacht kämpfte. Nepomuk schob einen Hocker heran und setzte sich ungefragt neben Janek. Er musterte ihn besorgt.

»Ich kann auf deinen Besuch gut verzichten«, murrte Janek.

Nepomuk stützte die Ellbogen auf die Knie und legte sein Kinn in seine Hände. »Ich weiß, dass du mich hasst«, sagte er ernst und so leise, dass nur Janek ihn hören konnte. »Du hast auch allen Grund dazu. Aber ich hasse dich nicht.«

»Ach nein? Ich habe da andere Erinnerungen. Wann kam der Sinneswandel?«

Nepomuk schluckte. Er strich durch sein perfekt frisiertes Haar und fuhr sich übers Kinn.

»Lass uns nicht über die Vergangenheit reden«, sagte er müde. »Wer hat dir das angetan?«

Janek wollte mit den Schultern zucken, doch es ging nicht. Ohne Opium war jede Bewegung eine Tortur. »Berufsrisiko«, sagte er nur bitter.

Nepomuk ließ nicht locker. »Hast du die Männer erkannt?«

Janek antwortete nicht.

»War es Bertram von Hohenklug?«

»Nein.« Janek wusste, dass seine Antwort viel zu schnell und patzig kam.

»Du warst noch nie ein guter Lügner«, sagte Nepomuk.

Mit einem Mal wuchs Janeks Misstrauen. »Steckst du etwa auch dahinter? Hast du von dem Überfall gewusst?«

»Glaubst du das wirklich?«, fragte Nepomuk gekränkt.

»Warum nicht? Deine Klientin, die Grafentochter, ist zwar aus dem Schneider. Aber ich weiß nicht, wie viele Freunde du beim Militär hast, denen du noch einen Gefallen schuldest. Oder die dir etwas schulden? Eure ganzen Seilschaften sind undurchsichtig und kriminell.«

Nepomuk schüttelte traurig den Kopf. »Dein Problem ist, dass du deine Freunde nicht von deinen Feinden unterscheiden kannst.«

Janek lachte auf. Die Bewegung schmerzte. »Willst du etwa behaupten, du seist mein Freund?«

Nepomuk schwieg.

»Wer solche Freunde hat, der braucht keine Feinde mehr.«

Die beiden sahen einander lange an. In Nepomuks Augen lag eine tiefe Traurigkeit, während in Janeks Blick eine Mischung aus Wut und Enttäuschung loderte.

»Von Hohenklug ist ein zorniger Mann, der Gott und die Welt hasst, weil seine Familie an Einfluss verloren hat. Wenn er auf andere einschlagen kann, dann tut er das, und zwar mit Genuss. Daran hat sich in all den Jahren nichts geändert. Leider hast du ihm einen willkommenen Grund geliefert.«

»Weil ich einen Mörder in den Reihen des Militärs suche?«

»Du weißt, dass das bloß ein Vorwand für ihn war. Aber du hast dich mit deinen Ermittlungen unbeliebt gemacht. Es gibt eine Menge Männer, die zu Bertrams Tat applaudieren würden.«

Janek erinnerte sich an Körners Warnung mit dem Wespennest und seine großspurige Antwort auf die Bemerkung. Im Moment fühlte er sich weniger wie eine Hornisse und mehr wie ein träger Maikäfer.

»Würdest du vor Gericht gegen Bertram aussagen?«

»Wo denn? Vor einem Militärgericht? Was soll ich dort sagen? Dass drei Männer mich im Dunkeln angegriffen haben und einer davon ein ehemaliger Schulkollege war, der es schon damals auf mich abgesehen hatte? Was meinst du, wie meine Chancen stehen?«

Nepomuk antwortete nicht.

»Ich sage dir, was passieren wird. Man wird einen einfachen Ziegelböhm, der sich mit dem Militär anlegt, auslachen. Im schlimmsten Fall verliere ich meine Anstellung, weil ich keinerlei Beweise für meine Behauptung habe. Es würde Aussage gegen Aussage stehen. Und selbst wenn es Zeugen geben sollte, werden die schweigen, um keinen Ärger zu bekommen.«

Nepomuk blieb noch einen Moment stumm, dann beugte er sich vor und hob vielsagend eine Augenbraue. »Vielleicht hast du recht. Aber es gibt andere Methoden, einem Mann wie von Hohenklug wehzutun.«

Janek spürte, wie die Übelkeit zurückkehrte. »Ich will mit all diesen Methoden nichts zu tun haben«, sagte er finster. »Ich bin Polizeiagent und kläre Verbrechen auf. Wenn ich Beweise habe, dann lege ich die vor. Wenn ich keine habe, muss ich schweigen. Aber ich begebe mich sicher nicht auf das Niveau von Lügnern, Schlägern, Erpressern und Heuchlern. Was für mich zählt, sind Wahrheit und Aufrichtigkeit.«

Nepomuk seufzte mitleidig. »Mit diesen hohen moralischen Ansprüchen wirst du hier leider zum Dauergast werden und niemals die erträumte Karriereleiter erklimmen.«

»Was weißt du schon von meinen Träumen.«

Nepomuk warf ihm einen vielsagenden, traurigen Blick zu. Er setzte seinen Hut wieder auf.

»Ich weiß jedenfalls, wer die gestohlenen Broschen verkauft hat.«

»Woher …?«

»Aus irgendeinem Grund hast du Fräulein Aurelias Interesse geweckt.« Da war er wieder, der amüsiert-überhebliche Unterton, den er von Nepomuk kannte. »Na ja, das Fräulein hat einen Hang zu Sonderlingen.«

Hörte Janek etwa einen Anflug von Eifersucht? Das war völlig absurd. Janek war der Grafentochter nur zweimal über den Weg gelaufen. Mühevoll richtete er sich auf und biss dabei vor Schmerzen die Zähne zusammen.

»Bleib liegen«, befahl Nepomuk. »Sonst kommst du hier niemals raus.« Sein Blick wurde wieder weicher. »Jedenfalls hat mir ein Freund erzählt, dass ihm im Café Milani eine wertvolle Brosche in Form eines Mistkäfers zu einem sensationellen Preis angeboten wurde. Der Mann, der die Schmuckstücke verkauft, heißt Jürgen Hoschek und arbeitet für Hofrat Pinacek im Unteren Belvedere.« Nepomuk setzte seinen Hut auf, neigte zum Abschied den Kopf und ging.

Janek starrte ihm noch lange wütend nach. Ärgerlich schlug er mit der Faust auf die Matratze. Der Schmerz, der folgte, nahm ihm für ein paar Sekunden den Atem. Aber auf diese Weise vergaß Janek wenigstens für einen Moment seinen Zorn.

Schon zwei Tage später wurde Janek aus dem Krankenhaus entlassen. Ein enger Verband um seine Brust sollte die heftigen Schmerzen lindern. Nachteil der Stütze war, dass er kaum atmen konnte. Seine Wangen waren voller Schürfwunden und leuchteten in dunkelvioletten und grünen Farbtönen. Er sah aus wie einer der Burschen, die für eine Nacht im Gefängnis ausgenüchtert werden.

Nach einem Abstecher in seine Wohnung kehrte Janek zurück ins Büro am Petersplatz. Er hatte eine Woche lang nicht gearbeitet und würde sowieso nur noch einen Bruchteil seines Gehalts bekommen. Gerade genug, um seine Miete zu bezahlen. Er war auf das Geld angewiesen. Also biss er die Zähne zusammen und meldete sich zum Dienst zurück.

Als Johannes Hofer ihn erblickte, schlug der junge Mann die Hände über dem Kopf zusammen. »Um Himmels willen, Sie schauen ja erbärmlich aus.« Er folgte Janek in sein Büro.

»Danke, Hofer, genau das wollte ich hören.« Janek setzte sich vorsichtig hinter seinen Schreibtisch. Jede schnelle Bewegung verursachte unsägliche Schmerzen. Ein ganzer Stapel von ungeöffneten Briefen, Aktenvermerken und anderen Nachrichten türmte sich auf der winzigen Tischplatte.

Janek öffnete die oberste Schublade, um einen Stift herauszuholen, und stellte entsetzt fest, dass die gewohnte Ordnung durcheinandergebracht worden war.

»Wo sind meine Notizen und wo …«, er stockte.

Schuldbewusst trat Hofer von einem Fuß auf den anderen. Der junge Mitarbeiter stand bei der Tür, bereit, das Büro jeden Moment zu verlassen.

»Waren Sie an meinem Schreibtisch?«

Johannes Hofer fuhr sich nervös übers bartlose Kinn. »Der Herr Direktor hat gesagt, dass ich …«

»Dass Sie, während ich weg bin, meinen Schreibtisch durchwühlen und alles durcheinanderbringen sollen?«

»Er hat nach den letzten Ermittlungen zum Diebstahl der Broschen gefragt. Ich konnte ihm nichts sagen und deshalb habe ich …« Er starrte auf seine schmutzigen Schuhspitzen, so als könnten sie ihm die passenden Worte liefern.

»Was zum Teufel haben Sie aus der Lade genommen?« Janek ahnte die Antwort bereits. Das Pochen in seiner Brust wurde stärker. Schweiß trat auf seine Stirn.

»Ich habe die gestohlene Brosche gefunden und Ihre Notizen über Mizzi Voda.«

»Diese Notizen waren noch unvollständig! Niemand außer mir konnte damit etwas anfangen. Was haben Sie damit gemacht?«

Hofers Stimme wurde immer leiser. »Ich habe beides dem Herrn Direktor gebracht.«

Janek spürte, wie die Übelkeit zurückkehrte. Er ahnte Schreckliches und erinnerte sich an seine Opiumträume. Der Junge im Anzug war Hofer gewesen.

Der Kollege hob den Kopf wieder. »Aber Sie können froh sein«, sagte er. »Jetzt sind alle Fälle aufgeklärt. Wir haben alle Schuldigen gefunden.« Hofer grinste stolz. Möglicherweise erhoffte er sich Lob, weil er die Notizen gefunden und weitergegeben hatte. »Direktor Körner hat noch am selben Tag Mizzi Voda verhaften lassen. Sie hat behauptet, sie hätte die Brosche geschenkt bekommen und dann an Gräfin von Kolowitz gegeben. Wir vermuteten, dass die Dame Ihnen dann das Schmuckstück ausgehändigt hat. Der Herr Direktor wollte die Gräfin nicht belästigen.«

»Deshalb hat er ohne jeden Beweis eine unschuldige Frau hinter Gitter gesteckt und sie zu Tode geängstigt.«

Hofer schüttelte den Kopf. »Nein«, widersprach er. »Die

Voda hat ja alles gestanden. Die Brosche war wirklich in ihrem Besitz.«

Janek schloss die Augen. Für einen kurzen verrückten Moment wünschte er, wieder im Krankenhaus zu liegen. Erdäpfelpüree, süßer Tee und Schlaf. Das alles erschien ihm mit einem Mal verlockend.

Stolz fuhr Hofer fort: »Alle drei Fälle sind jetzt geklärt. Wir haben drei schuldige Huren im Gefängnis sitzen. Nächste Woche wird ihnen der Prozess gemacht. Der Herr Direktor ist sehr zufrieden. Auch die Kollegen von der Abteilung für die Sitte sind beeindruckt. Da ist uns ein großer Fang gelungen.«

Janek war fassungslos. Was war diese Woche nur alles passiert?

Hofer deutete Janeks Schweigen als Zeichen, dass er weiterreden sollte. »Josefa Sobotka hat Offizier Mader erstochen, Magdalena Kösel hat Offizier Fellner vergiftet und Mizzi Voda hat die Broschen gestohlen«, erklärte er wichtig. »Alle drei Frauen sind geständig.« Er rieb sich die Hände. »Vielleicht gibt es eine Beförderung, weil alles so wunderbar glattlief. Es gibt keine weiteren Ermittlungen mehr in Richtung Militär. Die Presse informieren wir erst unmittelbar bevor den drei Weibern der Prozess gemacht wird, damit die Geschichte nicht unnötig breitgetreten wird. Die moralischen Ausrutscher zweier einzelner Offiziere werden im Schatten der mordenden Huren sicher als Kavaliersdelikte durchgehen.«

Janeks Schmerzen kehrten mit einer unbarmherzigen Intensität zurück. Er fühlte sich matt und wünschte sich ein Bett. Dennoch widersprach er müde: »Geständig also? Der Stich mit dem kleinen Messer hat Mader nicht getötet, Kösel hatte kein Gift und Voda hatte die Brosche von Sobotka und die hat sie geschenkt bekommen.«

Hofer ließ keines seiner Argumente gelten. »Die Frauen sind geständig. Sie brauchen sich keine weiteren Gedanken zu machen. Wir haben ohne Sie alles erledigt«, beruhigte er. »Sie sehen wirklich sehr mitgenommen aus, Inspektor.«

Janek fühlte sich auch so.

»Sie können sich in den nächsten Tagen ein bisschen ausruhen«, meinte Hofer einfühlsam. »Der Herr Direktor wünscht von Ihnen bloß einen ausführlichen Bericht über alle drei Kriminalfälle. Er meint, Sie können unsere herausragenden Leistungen durchaus betonen.« Hofer drückte seine schmale Brust vor. »Der Bericht geht direkt an den Kaiser.«

»Ich soll einen Bericht darüber schreiben, dass drei unschuldige Frauen hinter Gittern sitzen?«

»Aber nein, ich habe Ihnen doch schon alles erklärt«, wiederholte Hofer langsam und deutlich. Er sprach jetzt wie mit einem kleinen Kind oder einem Geisteskranken. »Die nötigen Unterlagen liegen auf Ihrem Schreibtisch.« Er zeigte auf die hohen Stapel Papier. »Die Arbeit ist bereits erledigt. Sie sollen nur mehr alles zusammenfassen.«

»Wo ist Direktor Körner? Warum sagt er mir das alles nicht selbst?«, fragte Janek.

»Er hat einen Termin mit der Presse. Die Herren Reporter gieren nach Sensationen. Der Herr Direktor wird ihnen ein paar Häppchen zuwerfen.« Hofer zwinkerte ihm komplizenhaft zu.

»Das Märchen von den drei bösen Frauen«, sagte Janek niedergeschlagen.

»Aber das sind sie ja auch«, entgegnete Hofer verständnislos.

Janek schloss erneut die Augen. Rücksichtsvoll zog Hofer sich zurück. »Ich komme später wieder und hole den Bericht.« Er schloss leise die Tür hinter sich.

Den ganzen Nachmittag über las Janek die Protokolle der letzten Woche. Er konnte beim besten Willen keine Geständnisse darin erkennen. Was er jedoch erkannte, waren Unmengen von Rechtschreibfehlern. Zu Beginn besserte er die haarsträubend klingenden Wörter noch aus. Doch irgendwann gab er es auf. Nie im Leben konnte er aus diesen Aufzeichnungen einen Bericht basteln, aus dem klar hervorging, dass Sobotka, Voda und Kösel sich schwerwiegender Verbrechen schuldig gemacht hatten. Das Einzige, weshalb man sie anzeigen und eine Zeit lang hinter Gittern halten konnte, war die illegale Prostitution. Ein sehr dürftiger Grund. Würde die Sicherheitswache alle Hübschlerinnen Wiens ohne Gewerbeschein einsperren, könnte man statt der Museen Gefängnisse bauen. Seine Befürchtungen hatten sich bewahrheitet. Sobald er Körner nicht mehr ins Gewissen redete, war der Polizeidirektor wieder bereit, drei Prostituierte zu opfern. Die Frauen waren der Preis für den Frieden zwischen Polizei und Militär.

Unglücklich blätterte Janek weiter. Schließlich fand er auch einen Bericht über den Überfall auf sich selbst. Er stammte von dem Kollegen, der ihn im Krankenhaus besucht und kurz vor seiner Entlassung befragt hatte. Das Papier strotzte vor Fehlern. Unglaublich, dass man »Unbekannte« ohne Doppel-n und »Sack« ohne ck schreiben konnte. Janeks Bemerkung, dass es sich wegen der Mäntel um Mitglieder des Militärs gehandelt haben könnte, wurde mit keinem Wort erwähnt. Der Kollege hatte mit Müh und Not festgehalten, dass *»es keine Hin-*

weiße auff mögliche Angreiffer giebt und das Motif des Überfals Gelt war.« Dass er keines besaß und ihm die paar Kreuzer, die er bei sich getragen hatte, nicht entwendet worden waren, schien keine Rolle zu spielen. Seufzend legte Janek den Bericht zu den anderen Akten. Er sah auf seine Uhr. Auch die hatten sie ihm gelassen. Er zählte eine Viertelstunde dazu und stellte fest, dass es spät geworden war. Er hatte den ganzen Tag noch nichts gegessen, und sein Magen knurrte laut. Er brauchte dringend Nahrung. Vorsichtig stand er auf. Als er nach seinem Hut fasste, wurde die Tür zu seinem Büro aufgerissen. Janek zuckte erschrocken zusammen und kniff die Augen schmerzverzerrt zu.

Vorbei an Hofer drängte Aurelia von Kolowitz aufgeregt in Janeks Büro. »Gehen Sie mir gefälligst aus dem Weg«, forderte sie ungehalten. Der Beamte wirkte überfordert. Er versuchte die junge Frau aufzuhalten, jedoch ohne Erfolg.

»Sie ist einfach den Gang entlanggelaufen und hat die Tür …«, setzte Hofer zu einer Entschuldigung an. Die aufgebrachte Grafentochter schob ihn mitten im Satz energisch zur Seite und betrat das Büro. Janek blickte in dunkelgrüne Augen, aus denen der Zorn sprühte. Er fühlte sich für langwierige Auseinandersetzungen noch nicht stark genug. Müde winkte er Hofer weg. »Schon gut«, sagte er zu ihm. »Sie können gehen, Hofer. Ich werde mich mit Fräulein von Kolowitz unterhalten.«

Erleichtert trat Hofer zurück und schloss die Tür.

»Wie konnten Sie es wagen, die arme Mizzi Voda einzusperren?«, schrie die junge Frau wutentbrannt. Eine rote Strähne hatte sich aus ihrem hochgesteckten Haar gelöst. Sie fiel ihr in die Stirn. Ihre helle Haut war vor Erregung gerötet und die Sommersprossen traten deutlich hervor. Sie war eine äußerst attraktive Frau, stellte Janek fest.

»Ich habe gar niemanden eingesperrt. Ich war im Krankenhaus«, sagte er möglichst ruhig. Langsam setzte er sich wieder. Seine Worte nahmen dem Fräulein den Wind aus den Segeln. Betroffen sah sie ihn an und musterte seine blauen Flecken. »Ich habe davon gelesen«, sagte sie. »Geht es Ihnen wieder besser?«

»Besser ja, aber das heißt nicht viel.«

»Sie sehen nicht arbeitstauglich aus«, meinte sie. »Meine Güte, was ist bloß mit Ihrem Gesicht geschehen?«

»Die Männer waren nicht zimperlich.«

»Denken Sie, dass es einen Zusammenhang zwischen dem Überfall und Ihren Untersuchungen gibt?«

Neben Nepomuk war sie die Erste, die diese Überlegung offen aussprach. Weder seine Kollegen noch sein Vorgesetzter hatten den Zusammenhang bislang hergestellt, wohl aus Angst vor etwaigen Antworten.

»Nein«, log er. »Sie sehen, ich habe eine Menge Arbeit. Ich muss all diese Papiere durcharbeiten, die sich während meiner Abwesenheit angesammelt haben.«

Fräulein von Kolowitz ignorierte seine angedeutete Aufforderung, wieder zu gehen, und nahm ungefragt auf dem Hocker Platz. Der Ärger kehrte in ihr Gesicht zurück. »Sie haben mir versprochen, dass Mizzi Voda nichts passieren wird. Die Frau hat die Brosche nicht gestohlen, sondern von ihrer Freundin bekommen, und die wiederum hatte sie vom toten Offizier.« Sie machte eine kurze Pause. »Und dass der allen Grund dazu hatte, die arme Josefa Sobotka königlich zu entlohnen, das hat Josefa Ihnen mit Sicherheit selbst verraten.«

»Sie wissen von den seltsamen Vorlieben des Offiziers?«, fragte Janek verblüfft. Die Grafentochter zögerte einen Augenblick. Janek verfügte über genügend Menschenkenntnis, um ihr Schweigen richtig zu deuten.

»Mizzi Voda hat mir davon erzählt«, erklärte sie.

»Hm«, er wollte das Thema nicht vertiefen. Auch sie schien nicht erpicht darauf, näher auf die Sache einzugehen.

»Tatsache ist, dass Mizzi Voda hinter Gittern sitzt. Das muss ich ändern. Diesmal bin ich voll und ganz für die Verhaftung verantwortlich. Hätte ich geahnt, wie die Polizei agiert, hätte ich Ihnen niemals die Brosche überreicht.«

»Was hätten Sie damit gemacht?«

»Sie einfach Hofrat Pinacek ausgehändigt. Er hätte sie in die Vitrine zurückgelegt und die Sache wäre erledigt gewesen.« Sie sah ihn wieder voller Wut an.

Janek ließ den Kopf hängen. »Glauben Sie mir, ich bin auch nicht erfreut, dass die Frau im Gefängnis ist. Dort gehört sie nicht hin.«

»Dann tun Sie doch etwas«, forderte Fräulein von Kolowitz.

»Ich fürchte, Sie überschätzen meine Befugnisse.« Er hob entschuldigend die Hände. »Ich bin ein einfacher Inspektor. Auf der Karriereleiter ist das fast die unterste Sprosse. Nur Polizeidiener ohne Rang wie Hofer sind in der Hierarchie unter mir.«

»Sie sollen sich nicht selbst bemitleiden, sondern handeln«, forderte Fräulein von Kolowitz.

Janek setzte zu einer Antwort an, doch sie kam ihm zuvor. »Solange Sie für die Untersuchung der Mordfälle und der Diebstähle verantwortlich sind, werden Sie doch sagen können, was Sie sich denken. Und wenn jemand unschuldig festgehalten wird, dann müssen Sie einschreiten.«

»Ich kann es in meinem Bericht festhalten«, antwortete

Janek beleidigt. »Und genau das wollte ich eben machen, bevor ich von Ihnen unterbrochen wurde.«

»Sie sind gerade vom Schreibtisch aufgestanden«, erinnerte sie ihn. »Sie wollten das Büro verlassen.«

»Richtig!«, sagte Janek. »Ich wollte mir eben etwas zu essen holen.« Wie auf Befehl knurrte sein Magen. »Und wenn Sie mich jetzt entschuldigen, genau das werde ich tun.«

Janek stand auf, auch sie erhob sich. »Ich werde Sie begleiten!«

»Wie bitte?«

»Ich habe ebenfalls Hunger.«

Janek runzelte die Stirn. »Ich werde mir bloß ein paar Würstel holen.«

»Eine hervorragende Idee. Ich kenne den Besitzer einer fahrenden Garküche, der die besten Debreziner der Stadt anbietet. Er steht mit seinem Wagen vor der Baustelle der großen Museen.«

»Ich bin im Moment nicht in der Lage, so weit zu gehen.« Janek hatte nicht vor, neben der Grafentochter durch die Stadt zu humpeln.

»Kein Problem«, sagte Fräulein von Kolowitz fröhlich. »Frieda wartet an der Ecke auf mich.«

Janek zögerte.

»Wir bringen Sie nach dem Essen wieder zurück. Versprochen.« Das Fräulein war hartnäckig. Janek horchte auf seinen Magen. Wann hatte er das letzte Mal etwas Ordentliches gegessen? Es war Tage her. Die Pürees im Krankenhaus hatten entsetzlich geschmeckt. Es fiel ihm leicht, nachzugeben. »Meinetwegen.«

Kurz darauf trafen sie Frieda Horvath. »Ganz schön ungesund, Ihr Beruf, Herr Inspektor«, sagte die Fiakerin mitfühlend. »Das nächste Mal, sollten's schneller weglaufen.«

»Ich werde mich bemühen.«

Umständlich kletterte er hinter Fräulein von Kolowitz in den Wagen.

Es war Monate her, dass Janek das letzte Mal mit einer Kutsche unterwegs gewesen war. Er leistete sich diesen Luxus sehr selten. Nach der Spesenrechnung der Pferdetram hatte Körner drei Tage lang gejammert, dass bald keine Gehälter mehr ausbezahlt werden könnten.

Bei den großen Baustellen brachte Frieda die Pferde zum Stehen. Janek hielt die Wagentür für die Grafentochter auf. Auch Frieda sprang vom Kutschbock. »Ich lass mir doch keine Debreziner vom Pepi Bousska entgehen.«

Der Würstelverkäufer begrüßte seine Kundinnen und seinen Kunden überschwänglich. »Servus, Fräulein Gräfin!« Er zog seinen Hut. »Wie schön, dass Sie wieder einmal bei mir vorbeischauen. Haben's genug von all den feinen Braten, Gänsen und Pasteten? Darf's a Debreziner mit an Siaßen sein?«

»Ja, bitte«, sagte Fräulein von Kolowitz mit einer Selbstverständlichkeit, als würde sie nie woanders essen. Janek hatte Mühe, seine Verwunderung nicht allzu offen zu zeigen.

Auch Frieda nahm den süßen Senf, während Janek sich für den scharfen entschied. Noch bevor Janek sein Portemonnaie aus dem Sakko holen konnte, beglich Fräulein Kolowitz die Rechnung. Pepi Bousska grinste: »So g'fallt mir das. Ein Fräulein, das alle einladen tut. Und ein Herr Inspektor, der damit kein Problem hat.«

Janek errötete. Die drei Portionen hätten ein weiteres Loch

in sein Portemonnaie gerissen. »Danke«, sagte er beschämt. Während Frieda zu ihren Pferden zurückkehrte, setzten Janek und Fräulein von Kolowitz sich auf eine der Bänke. Neben ihnen war die Planetenverkäuferin Sissi Geiger mit Kundschaft beschäftigt. Der weiße Papagei zog eben einem Herrn ein paar Glückslose aus ihrem Bauchladen.

Janek richtete seine Aufmerksamkeit auf seine Debreziner. Das Kauen bereitete ihm Schmerzen. Doch der Geschmack der Wurst war es wert.

»Was gedenken Sie zu tun, um die drei Frauen wieder aus dem Gefängnis zu holen?«, fragte Fräulein von Kolowitz.

»Ganz ehrlich, ich weiß es noch nicht.«

»Aber Sie haben doch keinerlei Beweise für ihre Schuld.«

»Leider sind die Hinweise auf den wahren Mörder auch noch sehr spärlich«, antwortete er wahrheitsgetreu. Sein sich langsam füllender Magen stimmte ihn friedlich.

»Welche gibt es denn bisher?«

»Ich darf nicht über laufende Ermittlungen reden.« Janek wischte sich vorsichtig mit dem Zeitungspapier über den Mund.

Fräulein Kolowitz ließ nicht locker. »Ich habe Ihnen vertraut und Ihnen die gestohlene Brosche gegeben.« Ihre Augen waren von einem wirklich erstaunlichen Dunkelgrün. »Jetzt wäre es an der Zeit, dass Sie mir vertrauen. Zwei Köpfe denken besser als einer.«

Janek wog ihr Angebot sorgfältig ab. Würde sie zur Presse laufen und die Information weitergeben? Sie hatte weder Geldsorgen noch schien sie großen Wert auf ihr Bild in der Öffentlichkeit zu legen. Sie schien bloß ein einziges Interesse zu haben: Gerechtigkeit für die drei Frauen. Gegen seinen Willen musste Janek zugeben, dass ihm das imponierte. Für Direktor Körner waren die Fälle abgeschlossen. Er forderte nur noch Janeks Bericht. Sie hingegen wartete geduldig darauf, dass er seine Überlegungen mit ihr teilte. Sollte sie ihm etwas vormachen und ihn täuschen, so war sie eine hervorragende Schauspielerin. Janek ließ sich zu etwas völlig Unvernünftigem hinreißen. Er verstieß gegen alle Vorschriften und plauderte Amtsgeheimnisse aus.

»Die Offiziere wurden mit vergiftetem Potenzmittel getötet«, sagte er. »Sie haben Gratisproben per Post zugeschickt bekommen. Die Briefe stammten von einem Charles Francis. Die Briefe haben keine Absenderadresse. Alle wurden vom selben Postamt abgestempelt. Ich wollte dem Amt einen Besuch abstatten, aber leider kam mir ein Krankenhausaufenthalt dazwischen.«

»Sagten Sie eben Potenzmittel?« Fräulein von Kolowitz legte ihre Wurst auf der Bank ab. »Am Ball haben die Männer über Potenzmittel geredet.«

»Sie unterhalten sich mit Männern über Potenzmittel?«

Sie machte eine wegwerfende Handbewegung. »Natürlich nicht. Nepomuk hat mir davon erzählt. Er wollte mich wohl in Verlegenheit bringen.«

Janek verzog den Mund, das sah Nepomuk ähnlich.

»Ich bin sicher, dass mehrere Männer diese Mittel per Post bekommen haben«, fuhr sie aufgeregt fort.

»Das wissen wir bereits«, bestätigte Janek. »Vier Offiziere haben sich bei uns gemeldet und ich habe eine Liste von Männern, die möglicherweise auch Post erhalten haben.«

»Kannten sich die Männer?«

»Sie besuchten dieselbe Offiziersschule.«

»Denken Sie, dass der Mörder sich selbst auch einen Brief geschrieben hat?«

»Das wäre durchaus möglich.«

»Wie raffiniert und hinterhältig.« Sie kaute auf ihrer Unterlippe.

»Ich habe bereits den Stadtplan Wiens studiert und die Adresse des Postamts mit den Adressen aller Offiziere des besagten Jahrgangs verglichen«, sagte Janek. »Keine der Wohnungen liegt auch nur ansatzweise in der Nähe.«

»Auch das ist klug durchdacht«, meinte Fräulein von Kolowitz und widersprach sich dann selbst. »Wobei vielleicht nicht ganz. Denn es bedeutet, dass die Beamten den Mörder nicht kannten. An einen Fremden erinnert man sich immer leichter als an jemanden, den man Tag für Tag sieht.«

Janek musste zugeben, dass ihre Überlegungen scharfsinnig waren.

»Die nächste Frage ist, wie der Mörder an das Gift kam«, sagte er. »Sollte der Täter ein Mitglied des Militärs sein, wäre es für ihn kein Problem, an Zyankali zu gelangen. Irgendwie könnte er eine Quelle über Umwege finden. Aber wie bekam er das Gift in die Pillen? Dazu braucht man eigene Gerätschaften und Methoden. Man benötigt das Wissen eines Apothekers.«

»Nein, da irren Sie«, rief das Fräulein. Ihre Wangen glühten vor Aufregung und ihre Augen glänzten. Janek konnte nicht umhin, sie eine Spur länger anzusehen, als vielleicht schicklich war. »Man kann in jeder Apotheke leere Pillenhüllen aus Oblaten kaufen. Das hat mir neulich mein Apotheker Herr Böck erklärt. Man kann die Hüllen problemlos mit jeder beliebigen Medizin füllen. Oder in unserem Fall: mit Gift.«

Janek fragte sich, ob es gut war, dass sie von »unserem Fall« redete. Es fühlte sich seltsam an. Er schob den Gedanken vorerst zur Seite.

»Haben Sie sich schon Gedanken über das Motiv der Morde gemacht?«, fragte sie.

»Mehrmals täglich, das können Sie mir glauben«, versicherte er.

»Und zu welchem Schluss kommen Sie?«

»Ich muss gestehen, dass ich nach wie vor im Dunkeln tappe«, gab er zu. »Zuerst dachte ich an eine Art Sittenpolizei. Jemand, der Männer dafür bestrafen will, dass sie Vorlieben für ungewöhnliche Sexualpraktiken zeigen.«

»Das glauben Sie jetzt nicht mehr?«

Janek hob ratlos die Schultern. »Es kann genauso gut irgendeine persönliche Sache sein. Eine Kränkung, eine nicht beglichene Schuld.«

»Wussten Sie, dass der tote Offizier Fellner eine der begehrten Generalstellen bekommen sollte?«

»Ja, das hat mir Magdalena Kösel erzählt.«

Fräulein von Kolowitz biss sich nachdenklich auf die Unterlippe. »Es ist die einzige offene Stelle im Generalstab.«

»Woher wissen Sie das?«

»Das habe ich beim Ball in den Sophiensälen erfahren.«

»Erstaunlich, worüber bei einer Tanzveranstaltung so geplaudert wird«, sagte Janek nachdenklich.

»Wäre es nicht möglich, dass jemand versucht, unliebsame Konkurrenz auszuschalten, damit er an den begehrten Posten gelangt?«

Abrupt richtete sich Janek auf. Das Stechen in seiner Brust war nicht wichtig. Er sah das Fräulein mit neuem Interesse an.

»Das ist eine sehr kluge Überlegung«, sagte er voller Bewunderung. Weder mit Körner noch mit Hofer konnte er sich auf diese Weise über einen Fall austauschen.

»Der Mörder nutzte die Schwächen seiner Opfer. Er wusste von ihren Vorlieben und schickte vergiftetes Potenzmittel.«

»Und er kannte die Schwächen so gut, weil er jahrelang mit den Männern gemeinsam die Schulbank gedrückt hat«, ergänzte Fräulein von Kolowitz.

Janek zuckte unwillkürlich zusammen. Grund waren nicht die toten Offiziere, auch nicht seine Blessuren, sondern seine eigenen leidvollen Erfahrungen.

»Ich glaube, dass es purer Zufall war, dass die beiden Männer die gestohlenen Broschen gekauft haben«, sagte Aurelia von Kolowitz. »Irgendein krimineller Mitarbeiter der ägyptisch-orientalischen Sammlung hat sich bereichert, indem er zahllose Schmuckstücke veräußert hat. Die beiden Broschen waren bloß ein Teil seiner Machenschaften. Wissen Sie eigentlich schon, wer hinter der Sache steckt?«

Mit einem Mal war Janek wieder auf der Hut. »Ich habe einen Tipp bekommen und ich denke, dass Sie wissen, wer ihn mir gegeben hat.«

»Nein, wer?« Ihre Überraschung schien verblüffend echt. »Ich habe nur Nepomuk von der Sache erzählt, als wir im Theater waren. Hat er etwa mit Ihnen geredet? Wann sind Sie ihm begegnet?«

Statt zu antworten, schaute Janek Aurelia bloß finster an. Er wollte nicht darüber sprechen, dass Nepomuk ihn im Krankenhaus besucht hatte. Zu seiner großen Überraschung bohrte sie nicht nach, sondern fuhr munter fort: »Ich bin an diesem Abend übrigens der Verlobten von Offizier Fellner im Theater begegnet. Ihre Eltern haben kein gutes Haar an ihm und seinen Offiziersfreunden gelassen.«

»Was haben sie erzählt?«, fragte Janek neugierig.

»Das, was Sie ohnehin schon wissen. Sie haben sich über die Moral der Männer ausgelassen. Haben über die obszönen Zeichnungen geschimpft, die sie teilen. Außerdem haben sie behauptet, dass einer der Männer seine Verlobte geschwängert und dann sitzen gelassen habe. Angeblich hat die junge Frau den Freitod gewählt.«

Janek horchte interessiert auf. »Wie hieß die Verlobte?«

»Lassen Sie mich nachdenken«, sagte sie. »Ich glaube, dass ihr Name Sopherl Steinwandtner war.«

Sowohl Janek als auch Fräulein von Kolowitz waren so in ihr Gespräch vertieft, dass keiner von ihnen die Planetenverkäuferin bemerkt hatte, die neben ihnen stand und die letzten Worte mitgehört hatte.

»Den Namen Steinwandtner kenn ich«, krächzte die Frau.

»Guten Tag, Frau Sissi«, grüßte Fräulein von Kolowitz. »Wie geht es Ihnen und Ihrem Kiki?«

Die Planetenverkäuferin war sichtlich beeindruckt davon, dass die Grafentochter sich den Namen ihres Papageis gemerkt hatte. »Kiki ist besser denn je. Er hat gerade eben direkten Kontakt zu den Planeten aufgenommen. Soll er Ihnen die Zukunft ziehen?«

»Ja, gerne«, sagte Fräulein Kolowitz. »Woher kennen Sie den Namen Steinwandtner?«

»Meine Freundin, die Ilona, pflückt Veilchen und Märzenbecher, die verkauft sie jeden Morgen an die Steinwandtner. Die hat einen kleinen Blumenladen in Hernals.«

»Hatte Frau Steinwandtner eine Tochter namens Sopherl?«

Sissi Geigers Gesicht wurde ernst. Sie schaute über beide Schultern, so als fürchtete sie unliebsame Zuhörer. Dann senkte sie die Stimme: »Die arme Sopherl. Es heißt, sie hat sich das Leben genommen. Man weiß nicht so recht, warum. Es wird gemunkelt, dass sie in anderen Umständen war. Aber ganz genau wissen das nur die Planeten. Und die Erna Mallek.«

»Wer ist Erna Mallek?«, fragte Fräulein von Kolowitz.

»Die beste Hebamme der Stadt. Sagen's bloß, Sie haben noch nie von ihr gehört.« Sissi Geiger war sichtlich irritiert.

»Ich kenne Erna Mallek«, sagte Janek.

»Na, das wundert mich nicht«, schimpfte Sissi Geiger. »Die Polizei versucht der armen Erna immer irgendwas anzuhängen. Aber die Frau ist eine Heilige.«

Janek würde seine Begegnung mit der Heiligen nicht vergessen. Sie war bei ihm gelandet, weil man sie beschuldigt hatte, ein ungeborenes Kind getötet zu haben. Tatsächlich hatte sie einer Wäscherin, die vergewaltigt worden war, ein sehr starkes Abführmittel verabreicht, das zum Abgang des Kindes geführt hatte. Ein Segen für alle Beteiligten. Janek hatte im Verabreichen von Abführmitteln keine strafbare Handlung erkennen können. Auch Ärzte verschrieben diese Medizin. Besser, Frauen wählten diesen Weg, als dass sie mit Stricknadeln und heißen Sitzbädern selbst ans Werk gingen. Er hatte keine Anzeige gegen Mallek geschrieben und einen Bericht verfasst, der alle Gründe ihrer Festnahme widerlegte. Nach zwei Stunden hatte sie sein Büro wieder verlassen. Doch sein Handeln hatte ein Nachspiel gehabt. Wochenlang hatten die Kollegen sich über ihn lustig gemacht. Sie waren der Meinung, dass man Frauen wie Mallek nicht half, außer man hatte selbst Dreck am Stecken.

»Wenn Sie die Mallek kennen, dann wissen's auch, dass sie niemals einer Frau schaden würde«, sagte Sissi Geiger. »Wolln's auch ein Glückslos, Herr Inspektor?« Sie kniff die Augen zusammen und sah ihn eindringlich an. »So wie Sie ausschauen, könnten's ein bisserl Glück ganz gut gebrauchen.«

»Nein, danke«, winkte Janek ab.

»Dann halt nicht«, sagte die Planetenverkäuferin beleidigt. Sie hielt ihren Bauchladen Fräulein von Kolowitz entgegen. Ihr Papagei hüpfte in den Behälter, lief ein paarmal auf und ab und pickte schließlich ein Glückslos. Die Grafentochter nahm es aus seinem Schnabel.

»Wolln's noch eines?«, fragte Sissi Geiger, und ihre Augen glänzten hoffnungsvoll.

»Nein, danke. Heute reicht eins.« Fräulein von Kolowitz reichte Sissi Geiger einen Kreuzer. Die Frau bedankte sich und suchte nach neuen Kunden.

»Glauben Sie an diesen Unfug?«, fragte Janek.

»Nein«, sagte das Fräulein. »Aber ich mag die ulkigen Zeichnungen auf den kleinen Zettelchen. Ich frage mich, ob Frau Geiger sie selbst anfertigt.« Sie entfaltete das Los. Ein Marienkäfer tauchte auf. Darunter stand in einfachen Buchstaben »Vil Glük«.

»Wer immer die Zettel gestaltet, beherrscht keine Rechtschreibung«, beanstandete Janek.

»Da fällt mir etwas ein«, sagte Aurelia von Kolowitz. »Warum lassen Sie nicht alle Offiziere eine Schriftprobe abgeben. Die vergleichen Sie dann mit den Kuverts. Möglicherweise finden Sie so Ihren Charles Francis.«

»Genau diese Forderung habe ich gestellt«, sagte Janek. »Kurz darauf landete ich im Krankenhaus.«

Fräulein von Kolowitz wirkte entsetzt. »Denken Sie, dass es einen Zusammenhang gibt?«

»Nein«, sagte Janek bitter. »Mein Vorgesetzter hat die Schriftproben nie eingefordert.«

»Würde er es tun, wenn Sie erneut danach fragten?«

»Nein.«

»Gibt es denn nichts, womit Sie ihn überzeugen können?« Aurelia von Kolowitz war hartnäckig. Ein Nein schien in ihrem Wortschatz nicht zu existieren.

»Er hat zwei Töchter, die ihm sehr am Herzen liegen«, meinte Janek nachdenklich. »Möglicherweise könnte der Selbstmord eines Fräuleins mit tadellosem Ruf sein Herz erweichen und ihn zum Umdenken bewegen.«

Fräulein von Kolowitz steckte das Glückslos in ihre Handtasche. »Sie glauben, dass er einen rücksichtslosen Offizier zur Strecke bringen will, aus Angst, seinen Töchtern könnte Ähnliches widerfahren?«

»Die Sache würde ihn zumindest mehr berühren als das Schicksal von drei illegalen Prostituierten.«

»Wir könnten der Hebamme einen Besuch abstatten und feststellen, ob das Fräulein tatsächlich schwanger war«, schlug Fräulein von Kolowitz vor. »Möglicherweise hat sie sich wirklich das Leben genommen.«

Es missfiel Janek, die Dreckwäsche anderer zu durchsuchen, wenn sie nicht mit dem eigentlichen Kriminalfall zu tun hatte. Aber wenn er auf diese Weise zu den Schriftproben kommen würde, dann war es den Besuch bei der Hebamme wert.

Er rief Sissi Geiger zu: »Wo finde ich Erna Mallek?« Die Frau hatte in den letzten Jahren ihre Adresse so oft gewechselt wie andere Menschen ihre Kleidung.

Die Planetenverkäuferin drehte sich zu ihm: »Eines meiner Lose verrät Ihnen die Adresse.«

Widerwillig holte Janek einen Kreuzer aus seiner Jackentasche und ging zur Planetenverkäuferin.

»Darf ich Sie begleiten?«, fragte Fräulein von Kolowitz.

»Warum?«

»Reine Neugier«, sie zuckte entschuldigend mit den Schultern. »Frieda kann uns bringen.«

Die Schmerzen in Janeks Rippen meldeten sich zurück. Das Angebot war durchaus verlockend.

»Meinetwegen!«, sagte er seufzend. Doch er musste sich eingestehen, dass es nicht nur die Schmerzen waren, die ihn zu dieser Antwort bewogen. Die grünen Augen der jungen Gräfin spielten ebenfalls eine Rolle.

Aurelia

Hernals

Während der Inspektor die meiste Zeit aus dem Fenster schaute, war Aurelias Aufmerksamkeit auf ihn gerichtet. Er sah erbärmlich aus. Wie ein Preisboxer, der für Geld in den Ring stieg und sich die Nase einschlagen ließ. Sie korrigierte sich. Nein, dazu waren seine Schultern nicht breit genug. Er war muskulös, aber drahtig.

»Wollen Sie mir nicht verraten, wer Sie so zugerichtet hat?«, versuchte sie es erneut.

»Ich weiß es nicht.«

Wieder log er, genau wie vorhin.

Er drehte sich zu ihr. »Sie sind die lästigste und neugierigste Person, die mir je begegnet ist.«

»Das höre ich nicht zum ersten Mal.« Unschuldig faltete sie ihre Hände im Schoß. »Ich bevorzuge die Begriffe wissbegierig und hartnäckig. Das ist charmanter.«

Der Fiaker ratterte weiter über nicht gepflasterte, staubige Straßen, die mit jedem Meter, den sie sich von der Ringstraße entfernten, unebener wurden. Aurelia schloss das Fenster. Die Gegend sah ländlich aus. Werkstätten, Bauernhöfe und kleine Läden zogen an ihnen vorbei. Die Kutsche wurde kräftig durchgerüttelt. Aurelia bemerkte, wie der Inspektor schützend seine Arme um seine Brust schlang.

»Etwas verstehe ich nicht«, nahm Aurelia das Gespräch wieder auf. »Wir fahren zu Erna Mallek, weil wir eine dramatische Geschichte über eine junge Frau hören wollen, die von ihrem Verlobten schlecht behandelt wurde. Stimmt's?«

»Ich dachte, das hätten wir bereits besprochen.«

»Ja, Sie haben gesagt, dass die Geschichte Ihren Vorgesetzten zum Umdenken bewegen könnte. Aber was ist mit den drei Frauen, die zu Unrecht im Gefängnis sitzen? Rühren die das Gewissen des Direktors nicht an?«

Der Inspektor lachte bitter »Fragen Sie mich das ernsthaft? Die drei sind Hübschlerinnen ohne Lizenz. Es gibt eine eigene Abteilung am Petersplatz, die sich ausschließlich mit der Bekämpfung illegaler Prostitution beschäftigt. Für den Direktor sind die drei mehr potenzielle Arbeit als Menschen.«

Aurelia verschränkte die Hände vor der Brust. Sie konnte es nicht ausstehen, wenn Männer ihr von oben herab die Welt erklärten.

»Die drei dürfen die Lust der Männer befriedigen, aber wenn es darum geht, sie zu schützen, dann schauen alle Verantwortlichen weg.«

»Genau genommen dürfen sie genau das ohne Gewerbeschein nicht. Aber Sie haben recht, wenn es um ihren Schutz geht, schauen eben alle weg. So läuft das leider in dieser Stadt. Es gibt Gesetze, an die muss man sich halten. Und wer nicht genug Geld hat, es sich richten zu können, der landet im Gefängnis.« Der Angriff zielte auf Sie und Nepomuk. Sie schwieg betroffen und er wechselte das Thema: »Ich persönlich habe nichts gegen Hübschlerinnen.«

»Das kann ich mir gut vorstellen.«

»Nicht, wie Sie denken.« Er verdrehte die Augen. »Dazu ist mir meine Gesundheit zu wichtig.«

»Ach ja? Dafür leben Sie aber recht gefährlich.«

Er überging die Bemerkung. »In gewisser Hinsicht sorgen die Hübschlerinnen für Ruhe in der Stadt.«

»Und das aus dem Mund eines Polizeiagenten?« Aurelia lachte.

»Von den Hübschlerinnen kriegen die Männer, was ihre Ehefrauen ihnen nicht geben können oder wollen. Stellen Sie sich mal vor, was passieren würde, wenn die Männer sich mit Gewalt holen würden, wonach Ihnen gelüstet. Wir bräuchten dreimal so viel Personal.« Er überlegte. »Das bräuchten wir eigentlich auch so.«

»Ein sehr interessanter Gedanke!« Aurelia faltete die Hände im Schoß. Vor ihrem geistigen Auge entstand gerade eine Karikatur. Eine Hübschlerin in der Uniform eines Sicherheitsbeamten. Sie forderte vom Kaiser ihren wöchentlichen Lohn, für ihre Dienste in seinem Sicherheitsapparat. Ferdinand Lorenz würde natürlich die Hände über dem Kopf zusammenschlagen. Aber wenn die Zeichnung züchtig genug wäre, dann würde er sie vielleicht drucken. Aurelia stellte sich vor, wie sie ihn zu überzeugen versuchte. Nein, er würde die Zeichnung niemals veröffentlichen. Schade.

Die Kutsche hielt vor einem einstöckigen Haus an. Das Tor zum Hof stand offen. Sofort kam eine Gruppe barfüßiger Kinder in Lumpen und bewunderte den Fiaker und die Pferde. Frieda hatte alle Hände voll zu tun, sie von ihren Schnuckerln fernzuhalten.

»Ihr könnt sie ja alle streicheln«, rief sie. Keines der Kinder hörte. Sie knallte mit der Peitsche auf den Boden. »Aber einer nach dem anderen.« Erschrocken bildeten die Knirpse eine Reihe.

Aurelia und der Inspektor kletterten aus der Kutsche und betraten den Innenhof. Die Nachricht, dass ein Fiaker angekommen war, hatte sich rasch herumgesprochen. Aus den Fenstern lehnten neugierige Bewohner und bestaunten das ungleiche Paar. Zwei Frauen, die gerade dabei waren, Wäsche auf einer quer über den Hof gespannten Leine aufzuhängen, hielten in ihrer Arbeit inne. Selbst die drei Hühner, die eben noch nach Würmern gesucht hatten, hoben interessiert die Köpfe.

»Das ist mit Sicherheit a Kieberer!«

»Warum hat der a feine Dame dabei?«

»Die wird zur Erna wollen.«

»Mit an Kieberer?«

»Vielleicht is er der Vater?«

Inspektor Pokorny beendete den Tratsch.

»Können Sie uns sagen, wo wir Erna Mallek finden?«, fragte er.

Ein zustimmendes Raunen war von allen Seiten zu vernehmen. Zwei Männer an den Fensterplätzen beugten sich so weit nach draußen, dass Aurelia befürchtete, sie könnten herauspurzeln.

»Die wohnt im Eck!«, sagte eine der Frauen. Sie zeigte mit ausgestreckter Hand auf eine Tür, die sich in der Ecke des Gebäudes befand. Die Haut auf ihren Fingern war blutig und wund. Es waren die Hände einer Wäscherin, die täglich in scharfe Seifenlauge getaucht wurden.

»Danke!« Aurelia ging rasch darauf zu. Sie konnte die bohrenden Blicke in ihrem Rücken förmlich spüren und die boshaften Worte hörte sie auch.

»Man sieht ihr noch gar nix an. Die ist noch ganz dünn.«

»Mit den teuren Korsetts schnüren die alles weg.«

Aurelia beschleunigte ihre Schritte. Der Inspektor folgte ihr deutlich langsamer. Er war während der Fahrt in der Kutsche noch blasser geworden. Jetzt hielt er sich schützend die Hand an die Brust. Beherzt klopfte Aurelia gegen die Tür. Sie hörten Schritte. Eine Frau mittleren Alters öffnete. Sie hielt sich aufrecht und ihr schlichtes dunkles Kleid war sauber. Ihr graues Haar trug sie zu einem sorgfältigen Knoten hochgesteckt. »Sieh einer an«, sagte sie. »Der Herr Inspektor Pokorny und eine junge Dame.«

»Guten Tag«, sagte Pokorny. »Dürfen wir kurz mit Ihnen sprechen?«

Der Blick der Frau glitt zu Aurelia. Sie schaute ihr direkt auf den Bauch. Was sie sah, schien sie zu beruhigen. »Kommen Sie rein.«

Die kleine Wohnung war spärlich möbliert. Ein ordentlich gemachtes Bett stand an der Wand, davor gab es einen Tisch, zwei Sessel, einen Kasten und eine Kredenz mit Geschirr. In einem Regal an der hinteren Wand befanden sich Töpfe und Gläser, ähnlich wie in der Apotheke von Herrn Böck.

»Bitte, nehmen Sie Platz.« Die Frau wies Aurelia und dem Inspektor die Sessel zu. Sie selbst holte einen schmalen Schemel hinter der Kredenz hervor und setzte sich.

»Es geht um eine Frau, die Sie kennen«, der Inspektor eröffnete das Gespräch.

»Ich dachte mir schon, dass Sie nicht meine Dienste als Hebamme in Anspruch nehmen wollen.« Wieder schaute sie auf Aurelias Bauch, dann direkt in ihr Gesicht. So als könnte sie ihr eine Schwangerschaft auch von der Nasenspitze ablesen. »Ich erkenne eine Schwangere, wenn ich sie sehe.«

»Sagt Ihnen der Name Sopherl Steinwandtner etwas?«

Augenblicklich verschloss sich Malleks Gesicht. »Ich habe mit dem Tod der jungen Frau nichts zu tun.«

Der Inspektor hob abwehrend die Hände. »Das behauptet niemand«, sagte er schnell. »Ich ermittle in mehreren Todesfällen und Informationen über Sopherl Steinwandtner können mir möglicherweise weiterhelfen.«

Es war erstaunlich, wie der Inspektor die Wahrheit sagte und dennoch alles im Dunkeln ließ.

»War die junge Frau bei Ihnen? Es heißt, sie war schwanger.«

»Sopherl Steinwandtner hat mich aufgesucht«, gab Erna Mallek zu. »So wie viele andere auch.«

»War sie schwanger?«

»Die Frauen kommen in der Tat nicht nur, wenn sie in anderen Umständen sind, sondern auch, wenn sie mehr über ihren Körper erfahren wollen. Die wenigsten wissen, wann sie empfänglich sind und wann sie ohne Gefahr das Bett mit einem Mann teilen können.« Die Hebamme richtete ihren Blick auf Aurelia. War es ein fragender Blick?

Aurelia wusste tatsächlich wenig. Was sie aber unmöglich vor dem Inspektor zugeben konnte. Die Lehrerinnen in den Schulen sprachen nicht über das Thema. Auch in der Literatur für junge Frauen wurde über alles, was den Körper betraf, geschwiegen, und was sich in Schmuddelliteratur fand, war abstoßend und nicht aufklärend. Ohne Klaras Bruder Max wäre sie völlig unbedarft geblieben. Von Empfängnisverhütung hatte aber auch er ihnen nichts erzählt.

»Ich bin über meinen Körper bestens im Bilde, vielen Dank«, log sie. Aus den Augenwinkeln sah sie, wie Inspektor Pokorny sich dezent wegdrehte.

Die Hebamme zuckte mit den Schultern. »Wie Sie meinen. Sie wären nicht das erste vornehme Fräulein, das erst in der Hochzeitsnacht erfährt, was es bedeutet, mit einem Mann zu schlafen.«

Der Inspektor hüstelte verlegen.

»Ist die Wahrheit«, verteidigte sich die Hebamme.

»Was wollte Fräulein Steinwandtner von Ihnen?«, kehrte Inspektor Pokorny zum eigentlichen Thema zurück.

»Ich weiß es nicht mehr.« Erna Mallek machte sich nicht die Mühe, ihre Lüge zu verpacken. Ablehnend verschränkte sie die Arme vor der Brust.

»Sie war verlobt mit einem gewissen Offizier Hofrichter«, fuhr der Inspektor fort.

»Weiß ich nichts von.«

Pokorny beugte sich nach vorne. Offenbar hatte er seine Verletzung vergessen. Mit schmerzverzerrtem Gesicht zuckte er zurück.

»Hören Sie, dieses ganze Spiel kostet unnötig Zeit«, begann er. »Wir wollen Ihnen nichts Böses. Wir brauchen Ihre Mithilfe.«

»Ich wüsste nicht, wie ich Ihnen helfen könnte.«

»Sicher haben Sie von den Mordfällen an zwei Offizieren gehört.«

Erna Malleks Blick wurde misstrauisch. »Man hört viel und nur ein Teil davon stimmt.« Sie rutschte unruhig auf ihrem Hocker hin und her.

»Da haben Sie völlig recht. Was aber stimmt, ist die traurige Tatsache, dass in dieser Stadt die Leben von drei Prostituierten nicht viel wert sind.«

»Worauf wollen Sie hinaus?«

»Drei unschuldige Frauen sitzen hinter Gittern und niemanden juckt es. Leider auch meinen Vorgesetzten nicht.«

»Aha.«

»Sobald mein Vorgesetzter aber erfährt, dass einer braven jungen Frau Unrecht widerfahren ist, weil sie zum Beispiel betrogen und sitzengelassen wurde, dann sieht die Sache anders aus. Dann beginnt das Gewissen meines Vorgesetzten zu arbeiten. Dann fordert er Gerechtigkeit und will, dass die Schuldigen bestraft werden.«

»Sie sprechen in Rätseln.« Erna Mallek schüttelte verwirrt den Kopf. »Ich glaube, man hat Ihnen den Verstand rausgeprügelt.«

Aurelia konnte ihren Einwand verstehen. Inspektor Pokorny schien wirklich den roten Faden verloren zu haben. Dabei gelang es ihm sonst, die Dinge auf den Punkt zu bringen.

Sie sprang helfend ein: »Wir brauchen eine hässliche Geschichte über einen Offizier eines bestimmten Ausbildungsjahrgangs, um Inspektor Pokornys Vorgesetzten davon zu überzeugen, die Ermittlungen weiterzuführen. Mit etwas Glück können wir damit zwei unschuldige Frauen vor dem Galgen bewahren.«

Eine Pause entstand. Schließlich entspannte sich Erna Malleks Körperhaltung.

»Hässliche Geschichten über Offiziere kann ich Ihnen viele erzählen.«

Der Inspektor betrachtete Aurelia mit neuem Interesse. Er kramte eine Liste aus seiner Jackentasche. »Wir brauchen eine Geschichte über einen dieser Herren.«

Die Hebamme nahm das Blatt entgegen. Sie konnte einwandfrei lesen.

»Mir sagen die Namen Hofrichter und Binder etwas«, stellte sie fest.

»Offizier Binder ist mit der Tochter eines Zuckerbäckers verheiratet. Die beiden haben letzten Herbst eine Tochter bekommen. Ich habe Frau Binder bei der Entbindung geholfen. Letzte Woche ist die Arme zu mir gekommen, weil sie die Syphilis hat. Dreimal dürfen Sie raten, wer ihr die angedreht hat.«

»Und Offizier Hofrichter?«, fragte der Inspektor.

»Das war der Verlobte von Fräulein Steinwandtner, aber das wissen Sie ja schon.« Mallek machte eine Pause. »Sopherl Steinwandtner war bei mir, weil sie schwanger war. Aber sie wollte das Kind nicht verlieren, das schwöre ich.«

»Hat der Offizier sie nicht sitzen gelassen?«, fragte Aurelia.

»Doch, das hat er«, bestätigte Mallek. »Er hat sich von ihr getrennt und sich mit der Tochter eines slowakischen Oberstleutnants verlobt. Aber Fräulein Steinwandtner hat gehofft, dass er zu ihr zurückkehren würde. Sie war von der Idee ihn zurückzuerobern regelrecht besessen.«

»Was wollte sie von Ihnen?«

»Liebestränke.«

»Verkaufen Sie denn welche?«

»Um Himmels willen, natürlich nicht«, entgegnete Erna Mallek entgeistert. »Fräulein Steinwandtner war eine hübsche, aber sehr einfältige Person. Sie glaubte an Horoskope und Wahrsagerei. Offenbar hat ihr irgendeine Scharlatanin einen Floh ins Ohr gesetzt.«

»Sissi Geiger?«, fragte der Inspektor.

»Nein, die kleinen Zettelchen sagen ja nichts Konkretes aus«, meinte Erna Mallek. »Sie muss bei einer Wahrsagerin gewesen sein.«

»Denken Sie, es ist möglich, dass die junge Frau sich das Leben genommen hat, als sie feststellte, dass Hofrichter nicht zurückkehren würde?«

»Das schließe ich völlig aus.«

Aurelia und der Inspektor sahen sich an.

»Was macht sie so sicher?«

»Wie schon gesagt, Sopherl Steinwandtner war einfältig, aber lebenslustig. Sie hat das Leben geliebt. Ich kann mir beim besten Willen nicht denken, dass Sie sich umgebracht hat.«

»Wissen Sie, wo sich der Blumenladen von Sopherl Steinwandtners Mutter befindet.«

»Trude Steinwandtners Laden ist in der Nebengasse.«

Der Inspektor holte seinen kleinen Notizblock hervor und schrieb ein paar Worte auf.

»Sind Sie Offizier Hofrichter jemals begegnet?«, fragte Aurelia.

Nun lachte die Hebamme herzhaft. »Glauben Sie wirklich, dass ich irgendeinen der Männer kennenlerne?«

»Es wird doch auch Väter geben, die sich auf ihre Kinder freuen.«

»Ja, die gibt es«, sagte Erna Mallek. Sie wischte sich eine Lachträne aus dem Augenwinkel und wurde wieder ernst. »Aber die kommen nicht zu mir. Die bringen ihre Frauen in die Krankenhäuser. Was nicht heißt, dass sie dort besser aufgehoben sind. Jeder weiß, wie viele Frauen am Kindbettfieber sterben. Aber mir scheinen sie nicht über den Weg zu trauen.«

Inspektor Pokorny stand auf und bedankte sich bei der Hebamme. Auch Aurelia schüttelte ihr die Hand zum Abschied.

»Ich denke, dass ich lieber bei Ihnen entbinden würde als in einem Krankenhaus«, sagte sie.

»Sind Sie doch schwanger?«

»Gott bewahre, nein!«

»Sie sind jederzeit willkommen«, wieder zwinkerte sie Aurelia zu. »Ganz egal, was Sie erfahren wollen.«

Aurelia war froh, dass der Inspektor schon im Hof war und nicht sehen konnte, wie ihr das Blut in die Wangen schoss.

Sobald sie in den Fiaker gestiegen waren, trabten die Pferde los, und sie ließen die neugierigen Blicke hinter sich.

»Und jetzt?«, fragte Aurelia.

»Ich dachte, Sie bringen mich zurück zum Petersplatz.«

»Wozu haben Sie dann nach der Adresse der Mutter gefragt?«

Inspektor Pokorny antwortete nicht.

»Es wäre doch interessant zu erfahren, was Trude Steinwandtner zum Tod ihrer Tochter sagt. Wir wissen, dass Offizier Hofrichter ihrer Tochter ein Kind angehängt und sie dann sitzen gelassen hat. «

»Was erhoffen Sie sich von einem Gespräch mit der Mutter?«

»Ganz ehrlich, ich weiß es nicht«, gab Aurelia zu. »Es ist bloß so ein Gefühl, dass wir von Sopherl Steinwandtners Mutter etwas erfahren, das uns weiterhilft.«

»Und wegen Ihres *Gefühls* sollen wir eine weitere Person befragen?« Er machte sich über sie lustig. Aber Aurelia blieb hartnäckig.

»Wir sind vorhin schon durch die Nebengasse gefahren. Wir verlieren kaum Zeit.« Sie blickte aus dem Fenster. »Sehen Sie nur, da ist der Laden schon.« Sie klopfte gegen die Scheibe zu Frieda. »Halten Sie bitte an.«

»Machen Sie immer, wonach Ihnen gerade der Sinn steht?«, fragte Pokorny schicksalsergeben.

»Lieber Herr Inspektor, ich bin eine Frau«, sie verzog den Mund. »Sie kennen die Spielregeln unserer Gesellschaft. Der Rahmen, in dem ich mich bewegen darf, ist äußerst beschränkt. Würde ich tun, wonach mir zumute ist, würde ich meinen Körper nicht in ein Fischbeinkorsett zwängen. Das fühlt sich in etwa so an wie ihr Brustkorb im Moment. Bloß wurde ich nicht geschlagen.«

»Das klingt äußerst unangenehm«, gab der Inspektor zu, »dennoch bin ich davon überzeugt, dass Sie die Grenzen immer wieder mal verschieben.« Er öffnete die Fiakertür und stieg aus dem Wagen.

Aurelia folgte ihm. War seine Bemerkung eben Kritik gewesen? Dazu hatte sie eine Spur zu freundlich geklungen.

Der Blumenladen von Trude Steinwandtner war bescheiden. Im Schaufenster standen Metallkübel voll Rosen, Tulpen und Narzissen. Inspektor Pokorny öffnete die Tür für Aurelia. Eine helle Glocke ertönte. Ein betörender Duft nach Blumen aller Art wehte Aurelia entgegen. Sie sog ihn in sich auf.

»Grüß Gott, die Herrschaften.« Eine ältere Frau stand hinter einem Verkaufstresen und band Frühlingsblumen zu kleinen Sträußen. Als sie Aurelia sah, schob sie alles zur Seite. »Was kann ich für Sie tun?« Über ihrem schwarzen Kleid trug sie eine graue Schürze, die exakt der Farbe ihres Haars entsprach.

»Sind Sie Frau Steinwandtner?«, fragte Inspektor Pokorny.

Mit einem Mal wurde ihre Stimme misstrauisch. »Sind Sie von der Polizei?«

Aurelia richtete ihren Blick auf den Inspektor. Alle Menschen schienen sofort zu erkennen, dass er von der Sicherheitswache war. Sie selbst sah bloß einen jungen Mann, der einen abgetragenen Anzug anhatte. Abgesehen von den blauen Flecken in seinem Gesicht wies nichts darauf hin, dass er mit Verbrechern zu tun hatte.

»Ich bin Inspektor Pokorny, ein Polizeiagent des Kaisers.«

»Aha.« Die Frau wischte ihre Hände an der Schürze ab.

»Haben Sie ein paar Augenblicke Zeit für uns. Wir würden uns gerne über Ihre verstorbene Tochter unterhalten.«

Nun sackten die Mundwinkel der Blumenhändlerin endgültig nach unten. »Meine Sopherl ist seit Monaten tot«, sagte sie leise.

»Uns würden die Umstände interessieren, unter denen sie verstorben ist.«

Nun schaute Frau Steinwandtner zu Aurelia. »Sie sind auch von der Polizei?«

»Ich bin in gewisser Weise der Fahrtendienst des Inspektors.«

Die Frau sah sie verständnislos an.

Aurelia zog eine Tulpe aus einem der Kübel. »Die sind wunderschön«, schwärmte sie. »Würden Sie mir einen Strauß binden?«

»Wie viele wollen Sie?«

»Dreißig.« Die Zahl gefiel Frau Steinwandtner. »Eigentlich interessieren wir uns nicht so sehr für Ihre Tochter, sondern vielmehr für ihren ehemaligen Verlobten«, sagte Aurelia. »Sie war doch mit Offizier Hofrichter verlobt. Oder?«

Die Blumenhändlerin ging zu den Kübeln, fasste nach dem mit den Tulpen und hievte ihn auf die Theke. »Dieser Mann hat meine arme Sopherl auf dem Gewissen.« Sie drehte sich so abrupt zu Inspektor Pokorny um, dass dieser unweigerlich nach hinten auswich und gegen eine halbhohe Säule stieß, auf der eine Vase stand. Sie geriet ins Wanken, blieb aber stehen.

»Der Lump hat meiner Sopherl versprochen, dass er sie heiratet. Aber nix hat er gemacht. Ein Kind hat er ihr angehängt und dann hat er sie einfach sitzen lassen. Seine ganzen Geschenke hätte er sich in die Haare schmieren können. Billigen Ramsch und Bonbonnieren. Lauter sinnloser Plunder war das.« Sie sah den Inspektor so wütend an, als machte sie alle Männer für den Tod ihrer Tochter verantwortlich.

»Sie wussten also von Sopherls Schwangerschaft?«, fragte Aurelia.

Der Ärger wich einer schier grenzenlosen Traurigkeit. »Ich habe es erst nach ihrem Tod erfahren. Sie hat es in ihr Tagebuch geschrieben.« Die Stimme der Mutter brach, sie schniefte leise.

»Dürfen wir das Tagebuch sehen?«, fragte Inspektor Pokorny vorsichtig.

Einen Moment zögerte die Frau, schon glaubte Aurelia, dass sie verneinen würde, doch dann ging sie in den Nebenraum, der sich hinter einem dicken Vorhang verbarg. Kurz darauf kehrte sie mit einem kleinen dunkelrosa Büchlein mit zarten Veilchen auf dem Einband zurück. Sie reichte es Pokorny. Aurelia stellte sich so nah zu ihm, dass sie über seine Schulter schauen konnte. Die unschickliche Nähe schien ihn zu irritieren. Er trat einen Schritt zur Seite und hielt das Büchlein näher zu ihr. Im ganzen Tagebuch gab es nur zwei Einträge. Im ersten schwärmte die junge Frau von einem Ausflug auf den Tivoli gemeinsam mit ihrem »Dolferl«. Im zweiten schrieb sie, dass sie ein Kind erwarte. *Ich bin schwanger. Der Dolferl weis dafon. Die Mama noch nicht. Ich glaub, ich bin glüklich, denn der Dolferl wird General.* Der Inspektor schüttelte missbilligend den Kopf.

»Was ist los?«, fragte Aurelia.

»Was hilft die schönste Handschrift, wenn man die Rechtschreibung nicht beherrscht«, sagte er so leise, dass die Mutter es nicht hören konnte.

Der Rest der Seiten war mit Eintrittskarten, Zeitungsschnipseln und anderen Erinnerungsstücken vollgeklebt. Ein Glückslos von Sissi Geiger war auch dabei.

»Die Sopherl hatte es nicht so mit dem Schreiben«, meinte Frau Steinwandtner entschuldigend. »Sie hat lieber gesammelt. Schon als kleines Kind hat sie jedes Zuckerlpapier aufgehoben. Ich habe ihr das Bücherl zum zwanzigsten Geburtstag geschenkt.« Wieder brach ihre Stimme. Diesmal holte die Blumenhändlerin ein Taschentuch aus ihrem Ärmel und schnäuzte hinein.

»Darf ich das Büchlein ausborgen?«, fragte Inspektor Pokorny. »Ich bringe es Ihnen nächste Woche verlässlich zurück.«

Frau Steinwandtner hielt misstrauisch inne. »Was wollen's denn mit dem Bücherl anfangen?«

»Möglicherweise gar nichts. Ich bringe es ganz sicher zurück. Sie haben mein Ehrenwort.«

»Meinetwegen«, sagte Frau Steinwandtner. »Wenn es hilft, diesem Lumpen eins auszuwischen, soll es mir recht sein.«

Der Inspektor steckte das Büchlein zu seinem Notizheft.

»Was hat ihre Tochter Schlechtes gegessen?«, erkundigte sich Aurelia. »Es heißt, sie hatte eine Lebensmittelvergiftung.«

Die Augen der Blumenhändlerin wurden feucht. »Ich weiß es nicht«, sagte sie betroffen. »Wir haben alle drei dasselbe zum Abendessen gehabt. Die Sopherl, die Fanny, meine jüngere

Tochter, und ich. Es gab Brot mit einem Stück Käse und einem Apfel. Wir haben uns immer alles geteilt. Die Sopherl und die Fanny haben den Abwasch gemacht und dabei gelacht. Dann ist die Sopherl in ihre Kammer gegangen. Kurz darauf haben wir sie röcheln gehört. Sie hat keine Luft mehr bekommen und ist vor unseren Augen erstickt.« Ihre Stimme wurde leise.

»Das muss schrecklich für Sie gewesen sein«, sagte Aurelia mitfühlend.

Die Frau nickte. Sie holte erneut ihr Taschentuch hervor und putzte sich die Nase. »Ich werde das Bild nie vergessen. Sie wollte, dass ich ihr helfe. Aber was hätte ich denn tun können?«

Die Glocke über der Ladentür klingelte. Eine neue Kundin betrat den Verkaufsraum.

Rasch fing sich Frau Steinwandtner wieder: »Welche Farbe soll's bei den Tulpen sein?«

Beinahe hätte Aurelia die Blumen vergessen. Sie kehrte zum Tresen zurück. »Ich liebe Sonnenblumengelb.«

»Na, dann nehmen wir die dunkelgelben! Und vielleicht ein paar orange? Die passen zu Ihrem Haar?«

»Nein, danke«, antwortete Aurelia schnell. Sie war in ihrer Kindheit zu oft wegen ihrer Haarfarbe gehänselt worden.

Frau Steinwandtner zuckte mit den Schultern und band einen dicken Strauß dunkelgelber Tulpen. Als es ans Zahlen ging, wandte sie sich an Inspektor Pokorny. Rasch legte Aurelia einen Gulden auf den Tresen. Die Blumenhändlerin hob überrascht die Augenbrauen. Doch sie nahm kommentarlos den Gulden und ließ ihn mit einem fröhlichen Klingeln in ihrer Registrierkasse verschwinden.

Janek

Mariahilferstraße

Janek fühlte sich seit Tagen zum ersten Mal wieder halbwegs frisch. Er hatte trotz der gebrochenen Rippen durchgeschlafen. Die blauen Flecken in seinem Gesicht wurden immer blasser – aus dem satten Violett war ein helles Gelbgrün geworden – und der Erfolg in Sachen gestohlener Broschen trug ebenfalls zu seinem Wohlbefinden bei. Direktor Körner hatte dem Hofrat vor ein paar Tagen höchstpersönlich einen Besuch abgestattet. Genau wie Nepomuk gesagt hatte, steckte ein habgieriger Mitarbeiter namens Jürgen Hoschek hinter den Diebstählen. Er hatte über Jahre die Inventurlisten, die niemand kontrollierte, gefälscht und sich auf diese Weise persönlich am Besitz des Kaisers bereichert. Anfangs war er dabei noch vorsichtig vorgegangen und hatte seine Kunden diskret unter falschem Namen angesprochen. Aber da er seitens seines Vorgesetzten keine Kontrolle hatte fürchten müssen, war er über die Jahre immer frecher und sorgloser geworden. Schon nach einem kurzen Verhör hatte Hoschek alles zugegeben. Pinacek war wegen des Vorfalls unangenehm berührt, aber mehr nicht. Er hatte keinerlei Konsequenzen zu befürchten. Als Hofrat unkündbar saß er nach wie vor fest in seinem Sattel. Dennoch hätte Janek gerne gesehen, wie Direktor Körner ihn über das dreiste Vorgehen des Diebs aufgeklärt hatte. In Zukunft würde Pinacek für die Überprüfung der

Inventarlisten sorgen müssen. Auch wenn es unwahrscheinlich war, dass er selbst diese mühevolle Aufgabe übernahm. Janek vermutete, dass sein Sekretär Maier damit betraut werden würde.

Direktor Körner war mit dem Ausgang der Geschichte so zufrieden gewesen, dass er Janek ein paar Stunden freigab, damit er zur Kontrolluntersuchung ins AKH gehen konnte. Außerdem hatte er der Geschichte über Offizier Hofrichter und dessen Verhalten gegenüber seiner Verlobten zugehört.

»Das ist ja abscheulich«, hatte Körner geschimpft. »Ich frage mich, wie viele dieser Offiziere ihre jungen Verlobten hintergehen!«

»Einer der Männer ist unser Mörder«, hatte Janek leise erinnert. »Denken Sie an all die seltsamen Vorlieben der Männer in Bezug auf Frauen. Glauben Sie mir Herr Direktor, die sind eiskalt und schrecken vor nichts zurück. Und unser Mörder tanzt vermutlich noch immer in den Sophiensälen.«

»Ekelhaft.«

»Wollten wir nicht Schriftproben einfordern? Erinnern Sie sich?«

Wenig später verließ Janek das Büro mit der Erlaubnis, erneut ein Schreiben an Münzner zu verfassen. Das alte war im Papierkorb gelandet, während Janek im Krankenhaus gelegen hatte. In ein paar Tagen sollten die Schriftproben der Offiziere am Petersplatz eintreffen.

Jetzt war Janek auf dem Weg vom Arzt zum Postamt, wo Charles Francis seine Briefe aufgegeben hatte. Janek war seinen Verband los, was ihm zwar wieder mehr Freiheit beim Atmen ermöglichte, aber auch mehr Schmerzen bedeutete. Zu gerne hätte er eine Pferdekutsche gemietet, aber freie Stunden fürs AKH und Fahrkostenersatz, das erschien ihm dann doch eine Spur zu viel verlangt.

Langsamer als sonst lief er den Ratzengrund entlang und bog in die Mariahilferstraße ein. Er ging am neu errichteten Kaufhaus Herzmansky vorbei, einem Konsumtempel der Luxusklasse, wo die bessere Gesellschaft all ihre Einkaufslüste befriedigen konnte. In einer der Auslagen waren Notizbücher ausgestellt. Eines erinnerte ihn an das Büchlein von Klara Steinwandtner, das er immer noch nicht zurückgegeben hatte. Aus irgendeinem Grund war er der Meinung, dass es wichtige Informationen enthielt. Leider verstand er die Botschaft noch nicht. Die Sammelleidenschaft der jungen Frau war beachtlich gewesen. Von der Eintrittskarte ins Affenhaus in der kaiserlichen Menagerie bis zum Glückslos von Sissi Geiger hatte sie alles aufgehoben. Die Adresse einer Wahrsagerin fand sich ebenso im Büchlein wie das Rezept eines Kuchens, das sie aus einer Zeitung ausgeschnitten hatte. Außerdem schien sie eine Vorliebe für Demelkonfekt gehabt zu haben. Eine ganze Reihe der bunten Bonbonverpackungen fanden sich im Büchlein.

Janek hatte das Postamt erreicht. Über ein paar Stufen gelangte er zum Haupteingang und betrat das Gebäude. Hinter vier Schaltern saßen Beamte in dunklen Uniformen. Über den Ärmeln ihrer Jacken trugen sie graue Schoner. Vor jedem Schalter stand eine lange Warteschlange. Janek überlegte, ob er die Wartezeit verkürzen konnte. Andernfalls würde er den ganzen Nachmittag hier verbringen, was zurück im Büro unweigerlich in einer durchgearbeiteten Nacht enden würde. Er wollte das frisch zurückgewonnene Hochgefühl nicht gleich wieder verlieren. Deshalb nahm er sich ein Herz und ging ganz nach vorne. Eine ältere Frau in der Tracht einer Gouvernante gab gerade einen Brief auf. Der Beamte hinter dem Schalter stempelte das Kuvert ab. Wie erwartet tippte der Mann, der hinter der Gouvernante wartete, Janek auf die Schulter. »Hinten anstellen«, blaffte er unfreundlich und zeigte mit dem Daumen zum Ende der Schlange. Die blutige Schürze über seinem dicken Bauch wies ihn als Fleischhauer aus.

»Ich bin Polizeiagent der zivilen Sicherheitswache«, erklärte Janek und zog seine Dienstmarke aus seiner Jackentasche. Etwas, das er vermied, wenn es ging.

»Und wenn's der Kaiser von China sind, ist mir das auch wurscht. Gehen's in der Reihe nach hinten. Ich hab meine Zeit nicht gestohlen.«

Es war unglaublich. Nicht einmal ein Fleischhauer nahm zivile Polizeiagenten ernst. Janek drehte sich zu ihm. Vielleicht waren es die Schmerzen in seiner Brust, die ihn zu den harschen Worten verleiteten. »Jetzt hören Sie mir mal gut zu«, sagte er verärgert. »Ich bin nicht zum Spaß hier, sondern ermittle in zwei Mordfällen. Auch wenn es Ihnen nicht passt, ich werde dem Herrn hinter dem Schalter jetzt eine Frage stellen. Und wenn Sie mich davon abhalten, lasse ich Sie morgen wegen Behinderung einer Amtshandlung vorladen.«

Zu Janeks großer Überraschung zeigte sein Ärger Wirkung. Der Fleischhauer hob entschuldigend die Hände. »Schon gut. Stelln's halt schnell Ihre Fragen.« Er trat einen Schritt zurück. »Aber beeilen's sich.«

Janek zog dankend den Hut. Neugierig geworden lehnte der Postbeamte sich weit nach vorne. »Ein Mordfall?«, fragte er. In den dunklen Augen hinter der dicken Brille blitzte Sensationslust auf.

Janek holte die Kuverts von Charles Francis aus seiner Jacke und schob sie über das Schalterpult. »Diese Briefe tragen den Poststempel Ihres Amts. Können Sie sich daran erinnern, wer sie vor drei Wochen am 26. April aufgegeben hat? Es ist möglich, dass eine ganze Reihe dieser Kuverts hier abgestempelt wurde.«

Der Mann nahm die Briefumschläge entgegen. Er schob seine Brille auf seine Nasenspitze und blinzelte über den Rand. »Glauben Sie allen Ernstes, ich kann mir die Gesichter aller Kunden merken? Ich habe keine Ahnung, wer die Briefe aufgegeben hat.«

»Würden Sie bitte Ihre Kollegen holen?«

Der Beamte hob seine buschigen Augenbrauen. Er betrachtete die Warteschlangen. Ein Schmunzeln umspielte seine Lippen. »Ja, natürlich«, sagte er. »Einen Moment.«

Als er aufstand, erhob sich hinter Janek missbilligendes Gemurmel. Der ganze Amtsraum war voller Wartender.

»Was ist denn da vorne los?«

»Was bildet der Mann sich ein?«

»So eine Frechheit!«

»Ich kann hier nicht ewig rumstehen.«

Am liebsten hätte Janek wieder einen Rückzieher gemacht und sich doch noch ganz hinten angestellt. Aber die anderen drei Postbeamten waren schon unterwegs zu ihm. Sie bewegten sich in einer solch provozierenden Langsamkeit, dass sie den Faultieren in der kaiserlichen Menagerie Konkurrenz gemacht hätten. Nun wurden auch die Wartenden in den anderen Reihen unruhig. Janek fühlte sich zunehmend unwohl.

»Wenn ich den Kerl außer Dienst erwische, der kann was erleben.«

»Die Kieberer sind alle gleich. Egal ob in Uniform oder im Anzug. Die glauben, Sie können sich alles erlauben.«

Janek versuchte die Beschimpfungen zu ignorieren. Stattdessen blickte er den Postbeamten schnell einem nach dem anderen in die Augen. »Kann sich jemand von Ihnen daran erinnern, wer diese Briefe aufgegeben hat? Sie tragen keinen Absender.« Um die Angelegenheit zu beschleunigen, redete er so schnell, dass er sich beinahe verhaspelte. Die Beamten blieben davon unbeeindruckt. Langsam und bedächtig nahm einer nach dem anderen die Kuverts in die Hand, betrachtete eingehend den Poststempel, die Anschrift und den fehlenden Absender. Sie untersuchten die Schrift. Einer holte sogar eine Lupe aus einer Schublade, um besser sehen zu können. Unterdessen brodelte es unter den Wartenden. Die Schlangen reichten nun schon bis auf die Straße hinaus. Die Beschimpfungen wurden immer derber. Schließlich schüttelten auch die drei anderen Beamten bedauernd die Köpfe. »Leider nein. Keine Erinnerung.«

Genauso langsam, wie sie ihre Schalter verlassen hatten, kehrten sie wieder an diese zurück.

»Wenn Sie weiter schimpfen, dann können's Ihre Briefe selbst transportieren!«, rief einer der Postler. Erstaunlicherweise wirkten seine Worte. Der Protest hielt zwar an, wurde aber weniger vernehmlich.

Janek nahm die Kuverts, zog seinen Kopf ein und versuchte sich möglichst unbemerkt aus dem Amt zu schleichen. Doch schon auf halbem Weg zum Ausgang wurde er aufgehalten. Eine alte Frau trat hinter einer Säule hervor und zog ihn zur Seite. »Zeigen's mir die Briefe, Herr Inspektor«, forderte sie. Die Frau hielt einen Besen in der Hand. Neben ihr stand ein Kübel mit Mist und die Schürze über ihrem Kleid benötigte dringend eine Wäsche. Ihr Haar war vollständig unter einem Tuch versteckt. Sie war unschwer als Putzfrau des Postamts zu erkennen.

Janek trat in den Schatten der Säule, um aus dem Blickfeld der Wartenden zu verschwinden. Er holte die Briefe hervor und zeigte sie ohne große Hoffnung der Frau.

»Können Sie lesen«, fragte er.

»Nein.«

Janek seufzte. Dabei hatte der Tag heute Morgen so Erfolg versprechend angefangen.

»Aber ich kann mich trotzdem an einen Herrn erinnern, der einen ganzen Packen dieser Briefe aufgegeben hat.« Sie betrachtete die Kuverts ebenso intensiv wie die Beamten zuvor.

»Ich bin jeden Tag hier und fege die Böden. Ich sehe und höre alles«, sagte sie und grinste. Einer ihrer unteren Schneidezähne fehlte zur Hälfte. »Hinter der Säule ist ein guter Platz. Da kann ich in Ruhe ein kleines Päuschen machen.« Sie kicherte.

»Warum glauben Sie, dass der Herr ausgerechnet diese Briefe aufgegeben hat?«

»Weil ich gehört habe, dass der Herr Beamte gefragt hat, warum kein Absender auf den Briefen steht.«

Nun wurde das Gespräch interessant. »Können Sie sich erinnern, wie der Mann ausgesehen hat?«

»Ja, freilich. Das war ein stattlicher Herr mit breiten Schultern und einem schönen Schnurrbart. Er hat einen guten Anzug angehabt.«

»Keine Uniform?«

»Nein, ganz sicher nicht. Das wär mir aufgefallen«, beteuerte die Alte.

»War er blond oder dunkelhaarig?«

»Ui, des weiß ich nimmer.«

»Hatte er eine Brille? Einen Gehstock? Irgendetwas, an das Sie sich noch erinnern können.«

Sie verneinte. »Leider. Ich weiß nur noch, dass er ein stattlicher Bursche war. So einer, wie ihn die Frauen gern mögen.«

»War er jung?«

»In etwa wie Sie.«

»Verraten Sie mir Ihren Namen und Ihre Adresse?«

Augenblicklich verschloss sich ihr Gesicht. »Warum?«

»Sollte ich noch Fragen haben, muss ich wissen, wo ich Sie finden kann.«

»Krieg ich jetzt Ärger? Ich will keinen Besuch von der Polizei.« Sie winkte heftig ab.

»Sie würden keinen Ärger bekommen, sondern dabei mithelfen, einen Verbrecher zu fassen«, sagte Janek. »Sie würden eine Art Heldin werden.«

»Heldin?«, sie sah ihn mit großen Augen an.

»Bitte Ihren Namen und Ihre Adresse.« Janek holte sein Notizbuch hervor.

»Nikola Benesch …«

Aurelia

Bäckerstraße

Aurelia sah ihrem Vater zu, wie er seinen Hemdkragen im Spiegel kontrollierte und die Krawatte zurechtrückte. Er hatte sich sichtlich Mühe mit seiner Erscheinung gegeben.

»Fesch bist du«, sagte Aurelia. Sie war stolz, dass ihr Vater trotz seines Alters noch so gut aussah. Endlich zog er daraus Nutzen und gab sein Einsiedlerdasein auf. Dorothea Ziegler war gelungen, woran unzählige Frauen zuvor gescheitert waren. Sie hatte das Interesse von Graf Otto von Kolowitz geweckt. Aurelia konnte es nicht erwarten, die Dame bei einem ihrer Kunstsalons näher kennenzulernen. Doch heute war ihr Vater allein mit ihr verabredet. Er hatte Karten für ein Konzert im Gartenbau ergattern können. Die blumengeschmückten Säle gehörten zu den begehrtesten Veranstaltungsplätzen der Stadt. Kapellmeister Carl Michael Ziehrer trat mit einem Orchester dort auf.

»Ich könnte fast ein bisserl neidig sein, dass du nicht mit mir zum Ziehrer gehst«, witzelte Aurelia.

Ihr Vater nahm ihre Worte für bare Münze. »Es tut mir sehr leid, hättest du mich gerne begleitet?«, fragte er bestürzt. »Soll ich schauen, ob ich noch eine Karte bekomme?«

Aurelia lachte herzhaft. »Papa, das war ein Scherz. Ich freue mich, dass du endlich ausgehst.« *Und ich dadurch mehr Freiheiten habe*, fügte sie in Gedanken hinzu. »Genieß den Abend.«

»Mal sehen«, er schien noch nicht vollständig überzeugt. »Vielleicht kann ich einen der Billeteure bestechen. Mit dem richtigen Trinkgeld geht alles. Sicherlich kann man einen zusätzlichen Sessel für dich auftreiben.«

»Papa, es war ein Witz, wirklich. Ich habe es nicht ernst gemeint.« Die Vorstellung, den ganzen Abend wie eine Anstandsdame zwischen ihrem Vater und Frau Ziegler zu sitzen, war beängstigend. Wieder einmal wurde ihr bewusst, dass ihr Vater niemals von ihrer Tätigkeit als Karikaturistin erfahren durfte. Sie verstand sich großartig mit ihm, aber er hatte einen anderen Sinn für Humor. Einen, den man mit der Lupe suchen musste und der irgendwo tief in seinem Innersten vergraben war.

Otto von Kolowitz griff nach seinem Zylinder und nahm seinen Spazierstock. Vor der Tür wartete bereits ein Fiaker. Es war Friedas Wagen. Die Fiakerin winkte fröhlich.

»Seit wann …?«, fragte Aurelia verwundert. Ihr Vater grinste.

»Ich bin viel moderner, als du denkst. Warum soll ich mich nicht von einer Frau durch die Stadt kutschieren lassen?« Damit ließ er sie zurück und stieg gut gelaunt in den Wagen.

Aurelia drehte sich zu Sebastian um, der hinter ihr stand und seinem Herrn sorgenvoll nachblickte. Auf seiner hohen Stirn hatten sich tiefe Falten gebildet.

»Es gefällt mir gar nicht, dass der Herr Graf diese bürgerliche Frau trifft. Die ist doch nur auf sein Geld aus.«

»Die bürgerliche Frau ist eine erfolgreiche Unternehmerin. Ihr Textilgeschäft ist eine Goldgrube. Sie verdient so viel, dass sie regelmäßige Salons in ihrem Haus abhalten kann. Bei ihr trifft sich alles, was in der Kunst Rang und Namen hat«, erklärte Aurelia.

Die Worte beruhigten Sebastian nicht. »Kunst … Ich weiß ja nicht recht.«

»Unsinn, es ist großartig«, widersprach Aurelia. »Und wenn Papa eine Lavendelfrau treffen würde, wäre es mir auch recht. Hauptsache, er verbringt nicht den ganzen Tag allein mit seiner Zeitung.«

»Hm.« Sebastian schmollte.

»Sie könnten auch mal ein bisschen auf sich schauen«, riet Aurelia. »Treffen Sie sich doch mit einer hübschen Frau und führen Sie sie auf den Tivoli aus.«

Sebastian lief dunkelrot an.

Aurelia fiel ein, dass er an dem Abend, an dem Frieda den Toten in ihrem Fiaker gefunden hatte, aus dem Nebenhaus gekommen war. Was hatte er dort gemacht?

»Oder haben Sie schon jemanden ins Auge gefasst?« Sie zwinkerte ihm zu.

»So weit kommt es noch! Für ein junges Fräulein haben Sie in der Tat sehr seltsame Gedanken.« Kopfschüttelnd ging er in die Küche. Zeitgleich klopfte es an der Tür. Aurelia stand direkt daneben und öffnete statt des Dieners.

»Guten Abend, Nepomuk, was für eine schöne Überraschung! Kommen Sie doch herein. Was führt Sie zu uns?« Aurelia hatte für den Abend noch keine Pläne. Eine Unterhaltung mit Nepomuk kam ihr sehr gelegen. Sie öffnete die Tür weit.

Jetzt erst kam Sebastian aus der Küche. Er warf Aurelia einen beleidigten Blick zu, weil sie seine Aufgabe übernommen hatte. Rasch nahm er Nepomuk Gehrock und Hut ab.

»Soll ich Tee im Salon servieren?«, fragte er.

»Ich hätte lieber etwas Stärkeres«, sagte Nepomuk.

»Tee mit einem Schuss Cognac?«

»Eine hervorragende Idee.«

Wieder verschwand Sebastian in die Küche.

Aurelia führte Nepomuk in den Salon. Sie wählte den kleinen Tisch neben dem Kachelofen. Im Winter spendete er angenehme Wärme. Jetzt war er kalt. Die Fenster waren weit geöffnet, warme Frühlingsluft strömte ins Zimmer. Aurelia mochte das kleine bequeme Sofa und nahm darauf Platz. Nepomuk setzte sich auf den gepolsterten Sessel ihr gegenüber.

»Sie kommen doch sonst nicht unangekündigt«, sagte Aurelia. »Was haben Sie auf dem Herzen?«

Nepomuk lehnte sich zurück. Jetzt erst fiel ihr auf, dass sein Haar etwas zerzaust und sein Bart nicht so akkurat getrimmt war wie sonst. Beides stand ihm und machte ihn noch attraktiver. Doch unter seinen Augen lagen dunkle Ringe. Es schien ihn tatsächlich etwas zu bekümmern.

»Wo drückt der Schuh?«, fragte Aurelia.

Er stützte die Ellbogen auf die Knie. »Ich habe gehört, dass Sie sich mit Inspektor Pokorny getroffen haben.«

Aurelia war sprachlos. »Verfolgen Sie mich etwa?«

Er winkte ab. »Nein, es war purer Zufall, dass ich davon erfahren habe. Pepi Bousska hat es mir erzählt.«

»Sie haben Debreziner bei Pepi Bousska gegessen?«, rief Aurelia überrascht. »Ich wusste, dass Sie ihn wieder besuchen würden.«

Nepomuk neigte entschuldigend den Kopf zur Seite und lächelte schief. »Es sind eben die besten Würstel der Stadt.« Seine Augen ruhten eine Spur zu lange auf ihren. Sie wandte den Blick ab.

In dem Moment kam Marie mit dem Servierwagen in den

Salon. Wie immer schepperte das Geschirr laut. Sie hatte immer noch nicht gelernt, das Porzellan fachgerecht zu stapeln. Kurz vor dem Tischchen hielt sie an und rückte ein paar Teller zurecht. Als sie weiterschob, war das Geklapper noch lauter als zuvor.

Marie stellte Teetassen, Teller und eine bauchige Teekanne auf den Tisch. Außerdem Zucker, Milch, Cognac und die Kipferl, die von der Jause übrig geblieben waren. Auf ihrer Schürze war ein dunkelroter Fleck. Sicher hatte sie wieder heimlich aus dem Marmeladenglas genascht.

»Ich schenke ein, danke, Marie.«

Doch das Mädchen ging nicht. Nervös trat sie von einem Fuß auf den anderen.

»Was gibt's denn noch?«, fragte Aurelia.

Marie lehnte sich zu ihr und flüsterte ihr so leise ins Ohr, dass nur Aurelia es hören konnte: »Die Bonbonniere liegt immer noch in Ihrem Zimmer. Essen Sie sie nicht?«

Es dauerte, bis Aurelia begriff, wovon sie sprach. Dann fiel ihr das Geschenk von Hofrat Pinacek wieder ein.

»Willst du sie haben?«, fragte sie.

Marie brauchte nicht zu antworten. Aurelia konnte auch so erkennen, dass sie das Dienstmädchen sehr glücklich machen würde. Sie grinste von einem Ohr zum anderen.

»Ich lege die Schachtel morgen in dein Zimmer«, sagte Aurelia.

Marie knickste ungeschickt. »Vielen Dank.« Dann hüpfte sie förmlich aus dem Zimmer.

»Was haben Sie dem verrückten Ding gerade versprochen?«, wollte Nepomuk wissen.

»Eine Schachtel Demelkonfekt. Ich habe sie von Hofrat

Pinacek bekommen. Es liegt mir nichts an dem Schichtnougat vom Kohlmarkt.«

»Tatsächlich?«, fragte Nepomuk überrascht. »Ich dachte immer, Sie würden ihn mögen.«

Aurelia kniff die Augen zusammen. War es möglich, dass das Geschenk von ihm stammte? Doch Nepomuk sank schon wieder in seine niedergeschlagene Haltung. Er legte das Kinn auf den Händen ab und schien den Konfekt vergessen zu haben.

Aurelia schenkte den dampfenden Tee in die Tassen. Eine reichte sie Nepomuk. Der bedankte sich, griff nach der geschliffenen Glaskaraffe mit dem Cognac und goss eine ordentliche Portion in den Tee. Trank er sich gerade Mut an? Er sah aus wie ein Mann, der ein Geständnis ablegen wollte. Was konnte so schlimm sein, dass er es nicht einfach aussprach? Mit einem Mal wurde Aurelia nervös. Sie mochte das oberflächliche Geplänkel zwischen ihnen beiden. Seine Komplimente schmeichelten ihr und seine Witze waren unterhaltsam. Sie konnte mit dem Juristen herzhaft lachen. Nepomuk hatte den gleichen Sinn für Humor wie sie. Mit niemand anderem konnte sie über unliebsame Mitmenschen so hemmungslos lästern wie mit Nepomuk. Er begleitete sie, wenn auch widerwillig, an ungewöhnliche Orte wie den Ratzengrund und war für sie da, wenn sie ihn brauchte. Sie kannte Nepomuk Hofmeister, seit sie sich zurückerinnern konnte. Er war so etwas wie ihr bester Freund. Sie wollte ihn in ihrem Leben auf keinen Fall missen. Eine Liebeserklärung würde ihre unkomplizierte Beziehung für immer zerstören. Sie wollte das Geständnis nicht hören. Wie konnte sie Nepomuk davon abhalten? Er trank einen Schluck vom heißen Tee, verzog das Gesicht und stellte die Tasse wieder ab.

»Sie haben mich neulich nach meiner Beziehung zu Inspektor Pokorny gefragt.«

Aurelia setzte sich aufrecht hin. Die Unterhaltung verlief wieder mehr nach ihrem Geschmack.

»Ich habe Ihnen nur einen Teil der Wahrheit erzählt.«

»Sie haben quasi gar nichts erzählt«, verbesserte Aurelia ihn.

»Ich habe gesagt, dass Janek von der Schule geflogen ist.«

»Ja.«

»Das stimmt. Er musste das Schottenstift tatsächlich verlassen. Dabei war er der vielversprechendste Kopf von uns allen.«

Aurelia fragte sich, wohin die Erzählung führen würde. Jeder Muskel ihres Körpers war angespannt, so sehr gierte sie nach der Geschichte.

»Besonders, was die Sprache betraf«, fuhr Nepomuk fort. »Es gab keinen in der Klasse, der besser schreiben konnte als er.« Wieder nahm er einen Schluck aus seiner Tasse.

»Das Leben im Internat war nicht immer lustig. Aber das brauche ich Ihnen nicht erklären, Sie waren selbst in einem Mädchenpensionat.«

»Ich habe die Jahre in der Schweiz genossen«, widersprach Aurelia. »Wir hatten moderne Lehrerinnen. Das Pensionat war das Beste, was mir widerfahren konnte. Stellen Sie sich vor, ich wäre in einer katholischen Privatschule gelandet und von Nonnen unterrichtet worden.« Aurelia schüttelte sich bei den Bildern, die in ihrem Kopf entstanden. Sie kannte die Geschichten von Frauen, die solche Bildungswege hinter sich hatten. Aurelia würde ihrem Vater niemals oft genug für seine Entscheidung danken können.

»Was Ihnen erspart blieb, traf Janek und mich mit voller Härte«, sagte Nepomuk. »Die Regeln in der Schule waren willkürlich und die Strafen, wenn man gegen sie verstieß, drakonisch, ungerecht und teilweise unmenschlich. Zwei Schüler aus höheren Jahrgängen nahmen sich das Leben, weil sie den Druck nicht ertrugen. Wir kannten sie nur vom Sehen, aber ihr Tod ging uns allen sehr nah.«

»Ach du meine Güte!« Aurelia schlug sich eine Hand vor den Mund. »Das muss schrecklich gewesen sein.«

»In jedem Jahrgang gab es einen Schüler aus einfachen Verhältnissen, der ein Stipendium erhalten hatte, weil er besonders begabt war. Meistens waren es Söhne von kleinen Ladenbesitzern oder niedrigen Beamten. Diese Burschen waren automatisch die Außenseiter. Sie wurden nicht nur von den Lehrern, sondern auch von den Schülern schikaniert, was eigentlich noch viel schlimmer war, denn sie hatten keine Verbündeten in einem System, das auf Unterdrückung und Gewalt aufgebaut war.«

»Klingt nach einer wirklich tollen Eliteschule.« In Aurelias Kopf formte sich bereits eine bitterböse Karikatur. Leider würde niemand darüber lachen. Die meisten Eltern wünschten ausdrücklich, dass ihr Nachwuchs mit harter Hand erzogen wurde. Sogar der Kaiser forderte solch eine Erziehung bei seinem Thronfolger Rudolf ein. Die Meinung, dass Strafen und körperliche Züchtigungen die einzig wahren Mittel waren, um Kinder auf den rechten Weg zu bringen, war allgemein verbreitet. Die Monarchie brauchte tüchtige, funktionierende Untertanen. Vor allem im Militär wurden Männer gebraucht, die nicht hinterfragten, sondern folgten. Selbstständiges Denken war nicht erwünscht.

Nepomuk holte Aurelia aus ihren Überlegungen zurück. »Es gab noch nie einen Jungen, der aus den Ziegelwerken gekommen war. Janek war der erste und so musste er doppelte Demütigungen erleiden. Alle drangsalierten ihn. Wirklich alle. Sogar die Putzfrauen und Küchenhilfen.«

Aurelia spürte, wie ihre Anspannung weiter wuchs.

»Aber Janek war anders als die anderen Kinder aus armen Verhältnissen. Er hat die Gemeinheiten ertragen. Die Schikanen der Lehrer ebenso wie die fiesen Streiche seiner Mitschüler.«

In Aurelias Gedanken tauchten die dunklen, fast schwarzen Augen des Inspektors auf. Plötzlich verstand sie die Schwere, die in ihnen lag.

»Und er hat sie nicht nur ertragen. Janek wehrte sich, er schlug zurück. Aber er verpetzte niemanden und verhielt sich auch sonst fair. Er ließ seine Mitschüler bei Tests abschreiben und sagte bei mündlichen Prüfungen ein. Im Sport brillierte er. Schon im zweiten Jahr war er einer der beliebtesten Schüler. Es gab nichts, weshalb man ihn hätte hänseln können …«

Nepomuk hielt inne und Aurelia ergänzte seinen Satz. »Nichts, bis auf seine Herkunft.«

Der Advokat nickte. »Den meisten Schülern war es irgendwann egal, dass seine Eltern Ziegelböhm waren. Nur ein einziger Junge konnte ihm seine Herkunft nicht verzeihen.«

Aurelia hielt den Atem an. Sie hoffte inständig, dass Nepomuk nicht sagen würde, dass er dieser Junge gewesen war.

Er leerte nun seine Teetasse: »Bertram von Hohenklug.«

Erleichtert stieß Aurelia die angehaltene Luft aus.

»Er ertrug es nicht, dass Janek beliebt, klug, geschickt und noch dazu gut aussehend war. Seine eigene Familie war verarmt. Er schrieb erbärmlich schlechte Noten und wurde deshalb von seinem Vater geschlagen.«

»Das erklärt einen schlechten Charakter, aber es entschuldigt ihn nicht«, sagte Aurelia.

»Ich gebe Ihnen völlig recht«, pflichtete Nepomuk bei. »Bertram wartete all die Jahre darauf, Janek so richtig eins auszuwischen. Im Jahr vor der Matura bot sich dann die perfekte Gelegenheit.« Nepomuk fuhr sich mit fahrigen Bewegungen durchs Haar.

»Es war die Zeit, in der wir anfingen, uns nachts wegzuschleichen.«

»Ach ja?« Aurelia hob belustigt die Augenbrauen.

»Janek hat es nie getan. Aber ich machte mich regelmäßig davon. Es ging immer gut. Janek und ich tauschten die Betten. Meines stand ganz vorne im Saal, seines war im hintersten Eck. Man konnte mit eingerollten Decken einen schlafenden Körper vortäuschen. Bei meinem Bett wäre das unmöglich gewesen. Jeder hätte sofort gesehen, dass niemand darin schlief. Aber die Lehrer gingen selten den ganzen Saal ab. Meistens kontrollierten sie bloß die vordersten Betten.«

Aurelia konnte sich bereits vorstellen, was dann passiert war.

»Bertram von Hohenklug hat Wind von der Sache bekommen und Sie beide verpetzt«, riet sie.

»Er hat nur Janek verraten. Ich blieb unbemerkt.«

»Das verstehe ich nicht.«

»Janek lag in meinem Bett. Seines war leer.«

»Aber er hätte ja nur aufstehen und sagen müssen, dass er in Wahrheit da war. Er muss doch wach gewesen sein.«

Nepomuk richtete sich auf. Die Traurigkeit in seinen Augen rührte Aurelia. »Er war davon überzeugt, dass ich die Sache klarstellen würde. Er hatte mir versprochen, mich nicht zu verraten, und das Versprechen hat er gehalten.« Seine Stimme wurde mit jedem Wort leiser.

»Aber Sie haben die Sache nicht klargestellt«, riet Aurelia.

Der Advokat nickte bloß.

»Sie haben geschwiegen und er flog von der Schule.« Aurelia war fassungslos. Sie hatte Nepomuk immer für einen ehrlichen und mutigen Mann gehalten. Wie hatte sie sich so in ihm täuschen können?

»Die Sache war kompliziert«, verteidigte er sich. »Die Schulleitung hätte möglicherweise erfahren, mit wem ich mich heimlich getroffen habe. Ich hätte eine weitere Person ins Unglück gestürzt.«

»Aus Liebe zu einem Mädchen haben Sie Ihren Freund verraten«, fasste Aurelia zusammen.

Nepomuk sank in sich zusammen. Er sah aus wie ein Häufchen Elend. Wäre die Sache nicht so schrecklich gewesen, hätte Aurelia versucht ihn zu trösten. Aber sie fand sein Verhalten unentschuldbar und unsagbar feige.

»Es ist noch viel schlimmer«, fuhr Nepomuk fort. Offenbar hatte er vor, all seine Sünden vor ihr auf den Tisch zu legen. Aurelia war sich nicht sicher, ob sie alles hören wollte. Ihr altes Bild von Nepomuk war ihr lieber gewesen.

Nepomuk fuhr schonungslos fort: »Um einen anderen Jungen zu retten, habe ich die Liebe meines Lebens verraten.« Jetzt vergrub er sein Gesicht in seinen Händen. Er schluchzte.

»Was?« Es dauerte, bis Aurelia begriff. Sie kaute auf ihrer Unterlippe und sah Nepomuk nachdenklich an.

»Haben Sie eben gesagt, Sie hätten sich mit einem anderen Jungen getroffen?« Sie dachte weiter. »Und was heißt die Liebe Ihres Lebens? Sind Sie etwa in Inspektor Pokorny verliebt?«

Nepomuk hob sein verheultes Gesicht und nickte. »Ich war es immer, vom ersten Augenblick an, als ich ihn kennengelernt habe. Zuerst wollte ich es nicht wahrhaben. Aber man kann sich nicht dagegen wehren, wenn man liebt, dann tut man es eben.«

»Aber …« Aurelia fehlten die Worte. Sie hatte von gleichgeschlechtlicher Liebe gehört. Schließlich kannte sie Frieda. Aber auch im Pensionat hatte es ein paar Mädchen gegeben, die sich geküsst hatten. Sie war nie dabei gewesen. Es hätte sich für sie nicht richtig angefühlt. Aber sie wollte auch niemanden verurteilen. Sie hatte noch nie wissentlich Männer kennengelernt, die einander liebten.

»Empfand Inspektor Pokorny dasselbe für Sie?«

Nepomuks Arme schnellten abwehrend nach vorne: »Um Himmels willen, nein! Er ahnt nichts von meinen Gefühlen.«

Wieder verstand Aurelia nicht. »Warum haben Sie es ihm nicht gesagt?«

»Ich wollte ihn nicht als Freund verlieren. Ich liebe ihn. Und ich weiß, dass er nicht so empfindet wie ich. Er findet männliche Körper nicht anziehend.«

»Indem Sie ihn verraten haben, haben Sie seine Freundschaft verloren«, entgegnete Aurelia. Wieder vergrub Nepomuk sein Gesicht. Aurelia hatte Mühe, ihn zu verstehen. Er redete in seine Finger. »Ich hätte ihn niemals verraten, wäre da nicht dieser Junge gewesen. Er war der Sohn des Stallmeisters. Sie hätten ihn ausfindig gemacht. Franz war bereits im Visier der Schulleitung. Wäre die Sache bekannt geworden, hätte sein Vater die Anstellung verloren und ihn hinterher erschlagen. Ich hätte eine ganze Familie in den Abgrund gestürzt.«

»Und was hätte Ihr Vater getan?«

Nepomuk hob den Kopf. »Wohl dasselbe, aber das hätte ich ertragen.«

»Hm.« Aurelia war sprachlos. Mit so einem Geständnis hatte sie nicht gerechnet. Und sie verstand auch nicht ganz, warum Nepomuk sich ihr gerade jetzt offenbart hatte.

»Ich glaube, dass Bertram von Hohenklug hinter dem Attentat auf Janek steckt«, setzte Nepomuk fort. Seine Stimme klang wieder fester. Seine Tränen waren versiegt. »Er ist ein winziger, unwichtiger Leutnant beim Militär. Ich nehme an, dass er mitbekommen hat, dass Janek gegen Offiziere ermittelt. Vielleicht wurde bereits darüber gescherzt, wie man ihm eine Lektion erteilen könnte. Bertram hat die Sache in die Hand genommen. Das feige Zusammenschlagen von Wehrlosen hat ihm schon immer Spaß gemacht.«

»Klingt nach einem Mann, mit dem man befreundet sein möchte.«

»Ich will, dass er für diesen feigen Überfall bezahlt. Aber dazu benötige ich Ihre Hilfe.«

»Meine Hilfe?«, fragte Aurelia überrascht.

»Die Hohenklugs sind eine verarmte Adelsfamilie. Der Vater hat das gesamte Vermögen verspielt oder verspekuliert. Alles, was sie noch besitzen, ist eine Sägemühle, die nicht rentabel ist. Ihr Vater beliefert die Mühle mit viel zu billigem Holz und sichert so das Überleben der Hohenklugs. Würden diese Lieferungen eingestellt, wäre die Familie bankrott. Sie könnten sich Holz zum marktüblichen Preis niemals leisten.«

Aurelia schüttelte den Kopf. »Aber das wäre schändlich. Wir würden eine Familie in den Ruin treiben, weil Sie eine offene Rechnung begleichen wollen.«

»Die Hohenklugs beuten ihre Arbeiter schamlos aus. Sie leben auf dem Rücken dieser armen Menschen.«

Aus Nepomuks Mund wogen diese Worte doppelt schwer. Aurelia wusste, dass sein soziales Gewissen nicht sonderlich groß war. Wenn er befand, dass Menschen ausgebeutet wurden, lebten sie vermutlich wirklich wie Sklaven.

»Bertrams Schwestern sind beide bereits verheiratet. Seine Mutter ist vor zwei Jahren gestorben. Es sind also nur noch der alte Hohenklug und sein Sohn Bertram übrig«, setzte Nepomuk hinzu.

»Sie haben sich die Angelegenheit gründlich überlegt und sie schon länger geplant«, stellte Aurelia fest.

»Ich habe die Unterlagen genau geprüft. Ihr Vater könnte die Mühle zu einem Spottpreis erwerben und den Gewinn in neue Häuser für die Arbeiter der Mühle investieren. Damit wäre vielen Menschen geholfen und er hätte eine eigene Sägemühle. Der Vorarbeiter, Max Weber, und die anderen Männer im Werk überlegen schon seit einiger Zeit wegzugehen. Sie könnten alle bleiben.«

Aurelia verzog den Mund zu einem schiefen Lächeln. »Sie sind ja geradezu ein Menschenfreund. Haben Sie heimlich die Schriften von Marx gelesen?«

Nepomuk schnaufte verächtlich: »Verbrennen Sie die Schriften, sollten sie in Ihrem Besitz sein.«

Aurelia antwortete nicht und auch Nepomuk vergaß den deutschen Philosophen wieder.

»Werden Sie mich unterstützen?«, fragte er ernst.

Aurelia überlegte. Eigentlich sprach nichts dagegen. Soviel sie wusste, dachte ihr Vater schon lange über ein eigenes Sägewerk nach.

»Aber wird Bertram von Hohenklug nicht noch aggressiver werden, wenn sein Vater die Sägemühle verliert? Beim nächsten Mal bringt er den armen Inspektor vielleicht um.«

»Wie soll er erfahren, wer Ihrem Vater zum Ankauf der Mühle geraten hat?«

Aurelia wog alle Vor- und Nachteile ab. Wahrscheinlich hatte Nepomuk recht. Niemand konnte es Ihrem Vater verübeln, wenn er eine Sägemühle erwarb. Jeder wusste, dass er Wälder besaß.

»Ich werde mit meinem Vater reden«, versprach sie entschlossen.

Nepomuks angespannte Gesichtszüge wurden weicher, dann erstarrten sie von einem Moment auf den nächsten.

»Werden Sie mein ganz persönliches Geheimnis wahren?«

»Wie viele Menschen wissen davon?«, fragte Aurelia.

»Nur zwei Männer, denen ich mich im Laufe der Jahre offenbart habe. Da sie dasselbe für Männer empfinden wie ich, werden sie mich niemals verraten.«

»Warum erzählen Sie diese Sache ausgerechnet mir?«

Nepomuk kräuselte die Lippen. Es war das charmante Lächeln, das Aurelia so vertraut war und das sie mochte.

»Sie können sich nicht vorstellen, wie sehr ein Geheimnis dieser Art belastet. Es lähmt einen förmlich. Sich mitzuteilen ist eine unglaubliche Befreiung.« Er sah tatsächlich gelöster aus.

»Warum ich?«, wiederholte Aurelia.

»Weil Sie die einzige Person sind, der ich es zutraue, das Geheimnis zu wahren«, sagte er ernst. Wieder sah er sie so eindringlich an wie zu Beginn ihres Gesprächs. Diesmal wich Aurelia seinem Blick nicht aus. »Ich werde Sie nicht enttäuschen«, versprach sie.

»Vielen Dank.«

»Aber ich habe etwas gut bei Ihnen«, meinte Sie.

»Nach diesem Geständnis stehe ich für immer in Ihrer Schuld.«

Janek

Polizeidirektion Petersplatz

Direktor Körners Schimpftiraden hallten in Janeks Ohren nach. Vergessen war der Erfolg mit den Broschen. Einer von Kaiser Franz Josephs Mitarbeitern hatte sich höchstpersönlich bei Direktor Körner für die Rückerstattung der Schmuckstücke und die Aufklärung des Diebstahls bedankt. Zur Ehrung hatte man ihm eine Urkunde und einen Orden überreicht, die jetzt neben dem Bild seiner Ehefrau und dem seiner Töchter hingen.

Die feierliche Übergabe hatte vor drei Tagen stattgefunden. Mittlerweile hatte das Blatt sich gewendet und Janek war in der Gunst seines Vorgesetzten tief gefallen. Der Grund für Körners Wut waren die Schriftproben, die Janek angefordert hatte. Sie waren alle in die Polizeidirektion gebracht worden und lagen nun ausgebreitet auf Körners Schreibtisch. Keiner der Schriftzüge stimmte mit dem auf den Kuverts von Charles Francis überein. Es gab winzig kleine Buchstaben, riesengroße, nach rechts geneigte und nach links, schlampig hingeschmierte und zittrig geschriebene. Aber keiner der Anfangsbuchstaben hatte bauchige Rundungen geschweige denn Kringel und Verzierungen.

»Können Sie mir erklären, warum wir diese Proben angefragt haben? Es war völlig sinnlos und hat uns keinen Schritt weitergebracht. Dafür haben wir uns zum Gespött der Stadt gemacht. Generaloberst Münzner lacht so laut über uns, dass ich es quer über den Ring, den Hohen Markt und Graben hören kann.« Körner war aufgestanden und lief wie gewohnt in seinem Büro auf und ab. »Ich hätte mich niemals von Ihnen zu dieser Schnapsidee überreden lassen dürfen. Aber auf eines können Sie sich verlassen, Pokorny. Die Konsequenzen werden Sie tragen, Sie ganz allein.« Er richtete drohend den Zeigefinger auf Janeks Brust. »Der Kaiser wird erfahren, wer Schriftproben von seinen Offizieren eingefordert hat.«

»Wo ist das Problem?«, fragte Janek verständnislos. »Die Männer haben eine Strophe aus einer Schillerballade abgeschrieben. Das ist doch nichts Schlimmes. Im Gegenteil, auf diese Weise erfahren die Offiziere ein bisschen Kultur und Bildung.«

»Ich bin nicht zu Späßen aufgelegt.«

Janek presste die Lippen zusammen. Er hatte seine Bemerkung völlig ernst gemeint.

»Es sitzen immer noch zwei unschuldige Frauen im Gefängnis«, erinnerte er seinen Vorgesetzten.

»Und wenn hundert Prostituierte hinter Gittern sitzen, soll es mir auch recht sein. Es wird ohnehin Zeit, dass in dieser Stadt einmal ordentlich durchgegriffen wird. Die Kollegen von der Sitte schauen seit Jahren weg.«

Janek hoffte, dass der Polizeidirektor sich wieder beruhigte. Solange er so aufgeregt herumrannte, war er vernünftigen Argumenten nicht zugänglich.

Dennoch versuchte es Janek mit einem Vorschlag: »Wir könnten eine Gegenüberstellung mit der Putzfrau im Postamt machen. Sie erinnert sich an den Mann, der am 26. April die Briefe aufgegeben hat.«

»Haben Sie jetzt völlig den Verstand verloren?«, schrie Körner. »Wollen Sie, dass wir uns noch mehr Spott einhandeln? Wir sind jetzt schon die Witznummer Wiens mit Ihrer unsinnigen Schillerballade. Als Nächstes lassen wir Putzfrauen ermitteln?«

»Die Balladen von Schiller sind vieles, aber ganz sicher nicht unsinnig«, widersprach Janek ernst. »In der ersten Strophe von *Der Handschuh* kommt ein König vor, wir haben auf einem Kuvert eine Königgasse, es kommt ein Franz darin vor, wir haben einen …«

»Hören Sie endlich mit dem Unfug auf, Pokorny!«, fuhr ihm Körner ins Wort.

Janek schwieg verärgert. Er hielt die Textstelle nach wie vor für klug gewählt. Hätte er die Offiziere bloß die Adressen und Namen schreiben lassen, hätte der Mörder sich bewusst verstellen können. Leider war sein Plan nicht aufgegangen. Aber das lag nicht an Schillers Ballade.

Körner zog weiter seine Kreise im Büro. Er lief vom großen Blumentopf zum Regal, von dort zum Aktenschrank und wieder zurück zum Schreitisch.

»Wir werden niemanden einer Putzfrau gegenüberstellen«, entschied er.

»Wenn die Prozesse unglücklich laufen, machen wir uns des Todes von zwei unschuldigen Frauen schuldig.« Janek wählte bewusst dramatische Worte. Für einen kurzen Moment hatte es den Anschein, als würden sie Wirkung zeigen. Körner setzte sich hinter seinen Schreibtisch, ohne etwas zu erwidern. Janek nutzte die Pause.

»Mit größter Wahrscheinlichkeit ist einer der Offiziere des Jahrgangs 1868 der Mörder. Er wollte unliebsame Kollegen aus dem Weg räumen, indem er ihnen vergiftete Potenzmittel geschickt hat. Der Mörder hat diese Proben nur an jene Kollegen gesendet, von denen er wusste, dass sie sich für Pornographie interessieren oder besondere Vorlieben beim Geschlechtsverkehr haben.«

Körner wandte den Blick beim Wort Geschlechtsverkehr beschämt zur Seite. »Überdenken Sie Ihre Wortwahl, Pokorny«, mahnte er.

Janek fiel kein Wort ein, das noch sachlicher klang.

»Zwei der Offiziere nahmen die vergifteten Kapseln ein und verstarben«, fuhr er fort. »Wir müssen bloß herausfinden, wer die Briefe verschickt und sich als Charles Francis ausgegeben hat. Wir haben eine Zeugin, die den Mann gesehen hat. Eine Gegenüberstellung mit allen Männern aus dem Jahrgang kann Klarheit schaffen.«

»Eine Gegenüberstellung mit einer Putzfrau«, sagte Direktor Körner nur. »Vergessen Sie die Sache.«

Er fuhr sich mit der Hand übers Gesicht. Mit einem Mal wirkte er sehr müde. So als hätte sein Wutausbruch ihn all seine Kraft gekostet. »Sie haben alles versucht, Pokorny, aber in diesem Fall haben Sie versagt. Jede weitere Untersuchung wäre eine Provokation in Richtung Militär. Wir müssen die Sache auf sich beruhen lassen.«

»Aber es gibt keinerlei Beweise gegen Josefa Sobotka und Magdalena Kösel.«

»Der Richter wird etwas finden«, sagte Direktor Körner. »Hübschlerinnen sind schon mit dürftigeren Beweislagen am Strang gelandet. Wir brauchen zwei Schuldige, um den Fall abzuschließen.«

»Das werde ich nicht zulassen.« Janek erhob die Stimme.

Schon rechnete er damit, dass Direktor Körner ihn zurechtweisen würde. Doch der hob bloß abwehrend die Hand.

»Bitte lassen Sie es gut sein. Es ist so schon schlimm genug. Ich fühle mich bei der Sache auch nicht wohl. Aber wir können es nicht ändern. Schreiben Sie einen Abschlussbericht.«

Janek sammelte die Schriftproben ein und stand auf. Wortlos verließ er Körners Büro und ging die Treppen hinunter ins Hochparterre. In seinem winzigen Kämmerchen knallte er die Kuverts so heftig auf seinen Schreibtisch, dass ein Teil wieder herunterrutschte. Was sollte er in diesen verdammten Abschlussbericht schreiben? Körner konnte nicht ernsthaft von ihm verlangen, dass er die beiden Hübschlerinnen des Mordes verdächtigen würde. Wütend ließ er sich auf seinen Sessel plumpsen. Aus seiner Schreibtischlade holte er den modernen Federhalter, den er sich von seinem ersten Lohn geleistet hatte. Noch nie hatte er die Spitze mit so viel Widerwillen aufs Papier gesetzt. Er begann mit dem Datum. Janek würde die Wahrheit schreiben. Weder Josefa Sobotka noch Magdalena Kösel hatten jemanden umgebracht. Janek war bewusst, dass Direktor Körner ihn im großen Bogen auf die Straße befördern würde. Aber würde er lügen, könnte er nie wieder in den Spiegel sehen, ohne dabei würgen zu müssen.

Aurelia

Polizeidirektion Petersplatz

In der Morgenausgabe der Wiener Zeitung las Aurelia, dass die beiden Hübschlerinnen Josefa Sobotka und Magdalena Kösel immer noch hinter Gittern saßen. Angeblich würde ihnen schon nächste Woche der Prozess gemacht werden. Sie waren noch immer die Hauptverdächtigen im Fall der beiden Offiziersmorde.

»Das darf doch nicht wahr sein«, schimpfte sie aufgebracht, legte die Zeitung zur Seite und machte sich auf den Weg zum Petersplatz. Zuvor legte sie Marie die Bonbonniere von Hofrat Pinacek ins Zimmer.

Aufgeregt rief sie auf der Straße nach einer Kutsche.

»Zum Petersplatz!«

»Haben's was ausgefressen?« Der Fiaker grinste anzüglich und legte eine Reihe schwarzer Zähne frei.

»Fahren Sie einfach los«, forderte Aurelia. Als sie am Petersplatz die Kutsche verließ, gab sie dem frechen Mann kein Trinkgeld.

Sie lief auf das Gebäude zu. Der Portier kannte sie bereits.

»Der Herr Inspektor ist in seinem Büro.« Der Mann machte sich nicht die Mühe, sie hinaufzubegleiten, er blickte nicht einmal von seiner Zeitung auf, sondern las seelenruhig weiter und verspeiste dabei seine Buttersemmel.

Aurelia rannte die Stufen hoch in den ersten Stock, klopfte

an Inspektor Pokornys Büro. Statt sein »Herein« abzuwarten, drückte sie die Tür sofort auf.

Auf dem Gesicht des Inspektors lag Überraschung und etwas, das Aurelia nicht zuordnen konnte. Sie überfiel ihn mit ihrem Anliegen, ohne zu grüßen: »Josefa Sobotka sitzt immer noch im Gefängnis!«

»Ich weiß.« Er wirkte niedergeschlagen.

Aurelia trat in den winzigen Raum und knallte die Tür hinter sich zu. »Wie können Sie das zulassen? Die Frau ist unschuldig.«

»Ich weiß.«

»Was ist mit den Schriftproben von den Offizieren? Haben Sie die angefordert?«

»Bitte setzen Sie sich.« Er wies auf den einzigen Hocker und nahm selbst wieder hinter seinem Schreibtisch Platz. Seine dunklen Locken fielen ihm in die Stirn. Er schob sie nachlässig nach hinten. Die gelbgrünen Flecken waren fast vollständig verblasst. Für einen verrückten kurzen Moment überlegte Aurelia, wie es wohl wäre, das kantige Gesicht zu zeichnen. Von seinen markanten Wangenknochen aus führten zwei wunderbar geschwungene Linien zu seinem Kinn. Die Lippen waren voll, aber ihr Zug eine Spur zu ernst.

Er bemerkte, dass sie sein Gesicht studierte.

»Alles in Ordnung?«, fragte er irritiert.

»Nein, nichts ist in Ordnung«, fuhr Aurelia ihn an und schob ihre seltsamen Gedanken weg. »Ich will, dass Sie die unschuldigen Frauen entlassen.« Sie wusste, dass ihre Forderung naiv war. Er hatte ihr wiederholt erklärt, dass er nicht die Macht dazu hatte.

»Ich würde nichts lieber tun«, antwortete er ernst.

»Sind das die Schriftproben?«

Sie schaute auf den Stapel Papiere, die auf dem Tisch lagen.

»Ja«, er schob sie ihr zu.

»Schillers *Handschuh*?«, fragte sie überrascht.

Entschuldigend zuckte er mit den Schultern. »Wegen des Königs.«

Er zog die abgestempelten Kuverts unter dem Stapel hervor.

»Leider besteht keinerlei Ähnlichkeit zwischen einem der Schriftzüge der Offiziere und dem auf dem Kuvert.«

Aurelia ließ ihren Blick über die Blätter gleiten. Keine Schrift glich der anderen. Es war erstaunlich, wie viel die Handschrift über den Schreiber aussagte. Einige Proben enthielten Rechtschreibfehler.

»Vergleichen Sie die Schriftzüge mit den Kuverts«, forderte Pokorny.

Aurelia nahm eines davon in die Hand. Die Adressen waren in großzügig geschwungenen Buchstaben geschrieben. Besonders auffällig waren die Anfangsbuchstaben. Sie erinnerten Aurelia an mittelalterliche Buchillustrationen. Es hätte sie nicht gewundert, wären an den Kringeln noch ein paar Blümchen angebracht worden. Kein Offizier würde sich derlei verspielte Details erlauben. Plötzlich fiel es ihr wie Schuppen von den Augen. »Ich kenne diese Handschrift«, rief sie und sprang auf. »Ich habe sie schon einmal gesehen.« Sie richtete ihren Blick auf den Inspektor. »Und Sie auch.«

»Tatsächlich? Wo?«, fragte er. Doch dann erinnerte auch er sich. Er schlug sich mit der flachen Hand gegen die Stirn. »Wie konnte ich so blind sein! Das Tagebuch von Fräulein Steinwandtner.«

Hektisch riss er die oberste Schublade auf. Er holte das

rosarote Büchlein mit den Blumen darauf hervor. Er schlug es auf und legte es zu den Kuverts. Das D beim Namen Dolferl sah genauso aus wie das D von Offizier Dichand. Das M bei Mama wie das M bei Mader. Es bestand kein Zweifel, die Briefe waren eindeutig von Fräulein Steinwandtner adressiert worden.

Inspektor Pokorny trat hinter seinem Schreibtisch hervor. »Offizier Hofrichter muss seine Verlobte darum gebeten haben, die Adressen zu schreiben. Auf diese Weise fiel kein Verdacht auf ihn.«

»Wie hinterhältig von ihm«, bemerkte Aurelia. »Denken Sie, dass die junge Frau sich deshalb das Leben genommen hat? Als sie herausfand, was sie da getan hat? Aber das ergibt keinen Sinn, sie starb ja schon letztes Jahr.«

»Ich glaube nicht, dass Fräulein Steinwandtner wusste, welche Briefe in die Kuverts kommen würden. Vielleicht hat Hofrichter ihr gesagt, dass es sich um einen Scherz oder eine Überraschung handelte. Erna Mallek meinte, dass das Fräulein nicht sehr schlau war. Sie wird ihrem Verlobten wohl geglaubt haben.«

»Aber wenn die Kuverts schon letztes Jahr adressiert wurden, dann bedeutet das, dass Hofrichter sein Vorhaben von langer Hand geplant hatte.«

Aurelia griff nach dem Büchlein und blätterte es durch. Eintrittskarten, Glückslose, Verpackungen von Bonbonnieren. Davon gab es gleich mehrere.

»Hat Frau Steinwandtner nicht erwähnt, dass Hofrichter ihrer Tochter Geschenke gemacht hat?«

»Billigen Ramsch, was immer das sein mag.« Der Inspektor runzelte verständnislos die Stirn. »Und Bonbonnieren.«

»Es hieß, Fräulein Steinwandtner sei an einer Lebensmittelvergiftung gestorben. Das hat der Arzt festgestellt. Es hat nur niemand geglaubt, weil es das Gerücht gab, sie hätte sich umgebracht.« Inspektor Janek legte nachdenklich einen Finger an seine Wange. »Was, wenn das Fräulein sich nach dem Abendessen, bestehend aus Apfel, Brot und Käse, einen Nachtisch gegönnt hat, von dem ihre Mutter und ihre Schwester nichts wussten? Möglicherweise wollte sie das Geschenk ihres Verlobten nicht teilen. Weil es etwas ganz besonderes, etwas Persönliches zwischen ihr und ihm war.«

»Eine Praline vom Demel.« Aurelia hatte genau den gleichen Verdacht wie der Inspektor.

»Hofrichter wollte seine Verlobte loswerden. Sie war schwanger und er hatte eine bessere Partie gefunden. Eine junge Frau, deren Familie wohlhabender war«, sagte Inspektor Pokorny.

»Einen Skandal mit einer ungewollten Schwangerschaft wollte er vermeiden. Das neue Fräulein hätte ihr Interesse an ihm verloren. Also setzte er auf einen Probelauf mit vergifteten Pralinen. Er schenkte sie seiner Verlobten und wartete ab, was passierte. Als Fräulein Steinwandtner verstarb, schöpfte niemand Verdacht. Unser Mörder hatte die perfekte Methode gefunden, unliebsame Menschen zu beseitigen. Er ließ etwas Zeit ins Land gehen, dann ging er einen Schritt weiter und setzte das Gift gegen seine Mitbewerber um den Generalstabsposten ein«, fuhr Aurelia fort.

»Den Männern konnte er keine Pralinen schicken. Aber er kannte sie gut genug, um von ihren Schwächen und Vorlieben zu wissen. Schließlich machten sie daraus kein großes Geheimnis. Sie kauften einschlägige Karten und besuchten Hübschlerinnen, die besondere Wünsche erfüllten.«

»Er hat also wirklich seine Verlobte mit Konfekt vom Demel vergiftet«, wiederholte Aurelia fassungslos. Plötzlich wurde ihr übel. Wann hatte sie das Geschenk erhalten? War es vor oder nach dem Ball in den Sophiensälen gewesen? Hatte sie sich am Ball über den Mord an Offizier Mader unterhalten? Offizier Hofrichter war am Tisch gewesen. Das wusste sie mit Sicherheit, aber an die Gespräche konnte sie sich nicht mehr im Wortlaut erinnern.

»Worüber denken Sie gerade nach?« Pokorny musterte sie besorgt.

»Ich habe kürzlich eine Bonbonniere vom Demel erhalten. Es war genau die Sorte Schichtkonfekt, deren Verpackung Fräulein Steinwandtner aufgehoben hat.«

»Wer hat Ihnen dieses Geschenk gemacht?«

»Ich dachte, dass es Hofrat Pinacek war. Aber wenn ich jetzt darüber nachdenke, kommen mir Zweifel. Der Hofrat hätte eine Karte geschrieben. Oder mich bei einem unserer Treffen im Belvedere gefragt, wie mir das Konfekt geschmeckt hat.«

»Ganz bestimmt«, pflichtete ihr Inspektor Pokorny bei. »Zum Glück haben Sie die Bonbonniere nicht gegessen.«

»Ich nicht.« Aurelias Herz begann zu rasen. »O mein Gott. Ich habe Marie umgebracht.«

»Wie bitte?« Nun konnte Inspektor Pokorny ihren Gedankengängen nicht mehr folgen.

»Verstehen Sie nicht? Hofrichter hat mir nach dem Ball eine Packung vergifteter Pralinen geschickt. Damit ich aufhöre, unangenehme Fragen zu stellen.«

»Aber warum glauben Sie, Ihr Dienstmädchen umgebracht zu haben?«

»Na, weil ich ihr die Bonbonniere heute Morgen in ihre Kammer gestellt habe! Sie liebt alles, was süß ist.«

Nun wurde auch Pokorny blass. »Lassen Sie uns keine Zeit verlieren«, sagte er, schnappte sich seinen Hut vom Haken an der Wand und öffnete die Tür. Aurelia folgte ihm. Immer zwei Stufen auf einmal nehmend hastete er zum Ausgang. Aurelia hob die Röcke und lief ihm ebenso schnell hinterher. Den neugierigen Blick des Portiers nahm sie nicht wahr. In Gedanken war sie bei Marie. Sie sah das arme Ding am Boden liegen, wie sie hilflos nach Luft rang und qualvolle Schmerzen litt.

»Wo wollen Sie hin?«, fragte Aurelia. Der Inspektor lief Richtung Hoher Markt.

»Sie wohnen doch in der Bäckerstraße. Am besten wir nehmen den kürzesten Weg über den Stephansplatz.«

»Mit einem Fiaker sind wir schneller«, bestimmte Aurelia. Sie pfiff nach einer Kutsche und hielt die erstbeste an. Schon war sie im Wageninneren und winkte den Inspektor aufgeregt zu sich. »Na los. Worauf warten Sie?« Eilig kam er zurück und sprang zu ihr rein. Im selben Moment ratterte die Kutsche los.

Aurelia knetete ihre Hände, bis sie rot waren. »Warum habe ich die Bonbonniere nur in ihr Zimmer gelegt? Ich hätte bis zum Abend warten können.«

»Sie wollten Ihrem Dienstmädchen eine Freude bereiten«, sagte Inspektor Pokorny einfühlsam. »Vielleicht hat sie noch gar nicht davon genascht und hebt sich diese besondere Delikatesse für den Abend auf.«

Aurelia schüttelte den Kopf. »Sie kennen unsere Marie nicht. Sobald sie Süßigkeiten in die Finger kriegt, isst sie sie auf, und zwar alles auf einmal.«

»Dann hoffen wir mal, dass sie heute so viel zu tun hatte, dass sie die Packung noch gar nicht entdeckt hat.«

Aurelia hatte nicht viel Hoffnung. Marie fand immer einen Grund, eine Pause zu machen. Aber das sagte sie nicht. Sie wollte nicht wie eine klingen, die schlecht über ihr Personal sprach. Schon nach kurzer Zeit fuhr die Kutsche in die Bäckerstraße ein und hielt vor dem alten Palais. Aurelia bezahlte den Fahrer. Dann hastete sie aus dem Wagen.

»Soll ich warten?«, fragte der Fiaker.

»Nein, danke!« Inspektor Pokorny schickte ihn weg.

Aurelia warf ihm im Laufschritt einen fragenden Blick zu.

»Für gewöhnlich leiste ich mir diesen Luxus nicht«, keuchte der Inspektor.

Aurelia biss sich auf die Zunge. Die Frage hätte sie sich sparen können. Doch sie sah, dass Pokorny lächelte. In jedem anderen Moment hätte Aurelia sich von dem Lächeln angezogen gefühlt und vielleicht eine Spur länger in seinen dunkelbraunen Augen verweilt. Aber jetzt empfand sie nur eines: riesengroße Angst. Sie hastete weiter über den Hof, klopfte an die Tür und rempelte Sebastian beinahe an, als dieser öffnete. »Ist Marie wohlauf?«

Der Diener sah sie erstaunt an. »Ich denke schon.« Dann richtete er seinen Blick auf den Inspektor, was noch mehr Verwunderung bei ihm hervorrief. Aurelia rannte die Stiegen hinauf in den obersten Stock, wo sich unter dem Dach die Dienstkammern befanden. Der Inspektor folgte ihr. Vor der zweiten Tür hielt Aurelia an und klopfte. Als sie nichts hörte, riss sie die Tür auf. Es war Dienstboten nicht gestattet, ihre Kammern abzusperren. Das war auch im Haus der von Kolowitz nicht anders. Aurelia schaute zum Nachtkästchen. »Oh, nein!«, rief sie entsetzt. »Sie hat die Bonbonniere mitgenommen.« Inspektor Pokorny betrat die Kammer, die ansprechend eingerichtet und deutlich luxuriöser war als gewöhnliche Unterkünfte von Dienstmädchen. Neben dem Bett gab es einen Kasten, eine Kommode mit Laden und einen Waschtisch mit Spiegel. Auf dem Boden lag ein dicker Teppich und an der Wand hing das gerahmte Bild eines barocken Blumenstraußes. Doch von ihrer Bewohnerin und einer Bonbonniere fehlte jede Spur. Aurelia ließ sich auf Maries gemachtes Bett sinken und vergrub ihr Gesicht in den Händen. »Sie kann überall sein. Sicher hat sie sich mit dem Konfekt zurückgezogen und wollte den Nougat in Ruhe genießen. Dabei ist es gar kein …«

Inspektor Pokorny ließ sich neben ihr auf dem Bett nieder. »Ich weiß, Sie fühlen sich schrecklich«, sagte er. »Aber das hilft uns keinen Schritt weiter. Überlegen Sie in Ruhe, wo Ihre Marie sein könnte. Vielleicht finden wir sie rechtzeitig. Möglicherweise ist nicht der gesamte Konfekt vergiftet.« Er saß in gebührendem Abstand, trotzdem waren seine Nähe und seine Worte auf merkwürdige Weise tröstlich. Am liebsten hätte Aurelia sich an seine Schulter gelehnt und geweint. Was für ein seltsames Ansinnen. Sie war völlig durch den Wind. Ihr Herz raste und ihr Atem ging flach. »Ich bitte Sie, wohin könnte sich das Mädchen mit dem Konfekt zurückgezogen haben?«, fragte er.

»Wir sind zu spät«, schniefte Aurelia. Ihre Augen füllten sich mit Tränen. »Marie könnte überall sein. Wahrscheinlich liegt sie längst …«

Gerade als Aurelia anfangen wollte, richtig laut loszuheulen, trat eine kleine, zierliche Gestalt in den Türrahmen.

»Fräulein Aurelia, was machen's denn in meiner Kammer? Noch dazu mit einem fremden Mann auf meinem Bett?« Es war Marie. Wie immer saß ihre Mütze schief und ein paar ihrer blonden Haarsträhnen hingen ihr unordentlich in die Stirn. Zur Abwechslung war ihre Schürze überraschend sauber. »Marie!«, rief Aurelia freudig und mit Tränen in den Augen, sprang auf und stürzte sich auf das Dienstmädchen. Erleichtert schlang sie die Arme um sie. Das Mädchen schien die Welt nicht mehr zu verstehen. »Ich bin so froh, dass du lebst.«

»Warum sollt ich denn nicht leben?« Das Mädchen löste sich aus der ungewohnten Umarmung.

»Hast du den Demelkonfekt gegessen, den ich dir heute Morgen auf den Nachttisch gestellt habe?«

Marie drehte sich mürrisch um. Hinter ihr stand Sebastian. Er war Aurelia und Inspektor Pokorny gefolgt. »Sebastian hat mir die Schachtel wieder weggenommen. Er will mir jeden Tag bloß ein paar Stück geben, weil er behauptet, ich würde Bauchschmerzen bekommen, wenn ich alle auf einmal essen würde. Ich glaub das nicht.« Beleidigt stemmte sie die Hände in die Hüften und starrte böse auf Sebastian.

Der Diener machte eine entschuldigende Handbewegung. »Ich wollte bloß verhindern, dass Marie den ganzen Tag mit Bauchschmerzen im Bett liegt. Wer soll dann den Tee servieren?«

»Oh, niemand kann sich vorstellen, wie froh ich bin!« Aurelia stieß erleichtert die Luft aus. »Sebastian, würden Sie uns den Konfekt bringen?«

»Sehr gerne.« Der Diener neigte den Kopf und ging in sein Zimmer. Es war größer als das von Marie oder der Köchin.

»Was ist mit dem Konfekt?«, fragte Marie.

»Es ist womöglich verdorben«, sagte Aurelia. Würde sie von Gift reden, würde innerhalb der nächsten halben Stunde die ganze Innere Stadt darüber Bescheid wissen.

»Heißt das, ich krieg keinen Konfekt?« Maries Gesicht wurde lang.

»Ich verspreche, dass ich dir eine neue Schachtel besorge«, sagte Aurelia.

Diese Antwort war genau nach Maries Geschmack. Sie grinste wieder. »Geben's sie mir aber, ohne dass Sebastian etwas davon erfährt.«

Kurz darauf kehrte der alte Diener mit der Schachtel zurück. Inspektor Pokorny steckte den Konfekt ein. »Ich werde den Nougat untersuchen lassen«, sagte er. »In Kürze wissen wir Bescheid.«

Er sah Sebastian an. »Was ich Sie damals auf der Direktion schon fragen wollte: Kann es sein, dass wir uns schon einmal begegnet sind? Sie kommen mir seltsam bekannt vor.«

Rasch winkte der Diener ab. »Das ist ausgeschlossen.«

Aurelias Herzschlag beruhigte sich. Sie konnte wieder richtig durchatmen. Sie ließen das Dienstmädchen in ihrer Kammer zurück und stiegen nebeneinander die Treppe hinunter.

»Darf ich Sie auf eine Tasse Kaffee einladen, Herr Inspektor?«

Wieder lächelte er. Es stand ihm wirklich gut. »Danke, aber es ist besser, ich beeile mich mit dem Konfekt. Ein anderes Mal gerne.« Aurelia stellte fest, dass sie ein kleines bisschen enttäuscht war. Zu gerne hätte sie sich noch weiter mit ihm über den Fall unterhalten und nebenbei auch etwas mehr über ihn erfahren.

»Dann verschieben wir den Kaffee«, sagte Aurelia. Plötzlich

fiel ihr noch eine Sache ein. »Ich glaube, dass ich noch jemanden kenne, der den Mörder identifizieren kann«, sagte sie. »Leere Oblatenkapseln werden selten gekauft.«

Janek

Polizeidirektion Petersplatz

Schon am frühen Nachmittag brachte Doktor Kubicek die Nachricht.

»Jedes zweite Stück dieser Bonbonniere ist mit Zyankali gefüllt. Da wollte jemand eine ganze Kompanie vergiften.«

Der Arzt trug auch im Polizeigebäude seinen weißen Mantel, was ihn hier wie einen Fremdkörper erscheinen ließ. Er hatte eben in einem der kleinen Befragungsräume die Konfektstücke untersucht. »Es war gar nicht schwer«, sagte er. »Der Mörder hat sich nicht die Mühe gemacht, das Gift unter die Masse des Konfekts zu mischen, sondern bloß eine kleine Kapsel in die Mitte gedrückt und die Stelle anschließend wieder verschlossen. Die Opfer hätten die Kapsel aufgebissen und so das Gift zu sich genommen.«

»Was, wenn jemand den Nougat auf der Zunge zergehen lässt?«, fragte Janek.

»Auch dann würde die Person sterben. Die dünne Oblatenschicht hätte sich rasch im Mund aufgelöst.«

Janek nahm eines der Konfektstücke in die Hand. Die Manipulation war perfekt. Nichts deutete auf den tödlichen Kern hin.

»Haben Sie jetzt Ihren Mörder?«, fragte Doktor Kubicek. Er setzte sich auf den Hocker vor Janeks Schreibtisch.

»Wollen Sie bei der Vernehmung dabei sein?«

»Nichts lieber als das!« Doktor Kubicek rieb sich voller Vorfreude die Hände. »Das ist eine Premiere für mich.«

Zwei Stunden später wurde ein angespannter Offizier Hofrichter von zwei Polizeiagenten in Zivil in Andreas Körners Büro gebracht. Seine Hände waren in Handschellen gelegt, den Kopf hatte er gesenkt. Er bot ein ungewohntes Bild. Männer in Offiziersuniformen wurden selten wie Schwerverbrecher in der Polizeidirektion vorgeführt. Zuvor hatte man sämtliche Sessel im Gebäude, die für ein paar Stunden entbehrt werden konnten, in Andreas Körners Büro getragen und aufgestellt. Hofrichter kauerte seitlich vom Fenster, eingekeilt zwischen den beiden Polizeibeamten. Andreas Körner saß hinter seinem Schreibtisch. Seitlich von ihm hatte sich Janek einen Platz gesucht. Kaum, dass er saß, kam Hofer mit einer alten Frau in einfacher, zerschlissener Kleidung herein. Dahinter erschien ein kleiner, untersetzter Mann mit wachen Augen und einer Brille mit Stahlrahmen. Rudolf Böck trug seinen Apothekerkittel. Er hatte so hastig seinen Laden verlassen müssen, dass keine Zeit geblieben war, sich umzuziehen. Er setzte sich auf einen freien Sessel neben Doktor Kubicek, der auch einen Arbeitskittel anhatte. Die beiden Mediziner schüttelten sich freundlich die Hände. Als Letzter betrat Generaloberst Münzner das Büro. Er stapfte verärgert in den Raum. Breitbeinig baute er sich vor Körners Schreibtisch auf.

»Was soll das alles?«, donnerte er entrüstet. »Haben Sie jetzt alle völlig den Verstand verloren?«

»Entspannen Sie sich«, sagte Körner. Er genoss die Situation sichtlich. »Nehmen Sie Platz. Mein Mitarbeiter Inspektor Pokorny wird Ihnen alles erklären.«

»Einen feuchten Dreck wird dieser einfache …«

»Nehmen Sie Platz!«, befahl Körner streng. »Sie sind hier in meinem Büro. Hier stelle ich die Regeln auf.«

Diese resoluten Worte hätte Janek seinem Vorgesetzten gar nicht zugetraut. Körner fühlte sich seiner Sache sicher. Das war gut.

Sichtlich irritiert wegen des Gegenwindes sah Münzner sich um. Neben Hofrichter war er der einzige Militär im Raum. Sein Offizier war gefesselt und wich seinem Blick aus. Für einen kurzen Moment sah es so aus, als wollte Münzner erneut losbrüllen. Doch dann griff er nach einem der Sessel, zog ihn demonstrativ laut zu sich und ließ sich darauf nieder.

»Ich hoffe für Sie, dass es einen guten Grund für dieses skandalöse Vorgehen gibt«, zischte er wütend in die Runde.

»Den gibt es gewiss«, sagte Janek. Er stand auf und trat zur Putzfrau Nikola Benesch.

Er richtete seine Frage direkt an sie: »Ist das der Mann, der am 26. April dieses Jahres mehrere Briefe im Postamt in der Mariahilferstraße aufgegeben hat?« Janek richtete seine Hand auf Hofrichter.

»Ja, das ist er eindeutig«, sagte die Alte. »Ich kann mich ganz genau erinnern. Er hatte keine so schöne Uniform an wie jetzt. Aber der Bart und die Frisur, die würde ich überall wiedererkennen. Er war es mit Sicherheit. Er hat die Briefe aufgegeben. Ein schneidiger Herr …«

»Vielen Dank«, unterbrach Janek ihren Redefluss. Dann wandte er sich an den Apotheker Rudolf Böck.

»Erkennen Sie den Mann wieder?«, fragte er.

Der Apotheker nickte. »Als ich reingekommen bin, habe ich ihn nicht gleich erkannt«, gab er zu. »Aber je länger ich ihn ansehe, umso deutlicher kommt die Erinnerung zurück. Dieser Mann hat bei mir leere Oblatenkapseln gekauft. Meine Frau wird Ihnen das ebenfalls bestätigen. Sie hat ein viel besseres Personengedächtnis als ich.«

Offizier Hofrichter hielt den Kopf gesenkt. Er widersprach nicht.

Generaloberst Münzner meldete sich mit kräftiger Stimme zu Wort: »Hofrichter, so sagen Sie etwas!«, forderte er. »Was soll das ganze Theater? Was interessieren mich die Meinungen von Putzfrauen und Apothekern.«

Der Offizier schwieg hartnäckig. Nur zu gerne übernahm Janek die Erklärung. »Offizier Hofrichter hat den Mord an seinen Kollegen von langer Hand geplant«, begann er. »Er hat ihnen unter falschem Namen als Potenzmittel getarntes Zyankali geschickt, weil er wusste, dass sie es nehmen würden. Er kannte ihre Schwächen.« Janek sah sich im Kreis um. »In der Militärakademie ist es wie in der Schule. Man verbringt viel Zeit miteinander und erfährt Dinge über seine Kollegen, die einem sonst wohl verborgen blieben.«

»Als ob Sie etwas über die Schule wüssten«, brummte Münzner düster.

»Mehr, als Sie sich vorstellen können«, antwortete Janek.

»Warum hätte Offizier Hofrichter seine Kameraden vergiften sollen?«, polterte der Generaloberst. »Gift ist die Waffe einer feigen Frau, nicht die eines Offiziers der kaiserlichen Armee.«

»Herr Hofrichter sah das offenbar anders.« Janek trat näher zu dem Gefangenen. »Wollen Sie selbst eine Erklärung abgeben?«

Eine Weile war es still im Raum. Janek wartete geduldig.

Das Ticken der Standuhr an der Wand war zu hören, begleitet von unruhigem Rutschen auf den unbequemen Sesseln und dem Rascheln von Kleidung. Schon dachte Janek, dass er fortfahren müsse, als Hofrichter endlich seinen Kopf hob. Auf seinem Gesicht lag keine Reue, bloß Bitterkeit und Wut. »Was hätte ich denn sonst tun sollen?«, schrie er dem Generaloberst anklagend entgegen. »Drei Jahre lang hat man uns sinnlos gequält und geschunden. Bei jedem Wetter mussten wir mitten in der Nacht aus dem Bett springen und völlig sinnentleerte Übungen absolvieren. Danach stundenlanges Lernen von Strategien und Theorien, die kein vernünftiger Feldherr jemals umsetzen würde. Aber wir haben uns durchgequält, weil ein Ziel lockte: die Beförderung. Doch am Tag des Abschlusses kam die Ernüchterung. Man sagte uns, dass es bloß eine einzige freie Stelle im Generalstab gab. Und die würde das Protektionskind Fellner bekommen. Alles war umsonst, die ganze Plackerei.«

»Offizier Fellner war eben der beste Mann«, sagte der Generaloberst. Er klang nicht mehr ganz so überheblich wie zuvor.

Hofrichter lachte hoch und schrill auf. Die Tonlage passte nicht zu einem Mann seiner Statur.

»Sie wissen genauso gut wie ich und alle anderen, dass Fellner ein kleiner Feigling war. Völlig ungeeignet für die Position. Aber noch schlimmer war der Mann, der als zweite Wahl gehandelt wurde. Offizier Mader, ein perverses Schwein, das Frauen fast umbringen musste, um einen hochzukriegen.«

Ein Raunen ging durch den Raum.

»Mäßigen Sie sich, Hofrichter«, forderte Generaloberst

Münzner. »Sie sind immer noch Mitglied der kaiserlichen Armee.«

»Jedes Wort, das ich sage, entspricht der Wahrheit«, verteidigte sich Hofrichter. »Die Liste unfähiger Generalanwärter lässt sich noch weiter fortführen. Alle hatten mehr Chancen auf den Posten als ich, dabei war ich der Jahrgangsbeste, der Einzige, dem der Rang zustand.« Sein Gesicht war jetzt dunkel, in seinen Augen blitzte Wahnsinn.

Generaloberst Münzner hingegen war blass geworden. Fassungslos fragte er den Offizier: »Geben Sie etwa zu, Ihre Kameraden vergiftet zu haben?«

»Es war meine einzige Chance, aufzusteigen«, sagte Hofrichter gelassen. Janek fragte sich, ob dem Mann bewusst war, was er getan hatte? Er hatte zwei Männer, eine junge Frau und sein ungeborenes Kind getötet, um General zu werden.

Den Generaloberst schienen andere Fragen zu beschäftigen. Er sprang auf und stellte sich bedrohlich nah zu Hofrichter. »Sie haben die Armee des Kaisers in den Schmutz gezogen. Sie haben zwei ihrer Kameraden umgebracht. Sie haben die Armee der Lächerlichkeit preisgegeben. Sie haben die Zukunft des Militärs gefährdet. Sie sind ein elender Verräter!« Mit jedem Wort, das er sprach, wurde seine Stimme lauter, bis das Büro förmlich bebte.

Andreas Körner unterbrach die Schimpftirade. »Generaloberst Münzner, Sie werden noch genug Möglichkeiten haben, Ihren Untergebenen zu maßregeln«, sagte er. »Bitte setzen Sie sich wieder.«

Nur widerwillig stampfte Münzner zurück zu seinem Platz.

»Offizier Hofrichter hat nicht nur zwei seiner Kameraden auf dem Gewissen«, fuhr Janek fort. Es wurde wieder still im Raum. »Alles deutet darauf hin, dass er auch seine schwangere Verlobte, Sopherl Steinwandtner, aus dem Weg geschafft hat, als sie ihm lästig wurde. Wie Mader und Fellner hat er sie vergiftet. Um seine weiteren Morde zu proben, hat er nicht nur sein ungeborenes Kind ermordet, sondern auch eine unschuldige junge Frau.« Angewidert schüttelte Janek den Kopf.

»Wir haben unseren Teil der Arbeit erledigt«, sprach Andreas Körner in die Runde. »Inspektor Pokorny wird einen ausführlichen Bericht verfassen, der an den Kaiser und natürlich auch an Sie, werter Generaloberst, gehen wird. Für das weitere Prozedere ist das Militär zuständig. Wir überstellen Offizier Hofrichter heute noch in ein Militärgefängnis.«

Generaloberst Münzner ballte die Hände zu Fäusten. Janek wollte sich nicht ausmalen, was dem Offizier in den nächsten Tagen blühte. Und nach dem Prozess erwartete ihn mit Sicherheit der Galgen.

Andreas Körner hatte die kurze Betroffenheit, die ihn bei der Erwähnung des ermordeten Fräuleins Steinwandtner befallen hatte, schnell wieder abgelegt. Zufrieden sonnte er sich in seinem Erfolg. Er strahlte übers ganze Gesicht und störte sich auch nicht daran, dass Nikola Benesch aufstand und an seinen Schreibtisch trat. »Sind die Kipferl für uns? Ich hatte wegen dem Verhör hier nichts zum Mittagessen.« Bevor der Direktor etwas erwidern konnte, griff sie nach einem Kipferl und biss herzhaft davon ab. An jedem anderen Tag hätte Körner so laut geschrien, dass die Mitarbeiter im Parterre ihn hätten hören können. Heute sagte er bloß: »An Guaden.«

Eine Stunde später überreichte Janek Direktor Körner seinen Bericht.

»Das haben Sie sehr gut gemacht!« Lobend schlug der Direktor Janek auf die Schulter. »Noch so eine Leistung und ich werde Sie für den Posten eines Oberinspektors vorschlagen.«

Es dauerte einen Moment, bis Janek die Nachricht verarbeitet hatte.

»Vielen Dank«, stammelte er.

»Es wird Zeit, dass Sie ihr Hutschachtelbüro verlassen.« Körner lachte. »Und Pokorny …«

»Ja?«

»Jetzt haben Sie Zeit für einen Besuch beim Dommayer. Oder?«

Janek verließ sein Büro an diesem Tag etwas früher als gewöhnlich. Es war ein lauer Frühlingsabend, der einen Vorgeschmack auf den bevorstehenden Sommer gab. Janek spazierte durch die Stadt Richtung Kärntnerstraße. Feiner Staub lag in der Luft. Er würde noch Jahre zu Wien gehören wie die Kaffeehäuser und die Fiaker. So lange, bis all die ehrgeizigen Bauvorhaben des Kaisers umgesetzt waren und seine Residenzstadt zu dem Juwel der Donaumonarchie geworden war, das er sich vorstellte. Am Corso, dem Prachtstück der Ringstraße, angekommen, blickte Janek die Flaniermeile hinab. Er sah Gouvernanten mit ihren Schützlingen, Offiziere und Leutnants, die jungen Damen nachpfiffen. Reiche Männer in teuren Anzügen und mit viel zu dicken Bäuchen und Damen in Kleidern, mit denen sie auf jedem Ball eine gute Figur gemacht hätten. An der Ecke gab ein Drehorgelspieler ein Ständchen. Zwei Kinder hüpften dazu ausgelassen im Kreis. Die kleinen runden Tischchen der Kaffeehausgärten waren voll besetzt. Ein Zeitungsjunge lief barfuß zwischen den wohlbegüterten Menschen umher, in der Hoffnung, seine Abendausgabe loszuwerden.

Janek atmete die Luft ein, die nach Baustelle und blühenden Linden roch. Er liebte diese Stadt, die täglich weiterwuchs und die zwielichtige Gestalten ebenso beherbergte wie ehrliche Männer und Frauen. Janek würde weiter Verbrechen aufklären und dafür sorgen, dass diese Stadt lebenswert blieb. Zum ersten Mal seit Langem sah er wieder einen Sinn in seiner Tätigkeit. Er pfiff die neueste Straussmelodie, während er sich ins Getümmel warf und ebenfalls den Corso entlangschlenderte. Bei einem Zeitungskiosk blieb er stehen. Die neueste Ausgabe des Figaros fiel ihm ins Auge. Es war das erste Mal, dass er eine Satirezeitschrift kaufte. Er reichte dem Mann im Kiosk zwei Münzen und setzte sich mit der Zeitschrift auf eine der vielen Bänke unter eine Pappel. Er schlug die Zeitung auf und sein Blick fiel auf eine Karikatur: Ein schneidiger Offizier bemühte sich darum, ins Damenkaffeehaus Français am Stephansplatz zu gelangen. Der Concierge griff dem Offizier an den Hosenbund, zog ihn ein Stück nach vorne und schaute hinein. Das Monokel fiel ihm vom Auge. Mitleidig sagte er: »Das lass ich mal gelten.« Und winkte den Offizier ins Lokal. Die Zeichnung stammte von einem *Fritz Lustig.* Den Namen fand Janek nicht besonders originell. Aber der Witz war gelungen. Er lachte so laut, dass die Dame, die gerade an ihm vorbeiging, ihn pikiert ansah. Janek wischte sich die Lachtränen aus den Augen. Vor seinem inneren Auge tauchte das Gesicht einer Frau auf, der diese Karikatur gefallen würde. Ob er Aurelia von Kolowitz wiederbegegnen würde? Die Chancen standen nicht schlecht. Der Kaiser hielt sein Wien für eine Metropole, aber in Wirklichkeit war es ein Dorf.

Nachwort

*Liebe Leser*innen,*

mit dem Schreiben dieser Geschichte habe ich mir selbst einen großen Wunsch erfüllt. Wien im Jahr 1871 auferstehen zu lassen, war spannend und unterhaltsam zugleich. Die Recherche zu diesem Buch war wie eine Schatzsuche, bei der ich ständig auf neue Raritäten gestoßen bin. Die Planetenhändlerin, der Wasserverkäufer, die Porzellanfracht … Ich habe so vieles entdeckt, von dem ich nicht wusste, dass es in meiner Heimatstadt, Wien, existierte. Besonders hilfreich bei der Recherche war der so unterhaltsame wie empfehlenswerte Podcast »Geschichten aus der Geschichte« von den beiden Historikern Daniel Meßner und Richard Hemmer. Allen Geschichtsinteressierten unter Ihnen sei dieser Podcast wärmstens ans Herz gelegt.

Die Krimihandlung im vorliegenden Buch ist nicht frei erfunden. Sie orientiert sich an einem Verbrechen, das tatsächlich stattgefunden hat. Der Fall »Adolf Hofrichter« ist historisch belegt. Hofrichter war ein besonders ehrgeiziger Offizier, der sich eine militärische Laufbahn versprach. Doch im Generalstab gab es zu wenig freie Stellen. Unter dem Pseudonym *Charles Francis* sandte er Werbebriefe an Konkurrenten, um diese zu beseitigen. In den Schreiben befanden sich mit Zyankali versetzte Pillen, die Hofrichter als Mittel zur Steigerung der Manneskraft anpries.

Ich hoffe, dass Sie, werte Leser*innen, gut unterhalten wurden. Mir hat das Schreiben riesigen Spaß bereitet. Ich habe mich in meine Aurelia verliebt und freue mich jetzt schon aufs Schreiben ihres zweiten Abenteuers.

Jetzt bleibt mir nur noch, mich bei all den Menschen zu bedanken, die beim Entstehen des Krimis maßgeblich mitgeholfen haben: bei den Mitarbeiter*innen von DuMont. Vielen Dank, dass Aurelia im Verlag eine Heimat gefunden hat. Allen voran bei Julius Hendricks für sein tolles Lektorat. Danke an meine Agentin, Franka Zastrow, die an die Geschichte von Anfang an glaubte, und Danke an meine Tochter, Ida, die wie so oft Probe gelesen hat.

Das größte Dankeschön geht an Sie, liebe Leser*innen, an alle Buchhändler*innen und Bibliothekar*innen. Ohne Ihr Interesse und Ihre Treue könnte ich nicht das machen, was ich liebe: Geschichten erzählen.

Herzlichst
Ihre Beate Maly

Leseprobe

320 Seiten / Auch als E-Book
und digitales Hörbuch

Prolog

Wien
Herbst 1871

Seit Tagen lähmte dichter Nebel das Leben in Wien. Wie eine große, schwere Glocke hing der nasskalte Schleier über der Stadt und legte sich, einem schaurigen Leichentuch gleich, über Häuser und Kirchtürme. Der Unterschied zwischen Tag und Nacht war nur noch zu erahnen. Es schien Wochen her, dass sich die Sonne das letzte Mal gezeigt hatte. Menschen liefen mit Laternen durch die engen Straßen und verwinkelten Gassen. Herannahenden Fiakern wurde man nur des Geräuschs wegen gewahr. Das laute Klackern der Pferdehufe und das Rattern der Räder auf dem Pflaster warnten die Fußgänger gerade rechtzeitig. Die kleinen Petroleumlampen, die an der Wagenfront hingen und im unregelmäßigen Takt hin und her schaukelten, vermochten es nicht. Sie durchdrangen das graue Dickicht nur notdürftig. Ebenso die Gaslaternen, die auf ausdrücklichen Befehl des Kaisers auch tagsüber entzündet wurden. Das Licht in den Kandelabern war zu schwach, um den Menschen den Weg zu leuchten. Der Rauch, der aus den Fabrikschloten stieg, und der Staub, der von den riesigen Baustellen auf der Ringstraße und im Prater stammte, taten ihr Übriges. Vergeblich wartete man auf den ersehnten Nordwestwind, der die Hauptstadt des Habsburgerreichs für gewöhnlich vom Rauch befreite und für klare Luft sorgte. Die Nebelsuppe drang in die Lungen und verursachte einen ständigen Hustenreiz. Wer etwas im Freien zu erledigen hatte, hielt sich schützend ein Tuch oder den Ärmel vor Mund und Nase. Wer nicht unbedingt rausmusste, blieb zu Hause. In den vornehmen Palais ließ moderne Gasbeleuchtung die Welt trotz Nebel hell und klar erscheinen. In den einfachen Mietshäusern bot sich ein anderes Bild. Dort behalf man sich mit rußenden Lampen, die auch in Innenräumen die Atemwege belasteten. Die Zahl der Menschen, die an der Tuberkulose erkrankten, stieg rasant. Mittlerweile nannte man das Leiden »die Wiener Krankheit«. Der Kaiser ließ eigene Sanatorien errichten, um die Menschen abzusondern. Die wenigsten, die dort landeten, wurden auch tatsächlich geheilt. Pepi Wuzerl gehörte zu den Tausenden Krankheitsgefährdeten. Mit drei anderen Männern teilte er sich eine feuchte Einzimmerwohnung in der Josefstadt. Nicht mehr lange, dann würde er vom Trockenschläfer zum Bettgänger aufsteigen. Pepi sparte jeden Kreuzer. Im Moment war es besonders schwierig. Für einen Straßenmusiker stellte das Wetter eine Katastrophe dar. Niemand wollte im Nebel der Melodie seines Werkels lauschen. Deshalb nahm er seit einer Woche den langen und beschwerlichen Weg in das Vorstadtbeisl »Das Stehachterl« in Kauf, um dort die Gäste mit seiner Musik zu erfreuen. Die Volksliedsänger Johann Kwapit und Johann Fürst traten in dem Lokal mit Anna Grün auf. Pepi wusste, dass er es ihr verdankte, allabendlich sein Werkel dort drehen zu dürfen. Er hatte Anna Grüns Bruder vor Jahren mit einem waghalsigen Sturz vor einen Fiaker das Leben gerettet. Seither fühlte die Volkssängerin sich ihm gegenüber verpflichtet.

Pepi hatte nie vorgehabt, Anna auszunutzen, aber derzeit war er auf ihre Hilfe angewiesen. Was Pepi entgegenkam: Im Stehachterl kümmerte man sich nicht um das neue Gesetz, das die Gründung von Volkssängergesellschaften vorschrieb. Auf diese Weise hoffte der Kaiser, den unsittlichen Charakter der Darbietungen einzudämmen und dem Absammeln des Honorars mit einem Hut einen Riegel vorzuschieben. Mittels fixer Eintrittsgebühren und Lizenzen für die Musiker sollten die Beamten festhalten, wie viele Musikanten es in der Stadt gab. In keinem anderen Reich Europas spielten das Beamtentum und die Bürokratie eine dermaßen wichtige Rolle wie in der kaiserlichen und königlichen Monarchie. Kontrolle war das Zauberwort der Habsburger. Dass zu viel davon genau das Gegenteil bewirkte und Untertanen zwang, Schlupflöcher im Regelwerk zu suchen, schien den führenden Köpfen nicht bewusst zu sein. So lehnten sich auch die Wirte gegen die neue Ordnung auf, indem sie sich weigerten, Eintrittsgeld von ihren Gästen zu kassieren. Pepi war es nur recht. Er war auf die allabendlichen Kreuzer in seinem alten Hut angewiesen. Nur so konnte er seine täglichen Ausgaben bestreiten. Er wusste, dass die gefälschte Lizenz in seiner ausgebeulten Manteltasche keiner ordentlichen Kontrolle standhielt. Dass er damit noch nicht aufgeflogen war, verdankte er der Tatsache, dass die meisten Polizeiagenten ebenso schlecht lesen und schreiben konnten wie er selbst.

Vorsichtig, um am feuchten Kopfsteinpflaster nicht auszurutschen, lief er die Hausmauer entlang. Sein Weg führte ihn in Richtung Wiedner Hauptstraße. Pepi wusste, dass sich irgendwo die Kuppel der Karlskirche befand, aber sie war im Nebel ebenso wenig sichtbar wie die Baustellen ringsum. Riesige Baugruben klafften allerorten. In den nächsten Jahren sollten hier prunkvolle Palais entstehen. Pepi verließ sich auf seinen Instinkt. Er wusste, dass er sich links vom Wienfluss halten musste. Angeblich sollte der Fluss irgendwann einmal unterirdisch geführt werden. Pepi konnte sich das nicht vorstellen. Wie konnte man einen Fluss überdachen? Aber im Grunde war es ihm egal. Er hatte andere Probleme. Wenn er sich nicht im Weg geirrt hatte, befand er sich jetzt direkt auf der Wiedner Hauptstraße. Auch wenn er sie im Moment nicht sehen konnte, so wusste er, dass sich rechts und links von ihm die Stadthäuser wie kostbare Perlen auf einer Kette aneinanderreihten. Schicke Palais mit grünen und braunen Rundbogentoren, weißen Fensterrahmen und kleinen Balkonen über den Eingangstoren, die in begrünte Innenhöfe führten, in denen so manch erfolgreicher Handwerkerbetrieb zu finden war. Gut situierte Wiener und Wienerinnen genossen die Nähe zur Innenstadt, ohne sich die horrenden Mietspreise der beliebtesten Adressen rund um den Stephansdom leisten zu müssen. Nur selten befanden sich baufällige Gebäude zwischen den schmucken Häusern. Schäbige Barracken, in denen Menschen wie Pepi wohnten, waren hier Spekulationsobjekte und wurden zu hohen Preisen am freien Markt angeboten.

All das waren Dinge, von denen Pepi nichts verstand. Er zog seinen löchrigen Mantel enger um seine Schultern und wickelte den Schal um Ohren und Kopf. Mit steifen Fingern richtete er die Krempe seines Huts. Letzte Woche hatte er seine Handschuhe verloren. Es fehlte ihm das Geld, neue zu kaufen, weshalb seine Hände vom nasskalten Nieselregen schmerzten. Der Griff seiner Drehorgel, die er rumpelnd über das Kopfsteinpflaster zog, fühlte sich an wie ein großer, glatter Eiszapfen. Er hoffte, dass die Feuchtigkeit seinem Instrument nicht allzu sehr zusetzte. Das alte Ding brachte ohnehin nicht mehr die klarsten Klänge hervor. Zum Glück war das Publikum, vor dem Pepi seine Musik zum Besten gab, in den seltensten Fällen nüchtern. Nur die wenigsten hörten die Misstöne heraus. Was würde er heute spielen? Je später die Stunde, umso obszöner sollte es sein. Pepi ging im Kopf sein Repertoire durch. Dabei pfiff er die Melodie vom lieben Augustin. Er fühlte sich dem trinkfreudigen Musikanten sehr verbunden. Sollte das Werkel bocken, würde Pepi auf seine Mundharmonika umsteigen, die stets in seiner Tasche steckte, oder er pfiff die Melodie. Seine Lippen ließen ihn nie im Stich. Kaum hatte er sie gespitzt, wurde ein Fenster auf der gegenüberliegenden Straßenseite aufgerissen. Pepi hörte das Geräusch, hielt an und trat näher. Direkt unter dem Fenster befand sich eine Gaslaterne. Das Zimmer hinter den offen stehenden Fensterläden war luxuriös hell erleuchtet. Gleich mehrere Kronleuchter sorgten für Licht, das so kräftig war, dass es den Nebel durchdrang. Erstaunt blickte Pepi nach oben. Wer wollte bei diesem Sauwetter schon die Kälte hereinlassen? Da blieb ihm das Herz vor Schreck beinahe stehen. Eine Gestalt kippte über den Fenstersims. Pepi wollte schreien, den Mann – er erkannte es an der Statur – von seinem Tun abhalten. Doch zu spät. Noch bevor Pepi den Mund aufmachen konnte, hörte er den Körper mit einem dumpfen Geräusch auf den Boden schlagen. Die dichte Nebelsuppe hatte ihn verschluckt wie ein gieriges Tier. Sein Blick ging zurück zum Fenster. Hastig wurde es zugeschlagen. Das Licht gelöscht. Pepi lauschte, sah in die milchige

Brühe, doch es war ebenso still wie zuvor. Als hätte es keinen Sturz aus dem Fenster gegeben. Für einen Moment war Pepi nicht sicher, ob er die Szene bloß geträumt hatte. Vielleicht hätte er das Bier, das ihm Ferdl vor dem Gehen aufgedrängt hatte, nicht auf nüchternen Magen trinken sollen. War er betrunken? Vorsichtig ging er auf die andere Straßenseite. Seine Drehorgel ratterte laut hinter ihm her. Das Gepolter schnitt in die Stille wie ein scharfes Messer. Als Pepis rechter Fuß gegen etwas Weiches stieß, schrie er erschrocken auf und sprang zurück. Seine Orgel gab ein klagendes Stöhnen von sich. Eine Reihe verstimmter Töne. Er hatte sich die Bilder nicht bloß eingebildet. Am Boden lag bäuchlings eine Leiche. Im schwachen Licht der Laterne konnte er die Konturen des leblosen Körpers nun klar erkennen. Die dunkle Pfütze, die sich unter dem Brustkorb langsam ausbreitete. Pepi machte einen weiteren Schritt zurück. Er trat aus dem kleinen Lichtkegel. Der Mann zu seinen Füßen, daran bestand kein Zweifel, war tot. Für ihn kam jede Hilfe zu spät. Vorsichtig spähte Pepi wieder nach oben. Alle Lichter waren gelöscht. Ob er gesehen worden war? Was sollte er jetzt machen? Einfach weggehen und so tun, als hätte er nichts bemerkt? Pepis Herz raste. Er war immer ein anständiger Mensch gewesen. Vielleicht hatte er hin und wieder den Rausch eines Zuhörers ausgenutzt und ihm mehr Geld aus der Tasche gezogen, als recht gewesen war. Und einmal hatte er sich eine Brieftasche geschnappt, die auf dem Tisch gelegen war. Aber darüber hinaus hatte er sich nie etwas zuschulden kommen lassen. Es gab also nur eines, was er tun konnte: Er musste zur Polizei gehen. Denn das Gesicht, das er im Schein der Kronleuchter gesehen hatte, kurz nachdem das

Fenster zugeschlagen wurde, kurz bevor das Licht gelöscht wurde, dieses Gesicht hatte er erkannt. Ein Name kehrte in seine Erinnerung zurück. Nie hätte er ihn mit einem Verbrechen in Verbindung gebracht. Pepi drehte am Absatz um. Der Petersplatz war verdammt weit weg und lag nicht auf seinem Weg. Aber es half nichts. Wenn er sich auch morgen noch in seinem abgeschlagenen, matten Taschenspiegel in die müden Augen schauen wollte, musste er die Polizeiagenten informieren.

Aurelia

Bäckerstraße und Hietzing

Die Standuhr neben dem Geschirrschrank aus poliertem Kirschholz schlug drei Uhr. Zeit für eine gepflegte Nachmittagsjause. Aurelia, die einzige Tochter des verwitweten Grafen Otto von Kolowitz, hatte nur selten die Muße, um diese Uhrzeit Kaffee und Kuchen mit ihrem Vater zu teilen. Der heutige Tag bildete eine Ausnahme, was ihrer außergewöhnlich guten Laune geschuldet war. Vor einer Stunde hatte Frieda Horvath, die einzige weibliche Fiakerin Wiens, sie nach Hause in die Bäckerstraße gebracht. Wegen des anhaltenden dichten Nebels über der Stadt hatte die Fahrt länger als gewöhnlich gedauert. Wie immer, wenn sie allein fuhr, hatte Aurelia neben Frieda am Kutschbock gesessen und der Fiakerin zugehört, wie sie eines der fidelen Wienerlieder gepfiffen hatte. Die Melodie hatte zu Aurelias Stimmung gepasst. Grund für ihr Glück war der Besuch in der Praterstraße beim Chefredakteur der Satirezeitschrift Figaro, Ferdinand Lorenz. Zum ersten Mal seit Beginn ihrer Zusammenarbeit hatte Lorenz alle drei Karikaturen angenommen, die Aurelia ihm abgegeben hatte. Aurelias Tätigkeit war streng geheim. Niemand durfte jemals erfahren, dass eine junge, adelige Frau hinter dem Pseudonym »Fritz Lustig« steckte. Eine Ausbildung in den bildenden Künsten war jungen Frauen verwehrt. Karikaturen aus der Feder einer jungen Grafentochter wären undenkbar, skandalös. Dennoch würden Aurelias Zeichnungen auch nächste Woche wieder im Figaro erscheinen. Ein Umstand, der sie in Hochstimmung versetzte. Diesmal hatte Aurelia bewusst auf jede Kirchenkritik verzichtet. Sie wusste, wie sehr Lorenz den gestrengen Fürsterzbischof fürchtete. Aber nicht nur die Kirche gab die Themen in den Satirezeitschriften vor. Auch die Zensur zwang die Presse nach wie vor in ein enges Korsett. Zwanzig Jahre nach dem Regime von Fürst Metternich, war es um die Meinungsfreiheit in der Habsburgermonarchie bescheiden bestellt. Aurelia hatte sich mit Kritik an der Kirche zurückgehalten und ihren Spott diesmal gegen das Habsburgerhaus gerichtet. Mit spitzer Feder hatte sie ihn in den Staub und Nebel gepackt, der Wien seit Tagen fest im Griff hielt. Eines der Bilder zeigte eine Eisenbahn, die im Nebel verschwand – darunter war zu lesen: »Sehr geehrte Passagiere, seien Sie unbesorgt, der Weg ist den Lokomotivführern durchaus bekannt.« Die Männer in der Lok waren der Kaiser und der Generalstab der kaiserlichen Armee. Nach dem sensationellen Bau der Semmeringbahn glaubte man im Habsburgerreich an den Fortschritt der Technik. Gleichzeitig war allen bewusst, dass das Reich einer politischen Reform bedurfte. Die Kronländer gierten nach Autonomie. Die militärischen Niederlagen in Italien hatten den Glauben an die Stärke der Monarchie geschwächt.

»Das ist nun der dritte Selbstmord innerhalb eines Monats!« Otto von Kolowitz riss Aurelia aus ihren Tagträumen. Er faltete die Zeitung fein säuberlich zusammen und legte sie neben den Teller, auf dem sich Reste seines Gugelhupfs vom K.-u.-k.-Hofkonditor Demel befanden. Aurelias Vater war trotz seines fortgeschrittenen Alters ein sehr attraktiver Mann.

Aufgrund seines Reichtums und seines Aussehens galt der Witwer als eine der begehrenswertesten Partien der feinen Wiener Gesellschaft, was ihn bis vor Kurzem nicht im Geringsten interessiert hatte. Viele Jahre hatte er um seine Frau getrauert, die bereits kurz nach Aurelias Geburt gestorben war. Erst in diesem Frühling hatte er damit begonnen, sein Herz einer neuen Dame zu öffnen: Dorothea Ziegler. Sie war eine reiche Witwe, die ein Modehaus führte und in ihrer Freizeit einen Kultursalon betrieb. Die selbstbewusste, moderne Unternehmerin war die Erste, der es gelungen war, das Interesse des Grafen auf sich zu lenken. Sehr zur Erleichterung von Aurelia. Seit Otto von Kolowitz sich mit Dorothea Ziegler traf, hatte er weniger Zeit, sich um seine Tochter zu sorgen. Wobei ihm immer noch genug Zeit blieb, sich in Aurelias Leben einzumischen.

»Gibt es nicht ständig Menschen, die den Freitod wählen?« Aurelia goss sich Kaffee nach. Sie hatte es aufgegeben, diejenigen zu zählen, die aus dem Fenster oder in die Donau sprangen, um ihrem Leben ein Ende zu bereiten. Meist waren es einfache Leute, Dienstmädchen, die unfreiwillig schwanger geworden waren, oder Lehrlinge, die ihre Schulden nicht mehr begleichen konnten. Aurelia fasste nach dem kleinen weißen Kännchen mit dem Kaffeeobers. Es war leer. Hilfesuchend sah sie sich nach Marie, ihrem Dienstmädchen, um.

»Ich hol gleich frisches Obers«, sagte Marie undeutlich und eilte heran. Hatte sie mit vollem Mund gesprochen? Aurelia hob belustigt eine Augenbraue.

Otto von Kolowitz musterte das Mädchen streng über den Rand seiner kleinen Lesebrille. »Hast du etwa schon wieder genascht, Marie?«

Maries hellblaue Augen weiteten sich erschrocken. Um ihren Mund befanden sich die Reste von Marillenmarmelade und Staubzucker. Rasch fuhr sie sich mit ihrem Handrücken über die Lippen und wischte die süßen Reste in ihre weiße Schürze, die jetzt nicht mehr makellos war. Sie schluckte hörbar. »Es war nur ein Stückerl von einem Krapfen.«

Otto von Kolowitz verdrehte genervt die Augen. »Geh und hol das Obers«, befahl er ungehalten. Marie knickste ungelenk und sauste aus dem Raum. Kaum hatte sie das Speisezimmer verlassen, meinte Aurelias Vater: »Dieses Mädchen kostet mich meinen Verstand. Sie wird nie lernen, sich ordentlich zu benehmen.«

»Aber sie benimmt sich doch ordentlich«, entgegnete Aurelia. »Sie war ehrlich.«

»Sie ist gefräßig und schlampig.«

»Sie ist erfrischend natürlich und das anständigste Mädchen, das wir seit Jahren eingestellt haben«, widersprach Aurelia. Sie hatte Marie fest in ihr Herz geschlossen. Otto von Kolowitz hatte ihr die Stelle als Dienstmädchen angeboten, um Maries Vater einen Gefallen zu tun. Der war Pächter eines großen Waldstücks, das dem Grafen gehörte. Der arme Mann hatte sieben Töchter, die er unmöglich alle mit einer Mitgift versorgen konnte. Marie war die Jüngste und kam nun selbst für ihren Unterhalt auf.

»Ich kann verstehen, dass Marie nascht, wenn Sebastian nicht da ist. Er ist viel zu streng mit ihr.«

Sebastian war Otto von Kolowitz' Diener und langjähriger Vertrauter. Er beaufsichtigte das gesamte Personal im Haus. Nichts entging seinem Blick. Vor allem nicht Aurelias gelegentliche Ausflüge ohne Anstandsdame.

»Wo ist Sebastian eigentlich?«, fragte Otto von Kolowitz.

Aurelia zuckte mit den Schultern. Sie hatte keine Ahnung, wohin Sebastian ging oder was er tat, wenn er für ein paar Stunden das Haus verließ. »Ich dachte, du weißt es«, sagte sie.

Otto von Kolowitz murmelte etwas Unverständliches in seinen Bart. Aurelia beließ es dabei.

»Du wolltest etwas zu den Selbstmorden sagen«, lenkte sie ihren Vater zurück zum ursprünglichen Gesprächsthema.

»Ja, richtig!« Er tippte mit dem Zeigefinger auf die Zeitung. »Diesmal hat sich ein Ziegelbaron das Leben genommen: Meinrad Auerbach. Ich frage mich, warum er den Freitod gewählt hat.«

»Meine Güte!«, entfuhr es Aurelia. »Ich singe mit seiner Frau im Kirchenchor! Jolanda Auerbach.« Aurelia schüttelte den Kopf. Nicht, dass Frau Auerbach viel von ihrem Mann erzählt hätte. Aber ihr leerer Blick an manchen Tagen und das blasse Veilchen, das sie einmal bei der Probe ums Auge trug, hatten Aurelia gereicht, um sich ein Bild dieses Manns zu machen. Sie hatte ihm niemals begegnen wollen. Nun, das würde sie nun auch nicht mehr.

»Was für ein Zufall«, entgegnete ihr Vater. Dann legte sich unvermittelt ein Ausdruck großer Zufriedenheit auf sein Gesicht. »Es freut mich jedenfalls, dass dir das Singen neuerdings solche Freude bereitet«, sagte er lächelnd. Seit Aurelia Mitglied im Kirchenchor war und einen Teil ihrer Freizeit dort verbrachte, wähnte er sie in diesen Stunden in Sicherheit. Aurelia wusste genau, was ihr Vater dachte: Solange sie sang, konnte sie keine Dummheiten anstellen oder ihren guten Ruf aufs Spiel setzen, indem sie sich in irgendwelche Geschichten verstrickte.

»In der Regel sind es arme Leute, die sich umbringen. Aber es gibt wohl auch reiche Menschen, die keinen Ausweg mehr sehen. Vielleicht ist Liebeskummer oder eine unheilbare Krankheit der Grund?«

»Wahrscheinlich hast du recht. Aber es ist doch seltsam, dass alle drei Männer eine Verbindung zur geplanten Weltausstellung hatten.«

»Ach?«, fragte Aurelia irritiert. Erst vor ein paar Monaten war die offizielle Genehmigung der Weltausstellung in Wien erfolgt. Die gigantische Schau war für das Jahr 1873 geplant. Mit 230 Hektar Ausstellungsfläche sollte das Gelände fünf Mal so groß werden wie das 1867 in Paris und zwölf Mal so groß wie 1851 bei der ersten Weltausstellung in London. Die ganze Welt sollte sehen, dass die Habsburgermonarchie, trotz der militärischen Niederlagen der letzten Jahre, auf dem internationalen Parkett eine wichtige Rolle spielte.

Otto von Kolowitz zuckte mit den Schultern. »Es geht bei dem Vorhaben um sehr viel Geld. Soviel ich weiß, gibt es einen Garantiefond über 6 Millionen Gulden. Und das ist bloß die Hälfte der geplanten Ausgaben. Mehrere meiner Geschäftspartner haben sich um einen Sitz in der Ausstellungskommission beworben. Auerbach war eines der glücklichen Mitglieder.«

»Na ja, als glücklich würde ich den Mann nicht mehr bezeichnen«, bemerkte Aurelia trocken.

Otto von Kolowitz räusperte sich. »Stimmt.«

»Wer waren die beiden anderen Männer?«, wollte Aurelia wissen.

»Die Architekten Hermann Salcher und Martin Weidebach. Einer hat viele Monate Arbeit in die Pläne des riesigen

Hauptgebäudes gesteckt, der andere in die Bauten der ägyptischen Baugruppe der Ausstellung. Beide Pläne wurden ohne Erklärung abgelehnt. Jetzt soll ein runder Glasstahlpalast errichtet werden und die orientalischen Gebäude haben angeblich nichts mehr mit dem Osten zu tun.«

»Ein Sprung aus dem Fenster erscheint mir als Reaktion auf eine Ablehnung dennoch reichlich übertrieben«, sagte Aurelia.

»Bei Auerbach ist es noch unverständlicher. Er hatte Geld, Einfluss und Macht. Und er war eher skrupellos als einer von der sentimentalen Sorte. Ich hätte ihn nie für jemanden gehalten, der schnell aufgibt.« Otto von Kolowitz schüttelte ratlos den Kopf.

»Kanntest du Meinrad Auerbach?«, fragte Aurelia.

»Nur flüchtig. Kanntest du ihn denn?«

»Weil ich mit seiner Frau singe?« Aurelia schüttelte entschieden den Kopf.

»Du hast mir gestern gesagt, dass du heute Nachmittag bei seiner Schwester eingeladen bist. Oder hat sie die Veranstaltung wegen des Todes ihres Bruders abgesagt? Unter den gegebenen Umständen wäre das sehr nachvollziehbar.«

»Ja, richtig«, rief Aurelia und schlug sich eine Hand vor den Kopf. »Daran habe ich nicht gedacht.« Meinrad Auerbach war der um viele Jahre ältere Bruder von Emilia Zobel, mit der Aurelia viele schöne Erinnerungen aus der Kindheit verband. Aurelias Vergesslichkeit war entschuldbar. Sie hatte die Freundin lange nicht gesehen – und war dem Bruder in ihrer Kindheit nie begegnet. Auch wenn sie Meinrad Auerbach für einen Gewalttäter hielt, empfand sie Mitleid mit ihrer Freundin, die um ihren Bruder trauerte.

Otto von Kolowitz griff nach dem letzten Stück Gugelhupf. Er zupfte die Rosinen heraus und schob sie zur Seite. »Ich frage mich, wie oft ich Marie wohl noch sagen muss, dass sie Marmorgugelhupf kaufen soll. Ich mag keine Rosinen.«

Er rümpfte die Nase.

Aurelia verkniff sich die Bemerkung, dass ihr Vater der Einzige im Haus war, der keine Rosinen mochte. Sie selbst und das gesamte Personal liebten die getrockneten Früchte.

»Ich habe nicht gehört, dass die Séance nicht stattfindet«, sagte Aurelia.

»Es ist pietätlos«, raunte Otto von Kolowitz.

»Du magst Séancen nie«, entgegnete Aurelia.

»Das Ganze ist reine Scharlatanerie, bei der gutgläubigen Menschen das Geld aus der Tasche gezogen wird.«

»Ich sehe es als eine Art Unterhaltung an«, widersprach Aurelia. »Du gehst ja auch ins Theater oder in den Zirkus.«

»Da versucht mir niemand einzureden, er könne mit den Toten reden.«

»Ich mag die gruselige Stimmung«, gab Aurelia zurück. »Wie wenn man eine Schauergeschichte liest!«

»Texte, die junge Damen wie du gewiss nicht lesen sollten!« Es war kein Geheimnis, dass Otto von Kolowitz mit der Vorliebe seiner Tochter für anrüchige Texte nicht einverstanden war. Aber es war ihm immer noch lieber, Aurelia las Schauerromane, als dass sie sich mit den Schriften von Marx und Engels beschäftigte. Erst kürzlich hatte er einen der skandalösen Artikel in ihrem Zimmer gefunden und darauf bestanden, dass sie ihn sofort entfernte.